지역문학총서 23

유치환과 이원수의 부왜문학

지은이 **박태일**(朴泰一, Park, Tae-Il) 1954년 경남 합천에서 나 부산대학교 국어국문학과 박사 학위를 받았다. 1980년 중앙일보 신춘문예 시부문에 「미성년의 강」이 당선하여 문단에 나섰다. 『열린시』 동인. 1985년 부산가톨릭대학교를 거쳐 1988년부터 경남대학교 국어국문학과 교수로 일하고 있다. 시집 『그리운 주막』(1984), 『가을 악견산』(1989), 『약쑥 개쑥』(1995), 『풀나라』(2002), 『달래는 몽골 말로 바다』(2013), 『옥비의 달』(2014)과 연구서 『한국 근대시의 공간과 장소』(1999), 『한국 근대문학의 실증과 방법』(2004), 『한국 지역문학의 논리』(2004), 『경남·부산 지역문학 연구 1』(2004), 『마산 근대문학의 탄생』(2014), 비평집 『지역문학 비평의 이상과 현실』(2014), 『시의 조건, 시인의 조건』(2015), 산문집 『몽골에서 보낸 네 철』(2010), 『시는 달린다』(2010), 『새벽빛에 서다』(2010)를 냈다. 엮은 책으로 『가려뽑은 경남·부산의 시 □ 두류산에서 낙동강에서』(1997), 『크리스마스 시집』(1999), 『김상훈 시 전집』(2003), 『예술문화와 지역가치』(2004), 『정진업 전집』 1(시)(2006), 『허민 전집』(2009), 『소년소설육인집』(2013), 『무궁화 ─ 근포 조순규 시조 전집』(2013), 『동화시집』(2014)이 있다. 김달진문학상(1991), 부산시인협회상(2002), 이주홍문학상(2004), 편운문학상(2014), 최계락문학상(2014)을 받았다.

유치환과 이원수의 부왜문학

초판 인쇄 2015년 1월 30일 **초판 발행** 2015년 2월 10일
지은이 박태일 **펴낸이** 박성모 **펴낸곳** 소명출판 **출판등록** 제13-522호
주소 서울시 서초구 서초중앙로6길 15(서초동 1621-18 란빌딩 1층)
전화 02-585-7840 **팩스** 02-585-7848 **전자우편** somyong@korea.com **홈페이지** www.somyong.co.kr

값 28,000원 ⓒ 박태일, 2015

ISBN 979-11-85877-81-5   93810

유치환과
이원수의
부왜문학

PRO-JAPANESE LITERATURE
OF YU CHIHWAN AND LEE WONSOO

박태일

소명출판

일러두기

- 이 책에서는 오늘날 표준어 규정에서 벗어나 '안팎'을 '안밖'으로 적었다. '안+ㅎ+밖=안팎'을 버리고 '안+밖=안밖'을 따른 것이다. 바르고 고운 말로 표준어를 삼지 않고 '현대 서울말로' 정한 원칙의 잘못에 대한 바로잡기 본보기다.

- 이 책에는 통념과 달리 쓴 역사용어가 여럿 있다. 보기를 들어, '친일(親日)'을 버리고 '부왜(附倭)', '일제시대'를 버리고 '나라잃은시대', 을유광복을 경계로 '왜국(倭國)'·'왜로(倭虜)'와 '일본(日本)'·'일본인(日本人)'으로 나누기와 같은 경우다. 헤아려 읽기 바란다.

머리글

　『한국 지역문학의 논리』와『경남·부산 지역문학 연구 1』을 낸 때가 2004년이었다. 그 뒤 썼던 경남·부산 지역문학 연구 성과물 가운데서 유치환과 이원수 담론을 중심으로 새로 한 권을 묶는다. 둘의 이른바 친일(親日)문학, 곧 부왜(附倭)문학에 대한 글에다 둘레에 놓아야 뜻이 더할 것을 묶었다. 이들을 빌려 유치환과 이원수에 대한 통념과 미망을 가로질러 놓고 결 바른 문학 취향이 자리잡기 바란다.

　2002년부터 2004년에 걸쳐 나는 김정한·이원수·유치환을 비롯한 부산·경남 지역문인의 부왜문학에 대한 보고를 잇달아 내놓았다.『경남·부산 지역문학 연구 1』에 실었던 「경남 지역문학과 부왜활동」·「김정한의 희곡 〈인가지〉 연구」·「이원수의 부왜문학 연구」가 그들이다. 1부에 올린 「경남 지역 부왜문학 연구의 과제」는 그들을 발표한 뒤, 지역 부왜문학 연구를 위해 연구자가 떠맡아야 할 일거리를 2005년에 다시 다잡은 글이다.

　2부에서는 유치환의 부왜문학이 중심이다. 그와 관련한 속살을 다룬 글 세 편으로 이루어졌다. 처음 올린 「유치환의 만주국 체류시 연구―통영 출향과 만주국, 그리고 부왜시문」은 2007년에 발표했다. 기존 논의 안에 있었던 유치환의 부왜 시작품뿐 아니라,『만선일보』에 실린 부왜 줄글 「대동아 전쟁과 문필가의 각오」를 발굴해 터무니를 더한 글이다. 발표 당시 그것을 내가 조작했을 거라며 길길이 뛰는 작태도 있었다.

　그런데 2013년 만주국 땅이었던 중국 연변 동포사회에서 새로운 증언이 나왔다. 유치환이 빈강성 연수현의 현 협화회에서 일하다 빈강성 행정 소재지 하얼빈으로 승진해 올라가 하얼빈협화회에서 일했다는 사실이 그것이다. 「유치환의 만주국 체류시 연구─통영 출향과 만주국, 그리고 부왜시문」을 쓸 때에는 가능성 가운데 하나로 남겨 두었던 문제였다. 그리고 유치환의 부왜시 「수」에 나오는 효수당한 두 주인공 가운데 한 사람이 동북항왜연군의 총사령이었던 조상지 장군이라는 구체적인 연구 결과가 나왔다. 두 부분은 책을 엮으면서 기웠다.

2007년 12월 유치환의 부왜문학 활동에 대한 토론회가 통영시에서 한 차례 이루어졌다. 나아가 2008년 8월 11일부터 9월 8일까지 『경남도민일보』에서는 지상토론을 마련했다. 「유치환의 만주국 체류시 연구─통영 출향과 만주국, 그리고 부왜시문」 가운데서 유치환의 부왜 작품을 풀이한 해당 부분을 편집자가 따 놓고 다른 이에게 반론을 쓰게 했다. 그리고 그 둘을 나란히 연속물로 실었다. 유치환의 부왜문학에 대한 시민사회의 안목을 드높이고자 마련한 기획이었다. 책을 묶으면서 그것을 고스란히 옮겨 놓고 싶었다. 나와 반론자 두 사람의 생각에 대한 빠른 이해뿐 아니라 유치환 부왜 논란의 현주소를 잘 보여 줄 수 있는 글이라 생각한 까닭이다.

그런데 반론자에게 게재 허락을 청했으나 나와 생각이 달랐다. 아쉽지만 지상 토론을 죄 싣지 못하고, 토론의 맨 마지막에 내가 내놓았던 재반론 「유치환, 역사적 허위와 문학적 과장 위에 떠 있는 이름」과 다시 썼던 재재반론 「유치환 부왜 논의의 실질을 위해서」만 싣는다. 지상 토론의 속살을 보고 싶은 이들은 경남도민일보의 누리집 해당 기사를 검색, 참조해 주기 바란다. 아직까지 유치진과 유치환 형제로 대표되는 통영 지역의 부왜 행각과 부왜문학 활동에 대한 실체 파악은 뚜껑이 열린 정도다. 빠른 시일 안에 논의를 달리한 글을 선볼 수 있을 것이다.

「『만선일보』와 경남·부산 지역문학」은 만주국에서 이루어진 한글문학에 대한 통념을 바로잡고자 한 글이다. 흔히 그것이 뜻 높은 이들에 의한 망명문단이나 되는 듯이 미화·왜곡해 온 인습은 깊고도 오래다. 그런 잘못을 『만선일보』의 됨됨이와 경남·부산 지역문학인의 활동을 터무니로 삼아 속속들이 실증했다.

3부는 경남·부산 지역 어린이문학을 다룬 글로 묶었다. 앞선 두 편, 「나라잃은시대 어린이잡지로 본 경남·부산 어린이문학」·「나라잃은시대 후기 경남·부산 지역 어린이문학─이원수와 남대우를 중심으로」는 중지역을 범위로 삼은 첫 어린이문학 연구물이다. 2002년부터 두 해에 걸쳐 한국학술진흥재단의 도움을 받아 이루어졌다. 과제를 진행하는 가운데 새 사료를 얻고 눈길을 넓힌 즐거움이 컸다. 이어진 「나라잃은시대 후기 이원수의 어린이문학」은 앞선 둘에 이은 후속물이다. 2003년에 발표했던 「이원수의 부왜문학 연구」에서 한 걸음 더 나아갔다. 3부의 글을 빌려 한국 근대 어린이문학의 형성과 전개에 경남·부산 지역문학인이 이바지한 무거운 부름켜를 살필 수 있을 것이다. 그에 견주어 이원수 문학이 지닌 가벼움까지.

책 제목은 『경남·부산 지역문학의 만주국 체험과 어린이문학』 정도가 알맞다. 그럼에도 『유치환과 이원수의 부왜문학』으로 굳힌다. 됨됨이를 분명히 하고 싶었던 까닭이다. 만주국 체험을 지닌 경남·부산 지역문학인 가운데서 유치환이야말로 뚜렷한 부왜 활동에도 광복 뒤한껏 변신에 성공한 이다. 이원수 또한 지역 어린이문학인 가운데서 시절 인연을 영리하게 탄 사람이다. 둘 모두 나라잃은시대 민족적 쟁투와는 관계없이 제 한 몸 이득을 꾀하다 살아남았다. 그럼에도 오늘날 둘 다 자신의 것이 아니라 다른 이가 겪은 고통이나 영광을 가로채 분외의 명성을 누리고 있다. 그들 문학의 실체와 명성의 뿌리를 제대로 파 들어서는 일이야말로 경남·부산 지역문학뿐 아니라 우리 근대문학사의 뼈대를 바르게 세우는 한 디딤돌이 되리라.

유치환과 이원수의 부왜문학을 앞세운 이 책을『경남·부산 지역문학 연구』의 3으로 삼는다. 세상에는 혼자 할 일과 더불어 할 일이 따로 있다. 지역문학 연구는 어느 데보다 더불어 할 일거리가 많다. 우리 근대 지역문학을 향한 도전적이고 역동적인 담론이 나라 곳곳에서 더욱 잦기를 바란다. 또다시 소명출판 박성모 형의 후의를 입는다. 세월에 지지 않고 더욱 발전할 수 있기를 빌어 드린다.

2014년 겨울
박 태 일

차례

3부

1부

경남 지역 부왜문학 연구의 과제

1. 들머리

　몇 해 동안 우리 사회는 부왜인(附倭人) '청산'이라는 뜨거운 감자를 쥐고 왔다. 그 과정에서 일을 웅변하는 이의 부왜[1] 내력도 밝혀져 사람

---

[1]　역사용어란 만국공통어가 아니다. 역사 기술하는 쪽을 이롭게 하는 일방통행어다. 이즈음 들어 1905년 이른바 '을사보호조약'(을사조약)이라는 용어가 비로소 '을사늑약(乙巳勒約)'으로 바로잡히고 있다. 이른바 '한일합방'이라는 말도 '경술국치'로 바뀌고 있다. 역사 용어가 바로 서면 뒷날까지 그 사실을 간결하고도 마땅하게 이어 줄 수 있다. '친일(親日)' 이라는 말은 왜로(倭虜) 제국주의 피식민 체제 아래서 '항일(抗日)'에 맞물려 쓰인 말이다. '항일'과 '친일'이라는 말을 쓴 주체는 이른바 조선총독부다. 식민자의 체제 내적 용어였던 셈이다. 저들에 맞서는 일은 '항일'이요 저들을 따르는 일은 '친일'이었다. '친일'하지 않고 '항일'하거나 '용공'하는 이야말로 저들의 적이었다. 광복 때는 '친일반역도배'·'반민족행위자(반민자)'·'왜로(倭虜)'·'왜적'·'왜놈'·'친일파'·'친일부역자'와 같은 말이 쓰였다. 이들이 마침내 '친일' 또는 '친일파'라는 말로 알게 모르게 굳어지게 된 일부터 이념적 훼조가 있었다. '친일'·'항일'에 맞선 우리 쪽 용어가 '부왜(附倭)'·'항왜'다. '친일'이라는 이름은 그 자체로는 긍정적 용어다. 어찌 이웃나라인 일본과 친하게 지내지 말아야 한단 말인가. 다만 나라잃은시대에 저들이 오랑캐로서 저지른 식민체제를 두고 '친일'이라는 말을 쓰게 되면 뒷날 부왜인의 반민족 행각에 무슨 잘못이 있었다는 말인가라

을 당혹케 했다. 우리에게 부왜 문제는 두 날을 가진 칼임을 다시 한 번 깨닫는다. 하지만 어떤 쪽으로든 지난날과는 다른 인식과 해결 방식을 보여 줄 것이라는 바람에는 달라짐이 없다. 글쓴이는 지역문학 연구에 뜻을 둔 사람이다. 경남 · 부산 지역 부왜문학의 실제와 높낮이를 알고 싶어 하는 지역사회의 요구에 나름의 답변을 내놓을 자리에 있었다. 기획에 따른 일이긴 했으나 지역문학사회의 부왜 문제를 다룬 첫 기회를 2002년도에 마련했다. 그것이 가져온 되울림은 예상대로 컸다.[2]

그런데 그 글은 경남 · 부산 지역 부왜문학의 사실 확인에 이르기 위해 밑자리만 짚어 본 것일 따름이다. 지역문학 전반에 걸쳐 찾고 따져 들어야 할 데를 남겨 둔 두루뭉술이었다. 논의 방향에 따라서는 논란이 매우 클 문제를 곳곳에 묻어 놓았다. 그럼에도 그들에 대해 깊이 있는 규명을 요구하는 움직임은 없었다. 언론 보도와 맞물린 두어 차례 개별적 관심 표명이 이어졌을 따름이다. 우리 사회 '과거 청산론'이 지닌 문

는 물음에 맞닥뜨려 할 말을 잃고 만다. 그러니 '부왜'라는 말을 써서 주체의 행위와 내용을 명확하고 바르게 규정해야 한다. 이 용어로 말미암아 우리의 부왜 역사로부터 비롯한 막연하면서도 폭넓은 사회적 긴장과 의구심도 많이 줄어들 것이다. 이 일컬음을 학술용어로 가장 먼저 쓴 이는 려증동이다. 려증동, 『한국역사용어』, 시사문화사, 1987.

2 경상대 인문학연구소 세미나에서 「경남 지역문학과 부왜 활동」을 발표한 일이 처음이었다. 부왜배(附倭輩)라 규정되지는 않을지라도 표기 언어, 언동, 조직 활동, 작품 내용, 매체, 갈래와 같은 데서 어느 한 곳이든 부왜 혐의를 받았거나 받을 만한 기록을 남기고 있는 이들을 중심으로 사실 확인에 이르고자 한 셈이다. 그 속살은 두고서라도 부왜 문제와 관련이 없을 것이라 굳게 믿어 왔던 명망가나 민족문학을 대표한다고 여겨졌던 이의 이름이 오내렸다. 산술적으로는 경남 · 부산 지역문인 40여 명의 이름이 올랐다. 그럼에도 그 뒤 글쓴이에게 손수 사실 확인을 위해 연락이 있었던 데는 전화 문의에 그친 두 곳뿐이었다. 느닷없이 명예훼손으로 고발하려고 했다는 어처구니없는 반응을 간접적으로 듣기까지 했다. 부왜문학 사실을 지닌 사람을 일찍부터 스승으로, 사회 저명인사로 모셔 왔던 이들이 겪었을 충격과 분노는 짐작이 간다. 그러나 일의 심각성과는 달리 몇 해를 지나오는 과정에서 지역사회의 부왜문학에 대한 조사와 보고를 위해 공개 자리를 마련하자는 요구나 움직임은 끝내 없었다.

제 인식과 해결 수준을 한꺼번에 보여 준 셈이다. 이런 분위기 아래서라면 부왜문학에 대해 제대로 된 조사와 연구는 어려울지 모른다. 성급한 청산 담론보다 조사가 바쁜 일일 터이나, 학계 안밖의 사정은 나아질 기미를 보이지 않는다.

이 글은 바람직한 경남 지역 부왜문학 연구를 위한 해결 과제를 짚어 보고자 하는 뜻으로 마련한다.[3] 다른 지역과도 맞물리는 일이다. 사정이 같지 않으니 다른 곳에서는 자신이 놓인 자리에 걸맞게 생각을 키워낼 일이다. 논의를 크게 세 매듭으로 묶는다. 첫째, 지역 부왜문학에 대한 사실 확인, 곧 1차 사료 확보 문제다. 둘째, 텍스트의 의미 해명이다. 그 방향에 따라 커다란 영향을 미칠 일이다. 셋째, 사회적 명성의 전승과 문학행정적 고려다. 가치 평가와 그것의 재생산이 문제다. 경남의 부왜문학 연구는 이 세 과제에 대해 바삐 마땅한 답을 마련해야 한다. 이 글이 지난 시기의 파행적인 접근 태도에서 벗어날 수 있는 너른 디딤돌이 될 것이다.

---

3 이즈음 글쓴이가 내놓은 지역문학 연구 방법론과 관련한 글과 서로 맞물리는 논의다. 함께 참고 바란다. 박태일, 「지역문학 연구와 경북·대구 지역」, 『현대문학이론연구』 25집, 현대문학이론학회, 2005; 박태일, 「지역문학 연구의 환경과 과제」, 『현대문학의 연구』 27집, 한국문학연구학회, 2005.

2. 사실 확인을 위한 1차 사료 확대

한국 근대문학 연구가 지닌 어려움 가운데 하나는 1차 사료의 망실이다. 체계적으로 그것을 갈무리한 경험이 엷다. 게다가 유별난 역사 기복은 주요 사료를 알게 모르게 묻어 버리게 했다. 지역문학 쪽은 그 위에 어려움이 겹친 꼴이다. 근대 시기 내내 한결같이 거듭하고 굳어진 서울 지역 패권주의는 문학 연구라 해서 예외가 아니었다. 지역사료에 대한 무관심은 이즈음까지도 한결같다. 지역 부왜문학에 대한 사실 확인만이라도 제대로 이루어지기 위한 노력이 필수적이다. 그리고 그를 위해서는 두 쪽에서 인식 전환이 이루어져야 한다. 시기와 대상 확대가 그것이다.

첫째, 시기 확대다. 우리 근대사회에서 제국주의 피식민지 경험은 1910년 경술국치에서 1945년 을유광복까지 35년에 이른다. 그러나 나라를 빼앗겼던 35년에 더하여 나라를 빼앗길 위험에 놓였던 국권회복기 34년 또한 그에 못지 않게 길다. 1876년 병자겁약(丙子劫約)에서부터 1910년 경술국치에 이르는 이 시기는 피식민지 전사다. 왜로 제국주의가 조선에 대한 독점적 야욕을 차례차례 키웠던 때다. 이 시기에 준동했던 부왜인 또한 삐뜨릴 수 없을 문제다. 한국 근대의 부왜인 문제는 시기를 매우 길게 잡을 필요가 있다는 뜻이다. 문학이라 해서 예외가 아니다.

그러나 이제까지 부왜문학 연구는 나라잃은시대 말기, 곧 1937년 왜로의 중국대륙침략전쟁을 시작으로 1945년에 걸치는 시기에 초점을 두고 있었다. 물론 이 무렵에 가장 높은 강도와 총체적 양상을 드러낸 점은 사실이다. 하지만 부왜인이나 부왜문학이 이 시기에만 걸리는 문제인 양 좁혀 보려는 태도는 거듭하거니와 매우 위험하다. 각별히 나라 잃은시대만 하더라도 1910년대 경술국치를 앞뒤로 한 때의 매국 문인 활동, 1920년대 기미만세의거에 이어졌던 민족 분열 책략과 사상 탄압에 따른 문인의 훼절과 전향에 두루 눈길을 주어야 한다. 나라잃은시대 모두에 걸쳐 부왜인과 부왜문학의 뼈대를 잡아 내는 일이 중요하다.

보기를 들어 1910년대 마산 근대문학의 출발점으로 알려진 것이 마산문예구락부의 『마산문예구락부』다.[4] 이제까지 이것은 잘못 알려져 왔다. 마산문예구락부를 특정한 지역 마산의 단체로 오해하기 쉬웠다. 그러나 이때 마산이란 사무실(인쇄처)의 위치를 알리는 것일 따름이다. 1910년대를 앞뒤로 우리 한문학이 근대 인쇄기술의 도움을 받아 이루어 냈던 여러 지역 인사의 선집 형태 한문학집이 『마산문예구락부』다. 조선 후기 시회의 전통이 근대 향유 방식으로 형태를 바꾸고 수용 범위를 넓힌 것이다. '선린'이라는 허울 좋은 명분을 앞세우며 나라 안의 주요 문인이 섬나라로 건너가고 오면서 간지러운 부왜 한시문을 흩날리던 때다. 그런 가운데서 『마산문예구락부』 속에 담긴 모습과 뜻을 제대로 따질 일이 남은 셈이다.

사실 왜관을 열었던 부산을 비롯해 울산, 창원으로 이어지는 경남 갯가 지역은 어느 곳보다 제국주의 침략과 상륙의 디딤돌로서 몫이 컸다. 게다가 가장 든든한 수탈의 징검돌이었던 곳이다. 전통 매체 향유 방식에 뿌리를 두고 있는 국권회복기는 남겨 두더라도, 근대 출판 문화에

---

4 "향토 마산의 해방 전의 문학계를 회고컨대 일찍이 1913년에 마산문예구락부가 기관지 『문예구락부』(김광제 편집, 김정묵 발행)를 순한문지로 발행한 바 있었고"라는 첫 기록이 있다. 안윤봉, 「문화」, 『1956 마산문화연감』, 마산문화협의회, 1956, 36쪽.

도움을 입고 이루어진 1910년 앞뒤 시기 경남 지역의 부왜문학에 대한 새로운 문제 제기와 탐구는 바쁜 일거리다. 나라잃은시대 말기로 나아가는 지역 부왜문학의 사실 발굴과 정리가 이 일로 탄력을 받을 수 있겠다. 경남 근대가 저지른 민족 모순을 날카롭게 드러내면서 지역 개별성을 살필 수 있을 중요한 계기가 될 참이다.

둘째, 연구 대상의 확대다. 여기에는 두 가지가 걸린다. 먼저 다룰 문학 영역이다. 이제까지 근대문학의 핵심 영역은 한글로 이루어진 문어문학이었다. 1945년까지 한글로 된 근대 문어문학은 신문학이며 대중적인 자리였다. 그러나 그것이 가장 효과적이거나 일반적인 문학은 아니다. 각별히 이러한 신구 문학 교체기의 큰 영향력에 견주어 낮은 평가를 당해 오랜 시기 뒤밀려 앉은 것이 한문문학이다. 근대 민족어를 대상으로 삼은 국가주의 문학 연구는 이런 잘못을 한결같이 키워 왔다. 을유광복까지 중요하고도 의의 있는 사회, 문화적 의사소통의 상당 부분은 한문으로 이루어진 것이었다는 사실을 잊어서는 아니 될 일이다.

근대 한문은 한글과는 다르다. 제국주의 식민자의 지배언어였던 '국어', 곧 왜어와 가장 가까운 자리에 놓인 상층 언어가 한문이었다. 그러면서 왜어와 문화적, 정치적 호환성도 가장 컸다. 그러한 한문을 공적 소통의 수단으로 삼았던 계층의 상징성과 근대 작용력은 흔히 한글문학 중심의 시각에 가려져서 잘 보이지 않았다. 그러나 나라잃은시대 우리 근대 주류계층의 삶과 생각이 어떠했던가를 알려 주는 핵심 표지를 한문학은 잘 담고 있다. 이 점은 부왜인이나 부왜문학 문제에서도 다르지 않다. 한문 소통이 하나의 규범으로 자리 잡고 있었던 유교계·불교계와 같은 종교계의 근대 한문학이 새삼스레 눈길을 끄는 까닭이다.

보기를 들어 제국주의 식민 행정 조직 아래서 이루어졌던 부왜 한문학은 아직까지 그 얼굴을 드러내지 않았다. 1934년 경상남도 도지사였던 도변풍(渡邊豊)의 송별시집에 그의 식민지 수탈 업적에 대한 송축과 석별의 아쉬움을 한껏 담아 올린 경남・부산 곳곳의 지역 인사는 6백 명을 넘는다.[5] 이들의 문장과 그에 담긴 뜻을 어떻게 보아야 할 것인가. 게다가 1940년대 이른바 '성전'을 칭송했던 지역 유력자의 숱한 부왜 한시문[6]도 아직 눈길 밖에 있다. 국권회복시대 34년에 나라잃은시대 35년을 합해 69년에 걸친 지역 근대 한문학과 그를 둘러싼 동향 해명이 제대로 이루어지지 않는다면 경남 지역사회의 부왜 논란이나 부왜문학 논의는 헛돌 위험이 크다.

영역 확대와 함께 다음으로 마음을 쓸 자리는 대상 작가 확대다. 곧 주변작가, 군소작가의 부왜문학 사료에 대한 관심이다. 그들에 두루 걸친 1차 사료를 확보하는 일이 바쁘다. 2005년 민족문제연구소에서 1차로 부왜문학인 명단에 이름을 올린 사람은 36명에 지나지 않았다.[7] 그들은 나름대로 중요 작가라는 국가적 명성을 전제로 삼은 선별이다. 주변작가에다 지역 차원까지 범위를 넓히면 매우 많은 이들이 명단에 이름을 올리지 않을 수 없을 처지다. 부왜문학이라는 관점만 놓고 볼 때 중요하고도 지나칠 수 없는 활동과 작품을 남긴 이가 적지 않다. 그들에 대한 성격 구명을 제쳐둔다면 어떤 논의와 접근도 한계가 뚜렷하다.[8]

---

5 『渡邊道伯送別詩集』, 자가본, 1934.

6 박태일, 「경남 지역문학과 부왜활동」, 『한국문학논총』 30호, 한국문학회, 2002에서 작품 본보기를 들어 가면서 실재를 처음으로 밝혀 지역 부왜 한문학에 대한 관심을 한 차례 부추긴 바 있다.

7 그 가운데서 경남 지역문학인은 김소운・정인섭・조연현, 세 사람이다.

경남 지역 부왜문학 연구에 있어서 바삐 해결해야 할 자리가 1차 사료의 확보와 갈무리임을 살폈다. 이를 위해 국권회복시대와 나라잃은 시대에 두루 걸쳐 관심을 갖고, 아울러 문학의 영역과 대상 작가를 개방적으로 보면서 모든 부왜 활동을 꼼꼼하게 따져 들어야 한다. 이에 따라 1차 사료를 제대로 찾아낼 수 있다면 지역 부왜문학 연구는 결정적으로 발돋움을 할 수 있을 것이다. 냉정한 눈길[9]로 근대 경남 지역문학인에 대한 총체적인 부왜문학 사료 발굴과 갈무리에 힘을 쏟아야 할 때다. 사회적 평가와 역사적 판단은 다음 일이다. 그 과정에서 사회 일반에서 쉬 받아들이기 힘든 경우도 나타날 것이다. 어차피 질러가야 할 과제다. 멈추지 말 일이다.

3. 종합적 작품 해명과 명성의 극복

부왜 작품에 관한 1차 사료를 갈무리했다 하더라도 그 됨됨이에 대한 해명이 제대로 이루어지지 않는다면 뜻은 그리 크지 않다. 현재까지

---

8 부왜문학의 실상을 제대로 파악하기 위해서는 국가주의적 작가의 명성이나 영향의 문제에서 벗어나야 한다. 주변작가, 군소작가의 부왜 작품까지 낱낱이 찾아내고 갈무리하는 일이 무엇보다 중요하다. 그것을 바탕으로 그들의 조직 활동, 문단지 기록까지 아울러 간추릴 일이다. 그 위에서 비로소 경남 지역의 부왜인과 부왜문학은 실체를 드러낼 것이다.

9 학적 탐구를 위해서는 밝히지 못할 사실은 없다는 단호한 입장이 필수적이다. 바른 수용을 위해 거쳐야 할 사회적 지체와 논란은 그 다음 문제다.

경남 지역에서 부왜 작품 시비로 논란을 빚고 있는 내용은 거의 작품 해석의 불이치로 말미암는다. 구체적인 행위나 언명을 확인하기 힘든 경우, 작품은 무엇보다 분명한 터무니다. 작품 해석에 더욱 민감해질 수밖에 없다. 게다가 내집단 구성원의 이해관계에 따라 편파적이고 정감적인 해석도 벗어나기 힘들다. 따라서 1차 사료 확인에 뒤이은 됨됨이 파악에서 잘못을 줄이기 위해 각별한 노력을 기울일 필요가 있다. 작품의 마땅한 맥락 파악과 명성에 대한 선입견으로부터 자유로울 수 있는 엄밀함이 그것이다.

첫째, 마땅한 맥락 파악이다. 사실 차원에서 1차 사료를 확인하면 그에 대한 됨됨이 구명은 텍스트 안과 바깥 두 맥락 모두에서 제대로 설득력을 갖추어야 한다. 가능한 모든 쪽에서 터무니를 찾아야 한다는 뜻이다. 부왜문학 문제는 자칫 작가의 문학 생애 평가에 결정적 영향을 미칠 만한 무게를 지닌다. 작품의 맥락 파악이 보통의 텍스트와 같을 수 없다. 작품 안쪽 맥락과 작품 바깥쪽 맥락을 면밀히 묶어 보려는 노력에 실패하여 어처구니없는 해석에 이른 한 본보기를 보이겠다.

달달달 돌아가는
미싱 소리 들으며,
저는 먼저 잡니다.
책 덮어 놓고

"어머니도 어서
주무세요, 네"

밤ㅅ중에 잠이 깨면
달달달 그 소리,
어머니는 혼자서
밤이 늦도록
잠 안자고 삯바누질
하고 계서요.
돌리시던 미싱을
멈추시고
"왜 잠 깼니?
어서 자거라, 응"

재봉틀 소리와
어머님의
정다우신 말소리
생각하면서,
잠자면 꿈 속에도
들려옵니다.

"왜 잠 깼니?
어서 자거라, 응"

— 이원수, 「밤중에」¹⁰

---

10 「밤중에」의 발표 때 제목은 「어머니」다(『아이생활』 9월호, 아이생활사, 1943, 17∼18쪽).
이름을 바꾸고 본문을 소폭 수정해 1946년 『주간 소학생』 17호에 다시 실었다.

초등학교 교과서에 실리기까지 한 이원수의 동시다. 광복기 현실주의 어린이문학을 대표하는 작품으로 '리얼'한 울림이 생생히 살아 있는 작품이라는 평가를 받아 온 것이다. 그런데 이 작품은 이미 1943년에 한 차례 발표된 바 있다. 그것을 이원수는 다시 광복기에 재발표 형식을 취했다. 따라서 이 작품이 처음 발표된 1943년대라는 외적 문맥을 떠올린다면 작품이 놓인 '리얼'한 자리가 어디인가는 스스로 환하다. 제국주의 왜로의 '성전(聖戰)'에 몸바쳐 앞으로 '군신(軍神)'이 됨 직한 '지원병'의 어머니'로서 이른바 '총후보국(銃後報國)'에 우뚝 서고자 하는 여성의 모범적인 모습을 고스란히 담고 있는 까닭이다.[11] 이제까지 전혀 다른 외적 문맥을 끌어다 놓고 제대로 아는 양 떠벌렸던 셈이다. 아무 의심없이 "영원한 민족정신의 혼불"[12]이라 불리는 이원수의 작품에 대한 이야기를 지금 하고 있는 중이다.

두 번째로 작품 해명에서 중요한 점은 널리 받아 들여지고 있는 기존의 사회 명망이나 선입견으로부터 자유로울 수 있는 냉철함을 지니는

---

11 이 시를 읽을 때 '삯바느질'이라는 한 낱말에 초점을 두어, 가난한 어머니의 고된 일로 넓혀 풀이하기도 한다. 그러나 이 시에서 '삯바느질'이라는 낱말의 '삯'은 버릇처럼 들어간 것에 지나지 않는다. 시에 있어서 낱말은 될 수 있는 대로 전체 맥락 안에서 살펴야 한다. 나라잃은시대 후기 '재봉틀'이라는 제국 문물을 이용한 '바느질'이 품고 있는 귀족성과 반민족성은 분명하다. '지원병'의 '무운장구'를 비는 뜻에서 불길처럼 일었던 이른바 '천인침(千人針)' 의례와 나란한 '총후 근로보국'의 알레고리가 '삯바느질'이다. 이원수는 이 작품을 비롯해 자신이 부왜문학 작품을 발표했던 나라잃은시대 후기 작품에 대해서는 의도적으로 잊어버리거나 기억 혼란상을 보였다. 그리고 이 시기 작품의 상당수를 발표 사실이 없었던 듯 재발표 형식으로 광복기에 다시 내놓은 특이한 기억 훼조를 저질렀다. 자신의 부끄러운 과거에 대한 복잡한 기억 실조 현상이다. 이에 대해서는 아래 글을 참조 바란다. 박태일, 「나라잃은시대 후기 경남·부산 지역 어린이문학―이원수와 남대우를 중심으로」, 『한국문학논총』 40집, 한국문학회, 2005.
12 『창원―영원한 고향의 봄』, 고향의 봄 기념사업추진위원회, 2002, 3쪽.

일이다. 특히 인문학의 경우 자연학에 견주어 가치평가가 중요한 일거리다. 따라서 문학 작품 해석에 있어서도 내집단(內集團)의 연고나 문화권력에서 자유롭기 힘들다. 알게 모르게 작품 풀이에 깊숙이 영향을 미친다. 그것이 하루 이틀 아니라 몇 십 년 키워 온 교조적 믿음과 이어질 때는 변화나 전환을 바라기란 아예 어렵다. 게다가 지역문학은 좁은 지역 단위의 것이다. 연고망이나 문화자본력이 미치는 영향이 엄청나다. 엄정한 해명이 더 어렵다는 뜻이다.

이와 관련하여 경남 지역문학에서 현안으로 남아 있는 한 본보기를 보자. 글쓴이는 2002년에 김정한의 〈인가지〉가 지닌 부왜적 됨됨이를 밝혔다. 그에 관한 개별 논문까지 마련했다.[13] 아래와 같은 세 사람의 공식 반응이 있었다.

① 친일선전극인 국민연극의 본격적인 전개는 1943년 제2회 국민연극 경연대회의 시기인데, 그 내용에서 지원병제 선전이 가장 많이 나타나는 때이다. 〈인가지〉는 같은 시기 국민연극의 이러한 양상과 일치되고 있다.

다른 국민연극들이 사실주의극 멜로드라마와 선전극이 결합된 형식에다 세련된 극작술로 무장한 장막극이라면, 〈인가지〉는 희극 형식의 단막극이다. 표면적인 사건은 혼담 이야기로 구성된 희극이지만, 혼담의 낭사자인 개동이 지원병으로 설정되어 있어서, 지원병이 전도유망한 청년으로서 배우자로서, 사위감으로 선망되는 혼담 이야기이다.

---

13 두 차례에 걸쳐 다루어졌다. 박태일, 「경남 지역문학과 부왜활동」, 경상대 인문과학연구소 쟁점토론회 발표요지, 2002; 박태일, 「김정한 희곡 〈인가지〉 연구」, 『우리말글』 25집, 우리말글학회, 2002.

(…줄임…) 결국 지원병 청년의 혼담 이야기는 일제의 황민화 정책을 내면화한 작가 김정한의 지원병제 선전극이 되는 것이다.[14]

② 그런데 최근 한 국문학도가 「김정한 희곡 〈인가지〉 연구」에서 1943년 9월호 『춘추』에 실린 김정한의 단막극 희곡 〈인가지〉가 친일적인 작품(소위 附倭作品)이라고 주장하여 커다란 충격을 주고 있다.[15] 만약 그 주장이 사실이라면 김정한의 문학과 인생은 회복하기 어려운 타격을 받을 것이고, 우리는 몇 남지 않은 일제 말 문학적 지사들 중의 한 분을 잃게 될 것이다. 조마조마한 마음으로 그 책에 부록으로 실린 희곡 〈인가지〉를 읽고서 나는 우선 한숨을 돌렸다. 친일적인(저자의 용어로 부왜적인) 작품이라는 것은 터무니없는 과잉 해석이고 일종의 중상모략이라고도 할 수 있음이 분명했기 때문이다. 그러나 한두 가지 아쉬운 점이 남는 것은 사실이다. 1943년의 시점에서 공적인 잡지에 발표했다는 사실 자체 속에 내포된 일종의 현실타협을 부인할 수는 없지 않은가. 그리고 주인공 개동(개동, 깨똥이)이 지원병 나갈 처지에 면사무소로부터 근로봉사대 나오라는 통지를 거듭 받는다는 설정의 문제점이다. 여기서 길게 논의할 여유가 없지만, 결론만 말한다면 〈인가지〉 발표는 김정한의 변절 또는 식민지체제에의 투항으로 보기 어렵다는 것이 내 생각이다. 그의 문학생애 전체를 통관해 볼 때 그가 현실체제 바깥에 있었던 적은 없다는 점을 나는 지적하고자 한다. 알다시피 그는 여러 차례 감옥을 들락거렸고 때로는 목숨이 위태로웠던 적도 있었다. 그러나 따지고 보면 그가

---

14 구명옥, 「광복 전후 김정한의 희곡과 연극운동」, 『지역문학연구』 9호, 경남·부산 지역문학회, 2004, 142쪽.
15 박태일, 『경남·부산 지역문학 연구 1』, 청동거울, 2004.

때때로 형법의 제재를 받고 치안당국의 손에 걸려들었던 것은 그가 현존체제 외부에 있었기 때문이 아니라 체제내적 존재이기를 일관되게 선택했기 때문이다. 이런 논리에 의해 모든 부역활동이 면죄부를 받는 것 아닌가 하는 의혹을 당연히 제기할 수 있다. 하지만 그의 경우 체제 안에 있기 때문에 도리어 체제에 저항할 도덕적 자격을 부여받는다고 그는 느꼈던 것 같다.[16]

③ 〈인가지〉는 지원병 관련 친일 작품의 일반적 경향과는 분명히 거리가 있어 친일작품이라고 단정하기는 곤란하지만 친일적인 요소가 있는 작품이라고는 할 수 있다. 하지만 이러한 작품을 반복적으로 쓰지 않았다는 점 그리고 그 이전 작품과의 연속성이 드러나지 않는다는 점에서 내적 논리를 가지고 있지는 않다고 볼 수 있다. 내적 논리가 없다는 것은 자발성에 기초한 것이 아니라 강제에 의해 이루어진 것이기 때문에 친일 협력을 했다고 보기는 어렵다. 침묵도 아니고 우회적 글쓰기도 아닌 이러한 작품을 그가 어떤 외부의 강제에 의해 집필했는지 그 정황을 밝힐 정확한 정보를 갖고 있지 않다. 피하기 어려운 어떤 사정이 있었기 때문에 이러한 작품을 남겼다고 짐작할 수 있겠지만 이것을 입증할 만한 주변 증거를 갖고 있지 못한 것이 현재 김정한 연구의 수준이다. 외부 강요에 의해서 이루어진 것이라 하더라도 이런 작품을 남겼다는 것 자체는 김정한 문학에 있어 지울 수 없는 허물임에 틀림없다.[17]

세 편의 글 모두 2004년도에 발표했다. 그러면서 생각의 진폭은 크

---

16 염무웅, 「요산 작품의 문학사적 의의」, 『제7회 요산문학제 문학심포지엄』, 2004, 12~13쪽.
17 김재용, 「일제 말 김정한의 문학과 친일 문제」, 『제7회 요산문학제 문학심포지엄』, 2004, 27~28쪽.

다. 글쓴이는 2002년 연구에서 크게 세 가지를 짚었다. 첫째, 1943년에 나온 〈인가지〉로 볼 때 김정한은 나라잃은시대 후기에 자필 해적이로 밝힌 바와 같은 절필을 하지 않았다. 따라서 그의 나라잃은시대 후기 절필을 기정 사실화하고 마련된 명성은 바로잡혀야 한다. 둘째, 작품 안밖 맥락을 빌려 볼 때 〈인가지〉는 부왜 국책극이다. 따라서 김정한이 부왜 작품을 남기지 않은 몇 되지 않은 "일제 말 문학적 지사"라는 잘못된 고정관념은 바뀌어야 한다. 셋째, 〈인가지〉를 중심으로 작가나 작품 안밖의 상호텍스트성을 따져야 한다. 그래야 나라잃은시대 후기 김정한 문학의 실체를 더 깊숙이 알 수 있다.

그에 대한 첫 반응이 ①이었다. 한국 근대희곡 연구가의 글이다. 글쓴이는 〈인가지〉를 이른바 '대동아공영권'을 내건 '성전'의 지원병 가족에 대한 "총후보국을 부추기는 국책극"으로 보았다. 그런데 이 연구자는 글쓴이와 달리 지원병제도에 대한 '선전극'으로 보고 있다. 그리고 그에 대한 터무니를 부왜연극, 곧 국민연극계 안쪽 사정과 작품 경향을 고려하여 마련했다. 당대 문학사회에 대한 실증적인 접근이 두드러진다. 김정한의 명성으로부터 알게 모르게 받았음 직도 했을 억압으로부터 거리를 지킨 글이다.

이에 견주어 ②는 오래도록 우리 문학 현장에 몸을 걸치고 있었던 한 독문학도의 글이다. 소설가 김정한을 1960년대 이후 우리 근대 민족문학의 대가로 한결같이 치겨 세우고 명성을 생산, 재생산하는 일에 앞장섰던 이다. 그런 만큼 김정한의 명성에 흠집이 날 일에 대해 누구보다 강한 저항감을 지닐 법했다. 글쓴이에 대한 격앙된 어조에다 〈인가지〉를 부왜 작품으로 볼 수 없다는 단정부터 앞세우는 작품 옹호를 이해 못할 바도 아니다. 〈인가지〉의 부왜적 됨됨이를 인정하는 일은 40년에 걸친 자신의 교조적 믿음에 커다란 타격을 입히는 일인 까닭이다. 그렇더라도 〈인가지〉가 부왜 작품이라는 글쓴이의 생각이 잘못임을 논리를 갖추어 밝힌 대목이 한 군데도 없다는 사실은 뜻밖이다.

글쓴이의 글을 두고 "터무니없는 과잉 해석이고 일종의 중상모략이라고도 할 수 있음이 분명했기 때문"이라 '분명'히 적은 이의 글이라고는 믿기 어려울 정도로 '불분명'하다.[18] 우격다짐 식의 '결론만' 말하지 않고 차분하게 〈인가지〉가 부왜 작품이 아니라는 터무니를 밝힐 수 있을 여유가 충분히 주어진, 긴 분량의 글이었다. 그럼에도 그는 '그러나', "길게 논의할 여유가 없지만"이라는 조건 달기에 지면을 허비했다. 따라서 김정한이 "체제 안에 있기 때문에 도리어 체제에 저항할 도덕적 자격"이니 무어니 하며 끌어다 붙인 글줄은 딱하게도 구차스런 군말에 지나지 않는다. 오히려 글쓴이에 대해 "일종의 중상모략"을 저지르고 있는 글이다. 오랜 세월 현장 비평가로서 이름을 가꾸어 온 이의 것이라 믿기 어려울 정도의 글솜씨다.

아마 그는 〈인가지〉가 실린 1943년 『춘추』 9월치가 다른 지원병 관련 기사로 뒤덮였으며, 『춘추』야말로 그 무렵 한글로 나온 대표적인 부왜 종합 매체였다는 데까지 눈길이 미치지 못했던 것 같다. 한글 쓰임이 금

---

18 한국 근대문학 텍스트나 문학사회 환경에 대한 심층적인 독서 경험이 김정한을 처음 발견했을 때인 1960~1970년도의 높낮이에 머물고 있을 법한 사정도 짐작이 가지 않는 바는 아니다. 그로서는 1980년대 이후 꾸준하게 자라기 시작한 근대문학 텍스트 확인 작업과 연구를 제대로 따라 나올 힘도 뜻도 없었을 것이다. "결론만 말하지" 않고 길게 끌어 가도 될 본문에서 김정한과 자신 사이에 얽힌 여러 가장자리 이야기로 말을 끌다가, 느닷없이 〈인가지〉가 부왜 작품이 아니라는 단정적 결론을 목청 높여 던져 대니 벙벙한 바 있다. 학문하는 이의 태도와는 거리가 멀다. 아마 비평 글에 오래 몸담았던 탓이리라.

지되었던 그 무렵 한글로 발표하는 것을 허용 받은 자체가 체제 옹호적인 됨됨이를 지녔음도 알 리 없는 독문학도였을 따름인 그다. 그러니 그런 발표 현실을 두고 "공적인 잡지에 발표했다는 사실" 정도로만 보아 넘길 수 있었다. 게다가 김정한의 저항성을 밝히기 위해 "여러 차례 감옥을 들락거렸고 때로는 목숨이 위태로웠던 적도" 있었다고 썼다. 터무니없는 과대 포장이다. 그 무렵 경남·부산 지역 중요 계급주의 문인들이 겪었던 험난했던 투옥 경험과 고난상[19]은 아예 짐작하지도 못할 그다.

③은 조심스럽게 〈인가지〉가 지닌 부왜적 속성에서 비켜 가고자 한 글이다. 이즈음 부왜문학 문제를 본격적으로 파들어 누구에 못지 않을 관련 텍스트에 대한 이해도를 지닌 이다. 〈인가지〉의 부왜적 속성은 받아들이면서도 그것이 그의 문학 전반에 걸쳐 결정적인 흠은 아니라는 옹호론을 밑바닥에 깔았다. 반복성과 자발성이라는 두 축에 따라 우리 근대문학을 보고자 했던 글쓴이의 기본 입장을 살려 썼다. 김정한 경우는 부왜 작품이 〈인가지〉 말고는 보이지 않아 반복적이지 않고, 자발성이 느껴지지 않는다. 따라서 〈인가지〉는 뜬금없는 작품이라는 것이 그의 마무리다.

그런데 이러한 생각도 「사하촌」의 명성과 잘못된 절필 담론의 후광으로부터 벗어나지 않은 자리에 있다. 오랜 투쟁과 좌절을 거듭한 카프

---

[19] 그렇다면 1920년대 중반부터 1930년대 중반까지 끝없는 투쟁 일선에서 노력하고 작품 활동을 하다 여러 해에 걸친 투옥과 전향을 해야 했던, 김정한 이전의 경남 지역 좌파문학인이나 그들의 활동은 무엇이 되는 것인가. 염무웅의 한국 근대문학의 텍스트 독해가 1960년대가 허락하고 발견할 수 있었던 무게와 수준에 머물고 있어 지체현상을 보이고 있는가 싶다. 그가 한국문학을 제대로 읽으려 했을 무렵 카프의 문학적 성과는 거의 찾아낼 수 없었을 뿐 아니라, 말하기도 힘든 시기였다. 게다가 부왜문학은 더했다.

의 문학투쟁이 사그라진 위에 떨어져 내린 「사하촌」이야말로 김정한에게 '뜬금없'는 작품일 수 있다는 인식 전환이 필요하다.[20] 카프 해체의 암담했던 사상 실조 위에 이루어진 「사하촌」의 신춘문예 당선이야말로 김정한의 문학 생애에서 볼 때 예외적이다. 게다가 반복성에서 자유롭다고 했지만, 〈인가지〉에 버금가는 작품을 더 찾을 수 있다면 어떤 입장을 보일지 궁금하다. 자발성이라는 쪽에서 볼 때도 열린 입장에 서지 않는다면 바른 인식은 틀렸다.[21] 냉철한 작품 해명에 이르고자 하는 자세가 필요한 바다.

앞에서 본 바와 같이 작품 자체의 됨됨이 해명은 부왜문학에서 매우 중요하고도 민감한 문제다. 특히 문학 작품을 주된 이음매로 삼는 작가에게 있어 작품 됨됨이는 결정적이다. 적어도 작품 안쪽 문맥과 바깥쪽 문맥을 엄밀하게 살피고 그것을 종합적으로 이해하려는 넓고도 꼼꼼한 눈길이 필수적이다. 나아가 기존의 작가적 명성이나 영향 관계로부

---

20 1920년대 후기부터 1930년대에 이르는 시기 김정한 초기 문학이 시에 치중하고 있고, 그 것이 대부분 음풍농월에 가까운 것이었다는 사실을 이순욱이 밝혔다. 게다가 흔히 알려지고 있는 초기 문학의 외적 투쟁 활동도 사실이 아닐 가능성에 무게가 실려 있다. 이제껏 알려지지 않았던 김정한 초기 문학의 실재를 발굴하고 성격을 밝히는 중요 디딤돌을 놓은 셈이다. 이순욱, 「습작기 요산 김정한의 시 연구」, 『지역문학 연구』 9호, 경남·부산 지역문학회, 2004.

21 이 세 논의 가운데서 ①과 ③의 경우 〈인가지〉의 부왜 작품에 대한 사실 인정은 이루어졌다. ②의 경우는 사실 인정 여부에서부터 글쓴이와 생각이 매우 다르다. ①과 ③의 큰 차이는 〈인가지〉 창작 요인에 있음 직한 자발성 여부다. ①의 경우는 1930년대 후반부터 김정한의 내부에 이른바 황민화 책략에 대한 내면화가 이루어졌다는 생각이다. 이와 달리 ③은 오히려 강압에 따른 불가피한 일로 보고자 한다. 그런데 요산의 그 무렵 행적은 강압에 따른 것이라기보다는 자발적인 자구책이라는 것이 글쓴이의 생각이다. 연구자들은 김정한이 왜로의 전시 동원·수탈 기구였던 경남면포조합 직원으로 공직에 머물고 있을 때 〈인가지〉를 발표했다는 사실에 대해서는 건성으로 지나치고 있다. 이 일은 그렇게 슬쩍 건너설 자리가 아니라는 점만 짚어 두고자 한다.

터 냉철할 수 있을 단호함도 요청된다. 작품의 1차 사료 발굴보다 더 논란의 여지가 많으나 피할 수 없을 뿐 아니라, 가장 중요한 핵심 자리가 바로 작품 해명의 문제임이 뚜렷해졌다. 경남 지역문학에서도 이러한 눈길로 보자면 드러나 있는 부왜 작가나 작품을 제쳐 두고도 뜻밖의 작가와 작품이 문제가 될 수 있다.

4. 가치 재구성과 문학행정

부왜문학에 대한 판단이 여느 문학에 대한 것에 견주어 예민한 까닭은 그것이 반민족적이라는 데 있다. 근대 민족국가 형성과 전개 과정에서 가장 비난받아 마땅한 반국가적 행태가 부왜문학이다. 거기다 우리 근대는 민족/반민족 구도가 사회 갈등의 핵심 요인 가운데 하나였다. 부왜문학은 가장 깊은 낙인인 셈이다. 따라서 그것이 지니고 있는 이념적·전략적 의의는 어느 명분보다 높다. 그런 만큼 부왜문학 여부를 둘러싼 이해 득실은 부왜 혐의를 받는 쪽이나 그 점을 핵심 문제틀로 내세우는 쪽이나 양보할 수 없는 일이다. 자칫 실체를 제대로 살펴보기에 앞서 벌써 일이 파행에 치달을 위험은 곳곳에 놓였다.

이미 부왜 작품 해명에서부터 이해관계에 따라 내 논에 물대는 식의 연고주의 해석과 자의적 접근이 이루어질 수 있다. 그리고 그것은 고스란히 사회적 명성의 재구성과 가치 전승으로 굳어진다. 엄정하지 않을 수 없는 까닭이다. 문학행정적 관여가 무엇보다 중요한 일거리로 올라선다. 본디부터 지역문학 연구는 지역사회에 대한 구체적인 이바지를 주요 목표로 삼는다. 부왜 문제에서는 더 날카롭게 맞닥뜨리게 되는 일이다. 이제 연구자 앞에 크게 두 과제가 놓였다. 첫째, 부왜 작품과 부왜 문학인을 나누어 볼 일이다. 둘째, 문학행정적 방법과 전망을 제시하여 지역사회 안쪽의 명성에 대한 성찰과 재구성을 위한 실질적 이바지를 다해야 한다.

첫째, 부왜 작품과 부왜문학인의 분리다. 문학적 사실 확인과 사회적 평가·전승을 위해 보다 신중한 접근이 필요함을 일깨우기 위한 일이다. 비록 한 문학인에게서 부왜적 유형의 작품이 있다고 해서 그의 모든 문학 생애를 부왜문학인이라 일반화시킬 수는 없다. 문학 생애를 부왜문학인으로 낙인찍는 일과 개별 작품 해명은 엄연히 나뉘어야 한다. 아직까지 일반사회에서 부왜문학에 대한 문제가 해결 실마리를 잘 보이지 않는 것은 부왜 작품의 발견이 곧 부왜문학인으로 굳혀지고 마는 단순 대입 논리가 그대로 용인되는 사회 분위기에도 한 책임이 있다. 사실 자체에 대한 접근조차 금기시하는 것이 현황이다. 그 위험성을 잘 알고 있는 이들의 우려가 담겨 있는 집단 자구책인 셈이다.

중요한 점은 어떤 작가가 부왜 작품을 남기게 된 앞뒤 정황에 대한 다양한 검토와 사실 파악이다. 그를 위해서 관련 요인을 고루 따져 보는 일이 무엇보다 요긴하다. 출신 계층과 가계, 성장 과정의 의식 형성, 언어 표기, 조직 활동, 부왜 작품으로 말미암아 개인이 얻게 된 이익의 구체적인 속살과 같은 점을 아울러 살펴야 한다. 그 가운데서 특정 작가가 부왜 작품을 말미암아 얻게 된 이익의 내용에 더욱 꼼꼼한 눈길을 줄 필요가 있다. 부왜문인 판단에 핵심일 수도 있는 것이다. 이렇듯 여러 자리에서 사회적 동의를 끌어내려는 연구 분위기가 중요하다. 그렇지 않을 경우 부왜문학에 대한 시비는 양보 없는 긍정 / 부정이라는 대치 국면을 벗기 어려울 것이다.

다시 말해 보다 낮은 수준에서 부왜문학에 대한 접근이 이루어질 수 있는 환경을 마련하자는 뜻이다. 사회적 내성을 키워 내기 위한 노력이다. 부왜 작품이 있다고 해서 죄 부왜문인이라 규정할 수 없다는 자리를 열어 두는 일은 중요하다. 저명작가든 무명작가든 지역문학인 모두에 걸친 부왜문학의 실상 파악이 그로부터 가능할지 모른다. 민감한 결과로 말미암을 혼란과 연구자 개인에 대한 비난까지도 감당해야 할 만큼 사회적 억압, 검열이 심한 것이 우리 현실이다. 지역사회에서는 제대로 된 연구가 더욱 어렵다. 부왜 작품 사실 확인에 대한 단호한 부정이나 선병질적인 적대감에서 어느 정도 자유로운 길이 부왜 작품과 부왜문인의 분리로 열릴 수도 있다.

둘째, 지역사회 안쪽의 문학행정적 실천에 이바지하는 자세다. 지역문학 연구의 중요한 쓸모 가운데 한 가지는 결과의 사회적 이바지에 있다. 그런 점에서 지역문학 연구는 공공적 편익을 위한 연구에 무게를 둔다. 지역사회 현안에 대해 민감한 입장을 지닌다. 부왜 작품 발표 사실이 확인되었거나 부왜문학인으로 규정할 만한 터무니가 충분한 이들의 사회적 가치 재구성을 위한 현양사업에 마땅한 지침을 마련해야 한다는 뜻이다. 정책의 집행 여부도 요구할 수 있어야겠다.

이즈음 경남 지역사회 안에서 문학행정적 논란에 휩싸여 있는 문제는 한둘이 아니다. 보기를 들어 통영 청마문학관에 대한 일컬음과 쓸모를 바꾸어 통영문학관으로 나아가는 문제는 이미 지역사회에서 소수 의견으로 드러난 바다. 이런 점에서 통영시에서는 공론을 시작할 필요가 있다. 지역행정부에서 특정 개인의 평가에 있어 중립적인 자리에 서지 않고 치우친 곳에 선다면 결과적으로 주민과 뒤 세대에 대한 행정 독재를 저지르는 일이다. 창원과 양산의 경우 이원수 문학동산이나 '고향의 봄' 거리 조성과 같은 손쉬운 현양 사업에 욕심을 낼 만도 하다. 그러나 만약 사업을 본 궤도에 올리고자 한다면 상당한 논란을 각오해야만할 것이다.[22]

문학 연구는 지난 시기 문학의 인습을 버리고 전통을 키워 나가기 위한 노력을 큰 몫으로 삼는다. 그런 점에서 지역문학 연구의 마지막은지역 안쪽의 문학행정적 고려와 맞닿을 수밖에 없다. 섣불리 부왜 작품의 발굴, 발견을 앞세워 부왜문학인이라 낙인을 찍어 버리는 단정적 태도는 문제다. 그러나 지난날 낡은 문학 인습과 터무니없이 부풀려진 명성에 가려 고정관념을 버리지 않으려는 벽창호 같은 자세는 더 큰 문제다. 무지한 행정 독재를 눈감아 주거나 얼빠진 박수부대로 떨어져버린시민 단체, 지역 언론도 꾸지람을 들어 마땅하다. 특정 작가를 부풀리고 신화화하여 문학적 사실이나 가치를 날조하는 것은 두고두고 뒤 세대에 죄를 짓는 일이다.

문학 학습의 궁극은 마땅한 사회학습이다. 그것이 때로는 엄청난 물적 토대를 마련해 거꾸로 이념 증폭을 거듭한다. 이즈음 같이 지역자치

22　이런 현양 사업들은 이원수의 부왜문학에 대한 사실 공개를 해적이로 남기고 있는 이원수도서관의 존속에 견주어 더욱 심각한 일이다. 한 작가의 현양 공간 마련은 그로 말미암은 사회적 가치 내면화에 결정적으로 작용한다.

를 명분 삼아 유행처럼 나랏돈을 내돌리는 분위기 아래서 바람직한 문화예술 행정은 사치스러운 요구일지 모른다. 그럼에도 잘못을 막기 위해서는 지역문학 연구가의 열린 관심이 필요하다. 지역사회가 부왜문학과 같은 민감한 문제들을 얼마나 참답게 받아들일 수 있을 것인가. 아니면 정말 받아들일 만한 용기는 있는 것인가. 지역사회의 성숙도와 잠재력을 묻는 이러한 물음 앞에 경남 지역 부왜문학에 대한 연구의 자리는 턱없이 좁다. 사필귀정이라는 고전적인 시적 정의에 내맡기고 나아가기에는 일이 너무 버겁다.

5. 마무리

글 써 먹고 사는 일은 두렵다. 글은 엘리트 문화인 까닭이다. 따라서 글 써 먹고 사는 이는 무엇보다 그렇지 못한 이들을 배려해야 한다. 글 가운데서 문학은 아무나 쉬 나서서 하지 않으려는 일이다. 문학 글쓰기란 돈벌이를 목표로 삼는 자본주의 사회에서 돈 안 되는 일거리 가운데 하나다. 그러면서 문학은 말장난이기도 하다. 우리 근대문학사는 글쓰기의 두려움과 가벼움 두 문제 모두에서 철저하지 못했다. 글에 순교한 이도 드물고 글로 자유로웠던 이도 드물다. 글로 순교한 이에 가깝다고 치켜 세워졌던 대표적인 경남 지역문학인이 김정한·이원수였다. 이들에 대한 평가가 부풀려졌을 수도 있다는 점이 알려졌을 때 많은 사람이 당혹스러워했다.

　부왜 문제는 개인이 책임질 일은 아니다. 구조적 해결이 필요하다. 그러나 그것은 자칫 세월에 내맡기는 무책임한 처리이기 쉽다. 촌철살인의 충격요법이 필요할지도 모른다. 제도적 조사와 공개는 쉽지 않을 것이다. 부왜문학론이 대학의 문학 강좌로 자리잡기까지 많은 시일이 걸리리라. 그러나 그런 진행과 관계없이 디지털 정보화는 부왜문학의 깊은 실체를 보통의 사회 시민 구성원에게 활발하게 내돌리는 일을 기꺼이 떠맡을 전망이다. 학적 점검은 필연적이다. 이미 오랜 세월 피식민지 수탈로 말미암아 많은 인재와 정보를 빼앗겨 버린 뼈아픈 경험을 지닌 우리다. 부왜인이나 부왜문학 논의가 앞 세대에 대한 상처 덧내기로 머물지는 말아야 할 일이다.

　그럼에도 부왜문학 문제는 실체를 온전하게 드러내야 한다. 상대적으로 덜 알려지고 숨겨진 사실이 많은 자리가 지역문학이다. 일은 새롭지만 건너뜀 수 없는 어려움이 있다. 이 글에서 글쓴이는 경남 지역 부왜문학 연구가 맞닥뜨리고 있는 과제를 세 가지로 나누어 살펴보고자 했다. 국권회복기와 국토회복기 모든 기간에 걸쳐 지역 부왜문학 1차 문헌을 갈무리하고, 그 영역과 대상을 넓히는 일이 처음이었다. 작품 안밖의 매락을 엄밀하게 따져들 뿐 아니라, 사회적 명성이나 고정관념으로부터도 자유스럽기를 바라는 뜻이 두 번째였다. 작가에 대한 가치 재구성과 사회 전승을 위한 문학행정적 계몽에 모자람이 없어야 할 것임을 세 번째로 짚고 들었다.

　지역은 흔히 사람들이 즐겨 입에 올리는 바와 같은 서울의 식민지, 피해지만은 아니다. 오랜 세월 중앙패권주의에 따라 더욱 굳건하게 문화적·경제적·계층적 이익을 확대 재생산해 온 여러 겹과 켜의 모순 공간이 지역이다. 지역 차원에서는 부왜인이나 부왜문학의 실상을 마땅히 드러내기가 더욱 어려울지 모른다는 우려가 적지 않다. 경남 지역 부왜문학 연구가는 자기 손해를 마다 않는 진지전적 투쟁 의욕을 거듭 다져야할지 모른다. 우리 근대의 부왜와 부왜인 문제를 향해 어렵사리 디딤돌을 놓고, 오랜 세월 징검돌을 다듬었던 이가 임종국이다. 개인적 고초를 마다하지 않았던 이다. 그가 경남 창녕 사람이라는 사실이 이 시점에서 더욱 상징적이다.

2부

유치환의 만주국 체류시 연구

통영 출향과 만주국, 그리고 부왜시문

1. 들머리

청마 유치환(1908~1967)은 문제 시인이다. 거리를 두고 그의 시와 삶을 살펴본 사람이라면 이내 여러 가지 물음에 맞닥뜨린다. 한자 외래어 그것도 왜풍 관념어로 겉칠된 필연성 없는 과장과 추상적인 시의 풍모, 또래 다른 시인과 달리 작품보다 개인의 사사로운 불륜 삽화가 명성 증폭에 주요 동기가 되고 있음에도 그에 대해 한껏 너그러운 사회적 잣대, '생명'·'선의지'·'허무의지'·'아나키스트' 시인이라 들먹임에도 시와 삶을 꿰뚫고 있는 문단권력 지향과 국가주의 이념 복무 또는 새도매저키즘적 사회심리, 게다가 대표 부왜문인 형 유치진과 따로 떼어 놓고 보려는 잘못과 같이 미심쩍은 구석이 한둘 아니다.

그런데 이들을 아우르는 가장 큰 문제는 근대 주요 시인 가운데 한 사람이라 일컫고 있음에도 뜻밖에 그의 시와 삶에 대해서 알려진 데보다 알려지지 않은 구석이 훨씬 많다는 점이다. 오늘날 떠돌고 있는 그에 대한 통념의 밑자리는 광복기 우파 문단 조직 활동을 시작으로 경인전쟁기를 거치며 1950~1960년대에 굳혀진 것이다. 꼼꼼한 연구 없이 겉치레 수준에서 이루어진 헤아림이 뒷날에도 깊어지지 못했다.[1] 명성과 선입견에 가려진 연구 결과로 말미암은 과잉 해석에서 벗어날 기미를 보이지 않았다. 그렇다 보니 유치환이 좋은 작품을 제대로 남기고 있지 않으면서도 대가급 이름까지 얻고 있다는 날카로운 문제 제기[2]는 이내 잊혀졌다.

그에 대한 이른바 '친일시', 곧 부왜시(附倭詩) 시비만 하더라도 그런 사정을 잘 보여 준다. 그 일이 적지 않은 세월 꾸준히 의제[3]로 떠올랐음에도 유치환이 그러한 작품을 썼을 리 없다는 믿음 또한 달라질 기미가 없었다. 일의 앞뒤를 따져 사실 확인에 이르고자 하는 노력을 처음부터 가로막고 선 꼴이다. 설혹 유치환이 부왜 작품을 썼다 하더라도 그 일은

---

1 오탁번은 1980년에 발표한 유치환론을 아래와 같은 문제 제기로 시작한다. "청마에 대한 대부분의 평가가 의외로 획일화되어 있고 또 작품의 효과 위에 구축된 것이 아니라 고정된 선입견 위에서 마련되어 있다는 것은 놀라운 일이다. 그가 벌인 지도적인 문단 활동과 그가 표명한 시작태도나 인생관에서 그대로 작품 그 자체의 해석을 편리하게 유도해 온 감이 없지 않기 때문이다." 매우 마땅한 지적이다. 오탁번, 「청마 유치환론」, 박철희 엮음, 『유치환』, 서강대 출판부, 1999, 108~109쪽.
2 "40여년에 걸치는 시작생활에서 남아 있는 작품이 너무 적다. 그가 취했던 도도한 시인으로서의 풍채에 비하면, 행복을 누리고 있는 시가 너무 적다는 생각을 어쩔 수 없다. 그만큼 청마는 불행한 시인이었는지도 모르겠다. (…줄임…) 청마의 엇갈리는 시인의식은 그의 다수의 시를 희생시킨 채 몇몇 서정시를 애수라는 지렛대로 겨우 지탱하여 끌어올리고 있을 뿐 일반적으로 알려지고 있는 시인과 성가와 작품이 상부하지 못했던 것이다." 오탁번, 앞의 글, 133쪽.
3 공론장에서 유치환의 부왜시가 처음 알려지게 된 일은 장덕순에서부터니 마흔 해를 넘는 내력을 갖는다. 장덕순, 「일제암흑기의 문학사(완)－1940년에서 45년까지의 비양식의 국문학」, 『세대』, 세대사, 1963.12, 229쪽.

어쩔 수 없는 시대적 굴절로 말미암은 것이리라는 상황론적 각본까지 병풍처럼 단단하게 둘러쳐 놓은 상태다. 그러한 믿음이 얼마나 느슨한 고정관념 위에 얹혀 있는가를 살펴 헤아릴 까닭이 없었다. 이러하니 본격 유치환론은 처음부터 될성부르지 않아 보일 정도다. 그의 시와 삶을 놓고 여러 쪽에서 새로 따져 들어야 할 일이 한둘 아닌 셈이다.

이 글은 유치환이 만주 체류 경험을 담은 시편, 곧 만주국 체류시[4]의 됨됨이를 구명하기 위한 목표로 쓰는 첫 글이다. 그의 만주국 체류와 그것을 다룬 작품은 유치환의 개성이나 뒷날 시의 걸음걸이에 커다란 영향을 끼친 원체험 가운데 하나다. 그럼에도 잘 알려져 있지 않거나 잘못 알려져 있기는 다른 경우와 마찬가지다. 여기서는 유치환의 만주 출향 동기와 체류 환경, 그리고 거기서 쓴 부왜시문(附倭詩文)을 중심으로 논의를 펴고자 한다. 만주국 체류시의 창작 환경과 작품 됨됨이를 제대로 따져 들기 앞서 살펴 두어야 할 터 닦기인 까닭이다. 논의 과정에서 이제까지 알려지지 않았던 유치환의 새 부왜 작품도 더하게 될 것이다.

---

4 이 글에서 일컫는 만주국 체류시란 유치환의 시 가운데서 1940년에서 1945년까지 만주국 거주 시기에 발표한 작품과 귀국해 광복 뒤 쓴 만주 회고시를 두루 일컫는다. 현재 찾을 수 있는 체류시는 모두 45편이다. 만주 거주시 12편(만주 비체험시 2편과 만주 체험시 10편)과 광복 뒤 발표한 만주 회고시 33편(시집 『생명의 서』 2장에 실은 25편, 『청마시집』 4장에 실은 7편, 그리고 시집 미수록 작품 「오상보성외」 1편)을 모은 수다. 구체적인 작품 이름은 주 77)을 참조 바란다.

2. 출향 동기와 만주국 체류

유치환은 어떤 까닭에 만주국으로 건너갔을까. 그리고 거기서 어떤 삶을 살았을까. 그의 출향 동기와 만주 거주 환경은 그의 만주국 체류 시를 이해하는 눈이다. 이 장에서는 이 둘을 따지고자 한다. 그리하여 그의 만주국 체류시 가운데서도 부왜시와 부왜산문 발표가 자연스럽 고도 마땅한 결과임을 밝힐 것이다.

1) 도주형 출향의 속내

유치환이 고향 통영을 떠나 만주로 들어간 동기에 대해서는 이제껏 두 가지로 생각이 나뉘어 왔다. 지사형 도피설과 개인형 도주설이 그것 이다. 이 가운데서 문학사회에 널리 받아들여지고 있는 것은 앞쪽이다. 그의 만주 이주가 제국주의 왜로의 감시와 억압을 벗어나기 위해 이루 어진 지사적 행위의 결과라는 생각이다. 문학사회 주류설이라 일컬을 수 있겠다. 이에 견주어 뒤쪽은 드러내 놓고 밝히기 어려운 큰 잘못으 로 말미암아 유치환이 통영을 도망치듯 급작스레 떠날 수밖에 없었다 는 생각이다. 그의 출향 무렵부터 오늘날까지 통영 지역사회에 알려져 온 바이니 지역사회 전승설이라 일컬을 수 있겠다. 둘 가운데 먼저 지 사형 도피설을 살피기로 한다.

① 그의 주변에는 아나키스트와 독립운동가들이 많았던 관계로 일제의

심한 감시를 받았다. 그의 동생 치상 역시 그러했다. 이로 인해 일경이 자주 집에 들락거렸고 또한 경찰서 출입도 잦았다. 이 무렵 그의 초기작은 일경이 빼앗아 갔다. (…줄임…) 청마는 1940년 봄, 일제의 감시를 벗어나려 가족을 이끌고 북만주 빈강성 연수현으로 건너간다. 그의 만주생활 5년간은 그의 시작에 큰 전기를 마련한 것이다. 형 치진의 처가에서 사 두었던 농장 관리를 하면서 한편 정미소까지 경영하였다. 생활에는 별로 어려움이 없었으나 정신적 외로움은 참을 수 없었다.[5]

② 청마의 주위에는 많은 아나키스트들이 있어서 청마 자신도 일경의 감시 대상으로 하루하루를 보내기가 힘든 상황이었다. 그리하여 청마는 마침내 국내를 탈출하여 만주행을 결심하게 된다. 그의 이와 같은 행동에는 일제하의 민족적 비극으로부터 도피하고자 하는 지식인의 허무주의가 크게 작용했었던 듯 (…줄임…) 그러나 그가 만주행을 결심한 직접적인 동기는 협성상업학교 교사 시절 그의 주위에 아나키스트들이 많아 일제의 감시로 자유롭게 행동할 수 없던 차에 그의 형 동랑의 권유가 있었기 때문이다. 그 당시 동랑의 처가는 만주에서 땅을 개간하고 또 정미소도 경영하고 있었는데 그 관리를 청마에게 맡긴 것이다.[6]

③ 흔히 '만주탈출'이라고 하나, 탈출, 도주, 자유이주, 강제이주의 어느 것인지는 미상이다. 아마 법적으로는 자유이주, 상황으로서는 탈출일 것이다. (…줄임…) 중일전쟁, 태평양전쟁 등으로 정치적 탄압, 경제적 수탈,

5   박철석, 「유치환 평전」, 『유치환』, 문학세계사, 1999, 190∼191쪽.
6   오세영, 『유치환』, 건국대 출판부, 2000, 32∼33쪽.

지원병 및 노무원의 징용이 가속화됨에 따라 절박해진 자기수호의 유일한 길이 만주 탈출이 아니었던가 생각된다.[7]

옮긴 세 글은 서로 넘나듦이 있으나 유치환이 "일경의 감시"를 꾸준히 받을 만한 사람이었으며 그것을 벗어나기 위해 어쩔 수 없이 만주행을 선택했을 것이라는 데에는 뜻이 같다. ①에서는 그가 '아나키스트'였던 까닭에 '일경'의 감시가 심했고, 경찰서 출입도 잦았다고 적고 있다. 그러나 만주행 무렵 유치환은 '주식회사 화신'의 회사원으로 일하다 통영으로 돌아와 '통영사립협성상업학원' '교원'으로 있을 때다. 그는 '일경'의 '심한 감시'에다 잦은 '경찰서 출입'을 할 만한 '아나키스트'로 활동했던 사람이 아니다.[8] 게다가 유치환이 만주행을 결심했을 1940년 직전 무렵은 이미 나라 안밖 아나키즘 활동이 왜로(倭虜)의 탄압으로 묻히거나 사라지고 난 뒤다.

②도 ①과 생각이 같다. 그러면서 ①의 내용을 더욱 부풀리고 왜곡했다. 유치환은 "일경의 감시 대상으로 '하루하루를 보내기가 힘든' 상황"이었으며, 둘레에 "아나키스트들이 많아 일제의 감시로 자유롭게 행동할 수 없던 차"라 적었다. 문맥을 그대로 따른다면, 청마는 통영 지역사회에서 매우 무게 있는 '감시' 대상으로 반제·항왜 전선에 나서 있었던 '거물'이라는 뜻이다.

③에서는 '아나키스트'와 연관을 내세우지 않은 대신 시대 상황을 강

---

7   문덕수, 「유치환론」, 『니힐리즘을 넘어서』, 시문학사, 2003, 127쪽. 이 생각은 뒤에 펴낸 『청마 유치환 평전』(시문학사, 2004, 110~111쪽)에서도 거듭하고 있다.
8   각주 14)에서 다루어질 것이다.

조하고 있다. 곧 "정치적 탄압, 경제적 수탈, 지원병 및 노무원의 징용이 가속화됨에 따라 절박해진 자기수호"의 결단이 유치환의 "만주 탈출"이라 적었다. "정치적 탄압"을 출향 동기로 내세운 점에서는 ①이나 ②와 다르지 않다. 그러면서 제국주의 수탈 아래 놓인 민족 현실로 말미암은 어쩔 수 없는 결단에서 비롯된 일임을 내비치어 그의 출향이 지사적인 동기에 있음을 알리고자 애썼다. 그러나 유치환이 만주로 떠났던 1940년은 "지원병 및 노무원의 징용이 가속화" 되었던 무렵임에는 틀림없으나 이 일은 그와 무관한 일반 시대 상황이었을 따름이다. 32살의 유치환은 현역 '지원병' 자격을 갖춘 사람도 아니었고, '교원'으로 '노무원'도 아니었다. 사실 관계에서부터 잘못을 저질렀다. 갑작스레 "자기수호의 유일한 길"로 고향 통영보다 훨씬 위험한 싸움터였던 북만주로 가는 '절박'한 선택을 할 자리에 그는 있지 않았다.[9]

그런데 유치환의 통영 출향과 만주행이 시대의 억압으로부터 벗어

---

9 '조선총독부'에 의한 '지원병' 제도는 1938년 '육군 특별지원병령'을 시작으로 1943년 '해군 특별지원병령'을 거쳐 1944년 '징병령'으로 나아갔다. 그런데 그것은 '징병령'에 따른 강제 징병과 달리 훨씬 엄격한 자격을 요구했다. 나이가 17세 이상인 사람으로, '입소 및 복무 중 일가의 생계 및 가사에 지장이 없는 사람'과 같은 조건에다 '읍면장의 증명서'와 같은 여러 서류, '지원자의 사상, 태도, 언어 등을 알아 보는 구두시험'까지 치러 '지원병 훈련소' 입소를 결정했다. 그리하여 첫해인 1938년에 406명, 유치환이 만주로 떠났던 1940년에는 3,060명이 들어갔다. '징병령' 실시 뒤부터는 만 17세 이상 45세 이하의 '병역 의무자' 가운데서 첫해인 1944년 '현역 입영'을 위한 징병검사 대상은 1923생과 1924년 출생자였다. '노무자 강제 연행은 1939년의 '국민징용령'에 따랐다. 그런데 한국에서는 '징용령'을 그대로 따르지 않고 겉으로는 '모집' 형태를 띤 동원 계획을 세워 실시하였다. 일정한 일터가 있었던 도시 지식인 유치환은 '우선 징용 대상자'도 아니었다. 『受驗壯丁並に父兄の心得』, 경성육군병사부, 1944, 1~2쪽; 宮孝一, 『朝鮮徵用問答』, 매일신보사, 1944, 5~22쪽; 박경식, 「태평양전쟁기 한국인 강제연행」, 『일제 말기 파시즘과 한국사회』, 최원규 엮음, 청아출판사, 1988, 50~81쪽; 최유리, 『일제 말기 식민지 지배정책 연구』, 국학자료원, 1997, 179~215쪽.

나기 위한 지사적 결단으로 말미암았다는 이러한 생각은 그가 손수 밝힌 아래에 터무니를 두고 있다. 그런 다음 유가족이나 둘레 사람들 입을 빌려 더욱 굳어지고 다듬어졌다.[10]

1941년[11] 첫봄 나의 첫 시집인『청마시초』가 그동안의 외우 소운 형의

---

10 지사형 도피설이 지닌 가장 큰 한계는 유치환의 자술 수필 글 말고는 딸들과 인척의 입에 기대어 거듭 키워졌다는 데 있다. 맏딸 인전조차 만주로 들어갔을 때 어린 11살이어서 그 무렵 가족 환경을 입체적으로 파악하고 기억할 만한 나이가 아니다. 아래 딸들은 더 말할 것도 없다. 사실 관계, 내용 관계 모두에서 제대로 밝힐 수 있을 자리에 있지 않다. 게다가 그들의 발언은 가친의 '친일' 문제가 불거지고 난 뒤 그것을 잠재우려는 과정에서 나왔다. 딸들의 구술은 아버지의 1차 기록을 줄기로 삼아 자신의 기억을 재생산해 내는 2차 기억화를 겪었다고 볼 수 있다. 유치환의 '입만(入滿)' 과정을 알 만한 사람으로 알려진 다른 사람은 유치환과 동서 관계인 오점량이다. "자유 이민으로 청마가 북만주로 들어가는 데는 고 오점량 교수(부산대)의 권유가 있었다는 이야기를 사모님(글쓴이 : 권재순을 일컬음, 오점량은 아직 생존해 있음)께 들었던 일이 있다"(허만하)와 같은 잘못된 진술이 그와 맞물려 있다. 오점량은 유치환이 만주로 들어간 한 해 뒤인 1941년 만주로 올라가 1945년까지 머물렀던 이다. 유치환이 통영을 떠날 무렵 앞뒤 상황을 제대로 알 수 있을 사정이 아니다. 게다가 그는 유치환이 머문 북만주 쪽이 아니라 남쪽 연길, 봉천으로 옮겨 다니며 초등학교 교사 생활을 했다. 만주에서 머문 다섯 해 동안 유치환을 만난 적은 없었고 처형 권재순만, 그것도 연길에서 한 차례 만난 일이 모두다. 유치환의 북만 체류 상황도 알 만한 자리에 있지 않았다. 그런데 유치환의 부왜 시비가 통영 지역에서 거세게 떠올랐던 2004년『한산신문』기사에 따르면 오점량은 처형인 권재순이 '학교로' 자신을 '찾아와서' "이게 사는 기가. 이건 아니다. 일본 고등계에서 남편(청마)을 주목하고 교회에 다니는 식구들을 찾아다니고 있다. 이젠 더 이상 못 버티겠다. 만주로 가야만 하겠다. 아이들을 전학시켜 만주로 먼저 갈 테니 정리하고 뒤따라 왔으면 좋겠다"고 "비통히게 울면시 힉교를 나갔다"라 적고 있다. 오점량이 유치환의 입만 동기와 결심 내용을 권재순으로부터 간접적으로 듣는 꼴이다. 허만하가 적은바 "청마가 북만주로 들어가는 데는 오점량의 권유가 있었다"는 권재순의 말과 맞선다. 권재순은 오점량을 끌어오고 오점량은 권재순을 끌어왔다. 유치환의 지사형 도피설이 강화·확산된 데는 이러한 친인척 사이 간섭현상이 큰 몫을 하고 있음을 알 수 있다. 허만하,「안의에서 대로에 나타난 청마」,『청마풍경』, 솔, 2002, 221쪽;「청마의 친일의혹, 윤이상이 지하에서 통곡할 일」,『한산신문』, 한산신문사, 2004.6.26;「내 아버지는 일본시를 쓰라는 경찰협박에 못 이겨 만주로 갔다」,『한산신문』, 한산신문사, 2004.6.26; 오점량 구술(2007.8.30, 한낮 15:00~17:00 부산시 금정동 자택).

주선으로 나오게 되자 우연한 기회를 얻어 나는 달갑게 내게 따른 권솔들을 이끌고 북만주를 건너갔던 것입니다. 훗날에 이르러 돌아보아 이 길은 나의 생애에 있어 한 전기가 되었을 뿐만 아니라 이 탈출이 없었던들 장차 나의 신상에 어떠한 이변이 생겼을지 예측키 어려웠던 것입니다.

왜냐하면 다 알다시피 일제 군국주의의 무모한 전쟁은 마침내 영미와의 개전으로까지 이르렀던 것과 동시에 그들의 광태는 그들의 비위에 거슬리는 한국의 지식분자는 모조리 말살해 치우려는 데까지 뻗쳐 우리 고향만 하더라도 많은 젊은이들이 붙들려 무진한 경난을 겪었을 뿐 아니라 개중에는 미결인 채 감방에서 옥사한 친구까지 생겼던 것이니 말하자면 나는 용하게도 그 호구를 모면할 길을 얻은 셈이었습니다.

여기에 덧붙여 말하고 싶은 것은 나의 주변에는 많은 '아나키스트'와 그 동반자들이 있었고 따라서 내게도 항상 일제 관헌의 감시의 표딱지가 떨어지지 않고 붙어 다녔지마는 그로 말미암아 나의 초기의 작품들은 영영 잃었을 뿐 그 영광스런 돼지우리의 구경만도 끝내 한 번도 해 본 적이 없었으니 그 점은 어떤 요행에서보다 나의 천성의 비겁하리만큼 적극성의 결핍한 소치의 결과로서 생각하면 부끄럽기 한량없는 일입니다.[12]

11 이 글에서는 안의중학교 이력서와 수필 「『청마시초』 무렵」("이 첫 시집이 나온 해 4월엔 서울에 올라가 여러 선배들이 베풀어 주는 남산 아래 경성 구락부에서의 출판 기념회를 받고")에 따라 1940년 4월 또는 1940년 봄으로 적는다. 유치환, 「『청마시초』 무렵」, 『나는 고독하지 않다』, 평화사, 1963, 135쪽. 그런데 유치환의 '입만' 시기에 대해서는 아직까지 몇 가지 설이 있다. 그 스스로 밝히고 있는 것은 1952년 안의중학교 이력서와 1954년 예술원 회원 자격 이력서에서부터 시작한다. 거기서도 1940년과 1939년으로 나뉜다. 그리고 위에 든 글(1957)에서는 1941년으로 적혀 있다. 1952년부터 1957년, 5년 사이에 만주 체류 사실을 두고 세 가지 다른 진술을 보여 주었다. 단순치 않은 일이다. 아마 만주국 이주와 체류에 대한 기억 혼란을 스스로 일으킬 만한 복잡한 심리가 작용했음 직하다. 연구자들의 글에서도 만주행 시점은 1938년설·1939년설·1940년설로 나뉜다.

유치환의 말에 따르면 자신은 통영 지역 '지식분자'로 '옥사'까지 한 이들과 한 무리며, 사상적으로 "아나키스트와 동반자"가 둘레에 많아 "항상 일제 관헌의 감시의 표딱지가 떨어지지 않고 붙어 다녔"다. 스스로 사상적으로 '보호관찰'이 필요한 사람이었으며, 그로 말미암아 "우연한 기회를 얻어" 통영을 떠날 수밖에 없었다는 점을 알리고자 했다. 지사형 도피설은 이러한 진술을 곧이곧대로 받아들인 결과다. 그러나 유치환은 형 유치진과 마찬가지로 일찌감치 통영의 "상류 집안 자제들"과 어울리며 "자유분방한 생활 태도"를 지녔던 유학생 출신 시인이었을 따름이다.[13]

게다가 유치환과 아나키즘 사이 관계도 한껏 덧씌워진 것이다. 중학 시절에는 형이나 동생 유치상과 어울려 귀동냥한 교양 수준인 터다. 광복 뒤 통영 · 대구 · 부산을 거치며 영남 지역에서 안의 아나키스트 그룹으로 알려진 하기락이나 박영한과 친교를 맺으며 포장된 측면이 강하다. 광복 뒤 하기락은 부산의 대표 우파지 『자유민보』 주필이었고 박영한은 기자였다. 그들의 상징자본과 반공 노선에 유치환이 맞장구를 친 결과다. 그러한 뒷날의 친교를 중심으로 그에게 아나키즘이 굳센 선입견으로 작용하게 된 셈이다.[14] 중학교부터 왜나라로 건너가 공부하

---

12 유치환, 「차단의 시간에서」, 『구름에 그린다』, 신흥출판사, 1959, 22~23쪽.

13 유치진의 회고록 속에 그나 유치환의 청소년 무렵 친교 정황을 짐작할 수 있는 진술이 있다. 1922년 토성회를 만들어 『토성』을 낼 때 "지주, 정미소, 한약방, 술도가 등 비교적 통영의 상류 집안 자제들인" 10여 명이 어울렸다고 하며, "자유분방한 생활 태도"로 사회주의계 젊은이들과 갈등을 빚기도 했다고 적었다. 유치진, 『동랑 유치진 전집』 9, 서울 예대 출판부, 1993, 78~79쪽.

14 유치환을 아나키스트로 보고, 그의 삶과 시의 됨됨이를 살피고자 하는 노력이 있었다. 이들은 대체로 유치진과 동생 유치상이 동경유학생 시절 잠시 머물렀던 학생 조직 '계림장'과 광복 뒤 하기락으로 대표되는 안의 아나키스트 그룹이나 대구의 유림과 가진 교분을 주요 터무니로 삼는다. 그러나 앞선 것은 학생들의 사상 교양 수준의 것이며, 뒤선 것은

다 다시 부산으로, 서울로, 통영으로 학업과 생업을 위해 남달리 떠돌았던 그에게 "항상 일제 관헌의 감시"를 받을 만한 조직적, 사상적 단련과 투쟁이 이루어졌을 리가 없다.

"초기의 작품들"을 "영영 잃었"다는 말 또한 문학적 수사일 따름이다. 박철석이 1997년에 낸 『새 발굴 청마 유치환의 시와 산문』에 실린 『초고집 1』의 작품들이야말로 『소제부시집』(1929)과 『생리』(1937)를 내던 무렵의 유치환 초기작이다. 유치환은 자신의 작품을 꼼꼼하게 필사해서 제목을 붙이고 묶어서 잘 갈무리하는 버릇[15]을 지닌 이다. 그의 큰딸이 긴 세월 흐름 속에서도 간직하고 있었다는 이 자가본 시집의 존재야말로 "초기의 작품들"을 '영영' 잃어버렸다는 그의 말이 참이 아님을 잘 일깨워 준다.

위에 든 글을 쓸 때인 1957년 무렵 유치환은 이미 명성이 높았다. 알게 모르게 영남 지역 대표성까지 얻고 있었다. 나앉은 문필 아나키스트

유치환이 광복 뒤 반공 우파로 됨됨이를 들내면서 소급하여 확대 해석한 결과다. 아래 하기락의 언급 또한 비슷한 경우다. "권구현의 아나키즘 예술론의 배후에는 연극계의 유치진, 시단의 유치환, 이경순, 홍두표, 홍원, 문학이론의 이향 등 많은 아나키스트가 이를 뒷받침하고 있었다. 그는 결코 외롭지 않았다." 여기에 이름을 올린 유치환, 이경순, 홍두표, 홍원 들은 모두 광복 뒤 부산에서 하기락이 언론인 활동을 할 때 친분이 오갔거나 간접적으로 알게 된 경남·부산 지역 시인들이다. 자유분방을 좇는 시인이 티내기 차원에서 아나키즘을 농해 보는 자리와 그것을 사상적으로, 문학적으로 실천해 나가는 일은 결코 같지 않다. 권구현의 아나키즘 예술론에 대한 실천적 본보기를 들기 위해 하기락이 무리하게 그들을 끌어다 붙인 결과다. 무정부주의운동사편찬위원회, 『한국아나키즘운동사』, 형설출판사, 1983, 211·276쪽. 정대호, 「청마 시에 나타난 아나키즘의 수용」, 『문학과 언어』 19집, 문학과언어학회, 1997, 196쪽; 이미경, 「유치환과 아나키즘─특히 『소제부』, 『생리』지 소재의 시를 중심으로」, 『한국학보』 26권 4호, 일지사, 2000, 174~175쪽.

15 만주국 체험시만 하더라도 '북방시첩'이라는 개인시집을 만들어 갈무리해 왔고, 『만선일보』에 실었던 시 「노한 산」을 다시 광복 뒤에 되실으면서 '시집 『연륜』에서'라는 곁말을 시 끝에 붙여둔 일들이 그 점을 잘 알려 준다. 『신문학』 3호, 신문학사, 1946, 108~109쪽.

였던 하기락이나 박노석과도 친분을 넓힌 터다.[16] 제대로 된 아나키스트로서 제국주의 투쟁 일선에 나선 전력이라도 있었다면 좋았을 것이라는 자기 검열이 알게 모르게 그와 같은 이상적 각본을 마련하도록 이끌었을 것이라는 쪽이 훨씬 참에 가깝다. 곧 위에 든 진술은 그의 소망적 사고를 드러냈을 따름이다. 유치환은 "항상 일제 관헌의 감시"를 받을 만한 투쟁 전력을 지닌 조직 활동가도, 배왜사상을 지닌 '불령선인'도 아니었다. 오히려 그는 왜로 식민자 쪽에서 볼 때, 저들 표현에 따르면 이른바 '항일'이 아니라 '친일' 쪽 사람이었다. 만약 그 무렵 유치환이 자신의 표현대로 "항상 일제 관헌의 감시의 표딱지가 떨어지지 않고 붙어" 다닐 정도의 사람이었다면 이른바 조선총독부 기관지 『경성일보』에서 낸 '조선인명록'과 같은 곳에 이름이 오를 리가 없다.

『1940년판 조선년감』[17] 별책부록인 『1940년 조선인명록』은 청마가 급작스런 북만주행을 준비하지 않으면 안 되었을 무렵인 1939년 10월 1일에 나온 것이다. 거기에 유치환이 이름을 올리고 있는 일이 지니고 있는 뜻은 예사롭지 않다. 이름이 오른 문인은 그를 포함해 모두 29명이다.[18] 시인은 13명으로 이하윤 · 김억 · 김형원 · 김광섭 · 김상용 ·

---

16 경인년 전쟁기 하기락이 자신의 고향 안의 안의중학교 교장(1951. 3. 20～1952. 11. 5)으로 일하다 대구로 떠나면서 교장으로 대신 앉힌 이가 청마(1952. 11. 10～1954. 10. 5)였다. 그리고 그 뒤 자신이 몸담고 있었던 경북대학교에 강사로 다시 유치환을 끌어 주었다. 박철석은 유치환의 안의중학교 교장 사임을 1955년이라고 적었으나, 1954년이 맞다. 박철석, 『새 발굴 청마 유치환의 시와 산문』, 열음사, 1997, 574쪽.

17 『1940년 조선인명록』, 경성일보사, 1939.

18 이하윤(시인, 저술가) · 김억(조선방송협회 방송부) · 김형원(매일신보사 편집국장) · 김광섭(저술업인) · 김상용(시인, 이화여자전문학교 교감) · 김진섭(외국문학연구가, 성대 도서관 촉탁) · 김문집(평론가, 저술가) · 김동인(소설가, 저술가) · 김용제(동양지광사 편집부장, 저술가) · 최재서(인문사 대표사원) · 서인식(조대 철학과 중퇴, 평론가) · 정

김용제 · 정지용 · 박종화 · 유광렬 · 유치환 · 양주동 · 임화 · 임학수가 그들이다. 이 가운데 김억 · 김형원 · 김용제 · 유광렬은 '조선총독부' 아래 관공서 관리라는 특성이 있다. 그리고 임화와 임학수 또한 전향 시인이다. 유치환이 그들과 함께 이름을 올린 일은 뜻밖인 셈이다. 적어도 정지용과 같이 이름이 들난 시인도 아니었고, 손아래 임학수처럼 전향한 뒤 '조선문인보국회'라는 부왜 단체의 발기인과 같은 자리에 있지도 않았다. 따라서 이 일은 인명록 편찬자인 '경성일보사'의 눈길에서 볼 때 유치환이 남달리 들내 줄 만한 내집단(內集團) 사람이라는 확신이 있었다는 뜻이다.[19]

그리고 이 사실은 문학인[20]을 벗어나서 살펴도 마찬가지다. 『1940년

인섭(연희전문학교 교수) · 정지용(시인, 휘문중학교 교유) · 정열모(김천중학교장) · 백철(문예평론가) · 박종화(시인, 소설가) · 박영희(평론가) · 손진태(민속연구가, 보성전문학교 교수 겸 부속도서관장) · 유진오(보성전문학교 교수, 문사) · 이효석(대동공업전문학교 교수, 소설가) · 이상협(매일신보 부사장) · 이무영(경력 기록 없음) · 유광렬(매일신보사 논설부장) · 유치환(시인, 회사원) · 유진(극작가) · 이태준(소설가) · 양주동(경신학교 교원, 시인) · 임화(학예사 주간) · 임학수(시인), 『1940년 조선인명록』, 경성일보사, 1939. 이 가운데서 부왜문학 활동에서 그런대로 자유로운 이로는 김광섭 · 김진섭 · 정열모 · 양주동에 이르는 네 사람에 지나지 않는다.

19 물론 여기에 부왜문인 형 유치진의 영향이 미쳤다고 볼 수 있다. 그러나 인명록 편찬 당시 유치진은 아직 부왜문인으로 완연하게 나서지 않았던 때다. 그렇다고 첫 시집 『청마시초』로 얻은 이름으로 말미암은 것이라고 볼 수도 없다. 『청마시초』가 나온 것은 연감이 나온 뒤인 까닭이다. 청마의 '인명록' 등재는 그 무렵 문학사회의 권력 환경으로 보아 이례적인 일이다.

20 문학인을 중심으로 『조선연감』 편찬자의 눈길이 나아간 쪽을 살펴보면, 『1940년 조선인명록』이 지닌 식민자의 시각을 쉽게 볼 수 있다. 『1934년판 조선년감』에서는 '예술가'라 하여 한자리에 묶으면서 그 안에 '문학가' 난을 마련했다. 이름을 올린 문학인은 모두 19명이다. 소설에는 방인근 · 이익상 · 이광수 · 염상섭 · 현진건 · 전영택 · 김동인이, 시에는 박종화 · 변영로 · 이은상 · 양주동 · 정지용 · 김억 · 주요한이, 평론에는 박영희 · 김기진이, 희곡에는 윤백남 · 박승희 · 김정진이 이름을 올렸다. 이른바 국민문학파 문인들과 대중문학인들이 중심이고, 계급주의 문인은 배제된 것을 알 수 있다. 이들 가운데서 『1940년 조선인명록』에 거듭 이름을 올리고 있는 사람은 모두 다섯 사람뿐이

조선인명록』에 이름을 올리고 있는 이들은 모두 모아 4천 명 안밖이다. 소수 만주국 관리까지 포함한 수다. 크게 보아 제국주의 지배기구의 중견 이상 왜인과 한국인 관료, 간부 그리고 유지로 이루어졌다. 군 단위에서는 경찰서장·군수, 시나 도 입장에서는 의회 의원이나 주요 관리 가운데서 가려뽑혔다. 그런데 이들을 늘어놓는 자리에 뜻밖에 유치환이 든 것이다.

이 점은 통영 지역 등재인 속에서 견주어 보면 더욱 뚜렷하다. 『1940년 조선인명록』에는 오늘날 거제군, 통영시를 묶어 통영군에 주소를 둔 사람으로 이름을 올린 이가 왜인 12명, 한국인 5명 뿐이다. 유치환은 이들 17명[21] 속에 한 자리를 얻었다. 이들을 살피면 한눈에 그가 지닌

다. 김동인·정지용·박종화·박영희·양주동이 그들이다. 그리고 나머지는 새 사람들로 채웠다. 새로 들어선 이는 거의 '조선총독부' 관리 아래 있었던 관공서나 관련 기관에서 일하고 있었던 문인, 카프 계열에서 전향해 이미 부왜 행각으로 나선 문인이 중심이다. 그리고 『1944년 조선년감』에 이르면 문학인의 이름이 대폭 줄어들긴 했으나, 그때까지 부왜문학 활동 앞자리에 서 있었던 이들로 채워진다. 이른바 '조선문인보국회'의 주요 간부이거나 부왜 언론, 부왜 단체 임원이 중심이다. 박종화만 거기서 빠진다. 물론 그 무렵 만주국에 가 있었던 유치환도 이름이 빠졌다. 그들을 죄 들면 다음과 같다. 최재서(인문사 사장)·이광수(조선문인보국회 이사)·김용제(조선문인보국회 시부회 간사장)·최정우(경성척식경제전문학교 교수)·채만식(저술가)·손진태(경성척식경제전문학교 교수)·김동환(대동아사 사장)·조용만(매일신보사 학예부장)·정인섭(경성공업경영전문학교 교수)·박종화(저술가)·이헌구(보성중학 교장)·주요한(화신취재역 경리부장, 조선문인보국회 시부회장)·유치진(극작가, 현대극장 대표, 조선문인보국회극문학부 회장)·유진오(경성척식경제전문학교 교수, 조선문인보국회 상무이사)·이태준(저술가)·이무영(저술가, 조선문인보국회소설부 간사장)·김동인(저술가)·안영일(극연출가, 조선연극문화협회 이사). 위에 든 세 연감에 한결같이 이름을 올리고 있는 이는 대중소설가 박종화 한 사람이다. 연감 편찬 주체가 경성일보사든 매일신보사든, 그 둘의 공동 편찬이든 관계없이 거기에 이름을 올릴 수 있었던 이들은 '조선총독부' 체제 내집단인이라는 사실이 확연하게 드러났거나 그러한 됨됨이를 지닌 이였음을 알 수 있다. 1940년도판에서 다시 1945년판으로 나아가면서 그런 빛깔을 더욱 뚜렷이 했다. 연감편찬계 엮음, 『1934년판 조선년감』, 경성일보사·매일신보사, 1933, 625쪽; 『1940년 조선인명록』, 경성일보사, 1939; 『1945년 조선년감』, 경성일보사, 1944.

의외성이 드러난다. 한국인으로서는 통영지청 판사에다 나머지 셋은 모두 통영 피식민지 어업을 이끌었던 어업조합의 유력자다. 왜인은 통영군수를 비롯해 통영지청 검사와 거제경찰서장을 포함한 자리다. 한 '시인'이며 '회사원'일 따름인 유치환이 그들과 나란히 이름을 올린 것이 편찬자의 눈길에서는 자연스러운 일이었다. 다시 말하거니와 그 자연스러움은 유치환이 그들과 한가지로 내집단 구성원이라는 믿음에서 말미암은 것이다.

그로서는 1936년 4월부터 그동안 다녔던 '주식회사 화신'을 그만두고 귀향하여 통영사립협성상업학원 교원으로 일하고 있었다. 비록 셋방에 살고 있었지만 생계에는 큰 어려움이 없었다. 가난으로 말미암아 생계를 잇기 위해 만주로 옮겨 갈 처지도, 이른바 통영 지역의 '개척이민단'으로 가야 할 영세 소작 영농인은 더더욱 아니었다. 게다가 이력으로 보나 사상적으로도 '보호감찰' 대상과는 거리가 멀다. 그런 유치환이 혼자도 아니고 넷이나 되는 어린애에다 산달을 앞둔 아내[22]까지 데리고, 그것도 만주국 군경과 왜로 관동군의 이른바 '치안숙정공작'이

21 거주지가 서울로 나와 있는 유치진은 뺀 수다. 한국인 : 김준영(산양면 어업조합이사) · 서태민(욕지어업조합장, 통영군 원양면장) · 방준향(부산지방법원 통영지청 판사) · 이수진(산양면 어업조합장) · 유치환(시인, 회사원). 왜인 : 井上薰(경남통영군장승포읍장), 衛藤竹彦(부산무진주식회사 취재역) · 小川增太郎(통영읍장) · 岡章政(통영군수) · 兒玉鹿一(부산무진주식회사 감사역) · 坂倉浩(경상남도회 의원, 장승포우편소장) · 相良国衛(통영우편국장) · 卓同朝(경상남도회의원, 농업) · 平松角治(통영공립수산학교장) · 深田鎭雄(부산지방법원 통영지청 검사) · 藤田熊吉(경상남도회의원, 해산물문옥업) · 滿行虎雄(경남거제경찰서장).
22 1940년 4월 유치환이 만주로 올라갈 무렵 맏딸 인전 11살, 춘비 9살, 자연 8살, 맏아들 일향이 5살이었다. 거기다 둘째 아들 문성이 1940년 7월 16일에 출생했으니, 유치환의 아내 권재순은 산달을 앞 둔 임산부 몸으로 통영을 떠난 셈이다.

일찌감치 이루어졌던 길림이나 봉천과 같은 안전지대가 아니라 북만 주인 빈강성으로 쫓겨나듯이 급히 올라가게 된 일은 예사롭지가 않다.

① 류치환의 만주생활 경력은 가족적인 이주였다는 것과 6년이란 보다 긴 시간이 대부분 문인들과 다르다. (…줄임…) 만주 이주의 동기에 대해서는 확실하게 밝혀진 것이 없지만 류치환의 가정형편을 보아 생활난에 시달려 만주로 이주한 것은 아닌 것 같다. 만주가 좋다기에 이주해 간 것이라는 유치환의 자술에서처럼 다만 더 나은 삶을 살려고 땅이 넓은 만주에 가서 농장을 경영했던 것 같다. 류치환의 만주 이주는 뚜렷한 정치목적에 의해 이루어진 것도 아니다. 류치환은 문인이였지 투사가 아니었다. 물론 유치환도 강제통치에 대한 불만과 사회현실에 대한 의식이 있었겠지만 그는 종래로 저항적인 문인이 아니었다. 그러니 류치환의 만주 이주는 당시의 민족대이동의 겨레의 거대한 흐름에서 비주류적인 한 갈래였다고 할 수 있다. 류치환은 이처럼 특수한 이주생활 속에서 만주를 체험하게 되는 것이다.[23]

② 그때 청마가 서울 화신연쇄점에 근무를 하다가 집에 내려와 쉬고 있을 때였던가. 기억은 똑똑히 나지 않지만 처녀시집『청마시초』를 낸 지 얼마 되지 않을 때이었다. (…줄임…) 나는 청마의 일족이 되는 옛날 찬사를 지내셨다는 어른이 관리하던 향교 재단인 협성학원에서 교원 노릇을 하고 있었는데 그때 교장으로 있던 김모 씨가 동경으로 유학을 가 버리자 그 후임으로 청마가 들어오게 되어 하보(시조 시인 장응두―글쓴이)와 셋은 날

<hr>

23 최일, 「만주체험과 류치환의 시세계」, 『장백산』 1호, 장백산잡지사, 1998, 186~187쪽.

이 날마다 막걸리 세례 속에서 살았었다. (…줄임…) 청마도 그 뒤 얼마 있지 않아서 만주로 떠났다는 소식을 들었다. (…줄임…) 청마는 서울서 친일 문인들의 권고장을 받고 또 고등계 형사들의 압력도 있고 하니까 그게 딱 싫고 귀찮아서 만주로 도피한 것이라고 단정을 하는데 그렇지 않다고 반증을 세울 수도 없는 것이 시의 수업을 위해서 낯설고 물설은 몇 천 리 북만주 땅까지 솔권해서 갔으리라고는 믿어지지 않기 때문이다.[24]

①은 중국 동포 문인의 글이다. 유치환의 지사형 만주 이주에 대하여 솔직한 문제 인식을 한 셈이다. "가정형편으로 보아 생활난에 시달려 만주로 이주한" 생계형 이주가 아니라는 점이 그 처음이다. "뚜렷한 정치목적에 의해 이루어진 것도 아니"라는 생각이 그 둘이다. 비록 꼼꼼한 터무니를 밝히지 않았지만, 그 무렵 유치환의 앞뒤 환경을 조금만 눈여겨 살폈더라면 드러날 수 있었을 "특수한 이주"의 됨됨이를 제대로 짚었다.

②는 유치환이 만주 도주를 준비했을 1939년 어름 같은 일터에서 그와 함께 "날이 날마다 막걸리 세례 속에서" 살며 형 아우로 지냈던 정진업의 회고다. 유치환이 죽은 뒤 통석을 금하기 어려운 처지에 그에 대한 회고담을 부탁 받아 "고인의 인간 면을 잘 모르는 후진들이나 제자들에게 참고가 될 수 있는 일거리로" 써낸 글이다. 자신이 연극을 위해

---

24 정진업, 「만주로 갔던 청마」, 한정호 엮음, 『정진업 전집』 2, 세종출판사, 2006, 568~569 쪽. 이 글은 본디 부산에서 나왔던 시전문지 『시인들』 1973년 2월호에 실렸던 것이다. 간행 시기나 집필 의도, 출판지로 볼 때 청마에 대한 호의적인 회고에 이르고자 한 글이다. 그런 글임에도 세간의 지사형 도피설에 대해 정진업이 문제를 느끼고 있었다는 점을 눈여겨볼 필요가 있다.

통영을 떠난 뒤 유치환도 만주로 떠났다는 풍문을 뒤늦게 듣게 된 정진업이다.[25] 그런데 그 일에 대하여 유치환 사후 "친일 문인들의 권고장도 받고 또 고등계 형사들의 압력도 있고 하니까 그게 딱 싫고 귀찮아서 만주로 도피한 것"이라는 '단정'을 하고 있는데, 이 점에 대해서 자신으로서는 의아스럽다. 언뜻 유치환의 지사형 도피설을 확인해 주는 것처럼 보이는 이 글은 정진업 스스로 누구보다 그 무렵 유치환의 삶 앞뒤 사정을 잘 아는 터인데, 자신이 겪은 바로 볼 때 왜로 관헌의 감시나 '압력'에 의해 "만주로 도피"했을 리는 없다. 그렇다고 "시의 수업을 위해서 낯설고 물설은 몇 천 리 북만주 땅까지 솔권해서 갔으리라고는" 더 믿을 수 없다. 이래저래 자기로서는 뾰죽하게 다른 '반증'할 동기가 떠오르지 않는다. 그러니 하는 수 없이 사람들 입에 오내리는 대로 지사형 도피설을 따를 수밖에 없겠다는 생각을 편 셈이다.

위에 옮긴 두 글은 지사형 도피설과는 다른 생각을 뚜렷이 했다. 유치환은 사상적으로나 지난날 행적으로 보아 왜로 '관헌'의 감시를 받을 만한 자리나 됨됨이를 갖춘 사람이 아니다. 게다가 통영으로 돌아와 새로운 일터까지 얻었다. 그러면서 조선총독부 기관지의 『1940년 조선인명록』에 자신의 경력과는 걸맞지 않게 이름이 오를 정도로 체제 내집단 구성원임을 명시적으로 보여 주고 있는 이다. 네 아이들까지 거느린 가장이다. 그런데 1939년 12월에 첫 시집이 나오자 1940년 4월 24일 서울로 올라가 출판기념회를 마친 뒤 쫓기듯이 추운 만주로 떠났다.[26] 그

---

25 월초 정진업이 통영에 갔던 때는 1937년, 거기서 세 해 머물렀던 것으로 보인다. 박태일 엮음, 『정진업 전집』 1, 세종출판사, 2006, 해적이 참조.

26 『청마시초』 저작권지의 펴낸날은 1939년 12월로 되어 있으나, 책이 실제 나온 때는 1940년 2월이었다. 그 두 달 뒤인 4월 24일 서울에서 출판기념회를 가진 며칠 뒤 유치환은 만

의 만주행 결심, 이른바 조선총독부의 이주증 발급과 같은 치다꺼리는 시집 원고가 올라간 상태로 곧 나올 날을 기다리며 나달을 보낼 때였을 것이다. 이미 1939년 무렵 시집 간행과 함께 만주행 이주 준비를 함께 하고 있었다는 뜻이다. 무슨 말 못할 사정이 있었기에 그는 누구도 쉬 예상하기 힘든 이주를 결심하고 결행하였을까? 그런데 이에 대해서는 지사형 도피설과 다른 생각이 통영 지역사회 안에서 일찍부터 알려져 오고 있다. 개인형 도주설이다.

이것은 유치환이 내놓고 말하기 힘든 참담한 일을 저질러 쫓겨 가듯이 출향을 서두를 수밖에 없었다는 개인형 도주를 내용으로 삼는다. 그 일로 말미암아 속겉으로 있었던 지역사회의 비난 탓이다. 이 글에서 속속들이 속살을 밝힐 수는 없지만 큰 줄기만 적으면 아래와 같다. 이 일은 유치환과 순수 관계된 것으로 지역 안에서는 그가 만주를 떠날 무렵 불거졌다. 기록으로 남은 것은 없으나 오랜 기간 통영 지역 지식층, 시민층에서 여러 길로 같은 내용이 거듭 기억, 전승되어 왔다. 사실을 확인해 줄 수 있는 동시대 사람들이 살아 있으나 이해관계가 얽혀 있어 공개적으로 밝히기가 쉽지 않다.[27] 집안 문제라 가족이나 친인척의 입으로 드러날 수 있을 성질의 일은 아니다. 어쩌면 유치환의 만주국 체류

주로 들어갔던 것으로 보인다. 유치환, 「『청마시초』 무렵」, 앞의 책, 135쪽. 「유치환시집 『청마시초』 기념회」, 『동아일보』, 1940.4.23.

27 개인형 도주설이 통영에서도 부쩍 공론장으로 떠오른 때는 유치환에 대한 현양 사업을 터무니없이 키워 나가려는 지역행정부와 그 잘못을 짚으려는 시민단체 사이 지역 안쪽 갈등이 심해진 2004년 여름이다. 그래서 행정을 책임진 이가 내용을 알아보기 위해 제보자 가운데 한 사람을 만나 확인까지 했다. 따라서 구체적인 속살과 진위, 정·당 문제는 그것을 떠오르도록 이끌었을 뿐 아니라 사실을 이미 알고 있는 지역행정부에서 공론장으로 끌어내 다루는 게 옳다. 그러나 내용의 파급도로 보아 지역행정부에서 그럴 가능성은 전혀 없다.

시편부터 두드러지게 나타나기 시작하는 깊은 자학과 회한의 밑자리를 보여 주는 일일 수 있다.[28]

　글쓴이는 이때까지 문학사회 주류설로 알려져 온 바, 제국주의 파시즘 체제의 억압 상황 아래서 유치환이 지사형 도피를 감행했으리라는 생각이 옳지 않음을 살폈다. 만주행에 앞섰던 그의 행적과 환경 그리고 『1940년 조선인명록』 등재로 암시 받은 정보가 터무니었다. 그나마 지니고 있었던 고향 사회의 연고권마저 버리면서까지 더 살벌한 싸움터 안으로 뛰어든 느닷없고도 갑작스런 만주행이다. 통영 지역 안쪽에서 앞선 시기부터 유치환의 사람 됨됨이를 말할 때 알게 모르게 따라 다녔던, 나쁜 평판의 뿌리이기도 했던 개인형 도주설이 훨씬 설득력 있다. 일이 그러하니 지사적 도피를 감행할 정도로 민족 의식이 뚜렷하고 사상적으로 탄압 받았던 유치환이 만주에서 부왜 작품 발표나 부왜 활동을 했을 리 없다라는 믿음은 뿌리에서부터 잘못이 있음이 밝혀진 셈이다.

　그렇다면 그는 어떻게 급작스럽게 고향 통영을 떠날 수 있었던 것일까. 여기에는 세 가지 변수가 보인다. 첫째, 유치진과 사돈댁의 도움이다. 1926년 "통영 백씨집 규수와 가친의 엄명에 따라 어쩔 수 없이 혼인"했던 첫 부인을 버리고 유치진이 만난 두 번째 부인은 심재순이다. 자신의 말처럼 "대단한 가문 출신"이었다. 그녀는 "고종의 내외종 사촌 심상훈(1854~?) 판서의 손녀"며, 한규설(1848~?) 대감의 외손녀다. 한규설은 경술국치 뒤 이른바 조선총독부에서 내린 '남작' 칭호를 비록 '반상

28　개인형 도주설에 대해 글쓴이는 2007년 3월부터 8월 사이에 모두 두 차례 네 명의 제보자를 통영사회 안에서 만나 그 내용과 진위 여부에 대한 면담·녹취를 거쳤다. 글쓴이 생각으로는 유치환의 동생 유치상과 누이 유치표가 월북해서 귀향하지 않은 일도 유치환이 저지른 일과 맞물린 여파로 보인다.

(返上)'하였다 하나 중추원 고문을 지낸 부왜배다. '재곡'이 '충만'한 사람으로 1911년 무렵 이미 네 아들에게 골고루 그것을 나누어 준 뒤 남은 삶을 풍월에 맡기고 살 정도였다.[29] "소위 귀족 중의 귀족이었던"[30] 셈이다. 이러한 유치진의 처가는 일찌감치 조선총독부와 얽힌 동양척식회사나 선만척식회사와 같은 만주 '개척' 영농기구의 주주였을 가능성이 크다. 그런 쪽에서 연고가 깊었을 터다. 이 점이 흔히 알려진 바와 같이 유치진 처가가 사 놓은, 또는 유치진이 사 놓은 농장에 유치환이 옮겨 갔으리라는 통념을 굳히는 데 이바지했음 직하다.

둘째, 형 유치진의 친구이자 유치환의 동향 선배[31] 김욱주(金昱柱, 1903~1967)의 도움이다. 그는 통영의 대표 부왜배로 알려진 김기정[32]의 아

29　牧山耕藏 엮음, 『조선신사명감(朝鮮紳士名鑑)』, (주)일본전보통신사경성지국, 1911, 56쪽. 大垣丈夫 엮음, 『조선신사대동보(朝鮮紳士大同譜)』, 조선신사대동보발행사무소, 1913, 622쪽.

30　유치진, 앞의 책, 124~125쪽.

31　"1923년 무렵 최학주, 유치진, 탁상수, 김욱주 등 우리 고장 출신 재일 유학생들이 방학을 맞아 고향에 와서 장재봉 등과 축구 경기를 했으며, 마산과 고성에 가서 친선경기를 했다. 최규옹은 유학생 김욱주도 정구채를 일본에서 가져와 사용했다는 당시의 정황을 증언해 주었다." 「체육」, 『통영시지』 하, 통영시사편찬위원회, 1999, 418쪽.

32　김기정(金淇正)은 『통영시사』에서 이른바 '김기정사건'이라는 제목으로 항을 따로 마련해 다룰 정도로 나라잃은시대 통영 지역사에서 주요하게 다루어지는 의열 활동의 원인 제공자였다. 그는 당시 세력가이며 재산가였을 뿐 아니라, 변호사로 통영군을 대표하는 '관선 경상남도 평의회 의원'이었다. 그러나 1926년 말 '경남도평의회'에서 망언을 하여 지역민뿐 아니라 온 나라의 눈귀를 불러 모은 일의 당사자로 떠오른다. "조선 사람에게는 교육이 필요치 않다. 조선사람은 보통학교만 나오면 사상이 '악화'되어 사꾸라몽둥이를 끌고 다니며 불량한 짓을 하고 사회운동의 선봉이 된다. 지난 1919년의 소요 이래 당해 보지 않았느냐? 조선은 교육으로 망했다"라는 망언을 서슴지 않았을 뿐 아니라 한술 더 떠 "도평의회에 조선어 통역을 철폐하자, 황국어(皇国語)를 모르는 사람이 어떻게 도평의원 자질이 있는가?"라는 말까지 했다. 뒤늦게 이 사실을 알게 된 통영의 의혈청년 김원석이 분을 참지 못해 이 내용을 담은 '김기정 징토문'을 수백 장 인쇄하여 1927년 3월 15일 통영 지역에 뿌림으로써 통영인이 봉기하는 시민 의열 활동이 비롯되었다. 이에 1927년 3월 15일부터 5월 14일까지 2개월 동안 간헐적으로 계속한 집회와 시위에 그 무

들이다. 유치진과는 두 살 차이로 1937년 만주국 빈강성 연수현으로 올라가 만주국과 만선척식회사 관리로서 이른바 '개척이민' 일을 맡았던 이다. '개척민 집단부락'까지 운영했던 개척 업무 전문가였다.[33] 이미 빈강성 연수현에서 중간 관리로 자리를 잡고 있었던 그가 급작스런 유치

럽 통영 인구 3분의 1에 해당하는 만여 명이 참가하여 통영 사람의 기개를 드높였다. 이에 대해 1차 12명에 이어 2차 21명에 이르는 통영 젊은이가 검거되었다. 그리하여 1년 이상 끈 법적 투쟁 끝에 1928년 12월 13일 선고공판을 받고 징역과 집행유예를 받기에 이르렀다. 김기정의 망발로 말미암은 의열활동의 흐름을 『동아일보』에서는 그 기간에 모두 쉰 차례 넘게 기사로 다루었다. 광복이 되자 김기정의 집에는 통영 시민이 그를 징벌하기 위해 몰려가기도 했다. 「일제의 강점과 항일운동기의 통영」, 『통영시지』 상, 통영시사편찬위원회, 1999, 402~419쪽.

33 본인이 적은 이력 사항을 간추리면 아래와 같다. "통영읍 문화리(文化里) 출생, 진주농업학교(晉州農業學校) 졸업, 동경제국대학(東京帝国大学) 농학부(農学部) 실과(実科) 졸업, 해방 전 만주(滿洲) 빈강성(浜江省) 기수(技手), 선만척식(鮮満拓殖) 기수(技手), 빈강성(浜江省)에서 농장 경영, 해방 후 통영협성농업학원(統営協成農業学院) 원장, 통영문화유치원(統営文化幼稚園) 원장, 농장 경영, 1957년 경상남도 농사원장(農事院長) : 기감(技監)." 『대한민국 행정간부전모(行政幹部全貌)』, 대한공론사, 1960(여기서는 국사편찬위원회 데이터베이스에 따름). 아들인 김종태(1930~)에 따르면 김욱주는 1937년에 만주로 건너가 연수현 주하농장을 3년 정도 경영하다 1940년에 귀향하여 협성농업학교 교장을 했다고 한다. 그러나 본인이 남긴 이력에는 광복 이전의 일로 '빈강성과 선만척식 기수' '빈강성에서 농장 경영'밖에 밝히지 않았다. 주하농장 경영뿐 아니라, 만주국 관리나 만선척식회사 관계 일을 하며 일자리를 바꾸었을 수도 있다. 따라서 1945년 무렵까지 만주에서 머물렀을 확률이 더 높다. '통영협성농업학원' 원장 경력을 '해방 후' 부터라 적은 까닭이 그것이다. 아들은 아버지에 대한 기억 가운데서 주하농장 경영만을 선택적으로 담았을 수도 있다. 앞선 각주 24)의 글에서 정진업이 적은 '협성학원' "교장으로 있던 김모 씨"는 김욱주일 가능성이 크다. 정진업은 김욱주가 일본에서 공부하고 왔던 사람이라는 사실을 잘못 알아들었던 탓에 거꾸로 "일본으로 공부를 하러 간 그 뒷자리를"이라고 적었음 직하다. 유치환은 김욱주가 관리로 파견되어 만주국으로 올라가게 되자 그 뒷자리를 맡았고, 거기서 머물고 있으면서 유치환이 급작스레 만주행을 해야 할 일에 부딪쳤을 때, 그 일에 따른 지도를 했음이 분명하다. 김욱주와 유치환의 관계에서는 더 따질 일이 있다. 광복 뒤 유치환이 몸담았던 우파 조직 '통영문화협의회'의 사무실이었다가 그의 아내 권재순의 소유로 넘어갔다고 알려진 '통영문화유치원'의 '원장'이었음을 김욱주가 밝히고 있는 까닭이다. 이른바 '적산가옥'이었던 문화유치원 자산이 어떻게 유치환(권재순)으로 넘어가게 되었는지 권리 양도 과정에 대해서 꼼꼼한 조사가 필요하다. 통영문화협의회가 깨지게 된 빌미가 유치환이 적산을 '팔아 먹어서'라는 증언과 함께 구명해야 할 일이다.

환의 입만에 실질적인 도움을 주었을 것이다.

셋째, 최두춘(본명 최삼한기, 1908~?)의 도움이다. 그의 집안은 선대부터 유치환 집안과 교분이 두터웠다. 유치진이 일본으로 유학을 떠날 때도 최두춘 외가의 박명국과 연결해 갈 수 있었다. 유치환이 통영보통학교를 졸업하고 동경 풍산중학교에 유학했을 때, 한 해 뒤 1923년 최두춘도 그 학교에 입학하여 유치환과 함께 지냈다. 그리하여 유치환과 『토성』(1923), 『참새』(1927)를 거쳐 『생리』 동인(1937)을 할 때에도 함께 어울려 있었다.[34] 그의 늦은 문학사회 진출은 1952년에 친구 유치환이 손수 이루어 주었다.[35] 안의중학교도 유치환의 뒤를 이어 교장을 맡았다. 그런데 그는 통영 도산공립소학교에서 '훈도'로 일하다 1938년에 북만주 연수현으로 올라가 1940년 4월 현재 만주국 빈강성 연수현공립국민우급학교(延壽縣公立國民優級學校) '교유'로 일하고 있었다. 그 뒤 1943년 연수현공립도산국민우급학교(延壽縣公立桃山優級學校) '교장'을 거치며 머물렀다.[36] 유치환이 통영사립협성상업학원의 교원으로 일하다 학원을 사임한 때가 1940년 3월이었고, 북만주 가신촌 '가신흥농회 총무'에 취임한 것은 1940년 4월이다. 4월 말 무렵 만주로 들어간 유치환과 가족을

---

34 유치진, 앞의 책, 74·78~79쪽.
35 최두춘이 문단에 이름을 제대로 올린 것은 1952년 『문예』 5·6월호 추천을 빌려서다. 이때 유치환은 오랜 벗을 굳이, 그것도 손수 추천하는 예사롭지 않고도 불공정한 추천을 했다.
36 최두춘의 경우는 통영이나 경남 지역 농민의 이른바 '개척민 집단부락'의 교사로 뽑혀 올라갔을 확률이 높다. 그가 교장으로 있었던 연수현 도산은 1940년까지도 "만주개척민 선견대 백 명이 빈강성 연수현에 도산구에 입식하기 위해 신경을 지나갔다"는 『만선일보』 기사의 그림이 되고 있는 곳이다. 『만선일보』, 1940.5.8. 그런데 최두춘은 추천 소감인 「인사」에서 자신의 만주 체류 사실을 "북만주 7년 방랑"이라 흐리멍텅하게 적었다. 최두춘은 유치환보다 늦은 1945년 11월에 통영으로 돌아왔다. 1946년부터 '통영협성농업학원'을 시작으로 다시 교단에 섰다. 『문예』 5·6월호, 문예사, 1952, 60쪽.

연수에서 반갑게 맞아 준 사람은 누구보다 교사 최두춘이었을 것이다.

살핀 바와 같이 유치환이 어린 딸아들 넷에다 만삭의 아내를 데리고 고향을 떠나 추운 만주로 들어간 일은 시대적 억압과 왜로의 지식인 탄압으로 말미암은 신변 위협으로부터 벗어나기 위해 감행한 지사적 결단이 아니었다. 오히려 통영 지역사회 안쪽에 널리 그리고 오래도록 알려져 오고 있는 대로, 더는 고향 사회에 머물기 힘들 극히 개인적인 집안 안쪽 문제를 저질러 급작스레 도망치듯 떠날 수밖에 없었다. 그리고 북만주에 이른 방법에 대해서는 형의 처가나 그 무렵 이미 유치환의 이주지인 빈강성에 머물고 있었던 동향 선배 김욱주에다 벗 최두춘으로 대표되는 통영 지역사회의 연고망을 좇고 힘껏 활용하여 그 도움을 상승적으로 받았음을 짐작할 수 있다.

2) '가신흥농회'와 '만주제국협화회' 활동

오늘날까지 유치환의 만주국 체류에 대해 알려진 1차 기록은 몇 되지 않는다. 그가 이력서에 적은 바 "북만(北滿) 빈강성(濱江省) 연수현(延壽縣) 가신촌(嘉信村) 가신흥농회(嘉信興農會)(자유이민의 자치기관) 총무(總務) 취임(就任)"[37]이 그 하나다. 그리고 김소운의 『조선시집 중기』에 적혀 있는 '현재는 북만의 자유이민촌에서 농장을 경영, 아울러 하얼빈협화회(哈爾賓協和會) 근무(勤務)'[38]가 그 둘이다. 그리고 주남극의 줄글에 실

---

37 유치환이 한때 교장으로 몸담았던 '안의중학교 구직원이력서철'에 있는 이력서(1952)에 따른다.

38 김소운 옮김, 『조선시집(朝鮮詩集) 중기(中期)』, 興風館, 1943, 329쪽.

려 있는 짧은 회고[39]가 그 셋이다. 나머지는 유치환의 글자리나 가계도, 가족이나 지인의 구술 자료에 기댈 수밖에 없었다. 이 점이 그의 만주행과 그 삶에 대한 짐작을 무성하게 하였고, 쉽게 왜곡시키게도 만들었다.

유치환이 '가신촌 가신흥농회(자유이민의 자치기관) 총무', 또는 '자유이민촌에서 농장을 경영'했다는 기록은 두 가지 사실을 일깨워 준다. 첫째, 그가 머물렀던 가신촌[40]의 됨됨이다. 이른바 '기주선농(旣住鮮農)'을 지정 지역에 통제 집결시켜 농사에 나서도록 한 '분산개척민' '집단부락'이 그것이다. 유치환이 머문 곳은 '신규입식 개척민' '집단부락'은 아니었을 것이라는 뜻이다.[41] 1938년 빈강성 연수현에는 '신규입식'을 막고,

---

39 "1942년 북만주 빈강성 연수에서 청마를 만났다. 그는 나의 학교 후원회장이고 세 딸은 내 제자였다. 그때 두춘도 이 학교에 근무하다가 멀지 않은 곳에 전근했고 내가 그 후임이었다. 우린 자주 만났고 곧잘 백반옥이라는 갈비집엘 갔다." 주남극이 일한 학교는 연수현공립국민우급학교였고, 최두춘이 '전근'했다는 곳은 연수현공립도산국민우급학교일 것이다. 주남극, 「청마시비 앞에서」, 『실향민』, 도서출판 석탑, 1981, 72쪽.

40 가신촌(嘉信村)은 오늘날 가신진(加信鎭)이다. 연수현 소재지 연수에서 45킬로미터 동쪽에 있는 도시로 정방현과 경계를 이룬다. 이름은 여러 차례 바뀌었다. 1938년부터 가신촌이라 불리기 시작한 뒤, 1946년 가신구(加信區)를 거쳐 1984년부터 가신진이라 부른다. 유치환이 머물 때와 같이 요즘도 쌀이 중심 작물이다. 오늘날 18개 마을에 21,222명이 산다. 그 가운데서 '조선족'은 2,212명, 만족이 214명, 몽골족이 5명이다.

41 재만주 한인에 대한 '집단부락' 건설 책략은 조선총독부, 만주국, 동아권업주식회사를 비롯한 여러 기관에 의해 이루어졌다. 유치환이 들어섰던 1940년을 앞뒤로 한 시기, 한인 '개척민' 집단화 양상은 크게 둘로 나뉜다. 이미 만주에 들어와 있었던 '기주선농(旣住鮮農)'의 집단화와 새로 만주에 '입식(入植)'한 집단 한인이다. '기주선농'을 대상으로 맨 처음 만들어진 '집단부락'이 '안전농촌'이다. 이것은 1931년 만주침략과 '북만대수해'로 말미암아 재난을 당한 '기주선농' 가운데서 원지로 돌아가기 어려운 이들을 대상으로 꾀한 집단농장이다. 1932년부터 1935년 사이 모두 다섯 군데가 만들어졌는데 빈강성에는 하동(河東)과 수화(綏化) 두 곳에 있었다. 안전농촌으로 집단화하지 않은 기주선농은 새로운 '개척민' 입식과 나란히 일정한 지역에 통제 집결하도록 했다. 이것이 '분산개척민 집단부락'이다. 이러한 한인 농민에 대한 통제와 집결은 한인의 경제수준 향상보다 '치안제일주의'에 따라 철저한 통제를 위한 것이다. '집단부락'의 건설은 '경비도로 건설'이나 '자위단' 조직과 함께 만주군경과 왜로 관동군 '치안공작' 업무 가운데 맨 앞자리에 놓

한인 소작농을 위한 '현영농장(縣營農場)'[42]을 세웠다 해 그 점을 뒷받침

이는 '치본공작(治本工作)의 중점 사항이었다. 内滿雄, 『滿洲国警察外史』, 三一書房, 1996, 94~119쪽. 집결지를 제한하였던 1937년 초기와 달리 1938년부터는 '선농취급요강'에 따라 지역 제한을 풀었다. 치안에 따른 특수 지역을 제외하고 어떠한 곳에서도 일본인과 마찬가지로 '입식'할 수 있었다. 1943년 현재 만주 전역에서 15현 42개 마을 2825호, 126,698명에 이르는 한인 농민을 통제 집결시켰다. 滿洲帝国協和会 中央本部調査部, 『国内に於ける鮮系国民実態』, 滿洲国協和会, 1943, 46~50쪽; 손춘일, 『"만주국"의 재만한인에 대한 토지정책 연구』, 백산자료원, 1999, 275쪽. 이러한 '기주선농'의 집결에 따른 '집단부락'과 달리 한국에서 새로 들어온 '신규입식' '선농개척민'은 그 꼴로 보아 모두 세 유형이 있었다. '집단개척민'·'집합개척민'·'분산개척민'이 그것이다. '집단개척민'은 1940년에 공포된 '개척단법'에 따라 '입식'한 개척민을 뜻한다. 왜국의 '집단개척민'을 본보기로 개척단을 짜서 단장, 지도원을 두고 운영하였다. '집합개척민'은 과거 만선척식회사에서 실시하여 온 집단이민의 본보기에 준하여 정부에서 지도원을 배치하고 개척지의 특수성을 가미한 경제기구를 조직, 경영하게 하는 꼴이다. 처음에는 금융회가 취급하였으나 1940년 금융회의 발전적 해소와 함께 만주척식공사가 맡았다. '분산개척민'은 1939년도 과거 일반 '자유이민'으로 이루어지던 것이다. '분산개척민 집단부락'에서 연고자를 불러들이게 한 형태다. 1942년 현재, 한인 '개척민' 통계에 따르면 집단·집합개척민 '입식'은 1937년 길림을 시작으로 하여 해를 거듭하면서 점점 빈강, 봉천을 거쳐 흥안남, 북안으로 넓혀지는 것을 볼 수 있다. 유치환이 머물렀던 빈강성에는 1939년에 582호, 1940년에 195호를 거쳐 1941년에는 '입식'이 없었고, 1942년 현재 777호에 3,590명이 머물고 있다. 1940년 현재 '집단개척민'은 북안, 흥안령, 흑하, 금주 네 성에 입식되어 빈강성에는 한 곳도 없었다. 그러니 연수현에는 '집합개척민'이 많았음을 알 수 있다. 빈강성에 '분산개척민'은 1938년 280호, 1939년 181호, 1940년 181호, 1941년 36호가 입식되었다. 그리하여 1942년 현재 모두 677호 2,087명이었다. 그리고 빈강성에서 '기주선농'의 집결은 1940년 현재 빈강성 주하현 하동에 766호 1,878명이 머물고 있는 '안전농촌' 말고는 1937년 360호에 975명의 집결 뒤에는 보이지 않는다. 天野良和, 『1942년판 만주개척년감(滿洲開拓年鑑)』, 만주국통신사, 1942, 204~206쪽. 따라서 유치환이 머물렀던 가신촌은 1937년 무렵 기주선농을 대상으로 만든 '분산개척민 집단부락'으로 보인다.

42　"현재 빈강성 내 재주선농은 33,240인데, 이 중에 집단적 개척민이라 하야 국가의 지도감독을 밧고 있는 것은 만선척식주식회사 경영의 주하현 하동 안전농촌, 위하현 석두하자 집단개척민지구와 만몽산업주식회사 경영의 오상현 안가지구며 현농지조성지구에 속하는 청강현 마가구지구 등 4개소의 1643호 5,381인이 잇을 뿐 그 이외에는 전부 자유개척민이라 하야 각지에 산재하야써 통제와 질서가 업는 영세소작농임으로 고리체금 이중소작의 착취 속에서 신음하고 잇는 수효가 상당히 다수에 달한다 볼 수 잇는데 이것을 치외법권 철폐 이전에 비하면 그래도 어느 정도까지 개선을 보앗다고 볼 수 잇으니 (…줄임…) 그리하야 낙토만주를 개척하는 조선인 동포 수는 날이 날마다 늘어가고 잇는 현상"이라 적고 있어 가신촌이 '분산개척민' 집단부락'임을 일깨워 준다. 『만선일보』,

해 준다. '자유이민' 또는 '자유이민촌'이라 한 것은 마을 구성원의 됨됨이를 밝힌 셈이다. 그러면서 운영은 흥농합작사가 맡는 꼴이다. 1941년부터 만주국흥농부의 '선인(鮮人)개척흥농회의 설립 조성 계획'에 따라 마련된 '개척흥농회'라는 특수 법인이 그것이다.[43] 구성원 낱낱의 생활을 위한 경작을 하면서도 '가신흥농회'에서 그들의 농사, 경제 활동을 관리해 주었다. '자치기관'이란 그 점을 뜻한다.

그러한 '집단부락'에서는 한국 안에서 연고자를 '분산개척민' 자격으로 불러들일 수 있었고, 해당자는 조선총독부에서 이주증명서를 발급받아 만주로 들어올 수 있었다. 유치환의 입만은 먼저 '가신촌' '분산개척민' '개척부락'에 별다른 훈련이나 어려움 없이 이주증명서를 받아 들어서는 꼴이었을 것으로 보인다. 그리고 '집단부락'을 관리하는 가신흥농회 '총무'로 임명되었을 것이다. 이 일에 앞서 밝힌 유치진의 처가나 김욱주, 그리고 최두춘이 주요 역할을 맡았음에 틀림없다. 따라서 유치환은 그 무렵 한국에서부터 집단으로 함께 건너갔던 '집단'이나 '집합' 개척민은 아니었던 셈이다.

둘째, '총무' 임명 과정이다. 이 점은 유치환이 만주에 들어간 뒤 일정한 자격을 갖추어 '집단부락' 가신촌의 '지도원'으로 자리잡았을 가능성을 일러 준다. 만주 현지에서 마땅한 교육과 훈련이 뒤따랐을 것이다. 가신촌이 흥농회 체제로 바뀌고 '소작농창정'을 실시하고자 할 때에도[44]

1939.12.14.

43 흥농회는 '흥농합작사협력요강'에 따라 1940년부터 농촌 금융, 농사의 일원화 책략에 따라 만든 흥농합작사다. 1940년부터 만주 전역에 흥농회가 마련되기 시작했다.

44 가신촌에도 1941년부터 '자작농창정(自作農創定)'을 실시하기로 했다는 기사가 있다. '자작농창정'이란 겉으로는 소작인으로 있었던 한인 농민에게 안정적으로 땅을 얻게 해

그 무거운 일에 유치환이 맡은 역할이 컸음 직하다. 이때 '총무'란 만주국 흥농부의 공무원인 '촉탁'이나 그에 걸맞은 자격을 유치환이 지니고 있었음을 뜻한다. 이 점은 유치환이 가신촌 '집단부락' 한 곳에만 머물거나 '가신흥농회' 총무 한 가지로만 여섯 해를 머문 게 아니라, 자리 변경과 그에 따른 주거지 이동이 있었을 것이라는 점까지 일깨워 준다.[45]

그런 까닭에 '가신흥농회 총무'라는 기록 다음으로 김소운이 적었던 '하얼빈협화회 근무'라는 기록이 중요하다. 이것은 크게 두 가지에서 그렇다. 첫째 이른바 '친만친일'적, 곧 부왜적 삶자리를 확실히 암시하고, 둘째 유치환의 만주국 체류시 가운데서도 장소시 쪽의 됨됨이에 대한 풀이의 터무니가 되는 까닭이다. '만주제국협화회'는 한족(漢族) · 만주족 · 몽골족 · 조선족(韓人) · 대화족(倭人)에 이르는 오족 협화를 바탕으로 여러 민족 사이 '협화국가', '왕도낙토'를 실현하고자 하는 데 가장 앞자리에서 활동했던 철저한 관료통제 대중동원 국가기구다. 국방국가 만주국의 대표 사회 실천조직이었다.[46]

이러한 만주제국협화회는 "1940년에 이르면 이른바 '사상전'의 주체"로서 자리매김을 더욱 뚜렷이 했다.[47] 1943년 현재 만주국 한인 인구

주고, 중국인 지주의 착취에서 벗어나도록 도와주어 한인을 만주국의 건전한 '구성분자'로 만들기 위한 책략으로 만든 것이다. 그 농민을 '자작농창정민'이라 일컬었다. 天野良和, 앞의 책, 71쪽; 『만선일보』, 1940. 2. 1.

45 유치환의 셋째딸 자연의 구술에 따르면 처음 입만하여 빈강성 연수현 유신구에 도착했다가 거기서 짐을 풀고 2년 정도 살다 다시 그곳에서 1백 리쯤 떨어진 가신촌으로 이사했다고 한다. 그 무렵 어렸던 딸의 구술이라 그대로 믿기는 힘들지만 유치환 가족의 만주 체류가 붙박이로 있었던 게 아니고, 자리 이동에 따라 이사가 이루어졌을 것임은 분명하게 밝혀 준다.

46 박민영, 「만주국 시기 일제의 연변지역 한인 지배정책과 실상」, 채영국 외, 『연변 조선족 사회의 과거와 현재』, 고구려연구재단, 2006, 85쪽.

1,313,879명 가운데서 협화회 회원은 6만 명 남짓이었다.[48] 그들은 전시 식량 배급과 같은 일에서 한인 안에서도 우월적, 차별적 지위를 지녔던 사람들이다. 그리고 1940년 현재 "협화회의 선계(鮮系) 직원은 부원, 촉탁급만도 1백여 명"[49]이었다. 유치환은 이러한 협화회의 단순한 회원이 아니라, '근무'한 직원이다. 협화회의 조직은 분회장·평의원·상무원·반으로 이루어졌는데,[50] 그 직원은 응시시험을 치르거나 일정한 자격을 얻어 임용되었다. 유치환이 협화회에 '근무'하였다는 뜻은 그러한 사실을 바닥에 깔고 있는 셈이다.

그런데 '하얼빈협화회 근무'라 해도 다시 네 가지 모습을 짐작할 수

---

47 만주제국협화회는 왜로 관동군사령부의 지도 아래 세워진 뒤 곳곳에 분회를 조직하고 지주·상인들과 같은 지배층을 입회시켜 세력 확대를 꾀했다. 기본 조직은 지역별 분회 활동을 원칙으로 하고 민족별 분회를 인정했다. '조선인 분회'는 '조선인민회'와 '간도협조회'라는 두 상호 보완 조직을 1936년 12월에 '만주제국협화회'로 합병하면서 만들어진 것이다. '조선인민회'는 1912년부터 왜로 영사관의 지휘와 감독 아래 재만 한인 사회를 통제, 광복활동의 바탕을 무너뜨리고 통치하는 첨병 역할을 맡았던 행정 말단 조직이었다. '간도협조회' 또한 항왜무장세력을 탄압하는 군사작전의 선봉에 서 있었던 기구다. 협화회는 1940년부터 '개척민' 문제를 중심 의제로 삼으며 한국 안의 이른바 '국민총력운동'(1940~1945)과 연계해 활동 역량을 드높였다. 그리고 1942년부터 '징병제' 실시에 따른 홍보 활동도 협화회의 몫이었다. '협화회분회'의 활동 내용은 '정치적(선무공작), 경제적(상호부조, 공존공영에 기댄 경제사회의 창설), 사회적(건국정신의 보급철저), 인격도야·훈련 수양 등 사상적(교화적 실천)'인 데까지 폭이 넓었다. 사상교화뿐 아니라, 인력 동원과 수탈을 지도하며 폭넓은 '치안숙정공작'을 폈던 기구였다. 만주제국협화회 중앙본부조사부, 『国内に於ける鮮系国民実態』, 만주국협화회, 1943, 26쪽; 90쪽; 일본국제관광부 만주지부, 『1941년 만지여행년감(満支旅行年鑑)』, 통문관, 1941, 163쪽; 임성모, 「만주국협화회의 총력전체제 구상 연구─'국민운동' 노선의 모색과 그 성격」, 연세대 박사논문, 1997, 2쪽; 박민영, 앞의 글, 85쪽.

48 만주제국협화회 중앙본부조사부, 앞의 책, 26쪽.

49 "민족협화의 나라 만주국에서 정부와 표리일체가 되어 건국정신의 호지(護持)와 민족협화의 실천단체인 협화회의 선계(鮮系) 직원은 부원, 촉탁급만도 1백여 명으로 모다 협화운동의 제일선에서 쟁쟁(錚錚) 투사로 활약하고 있다."(『삼천리』 제12권 제9호)

50 天野良和, 앞의 책, 60쪽.

있다. 첫 번째, 하얼빈에 있는 빈강성협화회 중앙본부에서 일했다는 뜻이다. 두 번째, 하얼빈시의 조선인협화회 분회 근무다. 세 번째, 빈강성협화회 연수현 현본부에서 일했다는 뜻이다. 네 번째, 연수현 가신촌분회에서 일했다는 뜻이 마지막이다. 그런데 이와 관련하여 유치환의만주 체류 생활에 대해 짚어 둘 일이 있다. 그가 연수와 가신촌이 있는연수현 안에서만 머물러 만주 생활을 했을 것이라는 추정과 연수현 바깥으로 거주지 이동이 있었을 것이라는 추정이 그것이다.[51] 둘 가운데서 이제까지 사람들의 생각은 앞에 머물러 있었다. 그런데 유치환의 만주 체류 사실을 더 꼼꼼하게 살펴보면 오히려 뒤의 추정이 참에 가깝다.

그런 쪽에서 볼 때 유치환의 협화회 근무는 네 가지 모습 가운데서세 번째와 네 번째 활동을 먼저 겪고 난 다음, 첫 번째와 두 번째 활동으로 나아간 것으로 보인다. 그리고 유치환이 1942년까지 연수에 머문 것은 확실해 보인다.[52] 김소운의 『조선시집 초기』는 1943년 8월, 유치환의 번역시와 약력이 실린 『조선시집 초기』중기는 10월에 나왔다. 그러니 그 기록대로 자유이민촌 경영에다 현 협화회 활동을 아울러 하다1942년 후반이나 1943년 전반에 빈강성 소재지인 하얼빈으로 올라가첫 번째와 두 번째와 같이 빈강성협화회 중앙본부나 하얼빈 시 조선인협화회 분회에서 일한 것이다. 각별히 그 가운데서도 빈강성협화회 중

---

51 이에 대해서 유치환의 추천으로 문단에 나선 남다른 연고를 지닌 문덕수와 같은 이는
    "청마 일가는 빈강성 가신에서 다시 흑룡강(당시에는 빈강성, 글쓴이) 성도인 하얼빈으
    로 옮겼다고 하나 확실하지 않다. 옮겼다면 북만주에서 세 번이나 이사한 셈이 된다"고
    썼다. 세 번이란 연수현의 연수와 가신촌, 그리고 하얼빈을 뜻한다. 문덕수,『청마 유치
    환 평전』, 시문학사, 2004, 117쪽.
52 "1942년 북만주 빈강성 연수에서 청마를 만났다. 그는 나의 학교 후원회장이고 세 딸은
    내 제자였다." 주39) 주남극의 글, 72쪽.

앙본부일 가능성이 크다. 왜냐하면 곧 뒤에서 보겠지만 하얼빈 시 조선인협화회 분회에서 일했다면 빈강성 역내의 여러 협화 공작 지역으로 멀리 나돌지는 않았을 것인 까닭이다.

유치환은 1940년 입만 직후 첫 번째나 두 번째와 같이 연수현에서 '자유이민촌' 경영이나 가신흥농회 총무를 맡으면서 협화회 일을 함께 보았다. 연수현 소재지인 연수에 머물면서 45킬로미터쯤 떨어져 있는 가신촌을 오가며 흥농회 일과 연수현 협화회 일은 함께 볼 수 있었을 것이다.[53] 이 경우 유치환은 연수현협화회의 개척과에서 일했을 확률이 높다. 그것도 입만 초기의 적응과정을 거치며 '분산개척민 집단부락'의 흥농회 체제로 전환, '지도원' 훈련과 같은 과정을 그의 손으로 이루었을 것이다. 그렇다면 협화회 일은 1942년부터 본격화하였을 것으로 보

---

53 첫 번째와 두 번째 가능성은 1943년도 후반기부터 1945년까지 유치환의 거주지와 행적이 분명하지 않은 데 터무니를 둔다. 1943년 '극한' 때에 위하현 개도(「빈수선 개도에서」), 1944년 조주현 지역인 '곽이라사후기'를 둘러본(「곽이라사후기행」) 경험을 드러내고 있어, 청마가 연수현을 벗어난 일이 있음을 확연하게 알려 준다. 이 무렵 하얼빈의 빈강성 협화회 중앙본부나 조선인협화회 분원에서 일하고 있었다면 자연스러운 여정이다. 이럴 경우 유치환은 『만선일보』 인사 동정이나 협화회 활동 기록에 남아 있을 확률이 높다. 현재 볼 수 있는 『만선일보』가 1942년도분에 그치고 있어 확인이 어렵다. 두 번째 가능성은 김소운의 기록, '하얼빈협화회 근무'를 그대로 받아들이는 쪽이다. 현재 남아 있는 행정 기록으로는 1940년 아들 일향의 사망 신고와 1942년 아들 탄생 신고 기록이 연수의 유신구와 가신촌의 가신구로 되어 있어 그 무렵 유치환의 주소지는 확인할 수 있다. 그러나 그 뒤부터는 여러 가능성이 열려 있는 상태다. 네 번째 경우라면 굳이 김소운이 '협화회 근무'라고 따로 적을 까닭이 없다. 왜냐하면 그 무렵 모든 '집단부락'은 기본적으로 협화회 조직과 표리일체의 관계를 갖고 있었기 때문이다. 이와 관련하여 2013년 만주국 옛 땅인 중국 연변 동포사회에서 유치환이 "연수현 신구(新區)에다 '가신흥농회'라는 자연이민촌농장을 경영하면서 그 기간에 협화회의 지방 연수사무처(延壽事務處)의 일을 잘 보았기에 1943년에 협화회 하얼빈사무국에" 승진해 가 근무하였다는 증언이 나왔다. 유치환의 하얼빈 거주지 이동설을 뒷받침하는 사실이다. 김송죽, 「류치환은 어떤 사람인가?」, 2013.3.27(http://www.zoglo.net/blog/jinsongzhu).

인다.[54] 그러다 승진해 하얼빈으로 근무지를 옮긴 것이다.

둘째, '하얼빈협화회 근무'라는 기록은 유치환의 만주국 체류시 가운데서도 특정 장소를 배경으로 삼아 쓰인 장소시 풀이의 주요 터무니가 된다. 유치환은 여섯 해에 걸친 만주 체류에 7편에 이르는 장소시[55]를 남겼다. 7편 모두 빈강성 안의 장소면서, 연수현 바깥의 배경 장소라는 공통점이 있다. 그리고 이들은 다시 하얼빈 시내 장소와 연수현에 맞닿은 빈강성 다른 현의 장소로 나눌 수 있다. 먼저 하얼빈 시내를 다룬 장소시는 「합이빈 도리공원」·「우크라이나 사원」·「극락사 소견」·「사만둔 부근」이 있다. 이 가운데서 사만둔은 하얼빈 시 교외에 있는 마을이다. 황막한 미개척 지대였으나 1940년대 하얼빈 시 가장자리 마을로 들어온 곳이다.[56] 나머지는 하얼빈의 명소다. 이들 장소시는 개인 용무로 들르게 된 장소 경험이나 감흥을 담은 것으로 볼 수 있다.

그런데 나머지는 하얼빈 시를 벗어난 빈강성의 풍광을 그린 장소시다. 오상현의 「오상보성외」, 조주현의 「곽이라사후기행」, 위하현의 「빈수선 개도에서」와 같은 3편이 그것이다. 먼저 「오성보성외」의 오상

---

54 이 점은 유치환 만주 체류시 작품 발표의 연도별 빈도, 장소시의 배경 장소와 무관하지 않은 것으로 보인다. 1940년에 나라 안밖에서 발표가 이루어졌다가 1941년에는 작품 발표가 없었다. 그러다 1942년부터 작품을 다시 내기 시작한다. 이에 대해서는 뒤쪽 3장의 1절에서 다루어질 것이다.

55 유치환 만주국 체류시에서 보이는 장소시에 대해서는 서여명이 기행시라는 일컬음으로 처음 다루었다. 유치환 만주국 체류시 연구에 살을 붙인 연구다. 그러나 제국주의 왜로의 만주국 지배 이념과 실상을 전혀 이해하지 못하고 피상적인 장소지지나 풍경 풀이에 그쳤다. 서여명, 「청마 유치환 만주시편 연구」, 인하대 석사논문, 2006, 23~50쪽. 이 글에서는 유치환의 만주국 체류시 가운데서 구체적인 장소를 배경으로 삼은 시들은 장소시라는 이름으로 모두 포괄한다.

56 天野良和, 앞의 책, 49쪽.

은 빈강성 서부 빈수선 방면 오상현 소재지다. 주하를 비롯해 오상은 일찍부터 이른바 '비적'이라 불리운 반만·항왜 무장군의 출몰이 잦아 관동군과 만주군경의 이른바 '비적 토벌'이 심했던 지역이다.[57] 1937년 에만 하더라도 '비적' 약 1천이 머물렀다. 만주국 설치 뒤 한인 '안전농 촌'을 비롯한 '집단부락'이 일찌감치 이곳에 마련된 까닭이 거기에 있었 다. 1940년 무렵에도 한인 '개척민'이 거듭 입식된 '개척 협화' 활동의 중 심지가 바로 오상이다.[58] 그리고 거기서 가까운 주하에는 동향 선배 김 욱주가 머물렀던 '주하농장'이 있다.

「곽이라사후기행」은 다시 소제목을 붙인 세 편으로 이루어져 있다. 「조주성」·「도리만성」·「몽기에 와서」가 그것이다. 곽이라사후기는 몽골족 마을이 있는 빈강성 행정 구역의 하나다. 오상과 함께 개척 협화 를 위해 '개척 관계고(關係股)'가 있었던 곳이다.[59] 그곳에 청마가 들렀을 때는 1944년 4월이었다.[60] "기공서(旗公署) 소재지"는 조원성에 있었다. 「도리만성」은 바로 그 조원성 풍경을 그린 것[61]이다. "호을로 사회교육

57 『만선일보』, 1940.4.18.
58 오상은 길림성 납법과 하얼빈을 잇는 '납빈연선(拉浜沿線)'에서 제일 큰 도시로, 인구 약 4만 5천 명이 살았다. 만주 안의 유수한 특산물 시장이 있는 곳이다. 현 공서 기타 여러 관공서가 있다. 일본국제관광부 만주지부, 『1941년 만지여행연감(滿支旅行年鑑)』, 통문 관, 1941, 188쪽.
59 빈강성의 성(省), 현(県), 기(旗) 가운데서 이른바 '개척' 관계기구가 설치되어 있는 곳은 아래와 같다. 성공서(省公署) 관계과는 하얼빈의 개척청 개척과, 현(기) 관계과는 오 상·주하·위하·연수에 있었고, 현(기) 관계고(関係股)는 조동·조주·곽이라사후기 에 마련되어 있었다. 天野良和, 앞의 책, 49쪽.
60 "1944년 내가 이곳을 찾은 때는 4월이었으나 암담(暗澹)한 음설(陰雪)에 가치어 광야(曠 野) 속의 명맥(命脈) 같은 한 대 버스가 이를 헤치고 다달은 촌락(村落)마다" 「곽리아사 후기행」, 『죽순』 제4집, 죽순시사구락부, 1947, 9쪽.
61 곽이라사후기 지역의 지지(地誌)와 「곽이라사후기행」 소제목 세 편의 관계에 대해서는 서여명의 풀이가 꼼꼼하다. 서여명, 앞의 글, 40~44쪽.

관의 초옥을 찾아오니"[62]라 한 시줄에서 유치환이 조원성에 협화회의 '개척 협화'와 관련한 일을 보기 위해 그 기관을 찾은 걸음이었음을 알게 한다. '사회교육관'이라는 구체적인 이름이 그것을 뒷받침한다.

「빈수선 개도에서」에 나오는 개도는 앞의 두 곳과 다른 됨됨이를 지 닌 장소다. 「오상보성외」의 배경인 오상과 마찬가지로 빈강성의 서부 빈수선 쪽에 있으면서도 개도가 있는 위하현 남방 또한 항왜 '비적'의 출 몰지였다.[63] 김좌진 장군이 '의혈(義血)'을 뿌리고 순사한 곳이기도 하 다. 그런데 유치환은 이곳 개도를 "1944년 극한" 때 찾고 있다.[64] 그의 말 과 같이 '고령자' 마을 '심림(深林)벌목공사' 때문에 생긴 개도는 빈수선 본선에서 떨어져 지선에 있는 마을이다. 1940년에 만든 이 개도선은 '심 림벌목공사'와 '심림'지대에 머물고 있는 '비적 토벌'을 목표로 삼은 치 안 요충 시설이었다. '삼림경찰대'[65]가 오갔을 삼엄하고 외딴 '비적 토벌' 지역에, 그것도 '극한' 시기에 유치환은 그곳을 찾고 있다. 단순한 여행 이나 지인을 찾는 걸음이 아니라 협화회의 '개척민 협화공작' 차 갔음을 짐작하기란 어렵지 않다. 이른바 '치표공작(治表工作)의 하나였던 '집단

---

62 『죽순』 4집, 죽순시사, 1947, 21쪽.

63 『재만조선인통신』 39집, 홍아협회, 1936, 46쪽.

64 "1943년 극한(極寒) 내가 이곳을 찾은 즈음엔 3 4의 만인(滿人) 채관(菜舘) 상포(商舖)가 있는 밖에는 전부(全部)가 우리 조선(朝鮮) 사람만이 모인 불과 50호 가량의 황막(荒寞) 한 고림(孤林)이었다." 「빈수선 개도에서」, 『죽순』 5집, 죽순시인구락부, 1947, 6쪽.

65 만주국은 국가 산림자원을 지키고 키우기 위해 '성'뿐 아니라 '현'이나 '기'까지 '임무서 (林務署)'를 두었다. 아울러 산악밀림지대 우량 나무 공급지의 교통을 위해 1936년부터 삼림철도 부설에 착수했다. 그리고 "목재자원의 적극적 개발을 부추기고 산악밀림지대 의 치안 확보를 위해" 1935년에는 '삼림경찰대'를 편성하고 임업업자들이 독자적으로 소 유하고 있던 '자경단'을 폐지했다. '삼림경찰대'는 필요에 따라 현에 설치하고 현장(縣 長)의 지휘 아래 두었다. '비적 토벌' 구역 출입에는 관계관헌이 발급한 증명서를 지니도 록 했다. 幕内満雄, 『満洲国警察外史』, 三一書房, 1996, 67~70쪽.

부락' 개척 현장 조사나 항왜 세력으로부터 철도를 보호하기 위해 이루 어졌던 이른바 '철도애호운동'과 같은 선전·선무 활동이 그것이다.

앞에서 살편 바와 같이 유치환의 만주국 체류시 가운데서 장소시 7 편은 그가 1940년 처음 입만해 터를 잡았던 빈강성 연수현 안쪽의 가신 촌이나 연수를 다룬 작품이 아니다. 빈강성의 행정 소재지 하얼빈 안쪽 이거나 하얼빈협화회 관할 구역이었던 빈강성 안쪽 구역이었다. 그리 고 유치환은 그들 장소를 1943년부터 오가고 있다. 말하자면 이미 1943 년 무렵에는 하얼빈으로 옮겨가 상위 기관인 하얼빈협화회에서 근무 했다는 사실을 확인시켜 준다. 그리고 그가 오갔던 장소는 협화회 직원 으로서 이른바 개척민 협화 지도나 사상 선무공작 활동이라는 공적 업 무로 말미암았던 경험을 다룬 작품이 큰 줄기다. 협화의 중심 도시 하 얼빈은 두고라도 나머지가 죄 빈강성 가운데서도 한인 '개척부락'의 중 심지였거나, 반만·항왜 '비적' 출몰이 잦았던 삼림지대, 그 무렵 협화 회 '개척 협화 활동'의 요지[66]다. 그러니 아래와 같은 진술은 참으로 뚱 딴지같다 하지 않을 수 없다.

청마의 북만주 방랑의 발길도 하얼빈을 중심으로 동서남북 수백 리까지 마치 북만주 광야의 넓이를 제 발로 확인이라도 하듯이 돌아다녔던 것으로 생각된다.[67]

---

66 '낱낱의 개척지에 협화분회 결성을 종용'하고 '중앙본부에 개척과를 신설코 적극적으로 진출, 개척민의 건국정신을 고취하고자 한다'는 기사가 그 앞뒤 사정을 짐작하게 한다. 『만선일보』, 1940.3.9.
67 문덕수, 앞에서 든 책, 117쪽.

현실과 동떨어진 과장과 미화가 심하다. 유치환이 연수현에서 하얼빈협화회로 승진해 올라가 왜로의 개척 협화 선전·선무 활동을 벌이기 위해 오갔던 근무지 이동을 "방랑의 발길"이라 꾸몄다. 1940년대 북만주 빈강성은 동북항왜연합군이 만주국 군경이나 왜로 관동군과 벌이는 싸움이 끊이지 않았던 이른바 '토벌' 지역이자 '개척' 선무공작지였음을 모르는 무지의 결과다. 1941년 태평양침략전쟁을 벌인 뒤부터는 더해진 전시 수탈체제 아래서 출입증 없이는 마을도 함부로 드나들기 어려웠던 곳이다.[68] 그 무렵 유치환이 오늘날과 같은 '방랑의 발길'을 즐겼으리라는 생각이 얼마나 엉뚱하고도 순진한가. 거기다 유치환이 밟은 자리는 드넓은 북만주에서도 빈강성, 그 가운데서도 작은 몇 곳에 지나지 않는다. 재만 한인 농민에 대한 제국주의의 억압과 수탈 앞자리에 서서 왜로의 이른바 '성전'에 쓸 전시 식량을 생산, 공출하고 협화회 공작 활동까지 맡아 힘겹고 바빴을 유치환이다.

그가 여섯 해나 머문 만주국은 이른바 오족협화라는 허울 아래 만들어진 왜로 제국주의 괴뢰 국가였다. 그들의 파시즘화를 이끈 국방국가이자 실험장[69]이었던 만주국에서 한인은 '내선일체(內鮮一體)'·'선만일

---

68 '집단부락' 건설의 첫째 목표는 이른바 치안유지를 명분으로 항왜무장단체와 일반 농민들 사이 연계를 끊는 것이었다. 따라서 한인 '집단부락'은 '반만항일' 부장군의 수요 공격 대상이었다. 주민들이 늘 안전을 위협받았다. 낱낱의 마을은 만주국 경찰분주소(満洲国警察分駐所)를 마련해 지키기도 하고, 그 인원을 채우기 위해 마을 사람 가운데서 '장정'으로 '자경단'을 조직하여 정부에서 총기를 빌려서 주재 군경의 지도 아래 마을 경비를 맡았다. '자경단'에 의해 방위되는 '집단부락'은 네 곳을 흙벽으로 쌓았고, 네 모퉁이에는 포대를 설치하고 출입문은 늘 삼엄하게 지켰으며, 심지어는 사진과 지문이 찍힌 거주증이 있어야만 출입이 가능했다. 天野良和, 앞의 책, 72쪽; 박민영, 앞의 글, 90~92쪽.

69 임성모, 「만주국협화회의 총력전체제 구상 연구―'국민운동' 노선의 모색과 그 성격」, 연세대 박사논문, 1997, 2쪽.

여(鮮滿一如)'라는 허울 아래 왜로 제국의 '황민(皇民)'임과 아울러 만주제국 신민(臣民)으로서 이중의 수탈과 감시, 그리고 이중의 탄압과 지배를 겪어야 했다.[70] 이러한 정황은 왜로에 의한 중국대륙침략전쟁이 감행된 1937년부터 더욱 심해졌다. 게다가 1941년 태평양침략전쟁은 거기에 기름을 붓는 격이었다. 따라서 유치환이 급작스레 통영을 떠나 이르렀던 1940년대 만주는 한인들에게 그나마 열려진 공간이었다기보다는 한국 안쪽보다 더 암울하고도 어렵게 닫혀 있는 싸움터였으며 피수탈지였다.

그러한 시기, 유치환은 고향 통영에서 더는 머물기 힘든 개인적인 일을 저질러 쫓겨나듯 1940년 봄 고향을 떠나 만주국 빈강성 연수현으로 들어섰다. 미리 거기에 머물고 있었던 동향 사람과 벗의 도움을 받으며 그는 조선총독부 '분산개척민'의 한 사람으로서 연수현 '집단부락'의 흥농회 총무에다 현협화회 직원으로 일하다 1942년 후반이나 1943년 전반 다시 빈강성의 행정 소재지인 상위 하얼빈협화회로 승진해 올라가 일하며 1945년까지 만주국에 머물렀다. 전시 수탈 체제 아래 고통받았던 한인 농민의 삶과 달리 그 수탈 체제수호의 중심기구 일꾼으로서 '반만항일'을 외쳤던 '비적'들을 물리치는 '치안공작'과 '개척 협화' 활동의 앞자리에 서 있었다. 이러한 행위 차원의 사실이 아니라 하더라도 반민족 / 민족, '친일' / '용공'이라는 사상적·심리적 전선(戰線)과 경계 어느 쪽에 유치환이 서 있었을까는 환하지 않은가.

따라서 유치환이 왜로가 패망하기 두 달 앞인 1945년 6월에 감행한

---

70 박민영, 앞의 글, 95쪽.

돌연한 귀국이 지닌 뜻은 남다르다. 막연히 시국에 불안을 느꼈다거나 일시 귀국했다 다시 돌아가지 못했다[71]는 생각도 있다. 하지만 그가 만주국에서 벌였던 협화회 활동과 관련시켜 볼 때 만주 탈출을 서둘러야 했을 까닭은 충분하다. 유치환이 머물렀던 북만주 빈강성 하얼빈과 그 둘레 지역은 이미 만주국 성립 앞부터 한국 공산주의자의 중심 활동지였다.[72] 1939년부터는 동북항왜연합군의 활동 터전 가운데 하나였다. 이른바 관동군과 만주군경의 '치안숙정공작'이 그에 맞물려 더욱 심하게 저질러졌던 지역이다. 그리고 만주국 패망 뒤에는 소련군이 들어와 한때 중공군·국민군, 그리고 소련군이 각축을 벌였던 터다. 그 과정에서 많은 한인의 희생이 따랐다. 이런 점에서 광복 뒤 만주 지역 한인의 초기 귀환이 "주로 지주 내지 일제 협력자 출신이 주류를 이루었"[73]다는 사실이 일깨우는 바는 적지 않다.

> 일제 말기의 많은 친일문인과는 달리, 일문(日文)으로나 한글로나 부역적인 글 한 편을 쓰지 않고 명예로운 잔존자(Remnant)가 된 그는, 일제의 패망을 미리 알기나 한 듯이 가족들이나마 귀향시켜 놓고자 귀국한 것이 그대로 종전을 맞았으니 요행이라고 할 수밖에 없다."[74]

---

71 "청마는 북만주에서 일본의 패전을 미리 알기나 한 것처럼 1945년 6월에 가권을 데리고 귀국했다. 아내의 권유가 있었다고 한다. (…줄임…) 청마의 말인즉, 이민족 사이에서 무언지 신변에 불안이 느껴졌으므로 일단 가족들이나마 고국으로 돌려보내 놓고자 데리고 돌아왔는데, 그 길로 종전을 맞게 되었다는 것이다." 문덕수, 앞에서 든 책, 138쪽. "시국의 불안을 예감하고 그가 관리하던 만주의 농장과 정미소를 그곳 원주민에게 양도하고 고국으로 돌아왔다." 박철석, 『유치환』, 문학세계사, 1999, 193쪽.

72 김경일 외, 『동아시아 민족이산과 도시』, 역사비평사, 2004, 314쪽.

73 장석홍, 「해방 후 연변지역 한인의 귀환과 현지 정착」, 채영국 외, 『연변 조선족 사회의 과거와 현재』, 고구려문화재단, 2006, 121쪽.

유치환이 "북만주로 도망하여 가서 살"[75]다 다시 거기서 도망쳐 나올 때는 이미 만주국의 패배가 예견되었던 때다. 1945년 5월부터는 만주국에서 한국으로 오가는 교통 통제가 더욱 삼엄해졌다. 반공·배공을 앞세우며 이른바 '치안숙정공작' 앞자리에 있었던 하얼빈협화회 직원 유치환으로서는 "일제의 패망을 미리" 알 수 있었다. 1945년 6월 유치환은 자신의 안전을 위해 서둘러 귀국했다. "명예로운 잔존자"가 아니라 만주국 패망 시 맨 처음 인민재판에 오르거나 처형당할지 모를 한간(漢奸 — 중국 쪽에서 일컫는 부왜인)으로 몰릴 것이 뻔한 유치환으로서는 재빠른 처신이었다.[76]

그리하여 1940년 4월에 어쩔 수 없이 가족을 이끌고 도망치듯 만주로 들어갔다 1945년 6월, 여섯 해 만에 가족은 두고 다시 자신부터 먼저 만주국을 빠져나온 유치환은 광복된 하늘 아래서 새로운 살길과 걸음걸이를 고르지 않을 수 없었다. 그 방향에 따라 이미 지난 일이 되어 버린 자신의 만주국 체류 경험 또한 알게 모르게 재기억화, 재조직화 과정을 겪을 터였다. 그럼에도 그런 일과 무관하게 유치환이 귀향하기 앞서 만주국에서 발표했던 부왜시문들은 오늘날 우리 앞에 확연한 실증 자료로 남아 있다. 이제까지 살핀바 유치환의 만주국 도주 동기와 만주 체류의 됨됨이로 미루어 볼 때, 참으로 자연스럽고도 당연한 '잔존물'이다.

---

74 문덕수, 앞에서 든 글, 134쪽.

75 유치환, 「서」, 『생명의 서』, 행문사, 1947.

76 이상경은 박영준의 자전적인 소설 「전사시대」와 「죽음의 장소」를 따지는 자리에서 주인공이 모두 "만주협화회에서 일하다 해방을 맞아 인민재판이 두려워 서둘러 서울로 돌아올 수밖에 없었다는 내용을 담고 있음"에 눈길을 모으고 있다. 유치환의 귀국과 관련해 떠올릴 바가 있는 대목이다. 이상경, 「'야만'적 저항과 '문명'적 협력」, 『재일본 및 재만주 친일문학의 논리』, 역락, 2004, 84쪽.

3. 부왜시문 다섯 편의 앞뒤

유치환은 1940년 4월 입만하여 1945년 6월 귀국하기까지 모두 17차
례에 걸쳐 나라 안밖에서 작품을 발표했다. 이 가운데 겹쳐 실은 것을 빼
고 만주에서 살 때 내놓은 거주시만 따진다면 시 12편에 줄글 1편, 모두
13편이다.[77] 그는 이들 작품을『인문평론』·『조광』·『국민문학』·『만

---

[77] 17차례 발표한 작품을 순서대로 늘어놓으면 아래와 같다. 「광야에 와서」(『인문평론』,
1940.7), 「아상(児喪)」(『여성』, 1940.8), 「촉규(蜀葵) 있는 어촌」(『문장』, 1940.9), 「절도
(絶島)」(『인문평론』, 1940.11), 「생명의 서(1)−1. 노한 산」(『만선일보』, 1942.1.18), 「생
명의 서(2)−2. 음수(陰獣)」(『만선일보』, 1942.1.19), 「생명의 서(3)−3. 생명의 서」(『만
선일보』, 1942. 1.21), 「대동아전쟁(大東亜戦争)과 문필가(文筆家)의 각오(覚悟)」, 「만선
일보』, 1942.2.6), 「수(首)」(『국민문학』, 1942.3), 「편지」(『재만시인집』, 1942.6), 「하르빈
도리공원」(『재만시인집』, 1942.6), 「귀고(帰故)」(『재만시인집』, 1942.6), 「생명의 서」(『재
만조선시인집』, 1942.10), 「노한 산」(『재만조선시인집』, 1942.10), 「음수(陰獣)」(『재만
조선시인집』, 1942. 10), 「전야(前夜)」(『춘추』, 1943.12), 「북두성(北斗星)」(『조광』,
1944.3). 이 가운데서『재만시인집』에 보이는 세 편 가운데서 「편지」는 이미 『문장』
(1940.3)에 올린 것을 되실을 것이다.『재만조선시인집』에 실은 「생명의 서」·「노한
산」·「음수(陰獣)」 세 편은 그에 앞서『만선일보』에 「생명의 서」라는 이름 아래 세 차례
나누어 올린 작품이다. 따라서 유치환의 만주 거주 시 신작 발표 작품은 13편이다. 이들
가운데서 시 「아상(児喪)」·「촉규(蜀葵) 있는 어촌」은 만주 체험과는 직접 관계가 없다.
따라서 유치환의 만주 체류 시기 체험을 다루고 있는 작품은 모두 11편이 남는다. 유치
환은 이것을 광복 뒤 시집『생명의 서』에 올리면서 「귀고(帰故)」·「생명의 서」(「생명의
서 2장」으로 바꿔 실음)·「노한 산」·「음수(陰獣)」를 북만주 거주 시기 작품을 모았다
는 2부에 싣지 않고 1부에 넣었다. 잘못한 일인지 아니면 이 작품들이 쓰인 시기가 입만
하기 앞선 때인지 확인이 필요하다. 「귀고」의 경우는 첫 시집『청마시초』의 경향과 같아
입만하기 앞선 시기 것으로 보인다. 「생명의 서」·「노한 산」·「음수」 세 편 또한 처음
유치환이 「생명의 서」(시집『생명의 서』에서는 「생명의 서 1장」)라는 이름으로 작품을
내놓았을 때가 1938년(『동아일보』, 10.19.)이었으므로 그 비슷한 시기에 쓰인 것으로,
간직하고 있다 만주 거주 시 내놓았을 가능성이 있다. 「노한 산」 경우는 광복 뒤『신문학』
3호에 신작처럼 다시 발표했다. 엄밀하게 보자면 유치환이 만주 거주 시기에 자신의 체
험을 담아 발표한 작품은 「광야에 와서」·「절도」·「대동아전쟁과 문필가의 각오」·「수」·
「하르빈 도리공원」·「전야」·「북두성」 7편으로 줄어든다. 그 가운데서 부왜시 「수」·「전

선일보』・『춘추』 그리고 엮은책『재만시인집』을 빌려 내고 있다. 『국민문학』・『만선일보』・『춘추』는 왜로 제국주의가 패망할 무렵까지 나왔던 부왜 한글매체다. 그리고『재만시인집』은 유치환이 「생명의 서」세 편을 되싣고 있는『재만조선시인집』과 함께 괴뢰 만주국 건국 열 돌을 기리고 건국 이념인 이른바 '왕도낙토(王道樂土)'와 '오족협화(五族協和)' 정신을 드높이는 길에 이바지하고자 하는 재만 한인 쪽의 뜻을 담아 펴낸 시집이다.[78] 유치환은 송철리・김조규・조학래・함형수와 함께 그 두 시집에 모두 작품을 실은 시인이다. 이 자리에서는 그의 부왜시와 줄글, 다섯 편의 됨됨이를 살피고자 한다. 이 글로 말미암아 처음 세상에 알려지는 「대동아전쟁과 문필가의 각오」와 「수(首)」・「전야(前夜)」・「북두성(北斗星)」에다 광복 뒤 시집『생명의 서』에 올린 「들녘」이 그것이다. 앞에서 살핀 바 유치환의 만주 이주와 체류 환경으로 볼 때 그의 만주 체류시를 이해하는 가장 무거운 밑자리를 보여 주는 작품인 까닭이다.

1) 유치환이 밝힌 「대동아전쟁과 문필가의 각오」

유치환이 만주 거주 때 지녔을 이념의 자장을 제대로 가늠하기란 쉽지 않다. 속속들이 담은 언술을 볼 수 없다는 점이 가장 큰 걸림돌이다. 단편적인 해적이와 작품 몇이 모두다. 그런 까닭에 그의 뚜렷한 부왜 언술 「대동아전쟁과 문필가의 각오」는 중요하다. 이것은 만주 거주 때

야」・「북두성」 3편은 모두 「대동아전쟁과 문필가의 각오」를 내놓은 뒤 발표했다.
78 山村 湊,『文学から見る「満洲」』, 길천홍문관, 1998, 114쪽.

그가 내놓은 유일한 줄글일 뿐 아니라, 마음자리를 실증할 수 있는 구체적인 터무니인 까닭이다. 먼저 모두를 아래에 옮긴다.

오늘 대동아전(大東亞戰)의 의의와 제국(帝國)의 지위는 일즉 역사의 어느 시대나 어느 나라의 그것보다 비류(比類)없이 위대한 것일 겝니다.

이러한 의미로운 오늘 황국신민(皇國臣民)된 우리는 조고마한 개인적 생활의 불편가튼 것은 수(數)에 모들 수 업는 만큼 여간 커다란 보람이 안입니다. 시국(時局)에 편승하여서도 안 될 것이고 시대(時代)에 이탈하여서도 안 될 것이고 어데까지던지 진실한 인간생활의 탐구를 국가의 의지(意志)함에 부(副)하야 전개시켜 가지 안으면 안 될 것입니다.

나라가 잇서야 산하도 예술도 잇는 것을 매거(枚擧)할 수 업시 목격하고 잇지 안습니까.

오늘 혁혁(赫赫)한 일본의 지도적(指導的) 지반(地盤) 우에다 바비론 이상의 현란한 문화를 건설하여야 할 것은 오로지 예술가에게 지어진 커다란 사명이 아닐 수 업습니다.

— 「대동아전쟁과 문필가의 각오」[79]

네 단락으로 이루어진 짧은 글이다. 첫 단락에 '시국' 인식을 담았다. 이른바 '대동아전', 곧 태평양침략전쟁의 의의와 그것을 저지르는 '제국'의 위대함이 견줄 데 없이 드러나는 '의미로운' '시대'에 놓여 있다는 풀이다. 둘째 단락에서는 개인이 지녀야 할 자세를 밝혔다. 그러한 시

---

79 『만선일보』, 1942.2.6.

국에 발맞추어 '황국신민'으로서 "개인적 생활"을 버리고 '시대'와 '국가'에 의지하여 '인간생활'을 탐구하고 '보람'을 얻어야 할 것이라는 힘찬 권고다. 셋째 단락에 이르러 국가의 의의를 되새겼다. 나라 곧, "황국일본'"이 있고서야 개인의 삶도 예술도 가능하다는 전언이다. 넷째 단락에는 예술가(문필가)가 지녀야 할 자세를 담았다. 예술가는 모름지기 "일본의 지도적 지반" 위에서 "바비론 이상의 현란한 문화를 건설"하는 "커다란 사명"을 다해야 할 것이다.

이른바 '대동아전쟁'이 빠르게 돌아가는 전시에 개인이든 예술가든 '국가'의 고마움을 다시 한 번 깨닫고 '황국신민'으로서 '성전' 승리를 위해 애쓸 것을 권고하는 뜻이 곡진하다. 이때 이 글이 향하고 있는 자리는 두 쪽이다. 글쓴이 자신과 아울러 아직도 '시국'도, '황국'을 위한 사명도 제대로 깨닫지 못하고 있을 일반인과 예술가(문필가)다. 유치환 스스로 문필가로서 각오를 다지고, 현실독자에게도 자신의 뜻에 따라줄 것을 설득하고 있다. 태평양침략전쟁이 지닌 의의와 '황국신민' 된 공감을 뚜렷이 하면서 새로운 '대동아' 건설의 주체로서 각오가 당당하다. 글의 속결으로 어떠한 머뭇거림도 보이지 않는다.

이 글은 1941년 12월 8일 왜로가 미국 진주만을 쳐서 중국침략에 이어 태평양침략전쟁을 벌인 두 달쯤 뒤에 나온 것이다. 새로운 전시 국면 전환에 따라 한국 안쪽뿐 아니라, 만주국도 이른바 '국민총력운동'에 진력할 것을 힘껏 부추길 때다. 이때 『만선일보』에서 여러 문필가로부터 받아 실었던 글 가운데 하나다.[80] 찾아볼 수 있었던 아홉 사람의 글 가운데

---

80 1942년 1월 23일에서 2월 19일 사이에 걸쳐 실은 글이다. 모두 열한 사람이 올린 것으로 보이나 아홉만 확인할 수 있다. 남승경(南勝景)·조학래(趙鶴来)·천청송(千青松)·김

서 유치환은 천청송 · 김귀와 함께 드러내 놓고 '황민화'와 '대동아전쟁' 참여를 부추기는 쪽이다. 아래 조학래와 견주면 그 점이 곧 드러난다.

　　자아의 내부에 단X을 형성하고 잇는 인간의 역사성은 그것을 묵X해 버릴 수가 업습니다. 미묘한 시대 전환의 시대 몰락의 시대 승리의 시대 건설의 시대 시대 정신 어린 사조성(思潮性)을 포용합니다. 시대정신을 무시 분리한 작품은 위대한 문학이 못되겟지요 더욱히 이 시대에 만주라는 독특한 풍토 속에서 호흡하는 진실한 문학도들이라며요 문학주조도 그 시대의 정신을 내포함이라고 하눌도 처다보고 쌍도 바라보겟습니다. 소식도 듯고 냄새도 맛겟습니다. 체관(體觀)도 하면 자득(自得)도 하겟지요.

― 조학래, 「대동아전쟁과 문필가의 각오」⁸¹

　　말발을 친근한 입말투로 바꾼 것과 달리 문맥은 오히려 어름하게 풀었다. 그러면서 전언 또한 복잡한 속내가 드러나도록 다듬었다.⁸² 이러

　　귀(金貴) · 김북원(金北原) · 송철리(宋鉄利) · 유치환(柳致環) · 안수길(安壽吉) · 김창걸(金昌傑)이 그들이다. 이 무렵 사정을 짐작하는 데 도움이 되는 글로 김창걸이 쓴 「절필사」가 있다. "1943년 가을(1941년 겨울이었음 직하나 김창걸이 잘못 기록―글쓴이) 어느 날이었다. 신문사에서 지정 제목에 지정 내용을 붙여 4백 자 정도의 글을 쓰라는 것이다. 그 제목이란 「대동아전쟁과 문인(문필가를 다르게 적었음―글쓴이)의 각오」란 것이고 그 내용이란 '대동아전쟁에서의 승리를 위하여 사상상 동요함이 없이 물질상 곤난을 극복하도록 문필을 통하여 고무해야 한다'는 것이었다. // 나는 이 주문에 대하여 매우 망설였다. (…줄임…) 그 뒤 며칠 후에 나의 그 글이 내 이름까지 박혀 발표되었다. 비록 장편 대론은 아니고 또 여럿이 함께 그런 글을 쓰는데 껴묻어 쓴 것이라고 처음에는 자기 위안과 변명을 가지었다. 그러나 다시 곰곰이 생각하니 나는 범죄자라고 느껴졌다." 여기서는 채훈에서 되옮겼다. 채훈, 「김창걸의 해방 전 작품들」, 「소포」「두 번째 고향」, 「강교장」 및 「붓을 꺾으며」」, 『재만한국문학연구』, 깊은샘, 1990, 285쪽.

81　『만선일보』, 1942.2.13.
82　겉뜻은 "만주라는 독특한 풍토 속에서" "진실한 문학도"라면 "시대정신을 무시 분리한

한 문체론적 머뭇거림이야말로 유치환이 지닌 자발적인 자세와 달리 바깥 정황으로부터 말미암은 억압과 긴장을 슬기롭게 넘어서고자 글쓴이가 애쓴 흔적을 보여 준다.

유치환이 쓴 「대동아전쟁과 문필가의 각오」는 진지하게 만주국과 제국주의 왜로에 대한 체제 내적 성실성을 다짐한 부왜 줄글이다. 그의 만주 도주가 지닌 동기와 만주 체류 환경의 속내를 이보다 잘 보여 주는 것은 아직까지 없다. 그러면서 그 뒤에 차례로 쓰인 유치환의 부왜시들을 끌어 잡고 있는 마음자리를 잘 일깨워 준다. 이 줄글에 이어 만주 체류 경험을 다룬 신작 발표는 엄밀하게 「수」·「하르빈 도리공원」·「전야」·「북두성」뿐이다. 장소시 「하르빈 도리공원」을 제치고 보면 공교롭게도 죄 부왜시다. 말하자면 스스로 「대동아전쟁과 문필가의 각오」에서 공언한 다짐을 그 뒤 한 편 한 편 시로써 실천해 보이고 있는 꼴이다.

2) 「들녘」과 「수」에 나타나는 개척·협화 이념

'왕도낙토', '협화국가'를 허울로 내세운 괴뢰 만주국은 왜로 제국주의자들이 한국에 이어 마련한 드넓은 식민 수탈지다. 그들의 야욕이 태평양으로까지 넓혀진 이른바 '성전' 과정에서 만주는 한국, 대만과 함께 제

작품"을 쓰지 말아야 할 것이라는 '각오'다. 그런데 그가 짚고 있는 "시대정신 어린" 당대의 '사조성'은 "미묘한 시대 전환의 시대 몰락의 시대 승리의 시대 건설의 시대"로 드러난다. 미묘·몰락과 전환·승리·건설을 한자리에 얽어 세움으로써 '대동아전쟁'기 시국 인식에 대한 중심 문맥을 흩고 있다. 유치환의 노골적인 말발과 맞서는 꾀를 숨긴 맵시다. 게다가 "하눌도 처다보고 쌍도 바라보겠습니다. 소식도 듯고 냄새도 맛겠습니다. 체관도 하면 자득도 하겠지요"라는 엉뚱한 정감적 마무리 또한 '대동아전쟁'을 맞이한 '문필가의 각오'를 교묘히 분산시키고 있다.

국의 든든한 후방 공급기지였다. 그러한 뜻을 숨긴 말이 '만주개척'이요 '민족협화'다. '개척'이란 만주에 대한 왜로의 독점 수탈을, '협화'란 다른 민족의 복종과 예속을 바탕으로 삼은 왜로의 독점 지배를 뜻할 따름이다. 개척 · 협화 이념이라 일컬을 수 있는 이러한 만주국 식민 논리에 유치환이 쓴 부왜시는 고스란히 맞물린다. 그런 점에서 이제까지 만주국 체류시임에도 눈여겨보지 않았던 시 「들녘」이 지닌 뜻은 크다. 왜냐하면 이 작품은 바로 '분산개척민 집단부락'에서 '개척공작'의 앞자리에서 일했던 유치환의 내면화한 '개척' 이념을 그대로 담고 있기 때문이다.

　　여름의 들녘은 진실로 좋을시고

　　일찍이 일러진 아름다운 비유가
　　적적히 구름 흐르는 땅끝까지 이루어져
　　이랑이 넘치고
　　두렁에 흐르고
　　골고루 골고루
　　잎새는 빛나고
　　골고루 골고루
　　이삭은 영글어

　　근로의 이룩과
　　기름진 축복에
　　메뚜기 해빛에 뛰고

잠자리 바람에 날고

아아 풍요하여 다시 원할 바 없도다

— 「들녘」[83]

태평양침략전쟁 시기 왜로의 최대 목표는 '치안'[84]과 더불어 전시 '식량증산'이었다. "결전하의 만주국이 맡아야 할 가장 큰 사명이 동아식량의 공급기지"[85]라는 언술은 유치환의 '분산개척민' 지도원 생활과 그에게 내면화해 있었을 '개척' 이념을 이해하는 뼈대다. 이 작품은 유치환의 만주국 체류시 가운데서도 광복 뒤 내놓은 만주 회고시다. 왜로 제국주의는 만주국을 침략 전쟁의 식량공급기지로 만들기 위해 "농업 증산조치를 강구하는" 한쪽으로 "온갖 방법과 수단을 가리지 않고 토지와 농산물에 대한 약탈을 감행했다. 자흥촌운동, 흥농합작사를 보급하였으며 침략전쟁이 확대됨에 따라 또 많은 농업 노력들이 직접 징병 또는 전쟁부역에 강제 동원되었다."[86]

유치환이 맡았던 흥농회 활동의 눈은 바로 그러한 전시 식량 증산과 공출을 꾀하는 '개척' 이념의 실천에 있었다. 그의 시로는 드물게 밝고 낙천적인 「들녘」의 울림 공간이 거기에 있다. "근로의 이룩과 / 기름진

---

83 『생명의 서』, 행문사, 1947, 78~79쪽.
84 "치안이 안정치 못한 곳에 산업개발, 문화가 없고 이상의 왕도정치도 시행치 못할 것이다. 그러면 관동군과 만주국은 건국 이래 치안개선에 가장 고심하야 치안제일주의의 국책을 견지하면서 경비, 토벌, 정치, 선무에 범백 노력을 경주하야 왔다." 「완성도상의 만주제국」, 『재만조선인통신』 30·31호 합작호, 홍아협회, 1937, 23쪽.
85 天野良和, 앞의 책, 26쪽.
86 김규방 외, 『연변경제사』, 연변인민출판사, 1990, 57~62쪽.

축복"이야말로 '농업만주 공업일본'의 표어 아래 저질러졌던 만주 한인 농민에 대한 식민자의 수탈 현실과 날카롭게 맞선다. "아아 풍요하여 다시 원할 바 없도다"라는 감탄의 무게만큼 개척 이념 활동에 몸 바친 유치환의 기꺼움은 드높다. 그 무렵 개척·협화 홍보를 위해 『만선일보』에서 공모하기도 했던바 잘 쓴 신민요 한 편을 읽는 듯하다. 2음보가 이끄는 흥겨운 가락에 "원할 바" 없이 '풍요'로운 수확의 기쁨이 "골고루 골고루" 스며든 '만주풍년가' 한 편을 마련했다.[87]

십이월(十二月)의 북만(北滿), 눈도 안 오고

오직 만물(萬物)을 가각(苛刻)하는 흑룡강(黑龍江) 말라빠진 바람에 헐벗은

이 적은 가성(街城) 네거리에

비적(匪賊)의 머리 두 개 높이 내걸려 있도다

그 검푸른 얼굴은 말라 소년(少年)같이 적고

반쯤 뜬 눈은

먼 한천(寒天)에 모호(糢糊)히 저물은 삭북(朔北)의 산하(山河)를 바라고 있도다

너이 죽어서 율(律)의 처단(處斷)의 어떠함을 알았느뇨

이는 사악(四惡)이 아니라

질서(秩序)를 보전(保全)하려면 인명(人命)도 계구(鷄狗)와 같을 수 있

---

87 그런 점에서 만주국 부왜시인 윤해영의 신민요 「낙토만주」와 견줄 만하다. "끝없는 지평선에 오곡금과 굼실렁 / 노래가 들리누나 아리랑도 흥겨워 / 우리는 이 나라에 터를 닦는 선구자 / 한 천년 세월 후에 영화만세 빛나리." 윤해영, 「낙토만주」 가운데서. 『반도사화와 낙토만주』, 만선학예사, 1942, 690쪽.

도다

혹(惑)은 너의 삶은 즉시

나의 죽엄의 위협(威脅)을 의미(意味)함이었으리니

힘으로써 힘을 제(除)함은 또한

먼 원시(原始)에서 이어온 피의 법도(法度)로다

내 이 각박(刻薄)한 거리를 가며

다시금 생명(生命)의 험렬(險烈)함과 그 결의(決意)를 깨닫노니

끝내 다스릴 수 없던 무뢰(無賴)한 넋이여 명목(瞑目)하라!

아이 이 불모(不毛)한 사변(思辨)의 풍경(風景) 우에

하늘이여 은혜(恩惠)하여 눈이라도 함박 내리고 지고

— 「수(首)」**88**

시 「수」는 유치환의 부왜 시비와 맞물려 일찍부터 여러 입에 오내렸던 작품이다. 그러나 장덕순에 이어 임종국이 이 "시의 비적(匪賊)은 대륙침략에 항거하던 항일세력의 총칭"으로 「수」는 "침략적 잔인행위의 고발이 아니라, '항일'하다 죽어 효수당한 '머리 두 개'를 꾸짖은 친일시"**89**라 풀이한 데서 생각이 더 나아가지 못하고 있다. "비적은 글자 그대로 '무장을 하고 무리를 지어 살인과 약탈을 일삼은 도둑으로 이해'하면 되었지, 여기에 굳이 '항일 독립군'이라는 말을 끼어 넣어서 '친일'이

---

88 『국민문학』 3월호, 인문사, 1942, 38~39쪽.

89 임종국, 『실록 친일파』, 돌베개, 1991, 6~7쪽. 중국 동포문인 최삼룡은 「수」를 "완전한 친일문학이라고 할 수 없지만 작품에 정도부동하게 만주의 건국리념에 응부하고 있는" "친일성향이 존재하는 문학작품"으로 보고 있다. 최삼룡, 「해방 전 중국조선족문학에서 친일파」, 『20세기 중국조선족 문학사료전집』 6집, 연변인민출판사, 2002, 27쪽.

라는 논리를 덧칠할 필요가 없다고 본다"[90]는 단순 무지한 논리가 물러설 기미를 보이지 않는 까닭이다. '비적'이 '항일세력'을 일컫는 총칭인가 민간인에게 범죄를 저지르는 단순 '범법자'를 뜻하는 것인가라는 자구 수준에 묶여 있을 일이 아닌 셈이다.

이 작품은 '너'로 드러난 객체 '비적'과 '나'로 드러난 "율의 처단" 주체 사이 맞섬을 밑그림으로 삼고 있다. 너는 '질서를' 어지럽히는 '무뢰한' '생명'이었다. 그리고 나는 "너의 죽엄의 위협" 앞에서 "힘으로써 힘을 제"하며 "피의 법도"에 따라 "질서를 보전"하기 위해 "율의 처단"을 감행한 승리자 쪽이다. 전쟁과 같은 쟁투에서는 "인명도 계구와 같을 수" 밖에 없다. "너의 삶이 즉시 / 나의 죽엄의 위협을 의미함"이니 내가 살기 위해서 너는 죽어 마땅하다. 그러니 너는 기꺼이 "율의 처단"에 복종하고 뉘우치라는 뜻이다. 나와 너의 맞섬 위에 율 / 비율, 질서 / 무질서, 생명 / 죽음, 힘 / 비력, 법도 / 무뢰의 맞섬이 다시 놓였다. 나는 '율'과 '힘'을 지닌 승리자 쪽에 서서 '비율'에 빠져 죽음을 맞이한 채 매달려 있는 비력한 '비적'의 세계에 대한 징벌의 꾸짖음을 한껏 드높였다.

여기서 '비적'은 만주국의 '왕도낙토' '협화국가' 건설에 방해가 되는 '반만항일' 세력을 뜻한다.[91] 그들을 죄인으로 낙인찍고 한껏 낮추어 부

---

90 문덕수, 앞의 책, 125쪽.
91 2013년 중국 연길 동포사회에서 유치환의 「수」에 나오는, 효수당한 머리의 주인공이 누구일 것인게에 대한 구체적인 구명이 한 연구자에 의해 이루어졌다. 김관웅 연변대 교수가 그다. 그는 1940년 앞뒤 시기, 일반 도둑의 경우에는 효수하여 매달아 선전전에 이용하는 경우가 없었다는 점에 착목했다. 「수」에 나오는 효수당한 머리의 주인공은 당대 동북항왜연군의 고위급이나 지휘관일 거라 보았다. 그리하여 유치환이 「수」를 발표한 시기인 1943년 3월을 앞둔 시기로 미루어 볼 때 왜로 첩자에 의해 순사한 조상지(1908~1942) 장군이 당사자라고 본 것이다. 그에 따르면 장군은 북만주에서 가장 큰 세력을 지녔던 주하(珠河 : 유치환이 살았던 연수현과 가까운 곳) 유격대의 창설자며 한때 동북항

른 말이다. 광복군이나 조선의용대, 동북항왜연군으로 대표되는 그들에 대한 '토벌'이야말로 왜로의 끈질기고 단호했던 '치안숙정공작'의 맨 앞자리 '치본공작'이었다.[92] 나와 너의 맞섬이란 다름 아니라 우리와 비

왜연군 총사령을 맡았던 이다. 1942년 2월 12일에 삼강성(지금의 흑룡강성) 탕원현 오동 하분주소를 습격하려다 첩자가 쏜 총에 중상을 입고 쓰러져 체포된 뒤 8시간 만에 순사했다. 그러자 그 머리를 왜로 군경이 잘라 냈다. 가목사에 있는 삼강성(三江省) 경무청에서는 확실히 장군이 옳은지를 판단하고자 조상지 장군을 잘 알면서 북만 항왜연군의 지휘관으로 있다 변절했던 이화당에게 장군이 순사한 곳으로 달려가서 수급(首級)을 검험케 한 다음에야 가목사에 있는 삼강성 경무청으로 실어 갔다 한다. 그래서 김 교수는 유치환의 시「수」에 나오는 "이 적은 가성(街城) 네거리에 비적(匪賊)의 머리 두 개 내걸려 있도다"라는 시줄에서 이른바 '가성(街城)'은 가목사(佳木斯)의 약칭일 수도 있다고 본다. 그리고 "머리 두 개 내걸려 있도다"라는 시줄은 유치환이 가목사의 현장에 가 있었을 개연성을 일깨워 준다고 말한다. 유치환이 협화회 일을 보고 있었으니 그런 짓거리에 동원되었을 것이라 본 것이다. 게다가 그는「수」와 조상지 장군의 수급 사이 연관을 몇 군데서 더 찾고 있다. 첫째, 장군의 머리를 효수한 짓거리는 유치환이 문제의 시「수」를 써서 발표한 시기(1942.3)와 완전히 맞아떨어진다. 그리고 공간적 거리로 볼 때 유치환이 살고 있었던 빈강성 연수현과 삼강성 탕원현은 그리 멀지 않다. 장군의 죽음은 그 무렵 만주국 사회뿐만 아니라 유치환에게도 시를 써서 남길 만큼 커다란 충격을 준 일이었을 것이다. 둘째, "비적의 머리 두 개 내걸려 있나니"라는 시줄이다. 당시 조상지 장군과 함께 왕영효(王永孝)라는 부하도 함께 사살되어 머리가 잘렸고 장군의 수급과 함께 그의 것도 삼강성 경무청으로 옮겨졌다 한다. 그러니「수」에 나오는 "비적의 머리 두 개 내걸려 있도다"라는 시줄과 맞아떨어진다. 셋째, '비적'의 머리가 아주 '적다'고 묘사한 점이다. 곧 "그 검푸른 얼굴은 말라 소년 같이 적고"라는 시줄은 마치 효수당한 조상지 장군의 머리를 직접 보고 쓴 것이라는 짐작을 가능케 한다. 장군은 비록 왜로 군경의 간담을 서늘케 한 항왜 명장이지만 몸집은 아주 왜소해 다른 사람들보다 머리 하나는 작았다고 한다. 1942년 2월 12일, 왜로 군경이 장군의 시신을 재어 보니 키가 162cm밖에 되지 않았다. 게다가 장군은 석 달 앞서 소련으로부터 만주에 다시 잠입하여 산속에서 갖은 고초를 겪으며 숨어 지낸 뒤였다. 얼굴이 몹시 마르고 초췌했을 것이 분명하다. "그 검푸른 얼굴은 말라 소년같이 적고"는 유치환이 직접 조상지 장군의 수급을 현장에서 보았을 정황을 뒷받침하는 묘사인 것이다. 김관웅,「류치환의「수(首)」속의 "비적"의 머리는 누구의 것인가?」, 2013.5.10. http://yanbian.moyiza.com/466378 2013.5.12.

92 "만주국에서 왜로 제국주의자들은 처음부터 무력 독점이라는 국가 만들기의 고전 방식을 따랐다. 폭력의 독점과 아울러, 옳고 그름을 배타적으로 규정하는 상황의 정의를 독점한 그 표상이 관동군과 만주국 군경이었다. 그런데 만주국에는 안밖으로 두 위험이 있었다. 북쪽의 소련이나 남쪽의 국민당 세력과 같은 바깥 적과 안쪽 반국가적 요소가

적, '친일협화' 세력과 '반만항일' 세력 사이의 맞섬이다. '친일협화' 세력 쪽에 서서 그들의 '협화' 이념을 좇아 '황국신민(皇國臣民)된' 유치환의 부왜의식뿐 아니라, 타자의 '생명'에 대한 잔혹한 가학심리까지 내보이고 있는 작품이 「수」다. "생명의 참담한 현장"을 읊은 것으로, "황량하고 각박한 북만주에 와서 깨달은 생명의 극한적 현장을 목격한 참혹·암담함의 토로"[93]라는 어름어름한 말발로 지나칠 수 없을 구체적인 시대 배경과 뚜렷한 이념적 자장을 바탕으로 삼은 시인 셈이다. 왜로의 '치안숙정공작'[94] 과정에서 관동군이나 만주국 군경, '집단부락' 무장자위단의 '공비토벌' 전과를 떠벌리며, 왜로의 무력 앞에 복종하고 귀순·투항할 것을 재촉하는 '협화' 이념이 고스란하다.

「들녘」과 「수」는 유치환이 만주국에 머물면서 지녔을 체제 내적 이념의 경계를 뚜렷이 드러낸 본보기다. 왜로 제국주의자에 의해 저질러졌던 '낙토만주'의 이상을 흥겹게 노래한 「들녘」의 '개척' 이념과 '비적토벌'의 당당한 승리감에 젖은 채 '반만항일' 세력을 향해 꾸짖는 「수」의 '협화' 이념이 어울려 엮어 내는 드넓은 곳에 유치환 만주 체류의 마음자리가 널찍하다. 그가 참으로 민족 / 반민족 전선의 경계를 깨닫고, 만주 한인이 놓인 억압 현실에 대한 이해를 갖춘 지식인이었더라면 이

그것이다. 바깥 적은 가상적인 것이어서 즉각적인 위협이 되지 않았다. 그러므로 '비적'이라 부르는 안쪽 적을 통제하는 것이 만주국 건국과 발전의 우선 순위였다." 한석정, 『만주국 건국의 재해석』, 동아대 출판부, 1999, 54~59쪽. 長野朗, 『満洲読本』, 建設社, 1936, 332~335쪽.

93 문덕수, 앞의 책, 125쪽.

94 "치안이 안정치 못한 곳에 산업개발, 문화가 없고 이상의 왕도정치도 시행치 못할 것이다. 그러면 관동군과 만주국은 건국 이래 치안개선에 가장 고심하야 치안제일주의의 국책을 견지하면서 경비, 토벌, 정치, 선무에 범백 노력을 경주하야 왔다." 「완성도상의 만주제국」, 『재만조선인통신』 30·31호 합작호, 홍아협회, 1937, 23쪽.

두 작품을 손수 시집에 올렸을 리가 없다. 그의 허약하고도 피상적인 민족현실 인식, 부끄러움 없었을 그 자리가 "혁혁한 일본의 지도적 위치"에 대해 유치환이 오래도록 지니고 있었을 솔직한 자의식을 고스란히 보여 준다.

3)「전야」와「북두성」의 울림

부왜 줄글「대동아전쟁과 문필가의 각오」를 유치환이 생시 그의 저작물에 올리지 않은 일은 극히 당연하다. 마찬가지로「전야」·「북두성」두 작품을 어느 시집에도 올리지 않았다는 사실이 갖는 뜻 또한 뚜렷하다. 스스로 이 둘이 지니고 있는 부왜적 됨됨이를 두려워했다는 뜻이다.「전야」와「북두성」이 앞서 본「들녘」이나「수」와 다른 점은 작품이 뛰어나다는 데 있다. 직설적이고 평면적인「들녘」이나「수」와 달리 이 둘은 상징적 자장이 마련하는 울림 공간이 크다. 이러한 특성이 이 작품 둘을 그 무렵 서툴게 나돌았던 여느 부왜시들과 나누게 하는 힘이다. 유치환이 이 둘을 끝내 세상에서 꽁꽁 묻어 버렸던 까닭이 역설적이게도 거기에 있었음 직하다.

새 세기(世紀)의 에스프리에서
뿔뿔이 악상(樂想)을 빚어
제각금 음악(音樂)을 연주(演奏)하다.

생(生)-사(死) 파괴(破壞)-건설(建設)의 신생(新生)과 창설(創設)

천지(天地)를 뒤흔드는 역사(歷史)의 심포니 ─.

청각(聽覺)은 신운(神韻)에 매료(魅了)되고
새 세대(世代)에의 심장(心臟)은 울어 울어
성상(聖像) 아래 마적(魔笛)은 소리를 거두다.

경이(驚異)한 신기(神技) 가운데
섬과 섬이 꽃봉오리처럼 터지다
삼림(森林)과 삼림(森林)이 울창(鬱蒼)히 솟다.
무지개와 무지개 황홀(恍惚)히 걸리다.

장미(薔薇)빛 무대(舞臺) 우에
열연(熱演)은 끌어올라
악옥(樂屋) 싸늘한 벽면(壁面) 넘어로
화려(華麗)한 새날의 향연(饗宴)이 예언(預言)되다.

종막(終幕)이 내려지면
위대(偉大)한 인생극(人生劇)에로 옮길
많은 배우(俳優) 배우(俳優)들은
새 출발(出發)의 그 연륜(年輪)에서
정복(征服)의 명곡(名曲)을 부르리니
승리(勝利)의 비곡(秘曲)을 부르려니 ─.

─「전야(前夜)」[95]

이른바 '대동아전쟁제2주년기념대회'를 기리고, '학병출진' '문화결의앙양대회'를 화보로 내세우면서, 지원병에 대한 추김글로 메운 『춘추』특집호에 올린 시다. 한 시대가 가고 새로운 '대동아공영'의 역사가 비롯하려는 '전야'에 느끼는 유치환의 설렘과 바람, 그리고 믿음을 담은 부왜시다. 시인은 먼저 극장에서 한 편 새 가극을 공연하는 듯한 짜임새를 마련했다. 첫 토막과 끝 토막에 서곡과 종곡을 앉혀 두고 그 사이 본곡인 둘째·셋째·넷째·다섯째 토막을 깔아 '심포니'가 되게 이끌었다.

첫 토막은 새로운 가극 연주의 정황이다. "새 세기"의 도래 앞에서 사람들은 '제각금' 자신의 "음악을 연주"하고 있음을 알렸다. 둘째 토막에서는 새 가극의 주제를 밝혀 담았다. 천지개벽과 같이 '생 / 사', '파괴 / 건설'로 가득한 "역사의 심포니"라며 크게 기꺼워한다. 셋째, 넷째, 다섯째 토막은 낱낱을 사람, 공간, 시간으로 나누어 가곡의 공연 결과를 밝힌 자리다. 셋째 토막에서는 새로운 사람의 '신생'이 이루어질 것임을 알리고자 했다. '신운(神韻)'과 같은 "역사의 심포니"에 '매료'되어 사람들은 감동하고 "세 세대"를 내다보듯 '심장'의 박동이 커진다. 넷째 토막에서 새로운 공간의 건설을 일깨운다. '신운'을 울려 퍼지게 하는 '경이한 신기(神技)' 속에서 "섬과 섬" "삼림과 삼림"이 솟고 "무지개와 무지개"가 황홀하게 걸린다. 다섯째 토막에서는 새로운 미래 '창설'이라는 시간 혁명을 예시한다. "화려한 새날의 향연"을 '예언'하는 절정감이 시인을 휘감는다. 여섯째 토막은 종곡이다. 첫 토막과 마찬가지로 새로운 가극 연주 정황이다. "많은 배우 배우들이" "새 출발" 자리에 서서 "정복의 명

---

95   『춘추』12월호, 춘추사, 1943, 120~211쪽.

곡을 부르"고 "승리의 비곡"을 부를 것이라는 희망찬 바람을 담았다.

'신기'를 다해 '신운'을 자아내는 '배우 · 음악가처럼 새로운 '인생극'의 '열연'을 바라마지 않는 유치환의 간구가 "역사의 심포니"로 표현된 한 편 가극을 빌려 장대하다. 그것이 이루어지는 '악옥(樂屋)', 곧 극장이야말로 이 시가 담아내고 있는 울림 공간을 그대로 보여 준다. 게다가 '연주하다', '걸리다', '예언하다'와 같이 정지태 시제를 빌려 드러나는 탈시간적 감각은 이 시의 뜻이 보편적인 울림으로 펴져 나아갈 것이라는 믿음까지 담았다. 「수」에서 보았던 고압적, 가학적인 목소리도 가라앉아 담담하면서도 힘차다. 가극의 진행과 역사의 진행을 하나로 묶은 입체적인 짜임새는 이 작품에 기울인 유치환의 공력이 사뭇 깊었음을 알게 한다. 그만큼 자발적인 부왜의식이 담긴 셈이다. 그러면서 한 편 가극과 배우 · 음악가, 전체와 개인, 현재와 미래를 맞세워 전체에 대한 개인의 복종과 헌신을, 현재보다 미래에 복무하고자 하는 전체주의적 지향을 뚜렷이 드러냈다. 「수」에서 볼 수 있었던 율과 비율, 질서와 무질서의 맞섬과 극복 방식이 이 시에서는 전체와 부분, '역사의 심포니'와 하찮은 '마적의 소리'로 바뀐 채 되풀이한다.

그러니 '신운'과 '신기'를 다해 부를 "정복의 명곡", "승리의 비곡"이 무엇을 뜻하는가를 짐작하기란 그리 어렵지 않다. 이른바 '대동아전쟁' 승리와 '대동아공영권'이라는 새 음악 건설, 새 미래 건설, 그것을 짊어지고 나갈 새 세대의 도래가 그것이다. 이른바 지원병과 학병, 이제는 징병까지 한껏 부추기는 새로운 역사 '전야'에 만주국 쪽 협화회의 사상 공작, 홍보문예의 수준을 나라 안밖으로 알리기 위해 만든 작품과 같이 공을 들인 시다. '황군'의 위세를 떠벌리며 그 전과와 무공이 불러올 '화려한' 미래를 내다보는 상징적 울림은 '대동아공영' 건설을 위한 '성전'의 승리를 단선적으로 노래했던 부왜 국책시들과 다른 품격, 뼛속 깊은 부왜의식을 드러낸다.

「전야」 다음에 유치환이 내놓은 시가 「북두성」이다. 유치환이 만주국 체류 맨 마지막에 발표한 작품이다.

북웅(北熊)이 우는
북방(北方) 하늘에
경경(耿耿)한 일곱별이
슬픈 계절(季節)
이 거리
저– 광야(廣野)에
불멸(不滅)의 빛을 드리우다.

○

어둠의 홍수(洪水)가 구비치는
우주(宇宙)의 한복판에
홀로 선 난
한낱의 푸른 별이어니!

○

보아 천 년(千年)

생각해 만 년(萬年)

천만 년(千萬年) 흐른 꿈이

내 맘에 장미(薔薇)처럼 고이 피다

○

구름을 밟고

기러기 나간 뒤

은하(銀河)를 지고

달도 기우러

○

밤은

어름같이 차고

상아같이 고요한데

우러러 두병(斗柄)**96**을 재촉해

아세아(亞細亞)의 산맥(山脈) 넘에서

동방(東方)의 새벽을 이르키다.

—「북두성(北斗星)」**97**

---

96 두병은 북두(칠)성을 국자 모양에 비겨 보았을 때, 그 자루가 송장을 파내어 극형을 가하
던 일.

앞선 「전야」는 서곡, 본곡, 종곡의 직선 짜임새를 줄기로 삼아 본곡에서 다시 내용을 병렬시키는 단단한 맵시를 보여 주었다. 이 시는 그와 달리 셋째 토막을 중심으로 우주 바깥에서 자아로 들어서는 구심성과 자아에서 우주 바깥으로 나아가는 원심성이 상상공간을 끌어 잡고 있는 시다. 그리하여 시의 처음과 맨 마지막 토막이 북두성을 바라보는 시인의 자기 인식을 담았다.

첫 토막은 북두(칠)성의 정황 제시다. 깨끗한 북두성 '일곱별'이 "이거리 / 저 광야"에 "불멸의 빛을 드리우"고 있다. 이때 북두성이 떠 있는 "북방 하늘"은 수직 위를 뜻하기도 하지만 달리 말 그대로 수평 북방 지역 너머를 뜻한다. 앞의 경우라면 '북웅'은 큰곰자리를 말하여 북두성에 대해 흔히 알려진 친근한 일컬음이다. 뒤의 경우라면 이 북극곰은 다름 아니라 소련으로 대표되는 '용공' 세력이라는 당대 문맥을 얻는다. 그리고 그 어느 것이라 짚어 둘 수 없을 공간에 시 「북극성」이 지니고 있는 울림이 있다. 둘째 토막은 말할이 '나'에 대한 규정이다. 자신은 어둠이 여름 큰물처럼 '구비치는' 듯한 "우주의 한복판에" 그것도 "홀로 선" "한낱의 푸른 별"이다. 이때 나의 대치물인 "푸른 별"과 "불멸의 빛을" 드리우는 북두성이 서로 맞선다. 상상의 걸음이 우주 바깥에서 내 몸으로 구심적 이동을 하고 있다.

셋째 토막에서는 말할이 '나'의 마음을 담았다. 둘째 토막에서 한 발 더 들어선 내면 공간이다. '보고' '생각하는' 주체는 나, 곧 "푸른 별"이다. 하늘 위 "푸른 별"과 '북두성'이 서로 바라보고 생각하듯 "천만 년 흐

97　『조광』 3월호, 조광사, 1944, 70~71쪽.

른 꿈이" 내 마음에 "장미처럼 고이" 되풀이되고 있음을 깨닫는다. 유치환 특유의 과장된 우주적 감각이 드러나면서도 '장미'라는 미세 대상을 빌려 감각적 구체성을 얻었다. 넷째 토막은 우주 순행 과정을 담았다. 다시 말할이 바깥 우주로 상상공간이 넓혀진다. 그를 위해 저녁에서 밤으로 이어지는 하루의 시간 단위를 끌어다 놓았다. 둘째 토막의 내면적 시간성이 '천만 년'까지 부풀려진 것에 견주어 범상한 시간대다.

다섯째 토막은 새로운 북두성의 정황 제시다. 우주로 나아간 상상의 원심적 확산을 빌려 북두성이 "아세아의 산맥 넘에서 / 동방의 새벽을" 일으킬 것을 예시한다. "두병을 재촉"한다는 잔인한 행위 또한 '북웅'과 마찬가지로 두 가지 뜻이 담겼다. 국자 모양의 일곱별이 떠올랐다 졌다 하는 밤낮 시간의 순환 과정이 그 하나다. 북두성이 보여 주는 '불멸의 빛'을 이 '슬픈' '거리'에 비추는 힘찬 우주 순행의 섭리, 곧 국자처럼 극형을 거듭해 "이 거리 저 광야"의 슬픔을 물리치고 새로운 질서를 일으키리라는 뜻이 그 둘이다. 이때 말할이가 바라마지 않는 우주적 수직 위쪽 북두성의 궁극적 힘은 새로운 "새벽을 일으키는" 것이다. 북두성의 절대적 순행 질서가 현실 자리, "이 거리 저 광야"의 슬픔을 물리치고 현실적 수평 저 멀리 "아세아의 산맥" 너머까지 "동방의 새벽"을 일으키리라는 믿음이 굳다. '대동아공영권'의 이상을 이처럼 힘차게 녹힌 시는 드물다.

앞선 「전야」가 말할이의 입김을 누르고 단정한 맵시로 초역사적 울림공간을 마련했다면 「북두성」에서는 말할이 나의 내면 공간과 북두성의 순행으로 드러나는 우주적 질서를 하나로 묶어 보인다. 나 / 세계의 틀 잡힌 짜임새를 노린 셈이다. 상징적 울림에 구체성을 더하게 하는 요소다. 「전야」에 담겼던 새 역사, 새 세대의 도래가 여기서는 '동방의 새벽' 도래로 되풀이한다. 당당하게 나를 뛰어넘어 천체의 순행 질서에 복종하고자 하는 말할이의 모습은 제국주의·전체주의의 힘 안에서 개인의 헌신과 복종이라는 유치환 시의 주도 동기 가운데 하나를 한결같이 보여 준다. 그의 주요 개성 가운데 하나인 거대 관념적 상상에다 시인의 목소리를 잘 묶은 부왜시다.

이렇듯 '대동아공영'의 새 역사가 다가올 '전야'에 진지하고도 힘차게 부른 부왜시 「전야」와 「북두성」을 유치환은 광복 뒤 그의 시집에 올리지 않고 묻어버렸다. 그러면서 광복을 맞이한 새로운 조국의 '전야', 그에게는 이 둘을 비롯해 만주국 체류와 맞물린 자신의 지난 과오를 죄 지워버릴 만큼 하늘 드높이 빛날 새 '북두성'이 필요했을 것이다. 광복기 그의 만주 회고시에 긴장이 풀린 채 뜬금없이 끼어드는 민족주의, 애국주의 모티프와 같은 반동형성이 바로 그것이다.[98] 자리를 달리해 꼼꼼한 논의가 이어져야 하겠지만, 유치환의 이런 모습이야말로 광복기 이 원수가 지난날 자신이 내놓았던 부끄러운 부왜문학에 대해 보여 준 기억 훼조[99]와 비슷한 걸음걸이다.

---

98 대표 작품이 「오상보성외」와 「나는 믿어 좋으랴」다. 「오상보성외」의 한 부분만 짧게 옮긴다. "싸늘한 첫겨울 들녘 바람에 쏘이며 / 격월(激越)하고도 우의(友誼)로운 담론(談論)에 열중(熱中)하여 / 조국(祖国)의 장래(将来)를 논(論)하고 / 이 땅에 와서 박힌 겨레의 거취(去就)를 논(論)하고- / 요(要)컨대 탈출(脱出)할 수 없는 절망(絶望)의 철창(鉄窓) 틈 새로 / 한 오래기 민족(民族)의 광명(光明)의 붙들 길을 찾기에 / (…줄임…) / 그렇게도 조선의 핏대를 말리던 인욕(忍辱)의 중압(重圧)이 드디어 걷히고 / 시방 조국(祖国)의 크나큰 새날이 밝으려는 진통(陣痛)의 전야(前夜) / 진실로 이때야말로 조국(祖国)은 / 우리들의 젊은 순정과 깊은 애정만을 의지하고 바라나니" 「오상보성외(五常堡城外)」 가운데서. 『죽순』 6집, 죽순시인구락부, 1947, 20~21쪽.
99 이에 대해서는 글쓴이의 아래 글을 참조 바란다. 「나라잃은시대 후기 경남·부산 지역

4. 마무리

흔히 '대가'급이라 일컬어지기도 한 유치환은 문제 시인이다. 이름에 견주어 알려진 것보다 알려지지 않은 사실이 더 많다. 이 글은 유치환의 문학 생애에서 가장 무거운 마디라고 할 수 있을 만주국 거주 여섯 해에 걸친 체험을 담은 체류 시편의 밑자리를 따져 보기 위한 목표로 쓰였다. 이 일을 위해 통영 출향 동기와 만주 거주 환경, 그리고 부왜시문 다섯 편의 됨됨이에 초점을 맞추어 잘못은 바로잡고 알려지지 않았던 사실은 기웠다. 논의를 줄여 마무리로 삼는다.

첫째, 유치환의 1940년 봄 통영 출향 동기에 대해 널리 알려진 생각은 지사형 도피설이다. 왜로 관헌의 지식인 탄압으로 말미암은 신변 위협에서 벗어나기 위해 감행한 지사적 결단이었다는 믿음이 그것이다. 그러나 그는 어느 모로 보나 그런 일을 겪을 만한 됨됨이를 갖춘 사람이 아니다. 오히려 '조선총독부' 기관지로부터 체제 내집단 구성원임을 뚜렷하게 확인받고 있었던 이다. 그의 급작스런 출향은 지역사회에 일찍부터 알려져 온 바, 내놓고 밝히기 힘든 참담한 집안 일을 저질러 통영을 쫓겨나듯 벗어났다는 개인형 도주설이 참이다. 그리고 그의 입만은 이른바 조선총독부의 만주 집단이민 획책과 직간접으로 얽혀 있었을 형 유치진의 처가, 빈강성에서 '개척 영농'으로 이미 자리를 잡고 있었던 동향 선배 김욱주, 유치환이 짐을 푼 연수에서 초등학교 교사로 있

어린이문학—이원수와 남대우를 중심으로」, 『한국문학논총』 40집, 한국문학회, 2005; 「나라잃은시대 후기 이원수의 어린이문학」, 『어문론총』 47집, 한국문학언어학회, 2007.

었던 벗 최두춘과 같은 통영 지역 연고망의 도움을 받았음 직하다. 따라서 지사적 도피를 감행할 정도였던 유치환이 어찌 만주로 들어가 부왜 작품 활동을 했을까 보냐라는 믿음은 뿌리에서부터 터무니없음을 알겠다.

둘째, 만주 체류 환경이다. 유치환이 머문 만주국은 이른바 '왕도낙토'·'오족협화'를 내걸고 만들어진 왜로 제국주의 괴뢰국가다. 거기서 재만 한인은 '내선일체'·'선만일여'라는 허울 아래 왜로의 '황민'임과 아울러 만주국 '신민'으로서 이중의 수탈과 지배를 겪어야 했다. 1941년 태평양침략전쟁은 거기에 기름을 부은 격이다. 이런 시기 유치환은 조선총독부 '분산개척민'의 한 사람으로서 빈강성 연수현 '분산개척민' '집단부락' '가신흥농회'의 총무에다 만주제국협화회 연수현 직원으로 일했다. 그러다 1942년 후반기나 1943년 전반기 성 소재지인 하얼빈의 하얼빈협화회로 승진해 올라가 근무했다. 전시 수탈 체제 아래 어려움을 겪고 있었던 한인 농민과 달리 체제 동원·수탈의 중심기구 직원으로서 반만·항왜 의열 항쟁과 맞서 그들을 향한 '개척 협화' 선무공작의 앞자리에 있었다. 그의 만주국 체류시 가운데서도 장소시 몇 편은 각별히 하얼빈협화회 근무 경험의 결과를 담았다. 그리하여 만주국의 패배가 내다보였던 1945년 6월, 그는 인민재판과 같은 곤경을 피해 서둘러 만주를 빠져나오지 않을 수 없었다. 유치환이 만주국에서 발표했던 부왜시문은 출향 동기와 만주 체류의 부왜적 됨됨이로 볼 때 당연한 '잔존물'인 셈이다.

셋째, 유치환은 입만하여 귀국하기까지 모두 열일곱 차례 나라 안밖에서 작품을 발표했다. 이들 가운데서 만주 체류 때 체험을 그 기간 안에 담아 발표한 것은 모두 일곱에 머문다. 그 속에서 네 편이 부왜시문이다. 따라서 오늘날 찾아볼 수 있는 그의 부왜 작품은 만주 거주 때 줄글한 편과 시 세 편, 그리고 만주 회고시 한 편까지 모두 다섯이다. 「대동아전쟁과 문필가의 각오」(1942), 「수」(1942), 「전야」(1943), 「북두성」(1944)에다 광복 뒤 시집 『생명의 서』(1947)에 올린 「들녘」이 그것이다. 이 글로 말미암아 발굴 꼴로 세상에 처음 알려지게 된 「대동아전쟁과 문필가의 각오」는 그가 만주 체류 때 지녔을 이념의 자장을 실증해 주는 짧은 줄글이다. 이른바 '대동아전' 시국에 발맞추어 개인이든 문필가든 국가의 고마움을 깨닫고 '황국신민'으로서 '성전' 승리를 위해 애쓸 것을 권고하는 뜻이 곡진하게 옹글었다. 이 글이야말로 그 뒤 차례로 쓰인 부왜시 「수」・「전야」・「북두성」을 끌어 잡고 있는 유치환의 마음자리를 잘 보여 준다.

넷째, 만주에 대한 왜로의 식민 수탈 야욕을 숨긴 말이 '만주개척'이요 '민족협화'다. '개척'이란 만주에 대한 독점적 수탈을, '협화'란 이민족의 예속을 바탕으로 삼은 독점적 지배를 뜻할 따름이다. 이러한 '개척・협화' 이념에 유치환이 쓴 부왜시는 맞물려 있다. 그런 점에서 만주 회고시 「들녘」이 새로 눈길을 끈다. 신민요풍 만주풍년가를 이룬 이 작품은 '집단부락'을 이끌었던 ㄱ의 내면화된 '개척' 이념을 담았다. 「수」는 '비적'이라는 낱말 수준이 아니라 작품 맥락 모두에서 부왜의식이 뚜렷하다. '비적'은 만주국 발전을 가로막는다고 낮추어 부른 반만・항왜 의열 세력을 한껏 얕잡아 일컬은 말이다. 왜로 관동군이나 만주국 군경, '집단부락' 무장자위단의 '비적 토벌' 전과를 떠벌리고 제국에 투항할 것을 재촉하는 '협화' 이념을 힘차게 담은 시가 「수」다. '농업

만주'의 이상을 노래한 「들녘」과 '치안숙정공작'의 승리감을 즐기는 「수」, 이 둘에 담긴 '개척·협화' 이념이야말로 유치환의 만주 체류 속 내와 피상적인 현실 인식을 솔직하게 일깨워 준다.

다섯째, 「전야」·「북두성」은 유치환이 자신의 시집에 끝내 올리지 않았던 시다. 둘이 지닌 부왜적 됨됨이를 두려워했던 까닭이다. 이들은 직설적이고 평면적인 「들녘」이나 「수」와 달리 상징적 자장이 마련하는 울림 큰 부왜시다. 「전야」는 한 시대의 마지막이자 새롭게 '대동아공영'이 비롯하려는 '전야'에 보내는 유치환의 설렘과 믿음, 힘찬 바람을 담았다. 한 편 새 가극을 극장에서 공연하듯이 서곡, 본곡, 종곡으로 줄거리를 잡은 짜임새 속에 '성전' 승리와 '대동아공영권'이라는 새 역사, 새 세대 '창설'의 주체가 될 '무적 황군'의 위세를 떠벌리고 그 전과와 무공이 불러올 '현란한' 미래를 예비하는 뛰어난 부왜 국책시를 이루었다. 「북두성」은 수직 위 우주적 순행의 절대 질서가 현실의 수평 멀리 "아세아의 산맥" 너머까지 "동방의 새벽"을 일으킬 것이라는 '대동아공영권'의 이상을 잘 녹여 담은 시다. 유치환 시가 지닌 개성 가운데 하나인 거대 관념적 상상에다 시인의 내면공간을 묶은 솜씨가 다른 부왜시와 나뉘는 구체성을 띤다.

이제껏 살핀 바와 같이 유치환은 급작스레 쫓겨나듯 고향을 달아나 만주국에 머문 여섯 해 동안 '개척·협화'의 이념, '대동아공영'의 이상을 그린 다섯 편의 부왜시문을 남겼다. 이 글로 말미암아 그의 만주국 체류시에 대한 밑그림은 얼추 그려진 셈이다. 이제 이 일을 더하고 기워 나머지 체류시뿐 아니라 그 뒤로 유치환이 나아간 걸음걸이에 대해 새로운 따져 읽기가 이루어져야겠다. 그가 즐겨 쓴 말을 부려 말한다면

"진실로 진실로" 밝힐 수 없을 어떤 '크낙한' 진실을 유치환은 지녔던 것일까. 그의 독특한 수사학, 국가주의 / 전체주의나 우주적 관념으로 부풀린 가학, 에로스 대상을 향한 집요한 자학이 공존하는 새도매저키즘의 뿌리는 무엇일까. 한 가지도 마무리하지 못한 자리임에도 벌써 다른 일거리가 머리를 짚는다.

유치환의 부왜문학 시시비비

여기 「유치환의 부왜문학 시시비비」 제목 아래 싣는 두 편의 글은 2008년 8월 11일부터 9월 8일까지 모두 다섯 차례에 걸쳐『경남도민일보』문화면에 '유치환 탄생 100주년, 가시지 않은 친일시 논란 작품을 논한다'라는 기획 아래 실린 글에서 말미암았다. 내가 발표한 「유치환의 만주국 체류시 연구—통영 출향과 만주국, 그리고 부왜시문」(발표 당시 「청마 유치환의 북방시 연구—통영 출향과 만주국, 그리고 부왜시문」, 『어문학』 98집, 한국어문학회, 2007.12)의 「수」·「전야」·「북두성」·「대동아전쟁과 문필가의 각오」에 대해 글쓴이가 기술했던 속살을 먼저 제시하고, 그에 대한 연세대학교 정과리 교수의 반론을 나란히 싣는 방식이었다.

「유치환, 역사적 허위와 문학적 과장 위에 떠 있는 이름」은 내가 정과리 교수의 그 반론에 대한 재반론으로 써서 8일에 발표한 것이다. 그에 대한 그의 재재반론을 기다렸으나 이어지지 않았다. 따라서 신문지상을 이용한 논쟁은 그로써 그쳤다. 아쉬움을 지녔던 글쓴이는 다시 한번 길게 「유치환 부왜문학 논의의 실질을 위하여」를 써서 신문사 편집실에 보내어 실어 줄 것을 청했다. 편집실에서는 형평상 지면에 싣기 어려우나 누리집에 올리는 방식을 취하겠다고 했다. 그러나 그것은 글 쓴이가 사양했다.

본디 이 자리는 신문 지상에 발표된 그것을 고스란히 따 옮기는 방식을 취하려 했다. 그래서 2014년 4월 당사자 가운데 한 사람인 정과리 교수에게 게재 허락을 청했으나, 본인의 뜻은 나와 달랐다. 따라서 정 교수의 반론은 싣지 못했다. 나의 재반론 「유치환, 역사적 허위와 문학적 과장 위에 떠 있는 이름」과 그들을 뭉뚱그려 다시 발표하고자 했던 「유치환 부왜문학 논의의 실질을 위하여」만을 올린다. 그리고 지상토론의 기획 의도를 밝힌 이일균 기자의 머리글을 맨 먼저 올려 앞뒤 사정을 알도록 했다. 당대 유치환 부왜문학 논의의 수준과 현주소를 적확하게 일깨워 주고 있는 토론이었다.

유치환 탄생 100주년,
가시지 않은 친일시 논란 작품을 논한다

　오는 14일은 청마 유치환의 탄생 100년이 되는 날이다. 연고지인 거제의 거제문화예술회관에서는 이날 작은음악회를 비롯해 관련 자료전시회가 25일까지 계속된다. 오는 10월 2~6일에는 통영시와 통영예총 등이 '청마 탄생 100주년 기념 깃발축제'를 펼친다.

　청마가 쓴 시에 대해서는 '친일' 논쟁이 여전하다. 이런 상황에서 본보는 국민의 혈세를 쓰는 행정기관 차원의 지원에 대해 면밀한 분석과 판단이 선행돼야 한다는 입장을 취해 왔다. 그렇지 못한 현실에서 통영시가 깃발축제에 1억 원 가까운 예산을 지원키로 한 사실은 평가의 대상이라고 본다.

　비록, 친일인명사전편찬위원회가 발표한 명단에 청마가 포함되지 않았다지만, 이는 아직도 진행되고 있는 조사다. 청마의 시 중에서 1940년대 일제강점 아래 만주에서 쓴 시와 산문 4편이 친일 논쟁의 중심에 있다. 시대순으로 1942년의 「수」와 1943년의 「전야」, 1944년의 「북두성」 등이 그것이다.

　1942년 2월 『만선일보』에 게재된 「대동아전쟁과 문필가의 각오」는 산문이지만, 논쟁의 핵심작이다. 본보는 4회에 걸쳐 앞의 글 전문과 함께 경남대 국문과 박태일 교수가 2007년 「유치환의 만주국 체류시 연구」 논문에서 이를 분석한 내용과 이에 대해 최근 본보 요청으로 반론을 펼친 연세대 국문과 정과리 교수의 분석을 전문 게재해, 독자들에게 자연스러운 판단기회를 드리려 한다. (『경남도민일보』, 2008.8.11. 이일균 기자)

1. 유치환, 역사적 허위와
문학적 과장 위에 떠 있는 이름

글쓴이의 지난해 발표 논문 「유치환의 만주국 체류시 연구」를 두고 쓴 정과리 교수의 반론(『경남도민일보』, 8.11~14)을 읽었다. 그것이 지닌 핵심 문제는 둘이다. 첫째, 작품 바깥쪽으로 유치환이 왜로 관헌에 쫓길 만한 민족지사적 면모를 지닌 이라는 고정관념. 그의 부왜 작품은 "강요된 협력"으로 말미암은 것이리라는 한결같은 전제가 거기서 비롯한다. 둘째, 작품 안쪽으로 유치환이 그러한 상황을 비켜 가기 위한 나름의 저항 흔적을 보여 준다는 믿음. 그의 부왜시문에 대한 반론자의 거듭된 오독은 거기에 뿌리를 둔다.

첫 번째 문제는 광복기 이후 우리 사회가 오래 재생산, 강화해 온 유치환의 명성에서 말미암는다. 그러니 쉬 벗기 어렵다. 그 명성의 중심 고리 가운데 하나인 만주 출향 동기부터 글쓴이가 논문에서 밝혔던 까닭이다. 그의 통영 출향은 이제껏 과장·미화되어 온바 지사형 도피가 아니라 개인형 도주라는 사실이 그것이다. 그럼에도 반론자를 비롯해 많은 이들이 고정관념에서 벗어날 생각이 없다. 논문에서 꼼꼼하게 다루지 않았던 도주의 속내를 밝히는 일이 해결 방법이다. 지난해 12월 통영에서 이루어진 1차 유치환 부왜 시비 토론회에서 글쓴이는 공적인 자리가 마련된다면 언제든 그리하겠다고 말한 바 있다.

두 번째, 작품 맥락 파악에 두루 걸리는 견강부회다. 「수」의 '비적'이 단순 강도일 수도 있다는 반론자의 생각은 작품 외적 맥락을 제대로 이해한다면 풀릴 터다. 왜로의 격화된 침략과 토벌에 맞서 여러 세력들이 반만항왜 / 부왜협화, 적군 / 아군으로 전선이 단일화하고 경계가 확연해진 1940년 앞뒤 시기 만주국 정세가 그것이다. 문맥에서도 '비적'이 단순 강도가 아니라는 사실은 뚜렷하다. 단순 강도였더라면 어찌 유치환에게 '비적'이 "죽음의 위협"으로까지 비쳤을 것이며, '비적'이 머물렀던 곳이 "패배의 산하"로 불렸을 것인가.

「전야」는 '대동아공영'을 향한 전진과 그 필연적 도래라는 시간적 주제를 '악옥'(극장)과 '인생극'이라는 공간 표상으로 드러낸 1급 부왜시다. 이를 두고 반론자는 "강요에 의해 쓰였을 가능성" 아래 '대동아공영'을 위한 헌신이라기보다 그 반대를 겨냥한 모순어법으로 읽는다. 가곡(음악) 연주와 새 역사 도래('성전' 승리)를 위한 헌신을 한 고리로 잘 짜 엮은 작품 맥락에 대한 오독이 심하다. 그러다 보니 "승리의 비곡"에서 '비'가 '말로 다할 수 없는' 이라는 뜻임에도 반론자는 '숨은'이라는 뜻으로 잘못 읽고 있다. '마적'의 조악한 불협화음과 달리 제국의 "신운", "신기"와 하나로 묶인 말이 '비곡'일 따름이다.

반론자는 「북두성」을 두고도 "대동아공영 논리를 정면으로 넘어서고자 한 의지의 표현으로" 읽고자 한다. 게다가 작품이 "어떤 친일적 효과를 거두었는지" 묻고 있다. 「북두성」은 '대동아공영'의 이상 실현이라는 공간적 주제를 영원히 되풀이할 '북두성'의 천체 운행이라는 시간 표상으로 드러낸 시다. 이때 "아세아의 산맥 넘에"는 '대동아공영'의 이상이 아세아를 거쳐 그 '너머'로까지 미칠 것임을 뜻한다는 사실은 너무나 또렷하다. 반론자의 확대 해석이 지나쳤던 셈이다. 이 작품이 지닌 "친일적 효과"는 '성전' 승리와 '총후봉공(銃後奉公)'을 소리 높였던 왜로 군경이나 부왜협화 세력 입장에서 읽어 보면 확연할 것이다. 그래도 깨닫기 힘들면 유치환이 왜 「전야」와 함께 이 「북두성」까지 평생 시집에 올리지 않고 숨겼을까를 헤아려 볼 일이다. 「북두성」의 "친일적 효과"가 역설적으로 환하지 않는가.

「대동아전쟁과 문필가의 각오」도 반론자는 "강요된 협력"에 따른 일로 본다. 그러나 그것이 될성부르다 해도 유치환과 같은 이에게 걸릴 일은 아니다. 이념 차원이건 행위 차원이건 항왜 활동을 하다 박해를 받았던 이가 1940년을 앞뒤로 한 시기에 남긴 부왜 활동에 대한 평가에나 걸릴 일이다. 한국 계급주의 연극의 성장, 해체까지 온몸으로 감당하며 세 차례에 걸쳐 세 해 동안 옥살이를 하고 갖은 고초를 겪었음에도 지난 4월 민족문제연구소에서 내놓은 부왜문인 명단에 애꿎게 이름이 오른 언양의 신고송과 같은 이가 좋은 본보기다. 광복 뒤 월북했던 탓에 유력한 후손이 남쪽에 남아 있지 않은 까닭인가.

유치환의 부왜시문 네 편은 자발적인 부왜의식의 변화 과정을 담고 있다. 「대동아전쟁과 문필가의 각오」를 처음으로 체제 헌신을 향한 우월적 과시(「수」)와 체제 복무의 당당한 만족감(「전야」), 그리고 패망 직전 만주국을 서둘러 빠져나오게 했을 스산했던 마음자리까지 담아낸(「북두성」) 궤적이 그것이다. 역사에는 기억하기 위한 역사도 있고, 숨기기 위한 역사도 있다. 오늘날 유치환이 누리고 있는 명성은 광복 뒤 꾸준히 숨기기 위한 역사 속에서 살아남았던 결과다. 우리 사회가 언제까지 그에 대한 역사적 허위와 사회적 건망증에 갇혀 있을 거라고는 믿지 않는다.

2. 유치환 부왜문학 논의의 실질을 위하여

1) 머리글

유치환(1908~1967)의 삶과 문학에 다가서는 층위에는 셋이 있다. 첫째 그의 삶, 둘째 그가 내놓은 작품, 셋째 그의 명성(사회 평판이나 평가)이다. 이 가운데서 둘째와 셋째에는 해석 주체의 관점이 끼어들 여지가크다. 그에 견주어 첫째는 사실 차원의 문제다. 이제까지 이 셋 가운데어느 하나도 마땅하게 이루어진 바가 없다. 특히 처음 사실 문제에서부터 바르게 알려지지 않아 그 뒤 둘째와 셋째 층위에까지 오래도록 오해와 부풀림, 편의적인 해석의 터무니를 마련했다.

글쓴이가 지난해 발표한 「유치환의 만주국 체류시 연구」는 유치환의 삶과 문학에 핵심 고리 가운데 하나임에도 여태껏 잘못 다루어졌거나 숨겨져 있었던 만주국(위만주국) 체류 문제를 따진 것이다. 그리하여그의 통영 출항부터 막연히 지사적 도피로 미화·강화되어 온 바와 달리 개인적인 잘못으로 말미암은 도주였으며, 그의 만주국 체류 또한 반민족·반민 토대 위에서 이루어졌을 뿐 아니라 부왜 작품 발표는 극히자연스러운 일이었음을 밝혔다.

유치환은 식민 체제 안쪽 인물로 그가 부왜문학에 이르게 된 과정과활동, 그리고 내용 모두에서 자발성과 지속성을 읽을 수 있었던 셈이다. 이를 빌려 유치환의 삶과 문학에 새롭게 다가설 수 있을 터를 마련했다. 그에 대한 공개 반응 가운데 하나가 『경남도민일보』 8월 11일자부터 네 차례에 걸쳐 실린 정과리 교수(아래부터는 반론자로 씀)의 글이다. 비록 부왜시 세 편과 부왜산문 한 편에 머문 것이지만 바탕에서부터 나와 다른 생각을 펼쳐 보였다. 이 글은 반론자의 문제 제기에 대한 글쓴이의 첫 답변이다.[1]

2) 「수」

시 「수」를 두고 반론자가 말한 눈은 셋이다. 첫째 유치환이 「수」를 내놓았을 무렵 만주국의 역사·사회 상황에 대한 이해, 둘째 '비적'의 실체, 셋째 「수」가 지니고 있는 내용 맥락이 그것이다. 처음과 관련하여 반론자는 「수」가 쓰인 1942년의 세 해 앞인 1939년이면 만주에 "항일 독립군이 거의 쇠멸하고 가장 강력했던 공산주의 무장 단체들도 소련으로 도피"하였으며, 따라서 작품 「수」에 나오는 비적은 '반만항일' 세력일 "가능성도 완전히 배제하기는 어려우나 단순히 강도일 가능성도 배제할 수 없다"고 했다. 그래서 작품에 담긴 '비적'과 '나'의 대치는 "지금의 세계" "질서를 어지럽히는 비적"과 그 "비적을 단죄한 시인"의 모습으로 읽는다. 이제까지 「수」가 시비에 오를 때마다 거듭된 소박한 사실 이해와 "어휘 연상"에 묶인 문제 제기다.

첫째, 반론자도 아는 바와 같이 1940년을 앞뒤로 한 시기 만주국 안

---

1 여기서 첫 답변이라 한 뜻은 내 논문 해당 작품들에 대한 반론자 정과리 교수의 반론을 차례로 실은 뒤, 그에 대한 내 재반론인 「유치환, 역사적 허위와 문학적 과장 위에 떠 있는 이름」이 신문에 실렸다. 그에 대해 반론자가 재재반론을 잇지 않았다. 따라서 이 글은 신문 지상을 이용한 나와 반론자 사이 논쟁에 대해 신문지상 바깥에서 이루어진 내 첫 메타 담론이라는 뜻에서 '첫' 답변이라 쓴다. 「유치환, 역사적 허위와 문학적 과장 위에 떠 있는 이름」에서 매수 제한으로 줄일 수밖에 없었던 부분을 더 넓히고 기운 글이다.

은 왜로와 만주국 군경의 집요한 '비적 토벌', 곧 '치안숙정공작'으로 '동북항왜연군'의 주력이나 광복군이 활동할 수 있는 바탕이 무너져 있었다. 따라서 토비니 병비니 하는 여러 꼴의 마적이 활동했던 1920년대나 1930년대 초와는 아예 생존 조건이 바뀌었다. 왜로의 격화된 침략과 토벌에 맞서 만주국 안의 여러 세력들은 이른바 '반만항일' 세력과 '친일협화' 세력, 피아 적군과 아군으로 전선이 단일화하고 경계가 뚜렷해진 것이다. '친일협화' 세력으로 투항, 수렴되거나 '반만항일' 세력으로 편입, 배제되었다. 그 '반만항일' 세력의 중심이 '동북항왜연군'으로 대표되는 '공비'다. 그들은 주력을 소련으로 옮겼지만 끊임없이 만주국 권역 안에서 소부대전투를 거듭했다. 당면한 그 '반만항일'의 '적'들을 '친일협화' 세력 쪽에서 한껏 얕잡아 일컬었던 말이 '비적'이다.

특히 유치환이 '총무'로 일했던 가신흥농회와 같은 북만주의 한인 집단 '개척부락'은 그러한 '비적'이 활동할 수 있는 싹을 잘라 그들의 후방 항왜 활동을 바탕에서 억누르면서 '전시' 식량공급처 역할을 한 곳이다. 흔히 '농장 경영'이라는 말로 어물쩍 넘어가곤 하지만 '개척부락'은 이른바 '조선총독부'와 왜로 군경의 지도 아래 무장 자경단을 갖춘 준전투 조직이었고, 유치환이 일했던 협화회는 후방 '사상 선무공작'의 중심 기구였다. 그리고 그들은 '개척부락' 외벽이나 들머리에 '비적'의 효수한 머리를 매달아 '토벌' 전과를 떠벌리고 구성원의 헌신을 더욱 부추기곤 했다.

이러한 시대적·사회적 환경에 대한 이해가 엷다 보니 만주국을 막연히 열린 공간으로 여기고 '비적'을 단순 강도라 보기 쉽다. '비적'이 단순 '강도'가 아니라는 점은 작품 안쪽에서 보더라도 금방 드러난다. 말할

이인 '나'와 내가 꾸짖고 징벌하고 있는 대상인 '너', 곧 '비적' 사이 대립 가운데서 '나'는 '너'를 두고 "나의 죽음의 위협을 의미"한다고 말하고 있는 까닭이다. '비적'이 단순 강도였더라면 어찌 그가 나에게 "죽음의 위협"으로까지 불릴 것이며, 그가 있었던 곳이 "패배의 산하"가 될 것인가. 게다가 '강도' 두어 사람 처단한 것이 "원시에서 이어온 피의 법도"까지 들먹거릴 정도로 무거운 일인가. 만약 「수」의 '비적'이 단순히 남의 물건을 약탈하거나 위해를 끼치고자 했을 사사로운 강도며, 작품 내용이 그러한 일반적인 범죄 행위에 대한 징벌을 다룬 것이라고 한다면 유치환은 침소봉대에다 호들갑 떠는 버릇까지 남다른 사람이 틀림없다.

「수」는 일반적인 정 / 부당, 징벌 / 죄의 관계를 다룬 작품이 아니다. '죽음'과 '죽임'이 나날살이를 지배하고 있었던 싸움터 북만주 현장에서 적군 / 아군, 항왜・반만 / 부왜・협화 세력 사이의 이념적, 사회적 대립과 긴장을 뚜렷한 바탕으로 삼고 있다. 그 위에 부왜・협화 세력의 승리와 미래를 낙관하는 유치환이 항왜・반만 세력을 향해 뱉은 꾸짖음이 도도하게 담긴 부왜시가 「수」다. 이때 말할이인 '나'는 단일 개인이 아니다. 이념 주체며 집단 주체다. 마찬가지로 '비적' 또한 강도 개인과는 거리가 멀다. 내용 맥락도 확연하다. 「수」가 단순히 일반 세계를 향한 탈정치적, 탈이념적 자품이 아니라 뚜렷한 작품 외적 문맥(역사・사회 상황)에 터 잡고 있는 정치시며 이념시라는 사실에 대한 이해가 깊어져야 하리라.

3) 「전야」

「전야」에 대한 반론자의 생각은 크게 셋으로 나뉜다. 첫째, 시의 부왜적 됨됨이는 인정한다. 둘째, 그러나 그것은 "강요에 의해 쓰어졌을 가능성이 높"고, 나아가 "나름으로 일제에 저항하고자 했음을 가리키는 흔적"까지 찾을 수 있다. 셋째, 따라서 유치환이 도래를 믿고 있는 "새 세기"란 부왜 담론 안쪽이라기보다 오히려 바깥을 겨냥한 모순어법으로 읽을 수 있는 정치적 가능성을 지닌다.

먼저 「전야」의 부왜적 됨됨이를 받아들인 것만 하더라도 생각이 나아갔다. 말할 것도 없이 「전야」는 그 무렵 쓰인 여느 부왜시보다 잘 쓴 작품이다. 유치환은 자신이 놓인 부왜적 토대와 내적 신념을 하나로 잘 묶어 힘 있는 작품을 마련한 셈이다. 단순한 추상 표현이 아니라 상징과 알레고리 사이에 놓일 만한 표현성과 그것이 마련해 주는 두터운 공감 영역은 부왜시로서 이 작품의 뛰어남을 보증한다. 부왜를 향한 굳센 자발성의 결과가 작품의 뛰어남으로 드러난 셈이다. 「전야」를 유치환이 끝내 꼭꼭 숨겨 둘 수밖에 없었던 까닭이 거기에 있다.

강요에 못 이겨 이런 작품을 썼을 가능성도 있으리라는 반론자의 생각은 유치환의 삶에 대한 이해가 엷었던 탓이니, 다시 한 번 글쓴이가 낸 「유치환의 만주국 체류시 연구—통영 출향과 만주국, 그리고 부왜시문」의 2장에 도움 받기를 권한다. 그렇다 하더라도 '저항의 흔적'을 남겼으리라 보는 데에는 붙임말이 필요하겠다. 「전야」의 문맥은 한눈에도 명확하고 입체적인 점을 알 수 있다. 가곡(음악) 연주와 새 역사 도래(곧 '성전' 승리)를 위한 노력이 한 고리로 움직이는 큰 짜임새는 쉬 읽을 수 있을 특성이다.

그러니 '뿔뿔이'니 '제각금'이라는 어찌씨는 "대동아전쟁 2주년에 대한 열광"이나 대동아공영의 환상에 대한 생각이 "이질적인 생각들과 전혀 상이한 감성들의 덩어리임을 암시"하기 위해 끌어다 쓴 낱말이 아니다. '제각금' '뿔뿔이'는 유치환이 믿어 의심치 않았던 새 "건설의 신생과 창설"을 향한 "역사의 심포니"가 이루어지기 위해 갖추어야 할 바 낱낱의 직능과 지역에 따른 '직역봉공(職役奉公)'을 일컬을 따름이다. "섬과 섬이 꽃봉오리처럼 터지"는 이라는 시줄에서는 남방 인도차이나 해역 싸움터를, "삼림과 삼림이 울창"하다는 시줄에서는 북방 삼림 지대 싸움터를 떠올려 보라. 그러한 역사의 무대에서 장사병은 장사병대로 농민은 농민대로, 관리는 관리대로 직분에 맞게 '국민 총력', '성전 승리'에 최선을 다하는 일이 "위대한 인생극", "역사의 심포니"를 위한 전제 조건이다.

따라서 "악옥 싸늘한 벽면 넘어로"는 '대동아공영'의 '화려한' 새 '향연'이 장차 이루어질 '싸늘한' 적진을 뜻한다. 그곳은 "역사의 심포니"와 달리 '마적' 소리가 울리는 장소며, 제국의 놀라운 '신기'와 '신운', "정복의 명곡"과 "승리의 비곡"으로 가득한 곳과 달리 앞으로 그것에 덮여 '패배'할 수밖에 없을 장소다. 이때 "승리의 비곡"에 보이는 '비'는 반론자의 생각과 같이 '숨은'이라는 뜻이 아니다. '말로 다할 수 없는'이라는 뜻이다. '마적'의 조악한 불협화음과 달리 제국의 '황군', '황민'이면 누구나 혜택을 입을 수 있고 지닐 수도 있을 '신운', '신기'와 한 몸으로 묶인 말일 따름이다.

이렇듯 1차적인 문맥 파악을 빌려서 쉬 줄기를 잡을 수 있을 「전야」

의 잘 짜인 짜임이나 낱말을 굳이 모순어법으로 읽어 내고자 하는 노력은 구차스럽다. 차라리 노골적이고 명시적으로 '성전' 승리를 향한 목소리를 드높였던, 그리하여 그 무렵 누구나 쉬 접할 수 있었을 선전·홍보 문구와 별반 다르지 않아 시적 울림이 얕을 뿐 아니라 일반 독자에게 가식으로까지 비칠 만한 빤한 부왜시 쪽에 오히려 모순어법으로 읽어야 할 가능성이 놓인 게 아닐까. 되풀이하거니와 「전야」는 유치환이 자신의 시적 역량을 다해 왜로 제국에 만들어 바친 1급 부왜시다.

4) 「북두성」

「북두성」을 두고 반론자는 두 가지를 짚고 있다. 첫째, 이 작품에 대해 글쓴이가 확대 해석을 하고 있다는 점. 각별히 마지막 토막에서 그것이 더하다고 여긴다. "아세아의 산맥 넘에서 / 동방의 새벽을 이르키다"라는 시줄은 "달리 읽을 가능성도 무한"하다고 말한 까닭이다. 그리하여 반론자는 이 시를 "대동아공영 논리를 정면으로 넘어서고자 한 의지의 표현으로 읽을 수" 있다고 본다. 둘째, 이 작품이 "어떤 구체적인 현실 상황 속에서 어떤 친일적 효과를 거두었는지 알 길이 없다"는 점이다.

첫째부터 보자. 「전야」는 '대동아공영'을 향한 다함없을 전진과 그 필연적 도래라는 시간적인 주제를 '악옥'(극장)과 '인생극'이라는 공간적 표상으로 드러낸 작품이다. 이와 달리 「북두성」은 "아세아의 산맥 너머"로까지 미칠 '대동아공영'의 이상 실현이라는 공간적 주제를 영원히 되풀이할 '북두성'의 천체 운행이라는 시간적 표상으로 드러낸다. 다만

「수」에서 보았던 시인의 도도한 목소리나 「전야」에서 볼 수 있었던 정성스런 표현성이 「북두성」에서는 덜하다. 시인과 텍스트 사이 긴장이 풀어진 바다. 만주국 패망, '성전' 패배를 1년 남짓 앞둔 1944년의 정세 변화를 몸으로 느꼈을 시인의 풀 죽은 마음 상태로 말미암은 결과라 본다면 지나친 억측일까.

이때 "아세아의 산맥 넘에"는 '대동아공영'의 이상이 아세아를 거쳐 그 '너머'까지 나아갈 것이라는 극히 명시적인 뜻이라는 점은 쉬 알 수 있다. 그럼에도 "아세아의 산맥 넘에"가 거꾸로 '대동아공영'의 논리를 극복하려는 자리일 수도 있으리라 보는 엉뚱한 해석은 바뀌기 힘들 듯싶다. 왜냐하면 유치환이 "대동아공영의 논리를" 측면이든 '정면'이든 넘어서고자 하는 뜻과 의지를 지닐 정도의 사람일 것이라 믿는 반론자의 어리석은 전제가 바뀔 '가능성'이 많지 않아 보이기 때문이다.

둘째, 이 시가 지닌 구체적인 "친일적 효과"는 「전야」와 마찬가지로 상징적 울림 공간 안에서 오롯하다. 이 작품을 그 무렵 '성전' 승리를 다 그치고 '총후봉공(銃後奉公)'을 소리 높였던 제국의 군경이나 '친일협화' 세력 입장에서 읽어 보라. 끊임없을 천체 운행의 질서와 한 가지, 필연적으로 다가올 '성전' 승리 앞에서 자신이 다해야 할 헌신과 희생을 향한 비장한 가오가 불끈 더하지 않는가. 외적 문맥에 견준 이러한 해석을 빌려서라도 "친일적 효과"를 느낄 수 없다면 더 손쉬운 길이 있다. 자신의 작품을 갈무리, 펴내는 일에 꼼꼼했던 유치환이 「전야」와 함께 이 「북두성」까지 왜 평생 시집에 올리지 않고 숨겼을까 곰곰 따져 보는 일이다. 「북두성」의 "친일적 효과"가 역설적으로 환하리라.

5) 「대동아전쟁과 문필가의 각오」

「대동아전쟁과 문필가의 각오」에 대해 반론자는 개별 언급은 하지 않고, 유치환의 부왜 작품을 두루 이해하는 눈길로 묶어 다루었다. 그 것은 크게 둘이다. 첫째 그의 부왜 작품은 "강요된 협력"의 결과로 보아 야 한다. 유치환 같은 이는 "비교적 이름이 알려진 문인들"에 드는 까닭 이다. 둘째 "강요된 협력"의 경우, 그 속에는 "겉으로 순응하는 체하면 서 속으로 저항의 힘과 논리를 키우는 일"로 말미암아 "미묘한 흔적"을 볼 수 있는데 유치환 경우도 예외가 아니다. 이 점은 앞서 「수」나 「전 야」, 「북두성」의 문맥을 이해하는 반론자의 생각에 한결같이 걸리는 논리니만큼 거기에 맡겨 두기로 한다.

다만 "적극적 협력"이니 "강요된 협력"이니 하는 '협력'의 됨됨이 문 제는 지나칠 수 없다. 왜로 제국주의 체제에 빌붙어 우리 민족 구성원 에 대해 해코지를 하거나 남달리 이익을 얻은 부왜인에 대한 범위와 대 상 확정은 쉽지 않다. 게다가 됨됨이가 자발적인 것인가 억압 현실에 따른 어쩔 수 없는 선택이었던가라는 판단은 잣대에 따라 여럿으로 나 뉠 수 있다. 그래서 부왜문인을 두고서 민족문제연구소와 같은 단체나 친일반민족행위진상규명위원회와 같은 국가기구에서 내놓은 명단이 같을 수 없다. 학자 개개인의 연구 결과나 명성에 대한 사회적 호오에 따라서도 마찬가지다.

그런 까닭에 부왜의 됨됨이를 따질 때에는 사실 확인부터 꼼꼼해야 한다. 유치환 경우는 글쓴이가 발표 논문의 '2. 출향 동기와 만주국 체 류'에서 밝혔듯 통영 출향과 만주국 체류를 거치면서 대다수 재만한인

('在滿鮮農')과 달리 차별적·특권적 지위를 누렸던 이다. 말하자면 그는 만주국 협화회 직원이며 흥농회 총무로서 특별히 '강요'로 말미암은 훼절의 결과, 체제 내적 반사 이익을 얻을 만한 반체제 인사나 민족 지사가 아니었다. 그의 부왜 작품 발표는 자신의 사회적 토대와 상동하는 한결같은 줄거리와 뚜렷한 연속성을 지닌 행위다.

만약 "강요된 협력"이 이루어질 수 있다고 해도 유치환은 그런 자리와 연이 없는 이다. 이념 차원이건 행위 차원이건 광복 항쟁이나 배왜 활동을 하다 형옥을 살거나 구체적인 박해를 겪었던 이들이 1940년을 앞뒤로 한 시기에 보여 준 부왜 활동에 대한 평가에나 끼어 넣을 일이다. 일찌감치 월북했던 탓에 학연도 지연도 유력한 후손도 남한에 남아 있지 않은 까닭인지 지난 4월 애꿎게 민족문제연구소에서 발표한 부왜문인 명단에 이름이 오른 언양의 신고송과 같은 이야말로 좋은 본보기다.

그는 어릴 때부터 언양 지역 소년회 활동을 활발하게 이끌다 대구사범학교를 나온 뒤에는 '불령선인'으로 교사직에서 쫓겨났다. 그럼에도 뜻을 굽히지 않고 계급주의 연극 활동 맨 앞자리에서 싸웠다. 그러다 왜로가 카프를 해체시키는 데 직접적인 빌미로 삼은 신건설사폭거의 중심인물로 검거당했다. 그는 나라잃은시대 세 차례에 걸쳐 세 해나 옥살이를 하고 갖은 고초를 겪었던 사람이다. 그리하여 지속적인 감시 속에서 생계조차 어려웠던 그가 남겨 놓은 1940년대 부왜 연출 활동에 대한 자리매김은 단순하지 않다. 이런 그의 삶에다 일찌감치 중학교 때부터 아예 왜나라로 건너가 노닐었던 통영의 유학생 출신 유치환의 만주 도주와 체류를 견준다면 적어도 "강요된 협력"과 "적극적 협력"의 경계는 쉽게 찾을 수 있으리라.

줄글 「대동아전쟁과 문필가의 각오」는 무엇보다 유치환의 부왜적 토대와 내면화한 부왜의식을 오롯하게 보여 준다. 지난해 이 글을 글쓴이가 처음으로 세상에 알렸을 때 글쓴이가 『만선일보』의 원문을 조작했다는 황당한 말까지 퍼트린 사람도 있었다. 이로 미루어 볼 때 글의 빈틈("미묘한 흔적")을 찾아보고자 하는 반론자의 고심 어린 해석은 차라리 솔직하다. 그럼에도 반론자의 기대와 달리 유치환은 '강요'된 훼절로 말미암아 체제 선전 효과를 볼 만한 "이름 있는 문인"이 아니었다. 게다가 유치환을 포함해 왜로 관동군 기관지격인 『만선일보』에 「대동아전쟁과 문필가의 각오」를 올린 문인 아홉 사람은 하나같이 만주국 한인 문학사회에서 부왜 작품이나 부왜 행위로부터 자유롭지 못하다. 유치환의 줄글이 '강요된 협력'과는 거리가 멀다는 사실을 한칼로 증명하는 일 아닌가.

6) 맺는 말

짧은 신문 지면이라는 한계를 인정한다 해도 반론자가 이번에 내세운 문제 제기는 사실과 해석 모두에서 견강부회에 머물렀다. 유치환에 대한 고정관념이나 명성에 눌려 이루어진 오독은 어쩔 수 없었겠다. 하지만 텍스트를 놓고 따져 읽는 쪽에서도 지나쳤다. 만주국 체험을 중심으로 삼아 이루어진 글쓴이의 유치환 문학에 대한 사실 구명과 작품 해석은 그에 대한 이해 지평을 성큼 넓혀 놓은 것이다. 그럼에도 반론자는 한결같이 기존 틀 안에 머물고 말았다.

이제까지 짚은 바와 같이 유치환의 부왜시 세 편은 부왜산문 「대동아전쟁과 문필가의 각오」를 맨 처음으로 하여 시적 자아의 전개를 단계적으로 보여 준다. 「수」에서 보는 바 체제 헌신을 향한 우월적 과시와 「전야」에 담긴 바 체제 복무의 당당한 만족감, 그리고 「북두성」에서 암시 받는 풀린 듯한 분위기가 그 점을 드러낸다. 작품 수에서는 많다 할 수 없으나 자발적인 부왜의식의 변화 과정을 잘 담고 있는 셈이다. 그리하여 현재로써 가장 뒤에 쓰인 부왜시로 여겨지는 「북두성」이야말로 패망을 두 달 앞두고 그를 서둘러 만주국으로부터 도망치게 했을 스산한 속내를 고스란히 엿보게 한다.

그리고 귀국한 뒤 광복기 그가 애국주의자·민족주의자·반공주의자로 나아간 성공적인 변신은 지난 7월 글쓴이가 중국 연변자치주 연길의 학술대회에서 「『만선일보』와 경남·부산 지역문학」으로 밝힌 바와 같다. 유치환이야말로 자신이 지니지도 이루지도 않았던 삶과 문학으로 다른 이들이 누려야 할 명성을 가로챈 대표 문인 가운데 한 사람이다. 지금부터라도 엄밀한 사실 파악과 해석을 빌려 연구에 실질을 더해야겠다. 그러기 위해서는 무엇보다 반론자를 비롯한 이들의 생각과 글쓴이의 생각이 크게 나뉘는바, 유치환의 통영 출향 동기에 대한 논란부터 매듭을 지을 일이다. 유치환의 부왜 시비에 대한 지난해 12월 1차 토론회에 이은 2차 토론회가 좋은 방법이다. 게다가 이즈음 유치환 탄신 100주년을 맞이하여 통영 지역에서는 '청마가 만주로 간 까닭은?'이라는 연극까지 공연하리라는 풍문이고 보니 때도 알맞다. 글쓴이로서는 이미 지난 1차 토론회에서 앞으로 공적인 자리를 마련해 준다면 언제 어디서든 유치환이 자신의 참담한 잘못으로 통영을 쫓겨나듯 달아났다는 개인적 도주설의 속살을 밝히겠다고 공언해 둔 상태다.

역사에는 기억하기 위한 역사도 있고, 숨기기 위한 역사도 있다. 오늘날 유치환에 대한 명성은 광복 뒤 지속적으로 숨기기 위한 역사 속에서 살아남았던 결과다. 그가 입에 담지 못할 파락호였든 대사상가였든, 전형적인 기회주의 부왜문인이었든 대시인이었든 자신의 취향에 맞는 문학인을 기리고 떠받들겠다고 나서는 개인이나 조직의 이해관계나 해묵은 문학적 추억이야 다른 사람이 어찌할 수 있는 일은 아니다. 그렇다고 실체적 진실이 달라지는 것은 아닐 터. 우리 사회가 언제까지 그러한 역사적 허위와 사회적 건망증에 갇혀 있을 거라고는 믿지 않는다.

『만선일보』와 경남·부산 지역문학

1. 들머리

만주국(爲滿洲國)은 1931년 침략을 거쳐 1932년 3월 관동군이 만주에 세운 괴뢰 국가다. 그 속에서 재만 한인은 1945년 8월 패망 때까지 열네 해 동안 '내선일체(內鮮一體)'·'선만일여(鮮滿一如)'라는 허울 아래 조선 총독부의 '황민(皇民)'임과 아울러 만주국 '신민(臣民)'으로서 이중의 지배를 겪어야 했다. 특히 1937년 중국대륙침략과 1941년 태평양침략으로 이어진 거듭된 전쟁 발발은 한인에 대한 '전시 총동원' 체제를 더욱 굳혔다. 이러한 만주국의 일원적 통제와 동원을 위해 만든 한글 매체가 『만선일보(滿鮮日報)』다. 그리하여 1937년부터 1945년까지 여덟 해 동안 재만 한인을 주수용 층으로 삼아 나왔다.

『만선일보』는 적지 않은 문학·예능 기사를 실었다. 그러나 그에 대한 기초적인 해명조차 이루어지지 못했다.[1] 일이 이리 된 데는 펴낸 양에 견주어 볼 수 있는 지면이 턱없이 모자란 까닭이 가장 크다. 글쓴이에 대한 정보가 쌓이지 못한 탓도 있다. 『만선일보』를 이음매로 삼은 만주 한인 문학 연구가 제대로 이루어지기 위해서는 남은 자료만이라도 여러 길로 꼼꼼하게 따져 볼 일이다. 이 글에서 글쓴이는 『만선일보』를 경남·부산 지역문학 쪽에서 짚어 보고자 한다. 국가주의 담론 아래서 굳어진 잘못을 바로잡거나 새로운 사실을 더할 수 있을 것이다.

뜻한 목표에 이르기 위해 논의를 세 가지로 잇는다. 첫째, 『만선일보』의 매체 환경을 살핀다. 『만선일보』에 작품을 올린 필진의 성향을 따지고, 경남·부산 지역문인의 활동 내용을 간추린다. 둘째, 이를 디딤돌로 경남·부산 지역문인의 작품 됨됨이를 살핀다. 셋째, 경남·부산 지역문인의 만주국 체험이 광복기 지역문학사회 형성에 끼친 뜻을 따진다. 이 논의를 빌려 『만선일보』와 만주국 한인 문학을 다채롭게 볼 수 있는 눈길이 마련되기 바란다.

---

1 『만선일보』는 한 차례 영인본으로 나와 오늘날 쉬 볼 수 있다. 그런데 이것은 1937년부터 1945년까지 나온 『만선일보』 가운데서 1939년 12월부터 1940년 9월까지 한 해 치에 지나지 않는다. 마이크로필름으로 볼 수 있는 기간도 1940년 10월부터 1942년 10월에 그친다. 이제까지 『만선일보』를 다룬 글은 거의 영인본에만 기대 이루어졌다. 조규익은 『만선일보』에 실린 시를 갈무리하고 나름대로 됨됨이를 살펴보고자 했다. 그러나 몇몇 시인을 중심으로 소박한 작품 풀이에 머물고 말았다. 『만선일보』 문학 작품 죽보기는 大村益夫와 이상범이 처음으로 마련했다. 조규익, 『해방 전 만주지역의 우리 시인들과 시문학』, 국학자료원, 1996; 大村益夫·이상범, 『『滿鮮日報』文学関係記事索引(1939.12~1942.10)』, 早稲田大学 語学教育研究所, 1995.

2. 『만선일보』의 환경과 경남·부산

1) 매체의 바탕과 문학 필진

이제껏 『만선일보』는 제대로 알려지지 못했다. 알려진 것도 사실과 다른 구석이 적지 않다. 그 가운데 가장 두드러진 점은 『만선일보』를 이념에서 중립인 듯이 보는 일이다. 그러하니 『만선일보』를 이음매로 이루어진 만주국 한인 문학이 억압적인 국내 문학에 견주어 해방구 또는 뜻깊은 '망명문단'을 이루었으리라는 데까지 생각이 나아갔다.

① 한글 문학작품을 싣는 『만선일보』의 문예면은 더욱 활기를 띠며 작가, 시인들의 문학작품을 싣는 데 더욱 큰 구실을 했던 것이다. 이래서 해방 후 소설가 안수길은 어느 지면에 문단이면사를 쓰면서 이 무렵의 『만선일보』의 문예면을 중심으로 한 문단활동을 일제 말의 우리나라 망명문단이라고 이름 붙였던 것이다. (…줄임…) 이 책은(『싹트는 대지』 – 글쓴이) 당시 국내에서는 한글 소설이 거의 나오지 못할 암흑기에 나온 작품집으로 많은 관심을 끌었다.[2]

② 만몽일보와 만선일보가 이처럼 일제의 어용지로서 친일적인 논조를 펴고 보도를 하였지만 조선의 적지 않은 작가들이 이 신문을 작품 발표의

---

2   신동한, 『문단천일야화』, 순수, 2005, 20~21쪽. 신동한은 『만선일보』 기자였던 신영철의 아들이다. 『싹트는 대지』(만선일보사, 1941)는 그의 아버지인 신영철이 엮은 소설집이다.

무대로 삼기도 하였다. 그것은 일제가 1940년 8월 10일 동아일보와 조선일보를 강제 폐간시키자 적지 않은 기자들이 새 직을 찾기 위하여 혹은 조금이라도 일제의 세력권에서 벗어나기 위하여, 혹은 조선독립운동을 위하여 만주에 와서 이 신문사에 머물곤 하였던 것이다. 그리고 조선에서 조선문으로 작품을 발표할 수 없는 적지 않은 작가들도 이 신문을 작품 발표의 무대로 택하기도 하였다.[3]

①과 ②가 지닌 생각은 한가지다. 만주국이 피식민지 한국과 달리 '암흑기', 혹독한 "통제의 굴레를" 벗어난 곳이며 『만선일보』를 중심으로 나라 안과는 다른 '망명문단'이 있었다는 믿음이다. 이 점이 사실인가? 『만선일보』에 실린 경남·부산 지역문학의 됨됨이를 살피기 위해서는 이 점부터 먼저 따질 일이다. 그리고 이때 가장 먼저 떠올릴 것은 『만선일보』가 엄연히 이른바 관동군 대변지라는 사실이다.

『만선일보』가 나왔던 1940년 앞뒤 시기 만주 지역 언론은 두 갈래로 나누어 볼 수 있다. 하나는 왜로(倭虜) 제국주의의 도움을 받은 이른바 '친일', 곧 부왜(附倭) 언론이고 다른 쪽은 광복군·조선의용대와 같은 항왜(抗倭) 전선에서 낸 민족 언론이다. 앞쪽은 넉넉한 돈과 넓은 보급망을 앞세워 나날이 낼 수 있었다. 그러나 뒤쪽은 유인본 지하신문이 주류다. 그러므로 오래 나올 수도 없었고 실물이 남은 경우도 드물다.[4] 『만선일보』는 부왜 언론을 대표한다. 돈벌이는 아랑곳 않은 채 "국책적 견지에서 만주국에 있는 조선인"을 대상으로 삼은 "지도 기관"이었

3   최상철, 『중국조선족언론사』, 경남대 출판부, 1996, 124쪽.
4   정진석, 『언론과 한국 현대사』, 커뮤니케이션북스, 2001, 368쪽; 최상철, 앞의 책, 113쪽.

다.[5] "조선총독부 기관지인『매일신보』의 만주판이거나 왜로 관동군의 기관지나 다름"[6]없었다. 그러니 바탕에서부터 반민족 부왜 언론인『만선일보』가 '검열'이나 '억압' 아래 놓인 국내 신문과 달리 자유로운 이념 표출의 마당이 될성부르다고 보는 것은 순진하다 못해 어리석을 따름이다.[7] 그것도 이른바 '선만일여(鮮滿一如)'[8]라는 허울 아래 '대동아

---

5 1933년 8월부터 장춘에서 나온『만몽일보(滿蒙日報)』가 용정의『간도일보(間島日報)』를 사서 1937년 10월 21일 제호를 고쳐 출범한 일간지가『만선일보』다.『만몽일보』는 간도 부왜단체인 조선민회 회장 출신 이경재가 거금을 들여 만들었다가 1936년에 편집국장 김동만에게 사장을 넘겼다. 1937년 현재 사원이 95명, 인쇄공이 50명 남짓에 2만 부를 찍었다. 오태호,『연변일보50년사』, 연변인민출판사, 1998, 38~40쪽.『만선일보』에 대한 관리는 대륙침략전쟁을 앞둔 1936년, 더욱 효율적인 언론 통제와 국가 홍보 태세를 갖추기 위해 만주국 신문사 총괄 국가통제기관으로 만든 '홍보협회'에서 맡았다. 그러다 1940년 12월에는 홍보협회를 해산하고, 만주국 정부가 동협회의 감독 사무를 맡자,『만선일보』또한 정부 직속기관이 되었다. 정진석, 앞의 책, 360~361쪽.

6 최상철, 앞의 책, 118쪽.

7 다음과 같은 말을 귀담아 들을 필요가 있다. "하긴 당시 만주에 왔던 문인들은 대개 자기의 한 단락 역사를 말할라치면 '일제의 탄압을 피해서'라는 상투적인 어구를 자기의 역사에 대한 금상첨화로 착각하고 가첨하기를 즐기는가 보다. 백과사전(yahoo.co.kr - 글 쓴이)은 유치환에 대해서도 '1940년에는 일제의 압제를 피하여 만주로 이주'라고 했던 것이다. 이런 경우를 가랑잎으로 얼굴을 막고 따웅한다고 한다. 만주 역시 조선과 똑같은 일제의 식민지, 일제의 압제를 피하여 다시 일제의 압제 속으로 왔다는 것이 아니겠는가. 그것은 조선에서 일제의 압제를 받은 것처럼 표현함으로써 마치도 자신을 애국자인 것처럼 포장하려고 한 수고일 뿐으로 그들이 만주에서 해 놓은 일을 보면 스스로 자기 빰치기에 불과하다. 조두남이 친일 가극을 공연하고 다녔다면 유치환은 시인으로서의 대표작「수」를 발표하여 항일에 대한 일제의 압제를 찬양하고 있다는 사실에서 하는 말이다." 류연산,『일송정 푸른 솔에 선구자는 없었다 - 재만 조선인 친일 행적 보고서』, 아이필드, 2004, 28쪽.

8 「간도 안동 양성은 '조선의 연장'과 일여시 - 특별행정구역설정」, "총독부에서는 만주국 당국과 협의한 결과 간도성과 안동성을 특수행정 구역으로 지정하야 만주국으로써도 특수한 지역으로 하는 동시에 조선으로써도 조선의 연장과 같은 특수지대로 삼게 되었다는데 간도성에는 현재 총 인구의 팔할 이상이 조선인일 뿐 아니라 간도 안동 양성에는 총독부의 방침으로도 앞으로 백만 명 가량을 이민식히려는 계획을 갖이고 있음으로 만주국 관리 아래 있다 해도 실상은 행정 산업 교육 기타 일반적 시설을 총독부에서 관계하게 되고 참가해야 할 필요가 있다는 것이다. 따라서 량성의 관료도 수뇌부를 비롯하야

공영권(大東亞共榮圈)'을 향한 전시 체제 통제와 수탈이 극으로 치달은 시기니 더욱 그렇다.

그런데도 『만선일보』를 구심점으로 삼은 만주국 한인 '망명문단'이 가능했다고 보는 이들은 두 가지 점에서 큰 잘못을 저지르고 있다. 첫째, 1940년대 이른바 '국민총력운동(國民總力運動)' 시기, 한글 사용이 나라 안에서는 이루어지지 못해 작품 발표 기회가 막혔다고 믿는 잘못이다. 이들은 『조선일보』・『동아일보』・『문장』 폐간과 같은 사실만 부풀릴 뿐, 1945년 을유광복까지 이른바 조선총독부 기관지 『매일신보』가 또 박또박 한글로 나왔고 『동양지광(東洋之光)』・『춘추(春秋)』・『아이생 활』을 비롯한 여러 한글 부왜지에 개별 작품집까지 꾸준히 나왔던 일에 는 애써 눈을 감는다. 게다가 적지 않은 부왜 매체들은 도리어 '언문판(諺 文版)', 곧 한글판까지 내면서 '전시(戰時) 총동원(總動員)'의 의도를 극대화 하는 데 힘썼다.[9] 이른바 '성전(聖戰) 승리(勝利)'와 '황국(皇國) 신민화(臣民 化)'를 부추기는 '국민문학'이나 부왜 작가 또는 전향이 확실한 문인의 한

다수 조선인을 등용하고 있으며 학교 교원도 조선인을 많이 채용하게 되리라 한다. 그리 하야 량성은 즉접 조선과 가까운 지역일 뿐 아니라 인문(人文)상으로도 조선의 연장이나 다름없는 형편임으로 수년 전부터 총독부에서 고려해 오든 문제인 것을 남총독의 조만 일여(朝滿一如) 정책으로 그 실현을 보게 된 것이다." 『고려시보』 55호, 1936.12.1.

9   『조선부인(朝鮮婦人)』・『반도의 빛(半島の光)』(선문판), 또는 『면정촌잡지(面町村雜誌)』・ 『애국반(愛国班)』・『금융신문』과 같은 제국주의 수탈, 동원 기구 매체의 글은 한글이었 다. 곧 왜로 제국주의자들이 겉으로 내세웠던 한글 사용 금지란 저들에 대한 저항 담론 에나 붙일 말이었다. 그러니 아래와 같은 진술은 터무니없고도 얼빠진 벌말이다. "자기 의사라도 표현하고 그나마 목숨을 건사하려면 일본어를 나라말로 써야 했던 일본신민 화의 사회에서 민족문학의 맥을 한반도 내의 기록문학에서 찾으려는 것은 현실적으로 불가능하다. 한글로 된 그 시기의 자료가 전무한 상태이기 때문이다. 그러나 만주, 간도 에서는 그때까지 우리글과 우리말이 생생히 살아 있었고, 동족에 의해 모어로 작품이 쓰여지고 활자화되고 있던 공간이다." 오양호, 『일제강점기 만주 조선인문학연구』, 문 예출판사, 1996, 144쪽.

글 작품 발표, 출판에는 제약이 없었다. 있다면 이른바 조선총독부로부터 배급 받는 종이의 모자람이었다. 그러니 ①에서 보는바 "당시 국내에서는 한글 소설이 거의 나오지 못할 암흑기"라는 표현은 왜로제국의 한글 사용에 대한 이중적 태도를 전혀 모르고 한 말일 따름이다.

둘째, 『만선일보』의 문학 필진이 '망명'이라 일컬을 만한 이념 저항을 꾀했거나 민족 노선에 섰던 이라는 믿음이다. ②에서 "조금이라도 일제의 세력권에서 벗어나기 위하여, 혹은 조선독립운동을 위하여"라 적은 데서 그 점이 드러난다. 길어지더라도 이 점을 따져 보자. 꼼꼼히 짚기는 힘들지만 『만선일보』 문학 필진은 만주 거주 작가와 비거주 작가로 나눌 수 있다. 먼저 만주 거주 작가다. 이들은 다시 넷으로 갈라진다. 첫 번째, 『만선일보』 기자나 지국 경영과 같이 신문의 발간·보급에 손수 관계한 사람이다. 두 번째, 협화회 관련 인사다. 세 번째, 만주국 관공서 직원이나 교사와 같은 만주국 관리다. 네 번째, 직책이나 거주지가 밝혀지지 않지만 만주 거주가 틀림없거나 학생 몸이었던 사람이다.

이들 가운데 빈도나 비중이 가장 앞서는 유형은 첫 번째와 두 번째다. 나라 안에서 언론인이나 출판인으로 일하다 『만선일보』로 자리를 옮긴 최남선·박팔양·이갑기·염상섭·신영철에서부터[10] 신서야·안수길·김춘강·언시우·손소희·윤금숙·송지영·이석훈·고재기·김조규·박정호[11]와 같은 이가 첫 번째 유형이다. 방송인이었다

---

10 "1937년 『만선일보』로 사단법인을 주식회사로 개편하고, 서울의 언론인들을 영입했던 것이 특기할 사항이었다." 정진석, 앞의 책, 358쪽.

11 『동아일보』 기자, 『조선중앙일보』 사회부장을 거쳤던 박팔양은 『만선일보』 편집국장, 간도 지국장을 맡았다가 1939년 12월 퇴사한 뒤 협화회 중앙본부 홍보과에서 일했다. 신영철은 일찍이 『개벽』·『어린이』의 기자, 편집 일을 보다가 1938년 10월에 장춘으로 가

협화회 수도계림분회 문화부 부장 일을 맡은 김영팔이 두 번째 유형을 대표한다. 윤해영·박용구·윤극영·박영준·유치환[12]이 그 뒤를 따른다. 둘 다 거친 이도 있다. 『만선일보』 기자에서 하얼빈협화회 문화부장으로 일자리를 바꾸었던 권충일이나 박팔양이 좋은 본보기다. 만주국 '개척 공작' 앞자리에 놓인 기구라는 공통점으로 말미암아 둘은 쉽게 넘나들 수 있었던 셈이다.[13] 세 번째, 만주국 관리다. 김귀는 도문세관에서, 탁소성은 연길가 공서에서 일했다.[14] 어린이문학가 김영일은 만주국 경찰이었다. 함형수, 김진태,[15] 장춘의 현경준, 용정의 김진수는 교사였다. 네 번째, 길림성 장백 태생인 송철리나 도문 이수형, 돈화 이포영은 일자리나 삶터가 뚜렷하지는 않지만 만주 거주가 틀림없는 이다. 심련수나 조연현은 학생 몸이었다.[16] 그리고 『만선일보』 학예면을 채웠던 많은 무명 문학 지망생들도 네 번째 유형에 넣을 수 있겠다.

서 『만선일보』에 입사, 조사계 주임을 거쳐 1940년 4월 지방부장으로 일했다. 신서야는 1943년 현재 '연길상공공회(延吉商工公会)'를 거쳐 『만선일보』 기자로 일했다. 안수길은 1937년 『간도일보』 기자로 시작해 『만선일보』로 이어졌다, 1941년 1월 현재 조사부주임이었다. 송지영은 『동아일보』 장춘 특파원을 거쳐 『만선일보』로 갈아탔다. 강원도 홍천 출신인 김춘강은 『만선일보』 북만지사 기자를 거쳤다. 평남 덕천 출신인 김조규는 1938년에 도만, 조양천에서 영어교사로 있다 1941년에 『만선일보』 편집국에 입사했다. 박정호는 『만선일보』 지국을 맡았다. 앞의 정진석(363∼367쪽)에서 『만선일보』 재직 문인의 이름을 부분적으로 들었다. 신동한(앞의 책, 20쪽)과 류연산(앞의 책, 134쪽)도 참고 바란다.

12 윤해영은 영안현협화회, 박영준은 길림성 반석현협화회 본부, 유치환은 연수현협화회, 하얼빈협화회에서 일했다.

13 김영팔이 하얼빈의 협화회 수도계림분회 문화부 부장에서부터 문화부 회장으로 선출되었던 1940년 1월 1일 총회에 참석한 인사는 김영팔을 비롯하여 박팔양·이갑기·최창국·신언룡·송지영이었다.

14 『졸업생명부』, 진주공립중학교동창회, 1942, 10쪽.

15 1941년 『만선일보』 신춘문예 소설 부문에서 「광려(光麗)」로 2석 당선하였던 대구 출신 어린이문학가다. 통화성 금천현에서 교사로 일했다.

16 이 밖에도 만주에 머물렀던 이로는 소설가 김광식·이종환, 평론가 곽종원이 있다.

살핀 바와 같이 『만선일보』 글쓴이 가운데서 재만 작가의 중심은 국내에서 펴지 못한 뜻을 펼치고자 만주국으로 '망명' 했던 이들이 아니다. 만주국 기관지 『만선일보』의 이해관계에 직간접으로 얽힌 이나 부왜기구 협화회 직원, 또는 만주국 관리에 있다. 다시 말해 토대나 의식 모두에서 제국주의 식민자들과 나뉘기 힘든 사람이다. 자신의 항상적 이익을 지키고 더하기 위해 제국의 '개척(開拓)'·'협화(協和)' 이념에 깊이 복무한 이다. 심리적 긴장이나 멈칫거림 없이 『만선일보』에 부왜 작품을 올릴 수 있었던 반민 계층이었던 셈이다.[17]

다음 국내 거주 작가로서 『만선일보』에 작품을 올린 사람의 됨됨이다. 이들도 네 유형으로 나눌 수 있다. 첫 번째, 국내 청탁을 거친 것으로 보이는 명망가 문인이다. 연재소설을 올렸던 윤백남이 본보기다. 「경성수감(京城隨感)」이라는 고정란을 마련하여 국내 거주 문인의 글을 받은 경우도 여기에 든다.[18] 두 번째, 만주 '개척부락(開拓部落)' 시찰이나 이른바 '황군위문단(皇軍慰問團)'과 같은 일로 만주 체류 기회를 가졌거나, 그 일로 만선일보사 방문 또는 관련 행사를 틈타 글쓴이가 되었음 직한 경우다. 정비석·채만식·유진오·안회남·이효석이 그들이다.[19] 세 번째, 『만선일보』 기자나 기관과 얽힘이 분명한 연고 필진이

---

17 연변에서 낸 한 사료에서는 이들 가운데서 윤해영·송철리·이포영·유치환·조학래·이호남·권충일·신언룡·신영철·한찬숙·박영준·현경준·안수길의 작품을 '친일과 친일성향'을 가진 것으로 싣고 있다. 『20세기 중국조선족문학사료전집』 6집, 연변인민출판사, 2002, 27쪽. 빠트린 이들이 적지 않다.

18 오장환, 「업고(業苦)」, 1942.10.11.

19 안회남은 조선금융조합에서 일했고, 최정희는 삼천리사 기자였다. 이른바 만주개척지 시찰단의 만주 방문 본보기는 1942년 12월에 오가기 2주일쯤 걸린 한 경우를 들 수 있다. 간도성홍보위원회 초청으로 이루어진 이 일로 오간 사람은 정비석·채만식·이무영·정인택이었다. 그리고 이에 대한 기사를 1943년 『반도의 빛(半島の光)』(선문판) 4월치

다. 학예부장 이갑기의 처제 최정희가 본보기다. 네 번째, 국내에 있었던 여러 군소 문인이나 문학 지망생이다. 그런데 이들 또한 만주와 적지 않은 연고로 얽힌 북한 출신[20]이나 북한 거주자가 주류다.[21] 많이 물러나 『만선일보』를 중심으로 뜻깊은 '선계문단(鮮界文壇)'의 형성과 전개가 이루어졌음을 받아들인다 하더라도 그것은 직간접으로 만주, 북한 지역과 얽힌 이의 문학사회로 묶일 수밖에 없음을 알겠다.

만주 거주와 국내 거주로 나누어 살핀 바와 같이 『만선일보』 문학 글쓴이의 주류는 나라 안에서는 한글로 자신의 뜻을 살린 작품을 발표할 수 없어 그것이 될성부른 만주로 '망명'을 하여 독자적인 '문학'을 일군 사람이 아니다. 만주 거주 작가의 경우 왜로 제국주의 '개척지(開拓地)' 만주국에서도 국내와 마찬가지로 자신이 지닌 체제 내적 이익을 한결같이 꾀하고 그러한 문학 활동에 이바지한 사람이다. 그들 모두가 1940년을 넘어서면서 이른바 '개척협화(開拓協和)', '개척영농(開拓營農)'을 위

에 올렸다. 이른바 '황군위문단'은 '조선군사후원연맹(朝鮮軍事後援聯盟)'에 의해 지속적이고, 집단적으로 이루어졌다. 돌아와 '상황보고집(狀況報告集)'을 내기도 했다.

20 남승경(함남 원산)·강소천(함남 청진)·김철수(함남 이원)·오신혜(함남 단천)·모기윤(함남 함흥)·손소희(함북 경성)·함형수(함북 경성)·김경린(함북)·허수만(함북)·송지영(평북 박천)·김우철(평북 의주)·채규철(평북 후창)·계용묵(평북 성천)·박화목(황해도 황주)·구응순(황해도 금천)·현동렴(황해도 개성). 이 밖에 김귀·윤동향·김북원·조학래·이호남·천청송·한명천도 출신지가 북한이다.

21 구체적인 본보기로 민요시인 한죽송이나, 1940년까지 함북 중강진에서 낸 것이 확인되는 『시건설(詩建設)』 동인, 곧 김광섭·황민을 들 수 있다. 그리고 1930년대 후반 서울에서 나왔으나 북한 지역 동인이 중심이었던 『맥(貘)』이나 『시인춘추(詩人春秋)』의 시인도 마찬가지다. 민요시인 한죽송은 함북 주을 병실에서 대필 형식을 빌려 쓴 평론 「침체부진의 조선민요」를 발표하고, 12월 22일에는 「별후송(別後頌)」이라는 시를 올렸다. 12월 말에 그가 병으로 세상을 뜨자 '한죽송민요상'을 만들고 김동환이 그 첫 심사를 맡기로 했다는 기사(1939.12.16)가 실린다. 이때 원고 투고지는 함북 회령이었다. 이어서 만주 거주 현경준은 추도 수필 「곡(哭) 한죽송(韓竹松) 형(兄)」(1940.1.11)을 실었다.

한 '개척문학(開拓文學)'이나 '성전(聖戰)' 승리를 위한 '국민문학(國民文學)'에 나섰던 점은 뜻밖이 아니다. 국내 거주 필진의 중심도 부왜문인이거나 반민족 행위에 닿아 있는 이들이다. 주도 필진으로 볼 때 『만선일보』를 이음매로 국내 문단과 다른 뜻깊은 '망명문단'이 있었을 것이라는 생각이 얼마나 어처구니없는가가 밝혀진 셈이다. 이 점은 『만선일보』에 작품을 실은 경남·부산 지역문인으로 좁혀 보아도 거듭 확인할수 있는 일이다.

2) 경남·부산 지역문인의 활동

경남·부산 지역문인으로서 한 차례라도 『만선일보』에 작품을 올린 사람은 모두 열여섯이다.[22] 이 가운데서 최순애·서덕출·신고송·정인섭 경우는 『조선아동문학집』에 실린 작품을 되옮긴 경우다.[23] 그래

---

22 진주 탁소성(卓蘇星), 하동 남대우(南大祐), 합천 이성홍(李聖洪)·허민(許民)·최인욱(崔仁旭), 마산 김수돈(金洙敦)·최순애(崔順愛)(이원수의 아내), 울산 서덕출(徐德出)·신고송(申鼓頌)·정인섭(鄭寅燮), 진해 주수원(朱壽元)·김달진(金達鎭), 통영 장응두(張應斗)·유치환(柳致環), 동래 염주용(廉周用), 함안 조연현(趙演鉉)이 그들이다. 탁소성은 1937년 『만몽일보』 제호였던 7월에 세 편을 실었다. 10월에 『만선일보』로 바뀌었지만 이 글에서는 두 신문의 연속성과 발표 해에 초점을 두어 논의 대상에 넣었다.

23 『조선아동문학집(朝鮮兒童文學集)』(조선일보사출판부, 1938)에 실린 작품 가운데 동요의 경우 '명작동요'라는 난을 만들어 되실었다. 1940년 10월 5일 최순애 동요 「옵바생긱」을 처음으로 11월 12일 윤석중의 「굴렁쇠」까지 거의 한 달 동안 『조선아동문학집』 게재분 동요 57편 가운데서 18편을 가려뽑아 올렸다. 그 과정에서 경남·부산 지역문인의 작품도 실렸다. 되실린 나머지 16편을 들면 아래와 같다. 정지용의 「말」(10.8), 최옥란의 「햇빗은 쨍쨍」(10.9), 박팔양의 「가을」(10.11), 서덕출의 「봄편지」(10.12), 윤복진의 「동리의원」(10.13), 최영애의 「꼬부랑할머니」(10.16), 윤극영의 「반달」(10.22), 허수만의 「물새」(10.26), 목일신의 「누가누가 잠자나」(10.27), 강소천의 「호박꽃 초롱」(10.30), 신고송의 「진달래」(10.31), 박목월의 「비둘기」(11.3), 강승한의 「눈물」(11.7), 염근수의 「댕댕이」(11.8), 윤석중의 「외나무다리」, 정인섭의 「코끼리코」(11.12)가 그것이다. 동극은

서 이들 발표는 큰 뜻이 없다. 김수돈의 시 「낙타」(1940.5.7) 또한 1939년 『문장』지 10월치 추천작을 옮긴 경우다. 되실린 이를 제치고 보면 『만선일보』에 작품을 올린 이는 모두 열한 사람이다. 탁소성·최인욱·남대우·이성홍·주수원·김달진·장응두·염주용·조연현·허민·유치환이 그들이다. 이 가운데서 남대우가 19회 14편을 실어 가장 활발하다. 5회에 걸쳐 시 6편을 발표한 김달진이 다음이다. 4회 4편을 올린 유치환, 3회 3편을 실은 탁소성과 이성홍이 그 뒤를 잇는다. 2회에 2편을 발표한 이로는 장응두·허민·조연현이 있다. 그리고 염주용이 3회 1편, 최인욱이 1회 1편, 주수원이 1회 1편을 선보였다.

갈래별로는   시·시조·민요·동요·동화·소년(소녀)소설·평론·산문에 두루 걸친다. 이들을 햇수에 따라 늘어놓고[24] 따지기는 어렵다. 다만 찾을 수 있는 것만 보자면 1937년 탁소성이 쓴 시가 3회 3편으로 가장 앞선다. 1939년에는 남대우 동요 1회 1편에 그치나 1940년에는 12회 7편, 1941년에는 22회 19편, 1942년에는 7회 7편이 실렸다. 태평양침략전쟁 발발 전야인 1940년과 1941년 무렵 빈도가 잦았다가 1942년부터 떨어진다. 전시 동원과 통제 체제가 더욱 굳어짐에 따라 발표가 줄어드는 흐름을 볼 수 있다.[25] 『만선일보』는 한글 매체다. 이들

신고송의 「요술모자」(10.15·10.27)가, 동화는 송창일의 「거짓말」(6.9·6.11)이 되실렸다. 겉으로 보자면 유명 문인들 작품이 다수 발표된 셈이다. 이러한 재수록 사실이 밝혀지지 않아 『만선일보』가 명망 문인들의 다채롭고 활발한 작품 발표 자리로 보이게 하는 한 요인을 더했음 직하다. 이러한 재수록은 『조선아동문학집』뿐 아니라 여러 꼴로 이루어졌을 것으로 보인다.

24   숫자로 보이면 아래와 같다. 시가 12편으로 가장 많고, 동요가 9편으로 그 뒤를 잇는다. 그리고 민요 3편, 동화와 소년소설 4편, 산문 3편, 시조와 평론이 각 1편씩이다. 운문 발표가 두드러진 것을 볼 수 있다. 작품 죽보기는 이 글 맨 뒤에 붙인 표를 참조 바란다.

25   따라서 알려지지 않은 『만선일보』를 다 찾을 경우, 1945년까지 꾸준하게 노골적인 부왜

가운데서 남대우가 자신이 발표한 동요 「이랴이랴 우리소」를 일문으로 옮겨 되실어[26] 이채를 띤다.

거주 지역별 분포는 정주 유무를 잣대로 만주 거주와 비거주 문인으로 나눌 수 있다. 만주 거주 문인은 유치환·염주용·이성홍·탁소성·김달진·조연현·장응두·주수원으로 여덟 사람이다. 만주 비거주 문인은 합천 허민과 최인욱, 하동 남대우까지 세 사람이다. 8 대 3이라는 단순 비교로 보더라도 경남·부산 지역문학에서 『만선일보』 발표 경험은 만주에 머물고 있는 이를 중심으로 이루어졌음을 알 수 있다. 『만선일보』 문학의 만주권 연고라는 됨됨이를 다시 한 번 엿본 셈이다.

생업으로 따질 때 만주 거주 경남·부산 지역문인의 주류는 만주국, 또는 그와 맞물린 체제 지배기구에 얽혀 있는 이다. 탁소성·유치환·염주용은 만주국 관리와 협화회 직원을 지냈고 이성홍은 금융기관에서 일했다. 김달진은 스님이지만 일본 불교대학 출신에다 뒷날 만주 체류 회고를 남기지 않은 점으로 미루어 보아 용정의 왜로계 절에 머물렀음 직하다. 주수원은 광복 뒤 군정청 통역사로 일했다. 만주국에서도 관공서 일을 보았거나 관리 남편을 따라 만주에 머물렀을 확률이 높다.[27] 조연현은 학생 신분으로 투고한 유일한 사람이다. 이어서 부왜 문인으로 나섰다.[28] 장응두만 내력을 알기 힘드나 한의로서 떠돌았음

작품은 늘어 가고 다른 작품은 발표가 줄어드는 현상을 확인할 수 있을 것이다.

26 남대우, 「モウモウ コウシ」, 1942. 10. 12.

27 주수원은 남자의 장점과 단점, 여성의 직업 찬반 여부를 묻는 '지남석(指南石)'이라는 짧은 '설문'에 답하는 1회 게재에 그친다.

28 1939년 9월 17일 『동아일보』 '학생문단'에 '하얼빈대학 조연현'으로 시 「산ㅅ길」을 발표했다. 조연현은 '중앙불전'(혜화전문학교) 학생 신분으로 1941년에 시 「소야보(小夜譜)」를 다시 실었다. 거기다 다음 진술도 그의 만주 거주를 확인해 준다. "자기도 만주에 체

직하다.[29]

　이들 가운데 연고망이 뚜렷한 이는 유치환·염주용·장응두 셋이다. 이들은 이미 부산에서 1937년『생리(生理)』동인 활동을 했다. 유치환과 장응두는 고향 통영에서부터 절친한 사이다. 거기다『만선일보』에 작품을 올리지는 않았지만 유치환과 동향이며『생리』동인인 최두춘 또한 유치환과 같이 빈강성 연수현에서 머물며 교사로 일했다. 지연이 남다르게 작용했을 네 사람이다. 그 밖에 김달진·이성홍·조연현·주수원은 세대나 직업, 활동 지역이 달라 연고가 없었을 것으로 보인다.

　만주국 바깥인 국내에 있으면서『만선일보』에 작품을 올린 경남·부산 지역문인 세 사람 가운데 허민은 진주『동아일보』지국 기자로 일했다. 남대우는 하동에서『동아일보』지국을 꾸리다 폐간 뒤『만선일보』지국을 맡았다. 최인욱은 합천 해인사 아래 머물고 있으면서 허민이나 남대우보다 늦게 여러 문예지나 신문 투고 문단을 두드릴 때다. 게다가 고향 합천에서 허민과는 해인사 부설 학교의 사제 관계로 교분이 깊었다. 최인욱과『만선일보』를 묶어 준 고리가 허민이었음 직하다. 이렇게 볼 때 나라 안에서는 모두『만선일보』와 유별난 관련을 맺거나 연고가 깊은 이들이 필진으로 오른 것을 볼 수 있다.『만선일보』가 두

　류한 일이 있었고 평론을 전공한다며 자신을 소개해 주는 것이었다. 이것이 석재 조연현과의 첫 만남이다." 신동한, 앞의 책, 189쪽. "1939년 만주 하르빈에서 약 1년 동안 거주. 1940년 하르빈에서 귀국. 혜화전문학교(현 동국대학교)에 입학." 조연현,「연보」, 앞의 책, 379쪽.

29　장응두는 자신을 "1935년 현재 통영 거주 '학력(學歷) 무(無) 자습(自習)'"으로 적고 있다. 「현상문예 당선자 약력 소개」,『조선문단』8월치, 조선문단사, 1935, 222쪽. "20세가 될 무렵부터 가출하여 한때 만주를 비롯하여 전국 각지로 방랑생활을 하기도 했던 것"으로 보인다. 김재승,「묻힌 노래 하보 장응두의「진혼가」」,『시계(詩界)』, 창간호, 2007, 39쪽.

루 국내 문인의 발표장으로서 역할을 했을 것이라는 믿음은 부산·경남 지역으로 볼 때 잘못임을 쉽게 알 수 있다.

『만선일보』에 작품을 실은 경남·부산 지역문인은 재수록 경우를 제치고 나면 열한 사람에 지나지 않는다. 게다가 그들도 만주국에 머물면서 작품을 올린 경우가 중심이다. 나라 안에서 살았던 이는 세 사람인데 『만선일보』 지사나 언론사 기자, 지국 경영과 같이 『만선일보』와 직간접으로 연고가 뚜렷하다. 사실 『만선일보』를 읽을 수 있는 자리에 있지 못했던 거의 모든 국내 거주 작가나 문학 지망생에게 『만선일보』 문학이나 만주 문단은 한결같이 낯설 수밖에 없었다.[30] 그러니 만주국 홍보문에나 걸맞을 "협화(協和)의 제국(帝國), 낙토(樂土)의 관문(關門) 그 수도(首都) 신경(新京)이여 그록하다"[31]와 같이 틀에 박힌 앎이 거의 모든 국내 문인이 지녔을 만주국, 또는 만주 문단의 실체라 할 수 있다. 제국주의 개척 이념에 고스란히 젖은 막연한 모습이다. 나라 안에서는 펴지 못할 드높은 뜻과 민족적 포부로 말미암아 만주국으로 '망명'하여 일궈 낸 한인의 '망명문단', 또는 '망명문학'이 있었다면 그것은 적어도 만주국 기관지 『만선일보』를 이음매로 삼은 것은 아닐 터이다.[32]

---

30 이 점은 『만선일보』의 배포 범위가 북한을 중심으로 일부 국내 지역에 묶인 채, 소수 독자에게 읽혔다는 사실이 더욱 뒷받침한다. 국내 거주 문인을 대상으로 삼아 1940년에 실렸던 「만주조선문학을 말함」이라는 기획연재 설문 기사가 그 점을 잘 말해 준다. 유진오·이기영을 첫 회(1940.1.26)로 해서 안석영·박영희·최정희로 이어진 2회(1.27), 방인근·채만식으로 이어진 3회(2.1), 그리고 노자영(1940.2.2)으로 마무리한 짧은 설문이다. "만주 내에서 조선문으로 발표된 작품을 읽어 보신 일이 계십니까"라는 물음에 대하여 『만선일보』를 보지 못한 관계로 읽은 적이 없다는 답이 대부분이다. 물론 이 일도 순전히 국내 거주 문인에게 청탁해 받은 것이라기보다는 '만주 개척단 시찰'과 같은 전시 홍보, 선무 활동의 한 가지로 오갔을 이들 가운데서 대표 되는 문인에게 청탁한 경우로 보인다.

31 안회남, 「신경(新京) 동경(憧憬)」, 1942.10.21.

이제까지『만선일보』문학을 이끈 주도 필진의 짜임과 경남·부산 지역문인 활동의 대강을 따졌다.『만선일보』를 중심으로 삼은 문학은 부왜적, 반민족적 토대 위에서 체제 안쪽 의식의 결과로 이루어진 것이라는 점을 확인할 수 있다. 토대와 의식 모두에서 밑자리가 뚜렷한 작품 활동이다. 북한 지역문인과『만선일보』사이에 볼 수 있는 남다른 관련성도 만주국 이주문학, 부왜문학의 자장 안에 놓인다. 국내 문단의 이른바 '암흑기' 상황과 달리『만선일보』를 이음매로 삼은 뜻깊은 망명 문단이 가능했으리라는 통념은 멀리 빗나감을 알 수 있다.

3. 경남·부산 지역문인의 작품 됨됨이

이 자리에서는『만선일보』에 실린 경남·부산 지역문인의 작품 됨됨이를 살펴볼 참이다. 이를 위해 만주 거주 문인과 국내 거주 문인으로 나눈 뒤, 발표가 앞선 차례대로 짚어 가기로 한다.

---

32 물론 1930년대 후반부터 을유광복까지 국내 문학과 나뉘는,『만선일보』로 대표되는 만주 한인 문학의 경계나 독자 영역을 찾으려는 시도는 중요하다. 하지만 드러난 자료로 볼 때 왜로 제국주의 수탈, 개척 이념에 젖은 토대와 의식의 상동성을 다시 한 번 확인할 수 있을 따름이다. 만주국 한인 문학은 '망명문단'이 아니라 '지방문단', 곧 조선총독부의 서울 '경성'과 만주국 서울 '신경'(장춘) 사이에 내려다보고 올려다본 중앙 / 지방의 수직 서열의식이 더 참에 가깝다. 이름에 걸맞은 '망명문학'이 있었다면 그것은 아직도 실체를 제대로 드러내지 못하고 있는 광복군이나 조선의용군의 항왜문학일 것이 틀림없다.

1) 만주 거주 문인과 유치환의 각오

만주 거주 경남·부산 지역문인은 앞서 들었던 바와 같이 여덟 사람
이다. 그들 가운데서 맨 앞에 놓이는 이가 소성(蘇星) 탁창덕(1913~?)이
다. 재학 시절 활발하게 습작 활동을 벌였던 그는 1933년 3월 진주공립
고등보통학교(현 진주고교)를 나왔다. 그리고 동경중앙대학[33]과 명치대
학 법학부를 졸업하고[34] 1942년 간도성 연길가 공서 총무과에서[35] 일
했다. 탁소성은 『만선일보』로 제호가 바뀌기 석 달 앞선 때인 『만몽일
보』에 1937년 7월 한 달 동안 세 편의 작품을 내놓고 있다.[36] 대학 졸업
뒤 만주로 들어와 활발하게 문학 활동을 벌였던 셈이다.[37]

호수 우 흘으는 춘심(春心)은

다시롭은 나의 마음의 주옥(珠玉)!

---

33 『회지(会誌)』(창립10주년기념호), 진주공립고등보통학교교우회, 1936, 152쪽. 『비봉(飛
鳳)』9집, 진주공립중학교, 1939, 57쪽.

34 『1956년 대한년감』, 대한연감사, 1956, 717쪽. 이에 따르면 그는 "① 만주국 관리, 중성사
(衆声社) 주간, 부산매일신문사 주필 겸 편집국장, 문총(文総) 경남지부장, 한미문화협
회 한국본부 상임이사, 부산방송국 국장 ② 매일신문사 편집국장 역임. 1954년 11월 30
일 현재 공보실 부산방송국장으로 재직 중"이다. 탁소성은 제헌국회의원 선거의 경남남
도위원회의 후보위원으로 선임되기도 하면서, 지역 언론인으로 화려한 길을 걸었다.

35 『졸업생명무』, 진수공립중학교농장회, 1942, 10쏙.

36 「수변정취(水邊情趣)」(시), 1937.7.5, 「서정해안곡(抒情海岸曲)」(산문), 1937.7.20, 「해정
애수(海情哀愁)」(시), 1937.7.27.

37 1938년 평북 중강진 시건설사에서 나온 『시건설』 5집에 시 「세우다한(細雨多恨)—백계
로서아여(白系露西亜女) '쇼니-아'의게」를 내놓고, 1939년 7집에는 「생활단편(生活断片)」,
「소녀와 시인」을 실었다. 게다가 『시인춘추』 1집 광고란에 따르면 청진 두만강사에서
내는 문예지 『두만강』의 대표 동인 가운데 한 사람이 탁소성임을 밝히고 있다. 나머지
대표동인은 김광섭·오쾌일이다. 『시인춘추(詩人春秋)』 1집, 시인춘추사, 1937, 여기서
는 『한국시잡지집성』 권3, 태학사, 1981, 316쪽 참조.

누군가 물결 우에 진주(眞珠)의 배를 쮜우지 안나?

춘심(春心)은 수심(水心)을 부르려고

흘으는 물결마자 내 마음을 흘으게 하누나.

　　　　　　　　　　　　　　　　—탁소성, 「수변정취(水邊情趣)」 가운데서

　말할이는 막연히 '호수'의 물기 질펀한 자연에 기대 '춘심'과 '춘정'을 들내고자 했다. 그 무렵 시의 높낮이로 볼 때 문재가 떨어진다. 고등학교 시절의 습작시에 견주어 나아진 것 같지도 않다. 그는 이 뒤로 『만선일보』에 작품을 선뵈지 않는다.[38] 다만 만주국 관리로 바쁜 나날 가운데서 『만주조선인통신(滿洲朝鮮人通信)』에 "국민적 계몽 운동을 전개하여" '교양과 '인격'을 갖춘 '국민'이 되어야 한다는, '개척(開拓)' '협화(協和)'의 뜻을 담은 수필[39]을 한 차례 선뵈고 있을 따름이다.

　탁소성이 학교 제도를 거친 뒤 신생 만주국으로 들어서 관리로 안정된 삶을 누렸던 것과 달리 시조시인 하보(何步) 장응두(1913~1970)는 일찍부터 떠돌이 삶을 거듭했다. 1936년 12월 고향 통영 『동아일보』 지국 운영을 끝으로 1930년대 후반부터는 만주국 가장자리에 머물렀던 것으로 보인다.[40] 그가 만주로 드나든 사실을 보여 주는 작품이 한 편 있

38　탁소성은 『만선일보』에 적지 않은 작품을 남긴 것으로 짐작되지만 지금으로써는 그 실체를 살필 수 없다. 1940년대로 들어서면서 작품 활동이 그친 것은 그의 작품이 당대 시단 흐름으로 볼 때 문학적 자긍심을 가질 만한 수준이 아니었던 까닭이었을 것이다. 그가 담아내고 있는 낭만적 서정이란 이미 시효를 다했을 뿐 아니라 『만선일보』 지면에서도 눈에 뜨일 만한 높이를 지니지 못했다. 탁소성은 이러한 현실을 눈치채고 문학 행보를 잠시 그쳤음 직하다. 줄글 「확호(確乎)한 신념 배양코」(1940.3.22)를 실은 탁춘봉(卓春峰)이 탁소성으로 짐작되나 확인하기 힘들다.

39　탁소성, 「계몽과 교양」, 『재만조선인통신』 통권 62호, 봉천흥아협회, 1939.1, 112쪽.

40　그는 1920년대와 1930년대를 거치면서 자신의 안정적이지 못했던 삶을 되비추기라도

다. 1936년 『조선문단(朝鮮文壇)』에 실린 시조 「압록강을 건느면서」가 그것이다. 그런데 만주 거주에 대해 알려진 바는 없다. 다만 『만선일보』에 발표한 시 두 편[41] 가운데서 하나가 자신보다 뒤늦게 만주로 건너온 유치환에게 주는 작품이어서 묵은 감회를 짐작하게 한다.

몸은 욕(辱)된 거리에서 음우(陰雨)를 맞즈나

심리(心理)는 매양 물가치 조찰할랴는 의욕(意慾)

불의(不義)를 배아터 바리고 남음이 업스되

속속드리 쇠어만 가는 순정(純情)

너와 너는―

그 늬는

분묘(墳墓)처럼 제제금 외로히도 살어가드니

거센 아라비이의 말굽으로

자근자근 짓밟힌 화원(花園)인 양.

푸른 하늘과 붉은 태양을 쌔바렷서도

외로히 슬프게만 살어가는

나는 '피에로'란다.

언제나 도라오랴

오 언제나 도라오랴

나의 나달이여!

하듯 이곳저곳 여러 매체를 빌리거나 동인에 몸담아 작품을 선뵈고 있다. 『동아일보』·『삼사문학』·『삼천리』·『학등』·『문장』·『호남평론』·『맥』·『생리』와 같은 것이 그 이름이다.

41 「고정(苦情)」(시), 1940. 12. 30; 「피에로」(시), 1940. 12. 27.

헛되인 꿈 영원(永遠)히 은하(銀河)에 깃드린 꿈이더뇨.

　　─유치환(柳致環) 형(兄)에게

　　　　　　　　　　　　　　　　　　　　　　─장응두, 「피에로」

　삼백 년 넘게 조선 바다를 지켰던 통제영이 앉은 곳 통영, 삼도수군 통제사의 마지막 주치의였던 할아버지와 아버지의 대를 이어야 했을 시인으로서는 나라잃은시대 자신의 삶이 치욕일 수도 있었다. 그가 겪은 이른 방황은 유치진·유치환 형제를 비롯해 다른 통영 중인층 아들들이 피식민지 모국 왜나라로 일찌감치 유학을 떠나고 자기 문재를 떠벌릴 수 있었던 삶과는 깊은 곳에 경계가 졌을 터다. 이 시에서 장응두는 피식민지 어느 자리에서도 변호 받을 수 없었을 자신의 삶자리를 "외로히 슬프게만 살어가는" '피에로'로 솔직하게 일컫는다. 자신도 "언제나 돌아"갈지 모를 '나달'인데 뒤늦게 구차한 몸에 식솔을 이끌고 만주로 들어선 유치환을 만나 새삼 회한을 삭이지 않을 수 없었다. 그러나 그 또한 왜 유치환이 "자근자근 짓밟힌 화원인 양 / 푸른 하늘과 붉은 태양을" 버리고 만주국까지 올라왔는지 알 길 없다. 정에 약하고 연고에 약했던 시인으로서는 그저 오랜 동향 선배의 입만 앞에서 기구한 운명의 술래잡기 놀음을 힐끔 바라볼 수밖에 없었을 것이다.

　이성홍(1911~?)은 향파 이주홍의 아우다. 고학으로 떠돌았던 형과 달리 부유한 집안 양자로 들어갔던 그는 대구를 거쳐 동경 유학까지 마쳤다. 그리고 돌아와 해주에 머물다 만주국으로 들어가 금융계 일을 보았다. 1920년대 중반부터 형과 함께 지역 소년문예 활동에 앞섰던 그다. 1930년대 초반 무렵에는 활발한 어린이문학가로 자라 『신소

년』과『별나라』를 중심으로 꾸준히 작품을 내놓았다.『만선일보』에는
모두 세 차례[42] 민요를 실었다.

　　내도산(奶道山) 쪽대기 눈 다 녹고

　　송화강(松花江) 언덕에 새싹이 트면

　　방아재 넘어가며 멀구 따 먹던

　　임순(任順)이 차저 이사를 와요

　　(…줄임…)

　　간 봄에 갈아 둔 기름진 바테

　　감자를 심그든 목화(木花)도 심소

　　개간(開墾)한 수전(水田)에 벼 잘되면

　　올해가 가기 전(前)에 성혼(成婚)하려오

　　　　　　　　　　　　　　　－이성홍,「봄이 오면」가운데서

　『만선일보』신춘문예 민요 부문에서 선외 가작으로 뽑힌 작품이다.
"개간한 수전에 벼 잘되면 / 올해가 가기 전에 성혼하려오"라 뱉는 흥겨
운 속말 안에 '개척민(開拓民)'의 소박한 마음이 잘 담겼다. 왜로제국의
만주 '개척' 이념과는 아랑곳없이 만주벌에 흘러들어 힘겹게 삶을 떠멜
수밖에 없었을 이주 한인 농민에 대한 낙관적인 믿음이 담겼다. 제국의

42　「눈썰매」(민요), 1941.1.16・「도화(桃花) 흘을 때」(민요), 1942.4.20・「봄이 오면」(민
　　요), 1942.3.9.

금융기관에서 일하며 모자람이 없었을 시인의 삶자리와 나란한 모습이다. 그럼에도 '송화강'과 '방아재', 그리고 '임순'이와 같은 고유명사를 드러낸 데서 오래도록 문학을 삶의 디딤돌로 삼고자 했던 이다운 녹록잖은 자신감이 배어난다.

경남·부산 지역문인 가운데서 염주용(1913~1953)은 『만선일보』에 유일하게 평론을 실어 눈길을 끈다. 알려지지 않았지만 그는 1930년대 중반부터 이곳저곳 적지 않은 작품을 발표했다. 『조선중앙일보』 기자로 일하다 고향 부산으로 내려와 동래지국을 맡았다. 이 무렵 유치환·최두춘·장응두와 『생리』 동인 활동을 했다. 1937년 『조선중앙일보』가 문을 닫은 뒤 만주국으로 들어간 게 아닌가 여겨진다.[43] 만주 활동은 알려진 게 없으나 세 차례로 나누어 '전시(戰時) 총동원(總動員)' 체제 아래 문학의 새로운 쇄신을 힘주어 말하고 있는 평론 「재만선계문학인(在滿鮮系文學人)의 진로(進路)」[44]로 미루어 보아 만주국 지배기구에서 일한 것이 분명하다.

그가 보기로 만주의 '선계문학(鮮界文學)'은 아직 '백지상태'다. "오래동안 자유주의적(自由主義的) 입장(立場)에서 개인주의적(個人主義的) 생활(生活)을 누려 왔고" "또 문학상(文學上)에 있어서도 자유주의적(自由主

---

43 "「사고」 동래지국장 임명." 『조선중앙일보』, 1934.11.16. 염주용은 부산 동래에서 나서 동래고등보통학교를 나온 뒤, 1927년 섬나라로 건너갔다. 그 뒤 만주국으로 건너가 중앙대학교를 졸업했다. 1934년 『조선중앙일보』 동래지국장을 시작했고, 1937년 부산에서 유치환·장응두와 동인지 『생리』를 냈다. 한 기록에 따르면 1936년 만주로 건너간 것으로 적고 있다. 「염주용편」, 『부산문학』 5집(부산의 작고시인 특집), 한국문인협회부산지부, 1973, 63쪽. 『생리』 동인 발간 사실과 잇대어 볼 때 1937년에 옮겨 간 것이 옳겠다. 1945년 광복과 함께 부산으로 되돌아와 주간지 『문예신문』을 내면서 작품 활동을 했다.

44 염주용, 「재만선계문학인(在滿鮮系文學人)의 진로(상)·(중)·(하)」, 1941.3.20~3.22.

義的)인 것이 거의 체질화(體質化)되어" 온 까닭이다. 그러나 "금일(今日) 신체제(新體制)", "구질서(舊秩序)에서 신질서(新秩序)로 옮겨 가는 과정(過程)"에 있는 '만주선계(滿洲鮮界 文學)'는 "큰 과도기(過渡期)다." 이러한 시기 "문단(文壇)의 타개책(打開策)"은 세 가지다. 첫째, "신인(新人) 대두(擡頭)다. "둔감(鈍感)한 작가(作家)"나 "기성(旣成) 작가(作家)"는 "급격(急激)한 변혁(變革)"에 따른 "새로운 이념(理念)을 파악(把握)"할 수 없지만, 신인은 "새로운 내용(內容)과 새로운 방법(方法)을 제시(提示)"할 수 있다.[45] 둘째, '기지(基地)' 닦기다. 새로운 문학, 곧 "어떠한 건물(建物)을 세워야 하는가를 알기 위해" 기지를 먼저 닦아야 한다. "근원적(根源的)으로 신체제(新體制)가 무엇인가"라는 시대 인식부터 가다듬어야 할 일이다. 셋째, 부지런한 작품 발표다. "재만조선인문학인(在滿朝鮮人文學人)은 남들보다 몇 갑절이나 부지런히 살아가야" 한다. "리알리즘이나 로맨티시즘이나 개척문학(開拓文學)이나 보고문학(報告文學)이나 아무것이나 좋으니 우선 양적(量的)으로 소산(所産)이 있고야 볼 것이다."[46]

신인을 중심으로 이른바 '신체제(新體制)'에 대한 인식이 뚜렷한 작품 창작의 양적 확대가 '급선무'라는, '재만선계문단의 진로'에 대한 염주용의 생각은 소박하다. 그 무렵 국내에서 일었던 신인대두론과도 나란하다. 문제는 새로운 신인의 대두에 의한 활발한 신체제 문학 창작이란 고스란히 '개척복지(開拓福地)' 만주국에서 요구되었던 국가 전체주의를 향한 전면적인 복무를 뜻한다는 데 있다.[47] 강도 높은 부왜평론이

---

[45] 위의 글(중), 1941.3.21.
[46] 염주용, 앞의 글(하), 1941.3.21.
[47] 염주용의 생각과 같이 "전체주의(全体主義)와 예술(芸術)의 관계"를 새롭게 다지는 '협화정신(協和精神)'의 필요성을 요구하는 그 무렵 좌담 기사도 보인다. 「재합이빈(在哈爾

라 할 수 없더라도 이 글을 빌려 '협화(協和)', '개척(開拓)' 이념에 깊이 젖어 있었을 염주용의 토대와 의식의 상동성을 보기란 어렵지 않다.

소리 업시 쏘다지는 어둠처럼
소리 업시 쏘다지는 웨로움이 잇서도
나는 슬푸지 안흐런다

(…줄임…)

푸른 은하수(銀河水)의 '에스츄어'가
현실(現實)의 무서운 함정(陷穽)이래도
나는 기독(基督)처럼 성내지 안호리라

다음날
가장 아름다운 영혼(靈魂)의 탄생(誕生)을 위하야
어둠처럼 쏘다지는 웨로움에 지지 안흐리라
—조연현, 「소야보(小夜譜)」 가운데서

조연현은 1939년 학생으로 한 해 동안 하얼빈에 머물렀다. 그 뒤 1941년 11월과 12월 두 차례[48] 서울 혜화전문학교 학생 몸으로 『만선일보』에 작품을 올리고 있다. 잦은 방황 속에서도 활발한 문학 청년으

賓) 조선인(朝鮮人) 문화향상(文化向上) 좌담회(座談会)의 기조(基調)」, 1940.12.26.
48 「도회의 생리」, 1941.11.12;「소야보(小夜譜)」, 1941.12.3.

로 세상에 나설 기회를 엿보고 있었던 조연현이 음울한 사색 끝에 이른 각오를 담아낸 시가 위에 올린 「소야보」다. 외로움, 우울과 같은 막연한 느낌이 "소리 업시 쏘다지는 어둠"처럼 뒤섞여 악보를 그리는 밤은 곧 지날 것이다. '현실'이 "무서운 함정"이라도 "차저가는 나라"에 기어이 이를 수 있으리라. "샘처럼 솟는 힘"이 그 점을 믿게 한다. 그러나 "어둠처럼 쏘다지는 웨로움에 지지" 않고 "가장 아름다운 영혼의 탄생을" 목표로 새 '나라'를 찾아가겠다는 각오 끝에 그가 이른 곳은 부왜문학이었다. 이 작품 발표 이듬해인 1942년부터 신세대 부왜 비평가로서 조연현의 자리가 문단에서 뚜렷해진다.[49] 만주국까지 들어서게 했던 그의 청년기 방황이 지녔을 장식성을 일깨워 준다.

조연현이 문학 청년으로서 보여 준 막연한 마음자리 가까이 이향 만주에서 넘쳐나는 감회에 젖는 한 세대 앞선 시인 김달진도 놓인다. 강원도 유점사에서 '법무(法務)'로 일하다 용정으로 건너간 그는 1941년 『만선일보』에 연작시를 내놓았다. 이미 나라 안에서 『시인부락(詩人部落)』(1936) 동인에다 시집 『청시(靑柿)』(1940)를 펴낸 바 있는 시인의 만주 거주에 따라 『만선일보』 편집진이 자연스럽게 이끌었던 바다. 모두 여섯 편을 내놓고 있는데, 그 가운데서 아직 세상에 선뵈지 못한 작품 한 편을 올린다.[50]

---

49 박태일, 「경남 지역문학과 부왜활동」, 『경남·부산 지역문학 연구 1』, 청동거울, 2004, 105쪽.

50 「근영(近詠)(1~6)」, 1941.11.?~11.19. 김달진이 『만선일보』에 실었던 만주 체류시는 이어서 『재만조선시인집(在滿朝鮮詩人集)』(1942)에 고스란히 되실린다. 이때 이 「해란강(海蘭江)」만 빠졌다. 그러다 보니 이제껏 미발굴로 남아 있었다.

모아산(帽兒山) 머리에 저녁해 넘고

갈가마귀 넓은 벌판을 어지리히 날면

천년(千年) 해란강(海蘭江) 물이 흐른다

해란강(海蘭江)은 흘러 흘러 멧 구비드뇨

애닯히 돌아보아도 시원치 안흔 넉시기에

구비마다 녀흘져 흐느씨는 목소리여

언덕엔 들국화 한 포기 업다

한 마리 씀북이 우름도 업다

다리 우 첫겨울 바람에 옷깃이 차거워

눈썹 싯헤 오르나리는 나그네 근심만 무겁다

그저 아득히 어둠 속에 돌아오며 귀 기우리면

발자국마다 찬 물소리 찬 마음 소리

(용정을 써나며)

—김달진, 「근영(近詠)(완)−6. 해란강(海蘭江)」

시집 『청시』에서 보여 준 이미지 조형력은 풀려 버린 채 향수와 외로움이 뒤섞인 자의식만 두드러진다. 그만큼 용정에서 겪었을 "나그네 근심"이 깊었던 탓일까. 마지막 시줄 "어둠 속에 돌아오며 귀 기우리면 / 발자국마다 찬 물소리 찬 마음 소리"라는 공감각에서 시인의 문재가 남아 있다. 스스로 '삐에로'임을 깨닫는 장응두의 깊은 자의식에는 미치지 못하지만 이향에서 겪었을 남모를 긴장을 엿보기란 어렵지 않다. 이런 점에서 만주국 현실과 하나로 벋어 나가면서 부왜시문을 내놓은 유치환은 특이한 경우다.

① 그 윤락(淪落)의 거리를 지켜

먼 한천(寒天)에 산(山)은 홀로이 돌아안자 잇섯도다

눈 쓰자 거리는 저자를 이루어

사람들은 다투어 탐금(貪禁)하기에 여념(餘念) 업고

내 일즉이

호올로 슬프기를

두려하지 안헛나니

일모(日暮)에 하늘은 음한(陰寒)히 설의(雪意)를 품고

사람들 오히려 우러러 하늘을 증오(憎惡)하건만

아아 산(山)이여 너는 노피 노(怒)하여

그 한천(寒天)에 구디 접어 주지 말고 잇스라

　　　　　　　－유치환, 「생명(生命)의 서(書)(1)－1. 노(怒)한 산(山)」

② 신(神)도 노(怒)여워 하시기를 그만두섯나니

한나제도 오히려 어두운 수음(樹陰)에 숨어

겁죄(劫罪)인 양 혼혼(昏昏)한 나태(懶怠)의 사념(思念)을 먹는 자(者)!

너 열두 번 일러도 열두 번 깨치려지 안코

드디어 마음속 암괴(暗鬼)에 벙어리 되어

하늘 푸르른 복음(福音)을 싯내 받어드리지 못하여

항시 보이잔는 원수(怨讐)에게 쏘씨어 쩔며 넉씩 치위가튼

골수(骨髓)에 사무치는 원한(怨恨)에 죽을 상하나니 하여 밤

만상(萬象)이 태고(太古)의 정밀(靜謐)에 돌아가 쉬일 째

지옥(地獄)의 악령(惡靈)가튼 주린 그림자를 쓸고

인과(因果)인 양 피의 복수(復讐)를 헤이는

아아 너이 슬픈 음수(陰獸)!

　　　　　　　－유치환, 「생명(生命)의 서(書)(2)－2. 음수(陰獸)」

　유치환은 『만선일보』에 네 차례 글을 실었다. 시가 세 편, 줄글 한 편
이다.[51] 위에 올린 ①과 ②는 「생명의 서」라는 이름 아래 세 차례 나누
어 실었던 연작시 가운데 둘이다. ①는 "윤락의 거리를 지켜 / 먼 한천
에" "홀로이 돌아안자" 있는 '산'과 "윤락의 거리"에 살고 있는 '나' / '사
람들'을 맞세웠다. 그러면서 '하늘'의 징벌을 대신할 '산'이 끝내 노여움
을 풀지 않고 돌아앉아야 될 만한 '윤락'을 '나' / '사람들'이 저질렀음을
암시한다. 말할이는 사람들의 '증오'와 '나'의 슬픔이 아무리 높고 크더
라도 '산'은 부디 '윤락'의 삶을 용서해 주지 말라고 자학한다. '산도' 돌
아앉고 하늘로부터도 용서받을 수 없을 무슨 패륜을 '나'는 저질렀다는
말인가. '하늘'을 향한 뉘우침조차 용서받을 수 없을 만큼 큰 그 일의 속
살이 작품 안에서는 드러나지 않는다.

　②또한 '너'로 일컫고 있는 "슬픈 음수(陰獸)"와 말할이를 맞세워 놓은
뒤, 끝내 떨쳐 버릴 수 없었던 그 '음수'에 대한 뉘우침을 담았다. "신도
노여워 하시기를 그만"둘 정도로 통한스러울 말할이의 '겁죄(劫罪)'는
무엇일까. 뚜렷한 점은 유치환의 마음속 깊이 "골수에 사무치는 원한"

51　「생명(生命)의 서(書)(1∼3)」, 1942. 1. 18∼1. 21, 「대동아전쟁(大東亜戦争)과 문필가(文筆
　　家)의 각오(覚悟)」, 1942. 2. 6.

에 떨도록 '겁죄'를 저지른 그 '음수', "항시 보이잔는 원수"처럼 오늘날까지 그를 쫓고 있는 "마음 속 암괴(暗鬼)"란 다름 아니라 유치환 자신이라는 사실이다. 시인을 내리누르는 통한이 깊은 까닭이다.

그런데 이렇듯 가혹한 자학과 통한을 드러내고 있는 「생명의 서」 연작은 알려진 바와 달리 만주 체험시가 아니다. 유치환이 만주에 들어서기 앞서 썼던 작품이다.[52] 그런데도 이때까지 연구자들은 이들의 '생명'력과 만주가 지니고 있는 지정학적 광활함을 섣핏 엮어서 만주 체류 시 쓴 작품으로 보았다. 게다가 뒤늦게 『재만조선시인집』에 실린 것까지 확인하고는 그런 믿음을 더욱 굳혔다. 그리하여 이 작품들을 "가열된 생명 긍정의 의지"를 드러낸 것으로 읽는다. "고된 박해의 시대를 꺾이지

---

52 유치환은 1940년 4월 입만하여 1945년 6월 귀국하기까지 모두 17차례에 걸쳐 나라 안밖에서 작품을 발표했다. 이들 가운데서 만주 체류 시 작품은 모두 13편이다. 「생명의 서(1)–1. 노한 산」, 「생명의 서(2)–2. 음수(陰獸)」, 「생명의 서(3)–3. 생명의 서」, 세 편은 『재만조선시인집』에 「생명의 서」, 「노한 산」, 「음수」로 이름을 바꾸어 되실렸다. 유치환은 이 셋을 광복 뒤 다시 시집 『생명의 서』에 올리면서 북만주 체류 시기 작품을 모았다는 2부에 싣지 않고 1부에 넣었다. 글쓴이는 2007년 이 일을 두고 "이 작품들이 쓰인 시기가 입만하기 앞선 때인지 확인이 필요"하지만, 유치환이 처음 「생명의 서」(시집 『생명의 서』에서는 「생명의 서 1장」)를 발표한 때가 1938년(『동아일보』, 10.19)이므로 "그 비슷한 시기에 쓰인 것으로, 간직하고 있다 만주 체류 시 내놓았을 가능성이 있다"고 하였다. 이 자리에서는 유치환의 고향 통영 출향의 앞뒤 정황과 작품 내용으로 보아 입만 이전에 쓴 작품으로 확연하게 굳힌다. 입만에 앞서 쓰인 이 작품을 『만선일보』에 싣고, 『재만조선시인집』에 되실렸다. 그리고 광복 뒤 『생명의 서』에 올리면서 다시 작품에 조금씩 손질을 했다. 그런데 유치환도 이 작품들을 『만선일보』에 내놓으면서 이미 앞서 쓰인 것이지만 만주국이라는 광활한 곳에서 내놓음으로써 작품의 외적 문맥의 변화가 효과적으로 이루어질 것이고, 그것이 읽는이에게도 전달되어 작품을 살리는 길이 됨 직하다는 점을 알았을 것이다. 「생명의 서」 시편들을 만주 체험시로 잘못 본 경우는 일찍부터 있어 온 바다. 김윤식, 「허무의지와 수사학」, 『유치환』, 박철희 엮음, 서강대 출판부, 1999, 89쪽. 유치환 시 가운데서 작품 발표의 자리가 창작 시기와 달라짐으로써 제대로 덕을 본 대표 작품에 이 「생명의 서」 연작이 놓인다. 이런 잘못은 그의 대표작 가운데 하나로 꼽히며 만주 체류 경험을 다룬 시라고 잘못 알려진 「바위」에도 그대로 걸린다. 이즈음까지 이어지고 있는 잘못이다. 서여명, 「청마 유치환 만주시편 연구」, 인하대 석사논문, 2006, 57~58쪽.

않고 뻗어 나가려는 남성적인 삶의 의지", "극복과 대결의 의지로 시대와 맞서겠다는 단호한 남성적 자아상"을 담고 있다는 풀이가 그것이다.[53]

그러나 통념과 달리 ①과 ②는 유치환이 입만 이전에 써 두었다『만선일보』에 내놓은 것으로, 그가 만주로 '개인적 도주'를 하지 않으면 아니 되었을 고통스러운 사건에 대한 자성의 결과를 고스란히 보여 준다.[54] 읽는이들이 확신할 수 있는 일은 그것이 '겁죄'를 받을 만큼 참담한 '윤락'이었으리라는 사실이다. 이 세 작품 말고『만선일보』에 올린 글이「대동아전쟁과 문필가의 각오」다.

오늘 대동아전(大東亞戰)의 의의(意義)와 제국(帝國)의 지위(地位)는 일즉 역사(歷史)의 어느 시대(時代)나 어느 나라의 그것보다 비류(比類)없이 위대(偉大)한 것일 겝니다.

이러한 의미(意味)로운 오늘 황국신민(皇國臣民)된 우리는 조고마한 개인적(個人的) 생활(生活)의 불편(不便)가튼 것은 수(數)에 모들 수 업는 만큼 여간 커다란 보람이 안입니다. 시국(時局)에 편승(便乘)하여서도 안 될 것이고 시대(時代)에 이탈(離脫)하여서도 안 될 것이고 어데까지던지 진실(眞實)한 인간생활(人間生活)의 탐구(探究)를 국가(國家)의 의지(意志)함

---

53 그리하여 "가권을 거느린 북만행이 개인적인 이기주의에서였거나 비겁한 현실도피적 입장에서 이루어진 행동이었다면 쓸 수 없을" "강한 생명에의 갈등과 자아 극복의 긴장으로" 뒤엉킨 작품으로 보고, 이러한 "극복과 대결의 의지가 1940년이란 대박해와 재난의 시대에 한민족의 한이 서린 유적지 북만(간도)에서 활자화되고 하나의 엔솔로지로 나타났다는 것은 강렬한 역사 의식의 반영을 의미한다"고까지 엉뚱하게 넓혀 읽고 있다. 오양호,『한국문학과 간도』, 문예출판사, 1988, 111~112쪽.

54 유치환의 고향 통영 출향과 입만 동기에 대해서는 지사형 도피설과 개인형 도주설이 있다. 이에 대한 내용은 아래 글에서 따졌다. 박태일,「유치환의 만주국 체류시 연구」,『어문학』 98집, 한국어문학회, 2007, 294~310쪽.

에 부(副)하야 전개(展開)시켜 가지 안으면 안 될 것입니다.

나라가 잇서야 산하(山河)도 예술(藝術)도 잇는 것을 매거(枚擧)할 수 업시 목격(目擊)하고 잇지 안습니까.

오늘 혁혁(赫赫)한 일본(日本)의 지도적(指導的) 지반(地盤) 우에다 바비론 이상(以上)의 현란(絢爛)한 문화(文化)를 건설(建設)하여야 할 것은 오로지 예술가(藝術家)에게 지어진 커다란 사명(使命)이 아닐 수 업습니다.

　　　　　　　－유치환, 「대동아전쟁(大東亞戰爭)과 문필가(文筆家)의 각오(覺悟)」[55]

유치환의 만주 체류 의식을 고스란히 보여 주는 줄글이다. 부리나케 고향을 떠나 만주국으로 들어선 그는 빈강성 연수현협화회 직원이며 가신흥농회 개척농장 관리인으로 일하고 있었다. 이미 만주에서는 '제국'의 '황민'이며 '신민'으로서 자신의 토대에 대한 입장 풀이를 새삼스럽게 할 필요는 없다.[56] 기회가 닿는다면 위와 같은 '각오'를 드러내 만주국과 왜로 제국주의에 대한 체제 내적 성실성을 다짐하면 될 일이다.

55　이 글에 대한 발굴과 됨됨이 구명은 아래 글에서 이미 한 차례 이루어졌다. 박태일, 앞의 글, 324~327쪽.

56　유치환의 만주살이 앞뒤를 알 수 있게 하는 『만선일보』 기사 하나를 따옮긴다. 흔히 입에 올리는 대로 그의 입만(入滿)과 재만(在滿)이 무슨 뜻 높은 민족지사가 겪은 높은 정신 단련인 양 얼렁뚱땅 미화시켜 해결될 일이 아니다. 「우리 척토(拓土) 입식(入植)하는 곳에 비적(匪賊)들은 물러간다－선계(鮮界) 개척민(開拓民)과 치안공작(治安工作)」 "선계 개척민이 새로 입식되고 쏘는 기주선농이 일정한 지역에 통해 집결되어 그곳에 집단부락을 창설한 경우는 필연적으로 우선 그지방의 치안이 확보된다. 즉 선계 개척민의 입식 쏘는 집결의 준비공작으로서 그 지방의 토비(討匪) 그 외 일반 치안의 확립에 관하야는 지방 군경(軍警) 방면(方面)에서 사전(事前)에 적지 안은 노력을 하는 것은 물론 입식 집결 후에 잇서도 대개 개척민 부락의 장정 중에서 자경단(自警団)의 조직 훈련이 실시되어 지방 군경의 지도 하에 필요한 경라가 계속되어 불령분자(不逞分子)의 출몰을 방일하는 것이니까 그 입식으로 치안은 더욱더욱 확보되는 것이다." 『만선일보』, 1941. 2. 10.

토대와 의식 모두에서 한결같았던 만주국 체류의 나날살이었다.

그러나 시인으로서 그를 기억할 국내 문학사회는 사정이 다르다. 생활 현실인 만주보다 제도 현실인 국내 문학사회가 그에게는 오히려 더 무거운 사회심리적 현실이다.[57] 그로서는 만주국뿐 아니라 멀리 떨어져 나온 국내 문단에까지 전시체제에 이바지하고 있는 자신의 이념 소속을 뚜렷이 드러내고자 했다. 『만선일보』에 실은 구체적인 부왜 산문 「대동아전쟁과 문필가의 각오」와 달리 유치환이 부왜시들은 하나같이 국내에서 내는 매체, 곧 『국민문학(國民文學)』(「수(首)」), 『조광(朝光)』(「북두성(北斗星)」), 그리고 『춘추(春秋)』(「전야(前夜)」)에 싣고 있는 사실이 일깨워주는 바다.

이렇듯 나라 안과 나라 바깥 만주국, 두 곳 모두에서 부왜의식을 널리 알리며 자신의 체제 안쪽 위상을 뚜렷이 했다는 점에서 유치환 부왜 활동의 적극성과 자발성은 뿌리가 깊고도 굳다. 그의 경우는 『만선일보』에 실린 부왜 작품 가운데서도 정도가 심하고 내용이 뚜렷한 경우다. 오늘날 『만선일보』로 읽을 수 있는 것 가운데서 김영삼의 왜어 부왜시 「징병령(徵兵令) 만세(萬歲)」(1942.9.11)나 윤해영의 시 「척토가(拓土歌)」와 같은 자리에 놓이는 만주 '개척문학(開拓文學)', '황민문학(皇民文學)'의 본보기라 할 만하다. 이런 의식 아래서 손수 '성전(聖戰)' 종군은 하지 않더라도 "비적(匪賊) 토벌(討伐)의 현장(現場)"을 보여 주었으면 하는 '개척문학(開拓文學)'의 요구[58]에 맞장구쳐 그 본보기를 힘차게 내놓

---

57 『만선일보』에 신작을 싣지 않고 구작인 「생명의 시」 연작을 올리고 만 일도 이와 관련을 맺고 있음 직하다.

58 「개척문학(開拓文學)을 건설(建設)하자(재합조선인문화향상좌담회(在哈朝鮮人文化向上座談会))」, 1940.12.27.

은 작품 「수(首)」나 "일만일체(日滿一體), 선만일여(鮮滿一如)의 국책(國策) 아래 흥아대업(興亞大業) 완수(完遂),"[59] '성전(聖戰)' 승리를 염원하는 「전야(前夜)」, 「북두성(北斗星)」과 같은 작품을 꾸준히 내놓을 수 있었다. 『만선일보』 지면에 '개척낙토(開拓樂土) 분명(分明)하다'라는 부제를 얹어 「개척성지(開拓聖地) 농촌답사기(農村踏査記)」로 따로 다루어질 정도[60]로 중요하고도 모범적인 개척농장, 연수현 '가신흥농촌(嘉信興農村)'을 이끌었던 유치환다운 자연스런 걸음걸이다.

　이제껏 살핀 바와 같이 『만선일보』에 작품을 올린 만주 거주 경남·부산 지역문인[61]은 거의 제국의 체제 안쪽 사람이다. 만주국 관리 또는 지배기구 일꾼이거나 뒷날 부왜인으로 나설 학생 몸이었다. 그리고 개별 활동이 중심이지만 그들 사이 만주 이주에 앞선 지연망이나 문학적 연고망을 엿볼 수 있다. 『만선일보』에 올린 작품에는 체제 내적 의식이 속속들이 드러나지는 않는다. 자신이 지닌 문학 개성을 드러내고자 했다. 그런 가운데서 염주용과 유치환의 줄글이 부왜적 토대와 그에 한결같이 복무하는 부왜 의식을 담아 눈길을 끈다. 다만 염주용에서는 그것

59　1940.11.3.

60　1940.10.6.

61　이들 말고도 만주에 살았던 경남·부산 지역문인에는 최두춘과 손길상이 있다. 이들은 『만선일보』에 작품을 발표하지는 않았다. 유치환·염주용과 같은 『생리』 동인이었던 최두춘은 유치환이 머문 연수현에 먼저 들어가 교사로 일하고 있었다. 진주 출신 어린이문학가 손길상은 『만선일보』 기사에 한 차례 이름을 올리고 있다. 장춘 '대화호텔'에서 5월 27일에 있을 「박팔양씨저 여수시초 기념」 기사(1940.5.24)에 최창국·신기석·이태우·김영팔·홍양명·신언룡·신영철·이갑기·백석과 함께 발기인 자격이었다. 그는 투고 문단을 거쳐 1930년대 초반 『신소년』·『별나라』를 빌려 계급주의 어린이문학가로 자리를 잡아나갔던 이다. 만주국 관리, 만선일보 기자, 또는 협화회 관계자나 개척농장 지도자와 같은 발기인의 됨됨이로 볼 때 손길상 또한 전향한 뒤 만주국에 들어와서 그들과 비슷한 일을 맡고 있었음을 알 수 있다.

이 소극적이나 유치환에서는 뚜렷하고도 한결같다.

2) 국내 거주 문인과 남대우의 열정

나라 안에 머물면서 『만선일보』에 작품을 올린 경남·부산 지역문
인은 최인욱·남대우·허민 셋이다. 공교롭게도 이들은 1930년대를
앞뒤로 한 시기 경남 진주·하동·합천을 오가며 교분이 남달랐던 이
다. 말하자면 경남·부산 지역문인으로 볼 때 1930년대 후반 세대라는
점에다 개인 친분이라는 점까지 같다.[62] 앞에서 들었던 바와 같이 허민
과 최인욱은 한 고향인 합천 해인사 언저리서 사제지간으로 만나 문학
을 논했던 사이다. 허민과 남대우도 청년 문인으로서, 지역 언론인으로
서 가까웠다.

최인욱(1920~1972)이 『만선일보』에 시조를 실은 곳은 1940년 1월 11
일 『만선일보』 신춘문예 자리다. 이저곳 여러 문단 인정제도를 이용해
투고를 거듭할 무렵이다.[63] 「산가(山家)에 쉬면서」란 시조까지 만주로
올려 당선에 이른 것이다.

---

62 이들 친분에다 조연현이 만주와 서울 생활을 마치고 돌아와 광복기까지 고향 함안에 머
물면서 교분을 나누었다는 기록이 있다. 게다가 조연현은 여섯 달 동안 하동에서 직장
생활을 하면서 남대우와는 더욱 깊어졌다. 조연현, 「사사록(私事錄)」, 『내가 살아온 한
국문단』, 어문각, 1977, 141쪽.

63 이미 1939년 『매일신보』 신춘문예에 소설 「시들은 마을」이 가작으로 뽑히고, 1939년에
는 「산신령(山神靈)」이 입선한 뒤다. 『조선일보』 신춘문예에 냈던 소설 「월하취적도(月
下吹笛図)」가 떨어졌으나 심사위원 덕분에 『조광』에 발표되는 행운을 얻은 때가 1940
년이었다. 최인욱, 「초승달 같은 사람」, 『현대문학』, 현대문학사, 1963.1, 284~285쪽.

달 밝은 이 한밤은 사슴이도 서른지고

눈 속에 발을 못고 밤을 새워 우는고녀

객창(客窓)에 쓰러진 몸이 잠 못 일워 하노라.

미투리 담보씸에 집난 지 열두 해라

이내 서름인들 오죽이나 하올 것가

사슴이 목메인 우름에 둘 데 업는 이 마음

―최인욱, 「산가(山家)에 쉬면서」 가운데서

"미투리 담보씸에 집 난 지 열두 해"나 되는 나그네 시름을 담은 작품이다. "객창에 쓰러"진 채 한밤을 '서름' 겨워 '울어새'는 '몸'과 '마음'이라 했으니 말할이의 느낌이 시 속에 질펀하다. 흔히 봄 직한 정황에 흔히 봄 직한 느낌을 풀어내고 있어 작품으로서 격은 낮다. 최인욱은 이 작품을 실은 뒤 다시 『만선일보』를 이용하지 않는다. 등단에 목말랐을 시골 젊은 문학도의 인정 욕구를 잠시 채우는 데 먼 이국 매체가 쓰인 셈이다.

최인욱과 달리 남대우(1913~1948)는 『만선일보』를 꾸준하게 그리고 자주 활용하였다. 1930년부터 광복기까지 걸친 시기에 어린이문학 작품을 가장 많이 발표했음 직한 그다.[64] 지국과 주재기자를 맡으면서 『만선일보』에 동화, 동요, 소년소설에 이르기까지 19회 14편을 올렸던 일도 그런 힘이 뒷받침된 까닭이겠다.[65] 알려지지 않은 『만선일보』 지

---

[64] 1934년 등단 형식을 취한 뒤부터 1945년까지 170편 남짓, 그리고 광복기에 90편 남짓 남겼다. 박태일, 「나라잃은시대 후기 경남·부산 지역 어린이문학―이원수와 남대우를 중심으로」, 『한국문학논총』 40집, 한국문학회, 2005, 258쪽.

[65] 작품 이름과 갈래만 다음에 든다. 나머지는 뒤에 붙인 '죽보기'를 참고 바란다. 「거짓말」

면까지 찾을 수 있다면 더 많은 작품을 볼 수 있을 것이다.

　　쌀짜구에 쩌바칠라

　　음매음매 우리소

　　누구나 누구나

　　싸리지도 마러라

　　구두발에 채일라

　　쏭지매에 마질라

　　　　　　　　　　　　　—남대우, 「음매음매 우리 소」 가운데서

　올린 「음매음매 우리소」는 1941년 신춘문예 당선동요 1석으로 뽑힌
작품이다.**66** 특별한 기교를 보여 주지 않으면서 나날살이 현장을 꼼꼼
하게 잡아 내는 시인의 특장이 잘 살아 있는 시다. 경남 하동 골짜기에
머물며 나라 안밖 여러 매체를 활발하게 찾아다녔던 특유의 문학열이
잘 녹은 바다. 이러한 남대우의 열정에는 미치지 못하나 진주와 합천을
오가며 문재를 키우다 지병으로 요절한 허민(1914~1943)**67** 또한 『만선
일보』에 하루를 사이에 두고 시 두 편**68**을 선뵈고 있다.

　　(동화), 「남을 위하는 마음」(소녀소설), 「단풍」(동요), 「벼개애기」(동요), 「새해마중」
　　(시), 「아가가 혼자 깨어」(동요), 「엄마무덤 가는 길」(동요), 「음매음매 우리 소」(동요),
　　「자장노래」(동요), 「절간」(동요), 「참외」(소년소설), 「하모니카」(동화), 「허수아비」(동
　　요), 「モウモウ コウシ」(왜어 동요).

66　발표할 무렵 이름을 김영우로 적었다. 남대우는 나라잃은시대 문학인으로서 필명을 가
　　장 많이 쓴 문인일 것이다. 모두 20개를 썼는데, 김영우는 그 가운데서 자신의 처남 이름
　　을 빌린 것이다. 박태일, 앞의 글, 257~258쪽.

67　박태일, 「합천 지역시의 흐름」, 『합천 예술문화 연구』 1집, 향파이주홍선생기념사업회,
　　2007, 136쪽

해변에서 지도를 그리다가

소년아 목을 고향 편으로 돌리라

바람과 바람이 싸우는 물에선

쓸개 적은 미래란 업는 법이다

낡은 옷들을 활활 날려 버리고

바다로 바다로 쭤여들며는

싸우리의 자손아 고란이 상좌야

눈쌀을 치쓰라 기우러진 저리로 그물을 던지라

올된 나불 감감이 와직근 밀려와

물에는 아우성이 쩨서리치고

오늘! 어린 소년의 할 짓이라고는

나렷든 돗 표나게 달 쑨이엇다

—「해수도(海水圖)」[69]

허민은 1938년 8월 2일자로 『동아일보』 진주지국 기자직을 그만둔

---

68 「고정(孤情)」(시), 1941.12.17; 「해수도(海水図)」(시), 1941.12.18.

69 이 작품은 『허민육필시선(許民肉筆詩選)』(문학사상사, 1975)에 한 차례 실려 알려졌다.
그러나 『만선일보』 발표본과는 몇 군데 차이가 있다.

160   유치환과 이원수의 부왜문학

뒤 건강을 돌보기 위해 합천 해인사 아랫마을 자신의 집으로 돌아가 있었다. 그런 가운데 모처럼 동해 갯가로 나아갔다 마련한 기행시다. "해변에서 지도를 그리다가"라는 돌발적이고도 감각적인 첫 시줄에서 비롯하여 "오늘! 어린 소년의 할 짓이라고는 / 나렷든 돗 표나게 달 쑨이엇다"로 이어지는 시인의 절망감이 바다 앞에서 파도처럼 출렁거린다. 개인의 아픔과 시대의 아픔이 한 줄기로 녹아내려 읽는이까지 어루만져 주는 힘을 갖추었다. 허민이 병으로 주저앉으려는 몸을 일으켜 마지막까지 태운 문학열이 멀리 만주 땅까지 끼친 바다. 이런 까닭에 넷째 토막 "싸우리의 자손", 곧 '고려의 자손'이라는 말씨가 예사롭지 않다. 시인이 지녔을 만주 땅과 민족에 대한 속내를 엿볼 수 있는 까닭이다. 그러나 "눈쌀을 치쓰라"라는 외침도 잠시, 허민은 이 시를 발표한 두 해 뒤 이승을 떴다. 『만선일보』지면이 그가 마지막 열어 놓은 하늘이요, 시「해수도」는 그가 그 하늘에 마지막으로 '표나게' 단 '돗'이었던 셈이다.

만주 거주 경험이 없이 『만선일보』에 작품을 올린 경남·부산 지역문인은 세 사람에 지나지 않는다. 그럼에도 그들 작품이 지닌 뜻은 적지 않다. 자신의 문학 생애에 범상하지 않은 발표 매체 역할을 『만선일보』는 맡아 주었다. 눈여겨볼 점은 『만선일보』게재 경험을 가진 남대우나 허민과 함께 경남 지역에서 노닐었던 장태현·이원수·정태용·이정호와 같은 이는 『만선일보』를 작품 발표 매체로 활용하지 않았다는 점이다. 『만선일보』가 국내 일반인이나 문학인에게 널리 알려진 매체도 아니며, 쉽게 볼 수 없었다는 사실이 새삼스러운 대목이다.

앞에서 『만선일보』를 이음매로 삼았던 경남·부산 지역문인의 작품 됨됨이를 만주 거주와 비거주로 나누어 살폈다. 『만선일보』가 지닌 구조적인 반민족성에다 만주 거주의 바탕으로 미루어 볼 때 경남·부산 지역문인의 작품 됨됨이는 비이념적이거나 흔한 서정적 현실 머물고 있어 체제 이념을 드러낸 경우는 드물다. 염주용과 유치환이 여기에서 벗어나지만 부왜적 의식 지향을 뚜렷이 한 유치환이 더욱 두드러진 까닭이다. 만주 비거주 문인 가운데서는 남대우의 꾸준한 문학열이『만선일보』에 고스란했다. 그런데 이러한 경남·부산 지역문인의 만주 문단과 만주 이주 체험은 광복기와 그 뒤 시기 경남·부산 지역문학의 전개에 적지 않은 영향을 끼쳤다. 다음 자리에서는 광복기를 중심으로 이 문제를 짚어 보고자 한다.

4. 광복기 경남·부산 지역문학과 만주국 체험

1945년 8월 만주국 패망을 앞뒤로 한 시기 만주 지역은 어수선한 정도가 아니었다. 중국 공산군과 국민군, 거기다 소련군까지 들어와 한 치 앞을 내다보기 힘들었다. 만주 거주 한인 가운데서 머물렀다가는 어떤 위해를 입을지 모를 이는 서둘러 만주를 떠났다. 자기 이익을 위해 반민족·반민 행위에 앞섰거나 남달리 부끄러운 구석이 많은 이다. 그들은 서둘러 나라 안으로, 고향으로, 새 삶터로 짐을 꾸렸다. 만주국 기관지『만선일보』또한 문을 닫았다. 그를 중심으로 이루어진 만주 문학도 변혁을 겪게 된 셈이다.

그리고 나라 안쪽으로 돌아온 『만선일보』 문학 필진이나 만주 문학에 얽혔던 이들은 생활인으로서 새 생업을 찾아야 했다. 새로운 문학사회에도 몸을 담아야 했다. 게다가 그들은 자신의 지난날 만주 체험과 문학 생애까지 재구성해야 하는 과제를 안고 있었다. 그들이 이러한 공간·시간에 걸친 이중의 과제를 헤쳐 나간 방법과 과정은 한 개인 문제로 그치지 않는다. 국가문학사나 지역문학지에 중요한 뜻을 지닌다. 게다가 경남·부산 지역은 만주에 닿아 있을 뿐 아니라, 만주 문학과 연고가 깊었던 북한 지역과는 크게 다르다. 물리적 거리든 심리적 거리든 그쪽과 한참 떨어진다. 그런 까닭에 경남·부산 지역문학에서 만주국 체험이라는 특이 경험은 엉뚱하게 부풀리기도 쉬웠고, 진실을 묻어 버리기도 쉬웠다. 어느 쪽으로든 각별한 눈길을 줄 필요가 있다는 뜻이다.

『만선일보』에 작품 활동을 한 경남·부산 지역문인 가운데는 안타깝게 을유광복을 보지 못한 이가 있다. 만주 비거주 요절 문인인 허민이다. 이성홍은 광복 뒤 고향으로 되돌아오지 않고 북한에 머물렀다. 그러나 거의 모든 경남·부산 지역문인은 자신의 고향 지역으로 내려왔다.[70] 이들을 두고 볼 때 먼저 눈을 끄는 사실은 만주국 체제 안쪽 지식인으로서 토대나 의식 모두에서 반민적이거나 반민족 성향을 지녔

---

70 만주 거주 문인의 귀국 시기를 살피면 조연현의 경우가 가장 빨랐다. 한 해 동안 학업을 닦고 1940년에 돌아와 서울에서 학업을 계속했다. 유치환은 1945년 6월에 고향 통영으로 되돌아왔다. 나머지 사람들은 정확한 귀국 시기를 알 수 없다. 다만 만주국 패망을 앞뒤로 한 무렵 그들은 서둘러 짐을 쌌을 것이다. 만주국 지배기구의 핵심 자리에 있었던 이들일수록 귀국이 빨랐을 것임을 알 수 있다. 그리하여 김달진·탁소성·염주용·주수원·김달진에 이어 장응두도 귀국길에 올랐다. 조연현은 다른 사람과 달리 고향 함안이나 경남·부산 지역에 머물지 않고, 서울에서 헌책방을 열어 자리를 모색했다. 그러다 조연현 또한 『예술부락』에 이어 『문예』를 내며 경남·부산 지역문인과 확연한 연관 고리를 활용하기 시작했다.

던 이일수록 우파문학 활동에 몸을 담았다는 점이다. 김달진·조연현·주수원·최인욱·탁소성·염주용·유치환이 그들이다. 그 가운데서도 애국주의 몸짓에서나 우파 조직 활동에서 힘껏 앞장선 이는 유치환과 탁소성, 조연현이다. 말하자면 을유광복 이전에 뚜렷한 부왜 기반이나 부왜문학 활동을 확인할 수 있는 이들이다.

> ① 이 따 아들 딸의 눈물과 한숨이
> 속속들이 스며든 애달픈 산천(山川)이기에
> 한 줌 흙 한 포기 풀일망정
> 어찌 제 피나 살인 양 허술히 하랴
> 이러ㅎ게 한 줄기 나무를 국토(國土)에 꽂으므로
> 지낸 날 무릅쓴 절치(切齒)를 다시 맹서(盟誓)하고
> 엎드려 심ㄱ으는 포기포기 단성(丹誠)이 엉키었나니
> ─유치환, 「식목제(植木祭)」 가운데서[71]

> ② 싸늘한 첫겨울 들녘 바람에 쏘이며
> 격월(激越)하고도 우의(友誼)로운 담론(談論)에 열중(熱中)하여
> 조국(祖國)의 장래(將來)를 논(論)하고
> 이 땅에 와서 박힌 겨레의 거취(去就)를 논(論)하고-
> 요(要)컨대 탈출(脫出)할 수 없는 절망(絕望)의 철창(鐵窓) 틈새로
> 한 오래기 민족(民族)의 광명(光明)의 붇들 길을 찾기에

---

71 조선청년문학가협회 경남본부, 『날개』, 을유출판사, 1946, 27쪽.

그날 우리는 한가지로 민민(悶悶)하지 않았던가

간열프고도 재치꾸레기의 이(李)여

소년(少年) 같이 순정하고도 열(熱)덩어리의 문이여

그렇게도 조선의 핏대를 말리던 인욕의 중압(重壓)이 드디어 걷히고

시방 조국(祖國)의 크나큰 새날이 밝으려는 진통(陣痛)의 전야(前夜)

진실로 이때야말로 조국(祖國)은

우리들의 젊은 순정과 깊은 애정만을 의지하고 바라나니

이 혼돈(混沌)한 어둠 속 어디메서 당신들은

머리를 자치고 팔을 누르고 거리 거리를 내달고 있느뇨

아아 나는 그 모습이 보이듯 하나니

지낸 날은 그 이름조차 부를 수 없던 애달픈 조국(祖國)이

드디어 천년(千年) 대도(大道)의 반석(盤石) 위에 다시 서는 날

어여쁜 나의 벗들이여 우리도 한자리에 모여 앉아

한(恨) 많은 축배(祝杯)를 울려 목놓아 목놓아 울음 울꺼나!

　　　　　　　　　—유치환, 「오상보성외(五常堡城外)」 가운데서[72]

①은 한 유치환 연구자로부터 "웅혼 웅장한 큰 규모의 억센 기상 속에 애국적 정열과 조국의 미래에 대한 염원의 용솟음이 청마 특유의 비장한 어조로 토로되어" 있어 "청마의 작품 중에도 비중이 큰 중요한 작품"[73]이라 한껏 추킴을 받은 시다. 광복 뒤 고국에서 유치환 스스로 나

72　『죽순』 6호, 죽순시인구락부, 1947, 20~22쪽.
73　문덕수, 『청마 유치환 평전』, 시문학사, 2004, 139쪽.

라사랑 굳건한 시인으로 나선 모습을 엿보기란 어렵지 않다. 소박한 개인 반응이었든 의식 / 무의식적 명성 생산 과정이었든 그 점이 뚜렷하다. 연구자 말대로 이 작품이 "중요한 작품"인 까닭은 유치환의 갑작스런 "애국적 정열과 조국의 미래"를 향한 두드러진 자세를 엿볼 수 있다는 데 있다. 그러나 '애국'이란 막연한 격정 '토로'로 증명할 수 있는 일은 아니다. ①에서 그는 이미 만주국에서 드러난 부왜 활동을 벌인 사람답게 집요하게 자기 부정·탈각 자세를 숨기지 않는다. 그런 까닭에 ②를 눈여겨볼 필요가 있다.

유치환 스스로 지나간 만주국 체류 경험이 민족주의자의 것이었던 양 왜곡, 미화하고 있는 작품이 ②다. 만주국 현실을 잘 모를 이들을 대상으로 그의 명성에 매우 긍정적으로 작용할 만한 모습이다. 두 가지 점에서 그것을 확인할 수 있다. 첫째, 만주에 머무는 동안 조국과 겨레에 대한 깊은 사랑과 관심을 지녔던 듯한 표현이다. 그가 겪은 행적과는 사뭇 다른 기억 왜곡이다. 그의 앞선 작품에서는 보이지 않는 '조국'이니 '민족'이니 하는 무거운 낱말을 앞세워, 그것이 만주 체류 무렵의 정서적 자장이었음을 두루 믿도록 이끌었다.[74] 둘째, 광복된 조국의 새날에 대한 강한 사랑과 믿음이 뚜렷하다. 남달리 굳센 애국자로서 스스로를 내세우고 있는 셈이다. 「식목제」의 목소리가 더 틀을 굳혀 되풀이한다.

광복기 내 나라로 돌아온 유치환에게도 두 가지 문제거리가 놓여 있었다. 지난날 만주 체류 시기 부왜 행적을 어떻게 관리, 재구성하느냐 하는 시간축에 따른 문제가 그 하나다. 새 국가 수립에 따라 자신의 삶

---

74 아울러 '우리'라는 복수 주체가 이 시에 뜬금없이 드러나는 모습도 눈여겨볼 일이다. 앞선 시에서는 '우리'의 쓰임이 극히 드물다. 유치환의 핵심 화자는 오로지 '나'다.

을 어떻게 정위시킬 것인가라는 공간축에 따른 문제가 그 둘이다. 곧 자신의 과거 재구성과 현실 정위다. ②는 이 두 문제에 대한 답을 한 작품에 담아낸다. 풍물시 일색인 만주 체험시 가운데서도 귀국 뒤 발표한 ②가 지니고 있는 특이성이 오롯한 까닭이다. 유치환으로서 광복 초기는 조심스러운 시기였다. 쫓겨가듯 떠난 고향에는 통영문화협의회를 중심으로 자리를 잡았다.[75] 『죽순』 동인으로 작품을 실은 대구 쪽에서 잠시 부왜 시비로 입에 오내리기도[76] 했으나 어차피 흘러갈 일이다. 부산과 통영, 그리고 대구를 오가며 아나키스트 반공주의 언론[77]과도 든든한 교분을 쌓았다. 운때가 맞아 조선청년문학가협회라는 큰 조직 부회장을 맡은 데다 이어서 거기서 준 제1회 '조선시인상'까지 받았다. 이념으로나 문학으로나 광복기 현실 정위와 명성 재구성은 썩 바람직스럽게 이루어졌다.

일이 이러하니 이제 자신이 겪었던 만주국 생활은 부왜로 점철한 것

---

[75] 초정 김상옥의 회고에 따르면 광복 뒤 통영에서 유치환을 만났을 때, 자신의 만주국 부왜 사실을 지역인들에게 알렸는가를 다그치듯 물었다 한다. 김상옥과 유치환은 관계가 좋지 않았다. 김상옥은 유치환이 기회주의자라며 멀리했다. 전쟁기 부산의 『자유민보』 편집국에서 일하면서 전쟁기 피란문인을 가까이서 거두었던 시인 홍원의 가족 구술에 따르면 유치환이 기회주의자의 모습을 보였다고 한다. 시인 홍원(1907~1967)의 셋째 딸 홍정설의 증언(2010.6.12. 서미화 구술녹취록).

[76] 문덕수는 이 일을 "「수」에 대한 진위를 알 수 없는 비방이 향토의 원로 시인들 사이에서 일고 있다는 소문이 나돌기도 했다"라 적었다. 그리고 그 뜻을 "계집의 투기만도 못한 문인들의 질투였을까"라 해 낮추어 넘어갔다. 문덕수, 앞의 책, 127쪽. 하지만 그 무렵 대구에는 만주국 거주 경험을 지닌 시인 백기만이나 이설주, 황윤섭이 활동하고 있었고, 이들은 유치환의 만주국 체류의 속살을 알고 있었을 것이다.

[77] 광복 초기 부산의 언론은 거의 좌파 중심이었다. 그에 대항해 광복기 공산 세력과 맞서기 위해 부산에서 만들었던 『자유민보』(사장 김철수)의 하기락·박노석 들과 같은 안의 아나키스트와 극렬 '반공'이라는 공통점으로 교분을 쌓기 시작했다. 그 점은 하기락이 대구로 올라간 뒤에도 이어졌다. 유치환을 아나키스트로 보는 관점 자체가 실상과 매우 벗어난 사실이다.

이 아니라 민족주의자의 것이다. 만주국 이념이기도 했던 '반공'이야말로 이미 유치환의 몸과 마음에 오래 익은 바가 아닌가. 그런 점에서 생업을 위해 자리 잡은 교육계는 민족주의자, 애국자로서 그의 명성을 넓히고 굳히는 데 더할 나위없이 알맞은 장소였다. 그리하여 1948년 『생명의 서』를 내놓을 무렵 유치환은 약관 마흔 살에 이미 "민족시의 거장"[78]으로 들먹거려질 정도로 명성을 드높일 수 있었다. ②는 바로 그러한 사회적 상찬에 시인 스스로 확실하게 맞장구 친 터무니 작품인 셈이다.

> 나 죽거든
> 관(棺) 안에 장검(長劍) 한 자루 넣어 주면
> 낮이면 칼 갈고 밤이면 원귀(寃鬼) 되어
> 북대륙(北大陸)과 동해(東海)를 흘겨보며
> 칼을 들어 외침(外侵)을 막고
> 내 겨레와 이 땅을 지켜
> 생전(生前)에 못 풀던 내 비원(悲願)을
> 이루어 이루어 보리라
>
> ─탁소성, 「비원(悲願)」 가운데서[79]

탁소성은 광복 뒤 부산에 뿌리를 내렸다. 『중성』이라는 우파 주간 잡지를 내고 그것을 바탕 삼아 월간 『중성』을 맡을 즈음에는 『매일신문』

---

78 "보라! 조선시인상(朝鮮詩人賞)을 획득(獲得)한 우리 민족시(民族詩)의 거장(巨匠) 청마(靑馬)의 시집(詩集)"『죽순(竹筍)』 5호, 죽순시인구락부, 1947, 속표지의 광고문.
79 낭만파동인회, 『낭만파』 3호, 낭만파사, 29쪽.

편집국장으로 자리를 굳혔다. 아울러 조선청년문학가협회 경남본부 본부장으로 앉아, 문인으로나 언론인으로서 지역 지명도를 높였다. 위에 올린 작품은 그러한 탁소성의 명성에 걸맞은 애국주의자로서 모습을 잘 담고 있다. 지난 시기 괴뢰 만주국 관리였던 이가 뜬금없이 '북대륙(北大陸)'을 '흘겨보며' 뱉는, "내 겨레와 이 땅을 지켜 / 생전에 못 풀던 내 비원을" 이루겠다는 외침에 어리둥절할 사람이 부산 지역에서는 드물었을 것이다.

탁소성·유치환과 마찬가지로 염주용 또한 민족주의자로서 자신의 명성을 가다듬었다. 『문예신문』으로 지역문학을 이끌며, 광복 초기에는 좌/우에 걸림없는 모습이었다.[80] 좌파 민족주의자 유열이 이끈 영남 국어학회에도 기꺼이 들었던 그다.[81] 그러다 염주용 또한 1948년 이후부터는 반공 노선을 분명히 한다. 문인이자 영리가 목표인 출판인이기도 했던 염주용에게는 문학 노선보다 매체 판로가 더 큰 문제였을 것이다.

탁소성·유치환·염주용 세 사람은 광복기 지역에서 나름대로 생업으로 나선 길은 달랐지만 이념으로나 문단 활동에서 끈끈한 유대와 한결같은 공통점을 지니고 있다.[82] 이들이 활동의 구심점으로 삼은 것은

---

80 『문예신문』에는 좌파 / 중도 민족주의자로 나눌 수 있을 이주홍·김정한과 유열의 후배 장삼식과 같은 이들이 글을 싣고 있다.

81 영남국어학회는 밀양에서 교사로 있었던 국어학자 유열이 광복 뒤 부산으로 나와 지역 어문 보급활동을 위해 만든 범지역 국어학 관계자 모임이었다. 『한얼』이라는 회지를 세 차례나 냈다. 여기에 유열의 후배인 장삼식을 비롯, 이극로, 조선문학가동맹 경남지부 소속 정신득이 회원으로 들었다. 좌파 활동가가 중심이었으나 지역 통합을 겉으로 내세운 모임이었던 것으로 보인다. 한글학회부산지회, 『한글학회 부산지회 30돌』, 간행위원회, 1995, 10~11쪽.

82 만주 비거주 지역문인들 가운데서 허민은 이미 숨지고, 남대우는 하동에서 1948년 '역도'로 몰려 총살 당하고, 최인욱은 조선청년문학가협회 회원으로 생활고를 겪고 있을 때다. 조연

광복기 부산 지역 대표 우파 매체 『주간 중성』과 월간 『중성』이었고, 조직은 우파 문학단체 조선청년문학가협회의 경남지부였다.[83] 『주간 중성』은 1946년 9월에 나온 1권 5호를 아예 조선청년문학가협회 경남 본부 제공판의 문학 특집을 꾸미며 긴밀한 관계를 널리 알렸다. 그 주요 고리는 조선청년문학가협회 경남지부 첫 대표면서 『주간 중성』의 편집인 탁소성이다.[84] 이들은 힘을 모아 '해방1주년기념시집'으로 시집 『날개』[85]까지 펴내며 지역의 문학사회를 선점해 나갔다.

이어서 이들은 '삼남문학회(三南文學會)'라는 조직도 새로 만든다. 1946년 10월 24일에 염주용을 대표이사로 만든 단체다.[86] 그리고 '개

현 또한 서울에서 조선청년문학가협회의 중심 평론가로서 화려하게 출범했을 무렵이다.

83 「『조선청년문학가협회 경남지부 결성 예정』 문학을 통하여 조국의 광명과 이상을 지키려는 문학인의 모임으로 조선청년문학가협회(朝鮮青年文学家協会)가 결성되어 지금까지 활발한 운동을 계속하여 오던 바 이에 호응하여 22일 하오 1시 부산 동대신정(東大新町) 광신국민학교(光新国民学校)에서 조선청년문학가협회 경남지부를 결성키로 되었다. 당일에는 서울중앙간부 4·5인도 참석한다 하며 동회의 강령과 준비위원은 다음과 같다 한다. ① 자주독립에 문화적 헌신을 기함 ② 민족문학의 세계사적 사명의 완수를 기함 ③ 일체의 공식적 예속적 경향을 배격하고 진정한 문학정신을 옹호함 ④ 지방문화의 육성과 향토문학의 건설을 기함 준비위원 하기락(河岐洛) 탁창덕(卓昌惠) 조주흠(趙周欽) 염주용(廉周用) 천세욱(千世旭) 오영수(吳永壽) 외(外) 제씨(諸氏)」(『동아일보』, 1946.6.15)

84 문덕수는 1946년 조선청년문학가협회 경남지부 결성식장에 유치환이 나타나지 않은 까닭을 "청년 실업가"였던 탁소성이라는 시인이 "회장을 맡고 싶어하는 것을 눈치챘기 때문이 아닐까"라며 탁소성이 "회장이 되도록 하기 위해서" "일부러 피한 것"이라고 볼 수 있다고 말했다. 유치환의 남다른 인품을 암시하는 듯한 말씨를 썼다. 문덕수, 앞의 책, 157쪽. 그러나 이는 만주국 관리 출신 탁소성은 물론, 그와 유치환 사이에 얽힌 해묵은 관계를 몰랐던 탓에 나온 잘못된 짐작일 따름이다. 탁소성에 대한 해적이는 앞선 각주 34)를 참조 바란다.

85 이 시집에는 조선청년문학가협회 경남지부 회원을 비롯해 모두 21명의 시인들이 작품을 실었다. 지부 회원으로는 김수돈·조향·탁소성·유치환·고두동·김춘수·천세욱·오영수·조봉제·김달진이, 조선청년문학가협회 중앙본부에서는 김동명·정지용·김영랑·변영로·박종화·모윤숙·서정주·박목월이 작품을 실었다.

86 "창립 1946년 10월 24일, 역원 (대표) 염주용 (대표대리) 조인제 (간부) 김정한 김석호 탁

척'·'협화' 활동에 긴밀히 얽혀 있었을 염주용이 앞장선 이 조직 회원에 만주국 지배기구에 몸을 담았던 탁소성·유치환이 빠지지 않은 사실은 극히 자연스럽다. 광복기 부산 지역에서 조직을 이저리 오가며 만주국의 연고망을 굳히고 그 경험을 증폭시키는 모습이 뚜렷하다. 지난날 동일 행적에 대한 재구성, 관리가 필요한 이들이 서로 함께 엮이는 자연스런 연결망을 삼남문학회에서 엿볼 수 있는 셈이다.[87]

『만선일보』편집국장을 지낸 대구 출신 이갑기도 광복기 부산까지 내려와『민주중보』의 운영위원장으로 자리 잡았다. 그러나 그와 탁소성·유치환·염주용과는 연결망이 보이지 않는다. 재미있는 사실은 유치환이 광복기 부산에 머물러 있었던 김소운과는 거리를 둔 채 어울린 흔적이 드러나지 않는 점이다.[88] 장응두는 통영·고향이나 경남·부산 지역 어디서도 모습을 드러내지 않는다. 만주국 거주와『만선일보』발표 경험을 지닌 경남·부산 지역문인이 거의 모두 자신의 연고를 확대

창덕 윤안두 유치환 김수돈. 행사 문학간담회 시낭독회." 김용호 엮음,『1947년판 예술연감』, 예술신문사, 1947, 120쪽.

87 탁소성이 더욱 지역언론 쪽으로 나아간 것과 달리 유치환은 지역문단 쪽으로 나아갔고 경남·부산 지역 우파문단 대리인으로서 중앙 문단 권력을 물려받는 꼴로 자리를 굳혔다. 1948년 12월 27~28일 '민족정신 앙양 전국문화인 총궐기 대회'가 열려, '각계 5백 명'을 불러들였을 때 경남·부산 지역에서는 탁소성과 함께 유치환이 지역 주요 인사로 초청을 받게 된 것은 당연한 일이다. 이때 이름에 든 경남·부산 지역 문화인은 다음과 같다. 김달진·김춘수·김용호·김상옥·김용환·김의환·유치환·유치진·조연현·최현배·최인욱·오종식·정인섭·손진태·이은상·이광래·이정호·최영해·오영수·탁소성·한형석·허영호·설창수.

88 김소운은 유치환의 첫 시집『생명의 서』출판을 주선해 준 이로 알려져 있다. 그럼에도 광복기 경남·부산 지역에 함께 머물렀던 이 둘 사이 교유가 보이지 않는 점은 뜻밖이다. 광복기 유치환은 새로운 자기 정위를 위해 많은 좌고우면을 겪었을 것이다. 이제까지 알려지지 않은 사실이지만 1948년 4월 동아대학, 경남중학에서 교편을 잡기도 했다. 이미『낭만파』활동을 이끌었던 격렬 반공주의자 조향과도 속깊으로 깊은 사이였음을 짐작케 하는 일이다.

재생산하는 모습과 다른 장응두의 고난이 느껴지는 대목이다.

살핀 바와 같이 경남·부산 지역문인 가운데서 만주국 거주 경험을 지닌 『만선일보』 필진은 광복기 활동에서 크게 세 가지 점이 두드러진다. 첫째, 반공민족주의자로서 변모다. 이 점은 만주국의 반공 이념과 이어진 자리여서 협화회 근무와 같이 지난날 부왜 활동에 깊이 몸담았던 이들일수록 이념 소속을 뚜렷이 하는 특징이 있다. 유치환·탁소성이 좋은 본보기다. 둘째, 문단 조직 활동에 남달리 열중한다. 무리를 이루어 문학사회 안에서 영향력을 넓히거나 자리를 굳히는 일에 관심이 두드러진다. 셋째, 직업과 취향 곧 일과 문학 사이의 일치를 좇는 경향이 짙다.[89] 부왜적인 토대와 의식을 한결같이 보여 주었던 이일수록 이 세 특징을 강도 높게 보여 준다. 알게 모르게 광복기 현실 정위에 걸림이 될 지난날 경험을 재구성하겠다는 의식 / 무의식적 기억 왜곡 현상에 맞닿은 결과다.

이런 점에서 광복기 자신의 문학적 명성 생산과 새로운 변모에 가장 성공한 경남·부산 지역문인이 유치환이다. 지난 시기 만주국 체험의 속살이 밝혀지지 않은 채, '민족시의 거장'으로까지 올라설 수 있었던 그다. 온당하지 않은 개인적 이득을 그만큼 많이 본 셈이다. 만주국 시기 그의 부왜 작품이 거듭 알려진 데다 앞으로 더 밝혀질 가능성이 가장 큰 유치환에 대한 학계나 시민사회의 눈길이 새삼 엄정해야 하는 까닭이다.

---

89 생업과 취향(문학) 사이에는 세 가지 관계가 나타난다. 둘을 일치시키거나, 무관한 쪽, 또는 서로 반대되는 관계. 생업과 취향의 일치란 지난날 만주국 농장 관리자며 협화회 직원이었던 유치환과 승려 김달진이 문학과 맞닿아 있는 교사로, 피식민지 군청 직원이었던 조연현과 만주국 지배기구 관리 탁소성이나 염주용이 문학 출판인으로 자리를 굳힌 데서 볼 수 있는 큰 흐름이다.

5. 마무리

이 글은 『만선일보』에 실린 문학을 경남·부산 지역문학의 눈길에서 살펴보고자 하는 목표로 이루어졌다. 논의를 줄여 마무리로 삼는다.

첫째, 『만선일보』는 왜로 관동군 대변지며 만주국 기관지다. 거기에 작품을 실은 중심 필진은 만주 거주 작가의 경우 『만선일보』 기자, 협화회나 관공서와 같은 만주국 지배·수탈기구 일꾼이다. 만주국에서도 자신의 항상적 이익을 지키고, 그러한 문필 활동에 이바지한 사람이다. 국내 거주 필진의 주류 또한 부왜문인이거나 반민족 행위에 닿아 있는 이다. 이 점은 경남·부산 지역문인으로 좁혀 보아도 확인할 수 있다. 『만선일보』의 한인 문학은 반민족적 토대 위에서 체제 내적 의식의 결과로 이루어진 것이다. 필진 구성에서 볼 때 『만선일보』를 이음매로 국내문단과 달리 뜻깊은 '망명문단'이 가능했으리라는 통념은 잘못이다.

둘째, 만주 거주 경남·부산 지역문인 여덟 사람은 탁소성·유치환·장응두·이성홍·염주용·조연현·김달진·주수원이다. 모두 다섯 차례에서 한 차례씩 『만선일보』에 작품을 올렸다. 국내 거주 경남·부산 지역문인은 세 사람이다. 이들은 1930년대부터 지역에서 서로 교분이 깊었던 이라는 공통점을 지닌다. 최인욱과 남대우는 신춘문예 당선작을, 허민은 절명작을 『만선일보』에 실었다. 『만선일보』가 지닌 구조적인 반민족 토대에도 경남·부산 지역문인의 작품은 비이념적인데 기울어져 있다. 그런 까닭에 유일하게 뚜렷한 부왜 작품을 발표하고 있는 유치환의 제국 체제에 대한 헌신과 남대우의 문학열이 돋보인다.

셋째, 경남·부산 지역문인의 만주 체험은 광복기 지역문학사회 형성에 중요한 영향을 끼쳤다. 특히 만주국 거주 문인의 광복기 활동에는 세 가지 점이 두드러진다. 먼저 반공민족주의자로 변신하는 길이다. 지난날 부왜 활동에 깊이 몸담았던 이일수록 이러한 이념 소속을 뚜렷이 한다. 또한 문단 조직 활동에 공을 들인다. 광복기 지역 우파 문단의 중심에 탁소성·유치환·김달진·염주용·조연현과 같은 만주국 거주 문인이 있다. 끝으로 생업과 취향(문학)을 일치시키는 경향이다. 이런 세 가지 일처리를 빌려 지난날 만주국 체험을 재구성하고 광복기 현실 정위에 가장 성공한 이가 유치환이고, 탁소성이 그 뒤를 잇는다.

이 글은 여덟 해에 걸쳐 나온 『만선일보』 가운데서 오늘날 확인할 수 있는 세 해 자료만을 대상으로 삼았다. 논의 한계는 뚜렷하다. 그럼에도 『만선일보』를 이음매로 이루어진 만주 한인 이주문학의 한 흐름을 짚어 내는 데에는 어려움이 없었다. 앞으로 지역문학 쪽에서 북한문학과 얽혀 든 내용이 밝혀져야겠다. 나아가 아직 알려지지 않은 나머지 『만선일보』가 하루바삐 세상에 모습을 드러내 잊혀지고 묻혔던 새로운 진실이 환하게 드러나기를 바란다.

번호	이름	작품	갈래	날짜	비고
1	탁소성	「수변정취(水邊情趣)」	시	1937.7.5	소성(蘇星)으로 발표. 『만몽일보(滿蒙日報)』 제호
2	탁소성	「서정해안곡(抒情海岸曲)(1)」	산문	7.20	소성으로 발표.『만몽일보』 제호
3	탁소성	「해정애수(海情哀愁)」	시	7.27	소성으로 발표.『만몽일보』 제호
4	남대우	「엄마무덤 가는 길」	동요	1939.12.17	남서우(南曙宇)로 발표
5	최인욱	「산가(山家)에 쉬면서」	시조	1940.1.11	신춘문예 당선작
6	남대우	「벼개애기」	동요	1.14	김영우(金永釪)로 발표
7	남대우	「하모니카」	동화	1.14	
8	김수돈	「낙타(駱駝)」	시	5.28	『문장』(1939.10) 추천시 재수록
9	최순애	「옵바생각」	동요	10.5	『조선아동문학집』(1938)에서 재수록
10	남대우	「거짓말(1)」	동화	10.9	
11	남대우	「거짓말(2)」	동화	10.13	
12	서덕출	「봄편지」	동요	10.12	『조선아동문학집』에서 재수록
13	신고송	「요술모자(1)」	동극	10.15	『조선아동문학집』에서 재수록
14	신고송	「요술모자(2)」	동극	10.27	『조선아동문학집』에서 재수록
15	신고송	「진달래」	동요	10.31	『조선아동문학집』에서 재수록
16	주수원	「지남석(指南石)」	설문	11.1	'여류시인'
17	남대우	「허수아비」	동요	11.7	'동요특집'
18	남대우	「참외(1)」	소년소설	11.11	
19	남대우	「참외(2)」	소년소설	11.12	
20	남대우	「참외(3)」	소년소설	11.13	
21	남대우	「참외(4)」	소년소설	11.14	
22	정인섭	「코끼리코」	동요	11.12	『조선아동문학집』에서 재수록
23	장응두	「피에로」	시	11.12	유치환(柳致環) 형(兄)에게
24	장응두	「고정(苦情)」	시	12.30	
25	남대우	「음매음매 우리 소」	동요	1941.1.3	하동읍내 공심소교(公尋小校) 4년(四年) 김영우(金永釪)로 발표. 신춘문예 당선동요 일석(一席)
26	이성홍	「눈썰매」	민요	1.16	선외 가작
27	남대우	「새해마중」	시	2.1	설날 문자에게
28	남대우	「아가가 혼자 깨어」	동요	2.28	2.12. 문자에게

번호	이름	작품	갈래	날짜	비고
29	남대우	「남을 위하는 마음(상)」	소녀소설	3.2	
30	남대우	「남을 위하는 마음(하)」	소녀소설	3.3	
31	남대우	「자장노래」	동요	3.15	1.19. 문자에게(5)
32	염주용	「재만선계문학인(在滿鮮界文學人)의 진로(進路)(상)」	평론	3.20	
33	염주용	「재만선계문학인의 진로(중)」	평론	3.21	
34	염주용	「재만선계문학인의 진로(하)」	평론	3.22	
35	조연현	「도회(都會)의 생리(生理)」	시	11.12	'학생시단(學生詩壇)' 혜전(惠專)
36	김달진	「근영(近詠)(1)」	시	11.	미확인. 「용정(龍井)」으로 보임
37	김달진	「근영(2)」	시	11.	미확인. 「뜰」, 「국화(菊花)」로 보임
38	김달진	「근영(3)-4. 향수(鄕愁)」	시	11.15	
39	김달진	「근영(4)-5. 쪼아리열매」	시	11.18	
40	김달진	「근영(6)-완(完) 해란강(海蘭江)」	시	11.19	용정(龍井)을 떠나며
41	남대우	「절간」	동요	11.18	
42	남대우	「단풍」	동요	11.30	
43	조연현	「소야보(小夜譜)」	시	12.3	혜전(惠專)
44	허 민	「고정(孤情)」	시	12.17	
45	허 민	「해수도(海水圖)」	시	12.18	
46	유치환	「생명(生命)의 서(書)(1)-1. 노(怒)한 산(山)」	시	1942.1.18	
47	유치환	「생명의 서(2)-2. 음수(陰獸)」	시	1.19	
48	유치환	「생명의 서書(3)-3. 생명의 서」	시	1.21	
49	유치환	「대동아전쟁(大東亞戰爭)과 문필가(文筆家)의 각오(覺悟)」	산문	2.6	
50	이성홍	「봄이 오면」	민요	3.9	
51	이성홍	「도화(桃花) 흩을 때」	민요	4.20	
52	남대우	「モウモウ コウシ」	왜어동요	10.12	남서우로 발표. 「음매음매 우리 소」(1941.1.3)를 왜역(倭譯) 재수록

3부

나라잃은시대 어린이잡지로 본
경남·부산 지역 어린이문학

1. 들머리

『1920년대 아동문학집』1권[1]은 1993년 '현대조선문학선집' 가운데
하나로 북한에서 나왔다. 경남 거창 출신 월북시인 김상훈의 아내 류희
정이 펴냈다. 당대 북한학계에서 본 우리 근대 어린이시에 대한 생각을
잘 간직하고 있는 책이다. 방정환·윤극영을 비롯해 거기에 이름과 작
품을 올리고 있는 정지용·윤석중·박세영·윤복진·이원수·권환
은 우리에게도 낯익은 이들이다. 그런데 김병호와 정상규에 이르면 사
정이 달라진다. 남쪽 문학사에서는 낯선 문인인 까닭이다. 거기다 책
뒤쪽에는 비슷한 경우에 드는 한 무리 시인이 더 있다. 그 가운데서 최

---

1 '현대조선문학선집' 18권으로 나왔다. 평양예술종합출판사에서 냈다.

순애는 이원수의 아내니 그렇다 쳐도, 리성홍·정기주·강순도·정태이는 알 수 없을 이다. 그러나 그들 또한 명망가 어린이문학인과 나란히 한 편 또는 두 편씩 작품을 올리며 '조선 근대 아동문학의 력사'를 당당히 채우고 있다.

그런데 그 리성홍, 곧 이성홍이 향파 이주홍의 동생이라는 사실을 아는 문학연구가는 거의 없다. 1920년대 중반부터 『어린이』·『신소년』·『별나라』와 같은 아동잡지를 빌려 활발하게 활동했던 경남 합천의 어린이문학인이다. 형인 이주홍보다 앞서, 더 오래도록 작품 투고를 하며 소년활동가로 자랐다. '달빛사'를 만들고 문예지 『달빛』을 두 차례나 낸 바 있다.[2] 이주홍이 등단할 무렵인 1928년에는 형과 같은 형식을 갖추기도 했다. 정상규 또한 진주에서 '새힘사'라는 소년 문예조직을 만들어 일했던 소년활동가다. 두 사람 모두 1920~1930년대에 지역 안팎에서 매체 발간·투고를 빌려 남다른 문학 활동을 펼쳤다.[3]

이렇듯 지역에 터를 두고 자라났던 투고문인과 그 무대였던 신문·잡지 매체야말로 어린이문학을 당당한 근대문학의 한 영역으로 자리잡게 하는 데 결정적인 역할을 다한 요소다. 한국 근대 문학사회 안쪽에 어린이문학을 내면화시킨 결정적인 기제가 그들이었다. 실상 문학의 구체적 실천과 내면화의 중심 장이며, 평균적 문학 담당층은 명망가 문인이 아니다. 투고문인은 이제까지 획일화한 국가주의 입장에서는 다루어질 기회가 거의 없었다. 따라서 근대 어린이문학을 지역 차원에

---

2   승효탄, 「조선 소년문예 단체 소장사고」, 『신소년』, 신소년사, 1932.9.
3   나머지 합천 정기주, 동래 강순도, 진주 정태이 또한 전문 문인으로 나서지는 못했지만, 활발하게 경남의 투고시단을 이루었던 청소년문사였다.

서 다루는 일은 이들과 같이 잊혀진 문학에 대한 관심과 그것의 복원을 빌려 겨레 어린이문학의 부름켜와 값어치에 대한 새로운 성찰의 기회를 갖는 것이다.

이 글은 한국 근대 어린이문학의 제도화에 결정적인 이바지를 다한 1920~1930년대 어린이잡지를 대상으로 삼는다. 그들 속에 드러나고 있는 경남·부산 지역문학 관련 1차 문헌 사항을 죄 갈무리하고 그것을 바탕으로 경남·부산 지역 어린이문학의 형성과 발전 과정에 대한 유의미한 맥락을 찾아보고자 하는 목표 아래 쓴다. 대상에 올린 매체는 『어린이』·『신소년』·『별나라』·『아이생활』이다. 이 넷은 1919년 기미 만세의거 이후 드높아갔던 민족 결집과 낙관적인 전망에 힘입어 1923년부터 앞서거니 뒤서거니 하며 나왔다. 그리고 거의 10년 가까이 또는 더 오래도록 꾸준했던 대표적인 어린이 전문지[4]라는 공통점이 있다.

어린이문학의 물결은 또한 1926년 『별나라』지의 창간을 앞뒤로 해서 점차 다양성을 얻기 시작했다. 곧 1926년을 넘어서면서부터 정치, 문화계의 전반적 현상으로 나타났던 좌우익의 사상 대립이 드디어 어린이문학계까지 파급되어, 이 시기부터 동요문학도 『어린이』지와 『아이생

---

[4] 흔히 1910년대에 나온 『소년 한반도』나 『소년』을 한국 어린이잡지 발간 맨 앞에 둔다. 그런데 『소년 한반도』는 어린이지라기보다 나라를 빼앗기고 새롭게 '소년'기를 맞이하고 있는 우리 겨레에 대한 일반 계몽지 성격을 띠고 있다. 최남선이 맡아 낸 『소년』 또한 엄밀한 뜻에서 어린이잡지라기보다는 최남선이 이끈 계몽지 됨됨이를 벗어나지 않는다. 출판 주체와 독자 사이에 교호작용이 없을 뿐더러, 글쓴이 또한 문학사회를 이룰 만한 자장을 지니지 못하고 최남선이 독주한 경우다. 따라서 그 역할을 충분히 인정한다 하더라도, 근대 어린이문학의 제도화 매체로서 제대로 된 모습을 갖추었다고는 보기 힘들다. 1925년에 창간하여 1933년까지 나온 것으로 알려진 『새벗』은 실물을 찾을 수 없어 아쉽게 논외로 한다. 조선일보사에서 낸 『소년』은 1930년대 후반기 대표 어린이매체. 1920년대 매체가 아니어서 논의 대상에서 뺐다.

활』지, 『별나라』지를 중심으로 민족주의적 계열, 종교주의적 계열, 계급주의적 계열로 이념적 정립을 가져오게 되었다[5]고 알려져 왔다.

그런데 비록 동요를 중심으로 이끌어낸 생각이지만 『어린이』와 『아이생활』 그리고 『별나라』가 서로 "민족주의적 계열, 종교주의적 계열, 계급주의적 계열로 뚜렷한 이념적 정립을" 보여 주었는가라는 점에 대한 단정은 힘들다. 무엇보다 아직까지 그들에 대한 전모가 밝혀지지 않은 상태인 까닭이다. 게다가 『신소년』까지 넣으면 사정은 다시 복잡해진다. 따라서 이들의 실재를 갈무리하는 것이 가장 앞선 문제다.[6] 그러나 그 또한 만만치 않다. 그렇다고 마냥 내버려 둘 수도 없다. 어렵사리 현재까지 갈무리한 대상을 중심으로나마 경남·부산 어린이문학의 실질에 다가서고자 하는 목표에 이르기 위한 걸음을 재촉한다.[7]

글쓴이가 이 글에서 주로 관심을 가지는 자리는 대상 매체 속에 나타나는 구체적인 제도화 장치다. 곧 경남·부산 곳곳에 마련되었던 지분

---

5 이재철, 「한국 현대동시약사 소고」, 『학술논총』 2집, 단국대학교, 1977, 26쪽.

6 일찌감치 영인본이 마련되어 널리 알려진 『어린이』를 제쳐 둔 나머지 세 매체는 이제까지 그 이름 정도만 알려진 경우였다. 이즈음 들어 매체의 실체가 조금씩 드러나면서 연구의 물길을 타고 있다. 그러나 이들을 포함한 나라잃은시대 우리 어린이문학 매체에 대한 갈무리는 아직까지 태부족이다.

7 나라잃은시대로 묶어 놓고 보면 확보된 연구 대상은 아래와 같다. 『어린이』(개벽사) 1923년 3월 창간호부터 1934년 2월호까지 122권 가운데서 87권(보성사 영인본, 1977), 『신소년』(신소년사) 1923년 10월 창간호부터 1934년 4·5월합호까지 125권 가운데서 76권, 『별나라』(별나라사) 1926년 6월 창간호부터 1935년 1·2월합호까지 80호 가운데서 43권, 『아이생활』(아이생활사) 1926년 3월 창간호부터 1944년 4월호까지 218호 가운데서 138권이다. 많은 모자람이 있으나, 큰 틀을 파악하는 데에는 어려움이 없으리라 본다. 남은 1차 문헌이 덧붙여지는 대로 거듭 논지를 기워 나갈 계획이다. 그리고 이 글 내내 연구 대상인 네 매체 각각의 해당 본문 각주에서, 작품이나 사항 게재 사실을 밝히기 위해 1차 문헌의 출처를 복수로 밝힐 경우에는 될 수 있는 대로 잡지 이름과 발행처는 줄이고 발간 연도와 호수만 적도록 한다.

사(支分社)의 동향, 소년 조직활동 양상, 그리고 독자문단·현상응모의 투고율이나 빈도, 문인의 드나듦과 같은 요인이다. 그것을 대상 매체별로 첫째 향유층과 조직활동, 둘째 작가와 작품으로 크게 묶어 가며 연구목표에 다가서고자 한다. 따라서 작품 풀이는 매체나 게재문인의 동향을 이해하는 일에만 부분적으로 끌어다 쓴다. 개인 작가, 작품의 속살 분석은 뒷날로 미루었다. 이 글로 말미암아 경남·부산 지역 어린이문학의 두터운 전통에 대한 새로운 이해와 관심이 비롯하기를 바란다.

2. 『어린이』와 제도적 기반

『어린이』는 한국 근대 어린이문학의 보고로서 일찌감치 이름이 알려져 온 매체다. 그러나 그 무렵 다른 매체와 마찬가지로 『어린이』 또한 제대로 된 풀이에 이르고 있지는 않다. 가장 이즈음에 쓰인 한국문학사전이 그 점을 잘 보여 준다.

어린이 잡지 1920년대의 월간 아동잡지. 1923년 3월 방정환 주재로 개벽사에서 발행하였다. 이정호, 신형철, 최영주, 윤석중, 고한승 등이 주간을 역임하였다. 1934년[8] 2월 종간하였다.[9]

---

8   1931년으로 잘못 씌어 있다.
9   권영민, 『한국현대문학대사전』, 서울대 출판부, 2004, 538쪽.

소략하기 그지없다. 여러 대표작품 풀이에다 연구 문헌까지 친절하게 죽 늘어놓은 1960·1970년대 작가의 항목 기술과 견주어 보아도 홀대 정도는 쉬 짐작이 간다. 그런데 『어린이』를 펼치면 발간 초기부터 정인섭·손진태·신고송·서덕출·이원수와 같이 경남·부산 지역을 넘어서서 지명도 드높은 이들이 한결같이 이름을 오내린다. 그리고 그들 곁에서 또는 뒤에서 경남·부산의 소년회 모임과 낯선 소년문사 이름이 『어린이』 지면 이저곳을 꾸준히 채우고 있다.

1) 향유층의 진폭과 연속성

『어린이』를 중심으로 활동한 경남·부산 지역문인은 크게 두 부류로 나누어 볼 수 있다. 이른바 기성문인과 소년문사다. 기성문인은 1923년 『어린이』가 발간될 초기 이미 전문 문학인으로 작품 활동에 나선 이다. 그들은 매체의 목차에서부터 자신의 이름을 내걸고 있다. 『어린이』의 주요 고정 필자로서 틈틈이 역사·우화·동화극·동요 작품을 올리고 있는 동래 손진태와 울산 정인섭이 그들을 대표한다. 이 둘은 이미 청소년의 몸으로 기미만세의거를 겪은 왜나라 유학생 출신[10]이다. 그리고 색동회 회원이라는 공통점이 있다.

그러나 이들이 경남·부산 지역문학 안쪽과 수직·수평적으로 얽힌 활동을 찾기란 쉽지 않다. 『어린이』를 이끈 방정환과 뜻을 같이하는 색동회의 젊은 엘리트 문필가로서 독립된 모습을 보여 주고 있을 따름이다. 이 둘과 함께 부산 김소운과 마산 이은상도 『어린이』 글쓴이로 활

---

10 손진태가 1900년생, 정인섭이 1905년생이다. 둘 다 섬나라 조도전대학에서 배웠다.

동한다.[11] 이은상 경우는 마산의 대표 모임인 '신화소년회'와 어느 정도의 연관 활동을 짐작하게 하나, 김소운은 지역 연계가 아예 나타나지 않는다. 전반적으로 『어린이』에 글을 올리고 있는 경남·부산의 기성 문인은 지역 기반과 거리를 두고 있었던 셈이다.

이들과 달리 『어린이』의 중심 향유층은 이른바 소년문사라 불릴 수 있을 이다. 그들은 지역의 공립보통학교나 각종 소년회 조직을 기반으로 투고 활동을 벌였다. 1920~1930년대 경남·부산 지역 어린이문학은 바로 이러한 소년문사의 조직과 투고 활동, 그리고 그들의 향유를 빌려 굳건하게 자리를 다진 셈이다. 특히 『어린이』가 터를 두고 있는 천도교소년회는 온 나라에 방대한 조직을 가졌다. 그러나 『어린이』에 이름을 올리고 있는 경남·부산 지역 천도교소년회는 뜻밖에 드물다. '천도교 통영소년'와 '천도교 진주소년회'[12]가 모습을 내보이고 있을 따름이다. 하지만 평칭을 쓰고 있는 여러 소년회의 뿌리 다수는 천도교 소년회였을 것으로 보인다.

종교적 경계가 엷은 일반 소년회 조직활동도 지속적으로 드러난다. 기독교와 불교소년단도 예외 없이 『어린이』의 향유층을 이루고 있다.[13] 『어린이』는 지역 차원에서 볼 때 천도교 소년계몽 매체라는 태생적 한계를 지니고 있었음에도 범어린이지로서 고루 받아들여졌음을 짐작하게 한다. 경남·부산 지역은 일찌감치 그 활동이 매우 활발했던

---

11 1933년 1월호 김소운과 이은상이 어린이들에게 보내는 짧은 '연하장'이 좋은 본보기다. 그리고 같은 호에 김소운은 '동심소화(童心小話)' 「씨동무」(30~31쪽)를 싣고 있다.

12 「각 지방의 소년회 소식」, 『어린이』, 1923, 1권 4호, 7쪽.

13 천도교를 제쳐 두고 보면, '마산읍내 불교소년단', '부산 3·1기독청년회', '언양불교소년단'과 같은 모임이 눈에 뜨인다.

지역으로 꼽힌다.[14] 따라서 일반 소년회 활동은 『어린이』 속 여러 곳에서 눈에 뜨인다. 그 가운데서 진해시 가덕도의 활동과 울산시의 활동이 두드러진다.[15] 마산 '신화소년회' 또한 뒤지지 않는 곳이었다.[16]

『어린이』 속에 나타난 경남·부산 지역 소년문사의 활동을 엿볼 수 있는 다른 한 고리는 달마다 빠짐없이 마련했던 '현상문제당선발표' 속의 지역별 명단이다. 이들은 기본적으로 『어린이』 구독자의 모습을 유사하게 반영한다고 해도 지나침이 없을 것이다. 이들 분포야말로 개별 소지역 활동의 강도와 열의를 그대로 점치게 한다. 1923년 3월 창간에서부터 1926년 2월까지 『어린이』 발간 초기 세 해를 놓고 볼 때, 마산이 16회로 가장 잦고 부산·동래가 15회, 진주가 13회, 그리고 울산·언양이 13회로 그 뒤를 잇고 있다. 또한 김해·창녕·창원의 9회와 하동 7

---

14 김정의의 조사에 따르면 1920년대 각 도별 소년단체 비율을 보면 서울(119단체), 경기(127단체)에 이어 경남은 50단체로서 세 번째에 자리한다. 나머지 도는 30단체 미만이다. 김정의, 『한국소년운동사』, 민족문화사, 1992, 148~155쪽.

15 이름을 죄 들어 보면 아래와 같다. '창녕소년회', '가덕도소년회', '가덕진소년회', 울산군 '언양소년회', '언양소년단', '통영소년회', '천성소년회', 마산 '신화소년회', '농소소년회', '언양소년소녀회', '합천소년회'가 그것이다. 그런데 이들을 비롯한 경남·부산 지역 소년회의 설립과 변화 과정에 대한 통시적 추이를 살필 만한 정보는 아직 나오지 않았다. 보는 바와 같이 진해 가덕도의 경우 '가덕도소년회'와 '가덕진소년회', 그리고 '천성소년회'로 셋이다. 언양의 경우는 '언양소년회'와 '언양소년단', 그리고 '언양소년소녀연합회'에다 '언양불교소년단'까지 활동하고 있었다. 방정환, 「언양의 조긔회」, 『어린이』, 1925. 9, 22~27쪽.

16 1925년 5월 방정환이 남쪽으로 소년소녀대회를 열기 위하여 내려왔을 때, 마산에서는 '신화소년회'를 중심으로 활발한 응대와 참여를 보여 주었다. '신화소년회'는 기록에 따르면 바로 방정환의 방문을 앞두고 조직 창설에 가속도가 붙었던 것으로 보인다. "방정환 선생이 2월 23일 밤 마산에 내려와서 이은상 선생님과 소년회 대표 몃 분이 나와서 맞이" 하였다. 이어서 "로동학교로 가 이약이"한 뒤, "이튿날은 다른 곳에서 더 많은 관객에게" 선뵀다. 이원수도 몸담았던 모임이다. 「각지의 소년소녀대회」(나그네잡긔장), 『어린이』, 1925. 5, 31쪽.

회, 함안 4회가 그 뒤를 따르고, 나머지 통영·밀양·사천·진해·거창·함양·의령이 1~3회의 빈도를 보여 준다.

이로 미루어 현상응모 투고자의 지역 분포는 소년회 활동을 싸안으면서 경남·부산 지역 전역에 고른 사실을 엿볼 수 있다. 그 가운데서 마산·언양 지역 독자들의 투고는 소지역 소년회 활동의 높은 열의와 맞물린다. 합천 지역의 참여가 낮은 것이 이채롭다. 이 점은 뒤이어 나온 『신소년』에 대한 활발한 참여와 맞서면서, 매체별 특이성을 가늠케 한다. 경남·부산 지역 『어린이』 조직 활동의 분포와 빈도는 다른 지역에 견주어 활발했다고 쉬 단정 지을 수는 없지만, 역내 소지역에서는 고른 분포를 보였던 셈이다. 1920년대의 가장 앞자리에 나서 있었던 매체로서 『어린이』에 대한 폭넓은 관심과 사랑을 엿볼 수 있는 대목이다.

『어린이』는 경남·부산 지역 어린이문학의 형성과 전개에 있어서 꾸준하게 그에 대한 자의식을 가다듬고 단련시켜 주었다. 여러 유파나 다양한 입장의 문인이 오래도록 고르게 드나들면서 자신의 문학 기반을 닦은 데서 그 점을 잘 알 수 있다. 최고 전성기 때인 1928년 무렵, 판매부수가 3만에까지 이르렀던 『어린이』는 경남·부산 지역 어린이문학의 밑자리를 든든하게 마련해 준 기간 매체였다. 이미 청년으로 자라난 직업적 소년활동가 계층과 새로운 소년문사 사이의 위아래 조화로운 세대연결까지 짐작해 보는 까닭이다.

2) 지역 중심작가의 성장과 정착

『어린이』의 '독자입상작품'란이나 '독자담화실'에 대한 투고·게재는 어린이문학을 어린이문학답게 만들어가는 데 주요한 이음매였다. 투고자의 주위 환경으로부터 자신이 글 쓰는 이로 승인 받게 되는 첫 인정 기제다. 그것이 타자화된 고민과 자의식을 거듭 가꾸어 줌으로써 스스로 작가로서 자라는 것이다. 1920년 후반부터 뚜렷하게 제 목소리를 내기 시작하여 1930년대 초기의 젊은 주류층을 이루었던 경남·부산 지역 어린이문학인의 많은 수가 『어린이』의 투고 경험을 빌려 습작을 거듭한 사람이라는 사실은 뜻밖이 아닌 셈이다.

그를 대표하는 이는 신고송·서덕출·이원수·소용수다. 신고송은 열일곱 살 무렵인 1924년 2월부터 『어린이』에 활발하게 얼굴을 내밀기 시작하였다.[17] 그리하여 1927년 『별나라』에 동요가 당선하여 기성으로 나설 무렵에는 『어린이』에서도 기성대우를 받고 있다.[18] 그 뒤부터 1930년대까지 신고송은 『어린이』의 주요 필진으로 자란다. 서덕출 또한 1924년 7월부터 작품 투고 사실이 드러난다. 『어린이』 발간 초기 세 해 사이에 모두 열세 차례[19]나 『어린이』에 이름을 올려 가장 활발한 게재율을 보인다. 그의 대표작 「봄편지」가 입선동요로 세상에 선뵌 때는 1925년이었다.

---

17 (독자담화실) 언양소년단 신고송, 1924.2, 34쪽; 「소년소녀작품」으로 「밧브든 일주간」, 1924.5, 28쪽; (독자담화실) 1924.11, 47쪽; (제10회현상당선발표) 1924.12, 43쪽; (선외가작) 1925.4, 44쪽; 대구 신고송 (입선동요) 「우톄통」, 1925.11, 58쪽.

18 신고송, (설날에 할 동화극) 〈꾀바른 톡기〉, 『어린이』, 1927.2, 39~41쪽.

19 복산동 서덕출, 1924.7, 42쪽; 「봄편지」, 1925.4, 34쪽; (입선동요) 울산 서덕출 씨의 「노고지리」 외 1편, 1925.7, 37쪽; (동요 선외가작) 1925.9, 59쪽; (입선동요) 1925.9, 64쪽; (독자담화실) 1925.9, 68쪽; (독자담화실) 1925.10, 69쪽; (제30회현상당선발표) 1925.10, 71쪽; 〈씩씩하고 참된 소년이 됩니다〉(독자 사진), 1925.11, 17쪽; (작문 선외가작) 1925.12, 63); (작문 선외가작) 1926.2, 57쪽; (독자담화실) 1926.2, 60쪽; (독자담화실) 1926.2, 63쪽.

련못가에 새로 핀

버들닙을 싸서요

우표 한장 붓처서

강남으로 보내면

작년에 간 제비가

푸른 편지 보고요

됴선 봄이 그리워

다시 차저 옵니다.

—서덕출, 「봄편지」[20]

이 「봄편지」가 윤극영의 악보와 함께 책 맨 앞에 실려 기성 대접을 받았던 자리는 이원수의 「고향의 봄」이 실린 같은 지면이었다. 그런데 그 뒤에도 서덕출은 독자담화실이나 입선작품란에 꾸준히 작품이 실리거나 선외가작으로 여러 차례 이름을 올리고 있다. 투고문사와 기성문인 사이의 경계나 자의식이 문인 스스로에게나 매체 편집진에게나 뚜렷하지 않았던 까닭이다.

이원수 또한 비슷한 궤적을 밟고 있다. 1925년 9월호에 처음 얼굴을 내민 뒤에 「기럭이편지」를 거쳐 1926년 4월에 「고향의 봄」이 독자투고에 당선한 사실은 잘 알려져 있다.[21] 그 뒤에도 꾸준한 작품 투고와 게재는 이어졌다.[22] 이원수가 기성문인으로서 편집상 대접을 받게 되는

<hr>

20 『어린이』, 1925.4, 34쪽.

21 (동요 선외가작) 「까치」, 1925.9, 64쪽; (산문 선외가작) 「기럭이편지」, 1925.11, 27쪽.

22 (7월현상당선발표) 1926.9; (독자 동요란) 「가을밤」, 1926.10, 61쪽; (입선동요) 「섯달금음밤」, 1927.1, 61쪽; (선외가작) 「겨울밤」, 1927.1, 61쪽; (입선동요) 「비누풍선」, 1927.7,

처음은 마산공립보통학교를 졸업하고 마산공립상업학교에 입학한 1928년 5·6월합호에서다.[23] 그럼에도 이원수는 현상문예 응모와 독자담화실을 이용한 투고 활동을 그치지 않았다.

진주의 소용수도 꾸준하게『어린이』게재를 빌려 문인으로 자라난 경우다. 1923년 11월호부터 투고를 시작하여『어린이』초기 세 해 동안에 모두 아홉 차례[24]나 이름을 올렸다. 밀양의 박석정도 일찌감치 15세인 1924년 11월부터 투고[25]를 시작하였다. 광복 뒤 지역 언론인으로 자란 고성의 김형두[26] 또한 1925년 6월부터 투고하는 모습을 보여 준다. 이들이 기성으로 자라고 있었던 시기, 그들보다 뒤늦게 투고문단에 발을 들이민 경남·부산 지역 소년문사가 함께 자라고 있었다.[27] 1927년 10월부터 이름을 올리고 있는 진주의 손길상이 그 대표 본보기다.

『어린이』발간 초기부터 투고를 거듭하여 소년문사로 활동하였던

57~58쪽.

23 동화「어엿븐 금방울」은 책 앞쪽 목차에서부터 기성으로서 대접 받아 이원수의 이름을 올리고 있다.

24 (독자담화실) 1923.11, 42쪽; (백오명대현상당선발표) 1924.11; (동요 선외가작)「어린이」, 1925.3, 23쪽; (입선동요) 1925.4, 35쪽;「휴게실」1925.5, 45쪽; 〈씩씩하고 참된 소년이 됩시다〉(독자 사진) 1925.5, 45쪽;「우리 싀골 사투리」, 1925.7, 26쪽; (독자담화실) 1925.7, 46쪽;「늘 보고 싶은 어린이기자 인물상상기」, 1925.11, 35쪽.

25 (백오명현상당선발표) 1924.11; 〈씩씩하고 참된 소년이 됩시다〉(사진게재), 1925.11; (독자 담화실) 1926.2, 61쪽. 서덕출과 나란히 독자사진으로 실린 때는 박석정 나이 15세였다.『어린이』에 많은 발표가 없었음에도 이미 밀양소년회에서 두드러진 활동을 보인 까닭이겠다. 박석정은 그러한 열성을 바탕으로 1927년에 출범한 조선소년총연맹의 중앙집행위원으로 이름을 올린다. 그리고 그 하부 조직인 경남도소년연맹의 설비교섭과 중앙집행위원장을 맡았다. 김정의,『한국소년운동사』(민족문화사, 1992), 199~207쪽.

26 김형두, (쌀쌀笑學校)「쏙갓흔 동무」,『어린이』, 1925.6, 22쪽.

27 우신출과 함께 광복기 부산에서 좌파미술을 이끌었던 경남·부산의 대표적인 서양화가 양달석도 이른 시기에『어린이』를 통해 예술감각을 키웠음을『어린이』는 보여 준다. (10월현상대당선) 1924.11; (동요당선) 1925.4.

이들이 마침내 기성으로 대접을 받고 있음을 널리 알린 계기는 1930년 8권 5호 '옛동무작품호'부터다. 열아홉 살의 마산 이원수에서부터 불온 교사로서 대구에서 청도로 쫓겨 가 있었던 신고송, 그리고 진주고보 학생이었던 소용수, 스물세 살의 울산 서덕출이 한자리에 모였다.[28] 이후 이들은 『어린이』의 독자담화실에서 이름을 볼 수 없다. 그 몇 달 앞선 1929년 7·8합호에는 이성홍이 『어린이』에 처음으로 이름을 올린다. 이때 그는 열여섯 살의 '합천소년회' 단원이었다. 처음부터 '씩씩하고 참된 소년이 됩시다'라는 표지로 마련한 주요 독자 사진란에 얼굴을 내밀 정도였다. 이미 1924년 무렵부터 다른 매체인 『신소년』을 빌려 누구보다 활발한 투고와 조직활동으로 이름이 알려져 있었던 그로서는 늦은 등장이었던 셈이다.

이들과 나란히 1930년에 들어서면서부터 『어린이』를 빌지 않고 다른 매체를 빌려 활발하게 자라고 있었던 경남·부산 지역의 청년문사들이 기성 자격으로 『어린이』의 지면을 메우기 시작한다. 이미 『별나라』와 『신소년』에서 두드러진 활동을 벌였던 카프작가 엄흥섭이 한 차례 얼굴을 비친 때도 그 무렵이다. 뒤이어 좌파문인으로서 기세를 드높이기 시작했던 강로향 또한 1931년 두 차례에 걸쳐 작품을 올린다. 김대봉도 한 차례 글을 올리고 있다.[29] 이러한 좌파적인 지역문인의 작품

---

28 (전설) 마산 이원수(연령 19세 현직 학생), 「방울꽃 이야기」, 12쪽; (동시) 유천 신고송, 「언니 싀집 가든 날」, 22쪽. (동요) 진주 소용수(연령 23세 현직 학생), 「봄바다」, 45쪽. (전설) 울산 서덕출(연령 23세 현직 동요연구), 「물오리의 내력」, 32~33쪽. (동요) 마산 이원수, 「그림자」·「그네」, 43쪽.

29 엄흥섭, (동요) 「진달래」, 1930.4·5합호. 강로향, (소년수필) 「북국에 봄이 오면」, 1931.2, 60~61쪽; (소년소설) 「영길이」, 1931.12, 74~79쪽. 김대봉, (동시) 「아버지 손을 보고」, 1932.6, 36~37쪽.

게재는『어린이』의 성격 변모와 무관하지 않은 일이다. 1931년 7월호 방정환선생 추도호를 앞뒤로 한 시기『어린이』도 당대 문학사회의 갈등이 내연하고 있는 듯한 변모를 보여 준다.[30]

겉표지 그림에서부터 앞선 시기와 달리 투쟁적인 시대 상황이나 아이들의 고통스런 현실에 대한 기록을 보여 준다. 게다가 1932년의 「노농아동세계대회이야기」나 1932년 6월호의 '소년생활전선특집호'와 같은 기획은 그 무렵『어린이』가 고심했던 방향을 잘 드러낸다.[31] 이원수의 「벌소제-비오는 날의 레포(1)」[32]와 같은 현실성 짙은 작품 게재는 연장선에 놓인다. 그러나 1932년 후반기부터 1934년 정간에 이르기까지 경남·부산 지역 어린이문학인의 모습은『어린이』에서 잘 보이지 않는다. 이미『신소년』·『별나라』와 이념적 경계가 뚜렷해졌을 뿐만 아니라, 편집인 윤석중의 취향 또한 그 못지않게 작용한 것으로 여겨진다. 대신 1930년대 새로운 투고 세대가 고개를 들기 시작한다. 장차 주요한 연극인으로 자라날 통영의 허남기[33]와 민속학자로서 성장해 갈 동래의 최상수[34]가 그들이다.

---

30 1931년 7월 방정환 사후『어린이』는 이정호·신영철이 편집과 경영을 맡았고, 윤석중·최영주도 편집에 관여하여 1934년 정간 때까지 일했다. 이재철은 이 시기를『어린이』변화 과정 가운데서 제4기로 넣고 있다. 이재철, 「아동잡지 어린이 연구」,『신인간』, 신인간사, 1986, 57~59쪽; 천도교청년회중앙본부,『천도교청년회80년사』, 글나무, 2000, 242~243쪽.

31 이 시기『어린이』의 노선에 대한 변화와 고심의 흔적은 「독자담화실」에서 암시받을 수 있다. "조선내에 우리가 밋을 만한 소년잡지 몃 종 이름과 주소"를 알려달라는 독자의 요구에 대하여,『어린이』는 "아마『신소년』과『별나라』이겟지"라 답하고 있다.『별나라』·『신소년』과『어린이』사이의 접근성을 암시한다.『어린이』10권 9호, 1932, 66쪽.

32 『어린이』, 1932.8, 20~21쪽. 이와 함께 1932년 9월호 「사고」에서 볼 수 있는 바 이원수·서덕출의 글에 대한 '불허' 처분은 의미심장하다.

33 (4월호현상당선발표),『어린이』, 1932.5, 29쪽.

34 (독자권유 경쟁 대현상 5월 말일 현재 성적) 1932.6, 54~57쪽; (제6회 애독자 권유 경쟁

이상으로『어린이』를 중심으로 경남·부산 지역 어린이문학 활동을 살펴보았다. 정인섭·손진태와 같은 색동회 회원을 중심으로 한 기성 청년문인과 보통학교나 고등보통학교에 드나들 나이의 소년문사, 두 무리가 함께 활동하고 있었다. 그러나 그 둘 사이의 수직·수평적 연대 는 잘 보이지 않는다. 기성문인보다는 소년문사의 자생적인 투고문단 이 주도적으로『어린이』의 활동을 이끌었다. 이들은『어린이』발간 초 기부터 꾸준하고도 한결같이 경남·부산 지역 어린이문학의 형성에 이바지했다. 1920년대 후반부터 1930년대로 들어서면서 그들 가운데 대다수가 기성문인으로서 얼굴을 새롭게 내밀며 경남·부산 지역의 중심 어린이문학가로 자리를 잡는다. 신고송·서덕출·이원수·이성 홍·박석정·소용수·손길상이 대표 이름이다.

어린이문학계의 좌·우노선 갈등과 고심의 흔적은 드디어 1930년대 들어『어린이』에서도 노골적으로 드러났다. 엄흥섭·강로향과 같은 좌 파 성향 문인의『어린이』드나듦이 그 사실을 잘 말해 준다. 김병호·손 풍산·이주홍과 같은 급진 좌파 어린이문학인의 경우는『어린이』에 끝 내 이름을 올리지 않았다.『신소년』·『별나라』를 이끈다는 집단적·이 념적 대표성이 너무 크게 각인된 까닭일 것이다. 그러나『어린이』는 좌·우나 천도교라는 종교경계에 크게 걸림 없이, 기성문인·습작문인 에 두루 걸치면서 1920~1930년대 경남·부산 지역 어린이문학의 형성 을 돕는 대표적인 기반 매체로서 한결같고도 꾸준한 몫을 다했다.

대현상) 1932, 8·9.

3.『신소년』의 지역 문화 자본력

『신소년』은 1923년 10월에 창간한 어린이잡지다. 1934년 5월호로 그쳤으니 햇수로는 열두 해에 걸친 셈이다.『어린이』와 함께 1920~1930년대 어린이잡지를 대표하는 매체였다. 그러나 이제까지『신소년』에 대한 논의는 계급주의 어린이문학을 내걸었던 잡지라는 막연한 수준에서 크게 나아가지 못했다.[35] 그 까닭은 첫째, 무엇보다『신소년』의 실체를 한자리에서 살필 수 있는 기회가 마련되지 않았던 데 있다. 조금씩 환경이 나아지고 있다고는 하나 아직까지 일별할 수 있는 수준에 이르지 못했다. 둘째,『신소년』의 주도 필진을 이루고 있는 경남·부산 지역 어린이문학인에 대한 이해가 모자랐던 데에도 한 요인이 있다.『신소년』이야말로『별나라』와 함께 지역적 시각에서 살펴야만 됨됨이가 뚜렷이 잡힐 전형적인 매체다. 그리고 그 중심에 경남·부산 지역 어린이문학인이 있다. 한국 근대 어린이문학사에서 그들의 이바지가 빛나는 첫 자리가 바로『신소년』인 셈이다.

---

35 "소파의 색동회가 아동 문화 운동을 시작하자 그에 자극받아 간행되었으며 (…줄임…) 뚜렷한 지향점은 없었으나, 초기에는 강한 일본문학의 영향을 중기에는 소극적인 민족주의와 계급주의적 색채를 절충한 중간적 경향을 띠었으며, 말기에는『별나라』와 함께 적극적인 계급주의 영향을 표방하였다. 이 잡지를 통해 주로 활동한 작가로는 이호성·신명균·맹주천·김석진·마해송·연성흠·고장환·정열모·권환·정지용·이주홍 등이다." 이재철,『세계어린이문학사전』, 계몽사, 1989, 199쪽.

1) 소년 활동의 밀도와 편재성

『신소년』에는 '애독자명부'라는 난이 있다. 지분사(支分社)에 등록된 독자나 정기적으로 책을 위탁 주문해 읽는 독자의 이름이다. 비록 발간 초기 1년 남짓 동안만 밝히고[36] 있으나『신소년』향유층이 터 잡은 바닥을 엿보기에는 모자람이 없다. 거기의 지역별 명단을 보면 20회 울산과 10회 고성, 그리고 9회 동래(부산)가 압도적이다. 그 밖에 진해가 4회, 진주가 3회로 뒤를 잇고 있다. 통영·산청·창원·함안·밀양은 1회씩 이름을 올리고 있다. 이 나머지 경남·부산 지역은 애독자 소재 지역에서 빠진다. 그러나 소년회 활동을 고려하면 미소재 지역 수는 크게 줄어든다.

소년회 활동은 진해·마산·남해·고성·합천이 두 차례, 진주·함양·울산이 한 차례씩 보인다.[37] 거기다 강습소나 사설학교, 또는 밤배움(야학)까지 넣으면 사천·창원·마산·거창·김해·남해의 여섯 곳이 든다.[38] 따라서 소년회 활동을 볼 수 없는 곳은 창녕·의령·양산·하동 네 곳에 지나지 않는다. 여기에다『신소년』지분사 분포를 끌어들이면 소지역 조직활동이 드러나지 않는 곳은 창녕 한 곳뿐이다. 그런데

---

36 1923년 12월부터 1925년 1월호까지 지면에 오르고 있다.

37 둘씩 드러나는 곳은 진해 천성소년회(1924)와 가덕진소년회(1924), 마산 전마산소년소녀단(1926)과 신화소년회(1926), 고성 두포리 창명학회(1924)와 김형두의 광명사(1927), 합천 합천토요회(1926)와 이성홍의 달빛사(1927)가 있다. 진주는 정상규의 새힘사(1930), 남해는 '무산소년문예기관' 횐빛사(1931), 함양은 불교소년회(1926), 울산은 울산소년회(1926)가 한 차례로 그 뒤를 잇고 있다.

38 사천 문진학교(1923년), 창원 대성학교(1924년), 마산 배달학원(1926), 마산 소년독서회(김형윤의 발기, 1925), 거창 남상학교(1926), 김해 송정소년단야학(황대생 책임, 1931년), 남해군 서면 석장리 노동소년학원(1932).

창녕은 경북 현풍지사에서 함께 맡았다. 실제로 경남·부산 지역에서 『신소년』 지분사나 소년 조직 활동이 보이지 않는 소지역은 한 군데도 없다는 결론이다.

게다가 밀도 또한 높다. 지분사 설치로만 본다면 부산이 네 곳,[39] 합천이 세 곳[40]의 빈도를 보인다. 김해·하동·남해[41]는 각각 두 곳에다 지분사를 마련하고 있다. 나머지 창원·산청·함양[42]·밀양[43]·마산·의령·울산[44]·양산은 한 곳으로 뒤를 따른다. 가장 많이 마련한 부산은 동래와 하나로 묶어서 그렇다 하더라도, 서부 경남의 궁벽한 읍인 합천이 세 곳에서 그것도 분사가 아니라 지사를 마련하고 있는 것이 이채롭다. 합천지사와 야로지사 두 곳에서 이성홍이 이름을 올리고 있다. 서울에서 『신소년』 편집을 맡았던 형 이주홍과 함께 형제의 역할이 두드러졌음을 알 수 있다.

앞에서 본 바와 같이 『신소년』의 향유층과 지분사는 경남·부산 소지역 거의 모든 곳에 밀도 높게 깔려 있었다. 이 점은 『어린이』의 활동과는 사뭇 다른 『신소년』의 지역에 대한 영향력과 문학사회 구성력을 엿볼 수 있는 한 터무니다. 두 가지 요인이 이 일을 거들었을 것으로 보인다. 첫째, 천도교 소년회 조직을 중심으로 시작되었던 『어린이』와 달

---

39 부산지사(1924), 사하지사(1931), 하단지사(1934), 명지 동리지사(1934).

40 합천지사(1930), 야로지사(1931), 삼가지사(1932).

41 태산, 녹산 두 곳이다. 1931년 2월에 설치된 김해 녹산지사의 지사장은 김종대다 — 하동읍, 진교읍, 남해읍, 창선.

42 1926년 3월에 설치된 산청·함양지사는 함양 불교소년회에서 복수로 운영하였다.

43 밀양지사는 1931년 1월에 설치되었는데, 1932년 1월에는 박석정이 그 사원으로 발령을 받고 있다.

44 1927년 1월 설치된 울산지사의 지사장은 울산의원장 양봉근이 맡고 있다.

리『신소년』은 처음부터 상업적 어린이잡지로 출발했다는 점이다. 여러 계층, 여러 취향의 소년독자들이 매체에 다가서기가 더욱 쉬웠을 것이다. 둘째, 이주홍이 여섯 해 남짓『신소년』편집을 맡아 일하면서 활용했을 지역의 문화자본력과 무관하지 않은 일로 보인다. 이 점은 그가 왜나라에서 돌아와 관여하기 시작한 1929년 이후 지분사 설치가 더욱 활발하고 빈도가 높아진 데서 엿볼 수 있다.[45]

2) 다양한 진퇴와 지역 연대

『신소년』은『어린이』와 비슷한 시기에 나와 정간도 비슷한 시기에 맞이한 매체다.『신소년』에 글을 실은 경남·부산 지역 어린이문학인 또한『어린이』와 마찬가지로 기성문인과 투고문단의 소년문사로 나누어 살필 수 있다. 기성문인을 대표하는 이는 정인섭·손진태다.『어린이』와 다르지 않은 셈이다. 큰 변화가 없어 보인다. 그런데『신소년』에는『어린이』에서 볼 수 없었던 문인이 새로 오르고 있어 눈길을 끈다. 양봉근과 최현배, 그리고 이극로다.『신소년』을 낸 신명균이나 고정 필자인 정렬모와 가까운 사이라는 개인 연고가 작용한 참여다.

양봉근은 울산에서 병원을 경영한 의사문인이라는 특이한 신분을 지

---

45 아직까지『신소년』의 전모가 다 밝혀져 있지 않은 상황에서 경남·부산 지역『신소년』지분사 분포도와 그 추이 과정을 단순화시키는 것은 위험한 일이다. 하지만 현재까지 드러나고 있는 정황으로만 미루어 볼 때, 지분사 설치에 있어서 이주홍이 편집을 맡기 시작한 1929년을 경계로 해서 앞 시기에는 여덟 곳―부산·사하·하단·명지·김해 태산·산청(함양)·창원·울산에, 그 뒤 시기에는 열다섯 곳―합천·합천 야로·삼가·하동 진교·진주 문산·밀양·김해 녹산·남해 창선·함안 연포·삼천포·남해·의령·양산·함안·하동에 지분사를 설치하고 있어 그 개연성이 높다.

넜다. 창작 영역 활동은 잘 보이지 않지만, 어린이의 위생 환경 개선을 겨냥한 여러 계몽적인 글을 남기고 있다.[46] 소년회 조직이 활발했던 이웃 언양 쪽의 소년문사들과 고리 지어진 징후는 아직 찾아볼 수 없다. 『신소년』의 운영진과 친분 관계가 각별했다.[47] 검열로 삭제되긴 했어도 울산 최현배도 한 차례 얼굴을 내밀고 있다.[48] 그 또한 지역 소년 조직과는 거리가 있어 보인다. 『어린이』의 경우와 마찬가지로 1920년대~1930년대 경남·부산의 기성문인은 당대 지역의 투고문단과 수직·수평적 연결 고리가 없이 엘리트 필진으로 남아 있었던 셈이다. 그리고 그들은 『신소년』의 됨됨이가 좌파 기풍을 떨치기 시작했던 1928년부터는 작품을 내놓지 않는다.[49] 이극로만이 얼굴을 내비치고 있다.[50]

특이한 경우는 권환이다. 이제까지 시인·평론가로 알려져 있었던 권환은 이미 『신소년』 발간 초기인 1925년에 소년소설 「어머니」를 기성문인 자격으로 발표하고 있다.[51] 그 뒤 『신소년』을 빌린 어린이문학 활동 또한 매우 활발한 쪽이다.[52] 또래 집단이 꾸준히 습작 활동을 할

---

46 양봉근, 「소년위생강화」, 1926.8, 13~16쪽; 「소년위생강화」, 1926.12, 42~45쪽; (소년위생여화) 「회충니약이」, 1926.1, 17~19쪽; (전쟁미담) 「너의 어머니」, 1927.4, 26~29쪽.

47 정렬모에 따르면, 『신소년』 발행인 신명균과 양봉근은 학연을 같이하는 것으로 보인다. '작년부터 "놀러 오란 부탁"을 할 정도였다. 따라서 1926년 8월 2일부터 정렬모와 신명균은 남쪽 여행길에 나서 경주를 둘러보고 떠날 때, 병영에 있는 '친우' 최현배를 만나려 하다 울산으로 바로 들어가 울산병원상 양봉근을 만난다. 그리고 거기서 보름간 '조선어강습회'를 하면서 머문다. 정렬모, 「남선여행긔(1)」, 1926.11, 62~66쪽; 「남선여행긔(2)」, 1926.12, 29~66쪽; 「남선여행긔(3)」, 1927.1, 29~32쪽.

48 최현배, 「조선과 소년」, 『신소년』, 1928.8·9, 27쪽(6매 삭제).

49 정인섭과 손진태는 나란히 1928년 무렵부터 『신소년』에 글을 올리지 않았다.

50 이극로, (소년에 대한 바람) 「극단으로 하라」, 『신소년』, 1930.1, 22쪽.

51 권 환, 「아버지」, 『신소년』 7월호, 신소년사, 1925, 39~46쪽. 따라서 이 작품이 권환의 첫 발표작품이자 등단작으로 알려져 왔다.

52 (소년소설) 「아버지」(1회), 1925.7, 39~46쪽; (소년소설) 「아버지」(2회), 1925.8, 36~41

무렵 그는 이미 기성문사로 대접을 받고 있었던 셈이다. 그런데 비록 어린이 매체가 아니지만 권환은 이미 1924년 『조선문단』에 소설을 투고해 이광수의 손을 거친 입상 경력을 지니고 있다.[53] 따라서 권환 또한 기성문인이라고는 하나 짧은 시기 투고문단을 빌린 습작 경험을 거쳤음을 알 수 있다.

기성문인에 견주어 『신소년』의 투고문단은 매우 활발하였다. 『어린이』를 중심으로 활동하던 이성홍·이원수·신고송·서덕출·소용수·박석정과 같은 소년문사뿐 아니라, 새롭게 마산 김형윤·고성 김재홍·김형두와 같은 이가 『신소년』의 독자마당에 심심찮게 얼굴을 내밀고 있다. 『신소년』 발간 초기 3년을 잣대로 살펴보면 신고송이 19회,[54] 이성홍이 13회,[55] 이원수[56]·소용수[57]·서덕출[58]이 6회, 박석

쪽; (소년소설) 「아버지」(3회), 1925.9, 31~37쪽; (단편소설) 「강제의 꿈」, 1925.10, 38~42쪽; (동화) 「세상구경」, 1925.11, 32~36쪽; (소년소설) 「언밥」, 1925.12, 25~32쪽; (소년소설) 「마지막의 우슴」, 1926.2, 50~53쪽; (소설) 「마지막의 우슴」(2회), 1926.3, 27~30쪽; (소년소설) 「마지막의 우슴」(3회), 1926.4, 43~45.

53 이즈음 글쓴이가 조사한 바에 따른다. 권환의 첫 발표 작품은 소년소설 「아버지」가 아니라 이광수가 심사평을 붙여 『조선문단』(1924.12)에 내놓은 소설 「아즈매의 사(死)」다. 이 작품으로 권환의 투고문단 활동을 알 수 있으며, 권환의 첫 발표 작품의 햇수도 1925년에서 한 해가 당겨진다.

54 1924년 3월 (독자문단) 동요부 「선외가작」 신고송, 신말찬 2회, 작문부 「선외가작」 신말찬, 신고송 2회, (애독자 명부) 2회, 모두 6회. 이런 사정은 5회에 걸친 이원수도 비슷하다. 1924년 5월호 (독자문예) 선외가작 신말찬 이름으로 3회, (독자통신) 1회, (그림맞쳐내기발표) 1회, 모두 5회. 1924년 5월호 (독자문예) 동요 선외가작 1회, 동화 선외가작 1회, (자유화 발표) 1회, 모두 3회. 1924년 7월호 (독자문단) 동요부 선외가작, 작문 선외가작, 동화 선외가작, 그림그리기 3등, 모두 4회. 1925년 1월호 (상식시험발표) 1회.

55 (독자문단) 「잠자는 동생」 첫 발표, 1924.3; (독자문예) 작문 상 「아버지의 고심」, 1924.4, 49~50쪽; (독자문단) 동요 선외가작 1회, 작문 선외가작 1회, 동화 선외가작 1회, 모두 3회, 1924.6, 48쪽; (독자문단) 「댕기」, (在來) 「소년악대」 「강변에」, 1925.9, 53쪽; (독자문단) 선외가작 「갓지 안은 사람」, 1925.9, 59쪽; (독자문단) 동요 「시집사리」(在來), 1925.10, 62쪽; (독자문단) 동요 선외가작, 1925.11, 56쪽; (독자문단) 작문 선외가작,

정⁵⁹이 1회의 투고를 보여 준다. 『어린이』보다 훨씬 왕성했던 활동을 엿볼 수 있다. 아래에 올린 「봄이 오면」은 이원수의 첫 발표 작품이다. 흔히 알려져 있는 「고향의 봄」보다 두 해 먼저 나왔다.

나는 나는 봄이 오면

벼들까지 썩거다가

필이 내여 입에 물고

라래라래 자미 잇서

나는 나는 봄이 오면

진달래와 개나리로

금강산을 꾸며 놋코

손쑵작난 자미 잇서

나는 나는 봄이 오면

1925.11, 60쪽; (동요) 선외가작 「목동」, 1926.6, 30쪽; (작문) 「녹음」, 1926.6; (동요) 「개고리」, 1926.7, 62쪽; (작문) 「하휴를 맞난 동무들」, 1926.11, 71쪽.

56 (선외가작) 동요부 2회, 작문부 2회, (애독자 명부) 1회, 모두 5회, 1924.3; (독자문예) 동요 상 「봄이 오면」, 1924.4, 47쪽; (동요) 「외로운밤」, 1926.8, 61쪽.

57 (독자문예) 선외가작, 1924.5, 56쪽; (독자문단) 선외가작, 1924.6, 49쪽; 선외가작, 1925.7, 60쪽; (독자문단) 동요 선외가작; (독자문단) 선외가작 「보리타작」, 1926.8, 54~55쪽; 「월야의 포구」, 1926.8, 71쪽.

58 투고작품 「봉선화」, 1925.7, 59~60쪽; (독자문단) 동요 선외가작 「별·비」와 작문 선외가작 「여름의 저녁」, 1925.8, 60쪽; 「구즌비」, 「달」, 1925.9, 54~55쪽; (독자문단) 선외가작 「서늘한 月夜」, 1925.9, 59쪽; (독자문단) 선외가작, 1925.10, 63쪽.

59 (독자문단) (동요) 「나의 동생」, 『신소년』, 1925.9, 53쪽. 열네 살 밀양공립보통학교 재학 시 첫 작품이다.

수양버들 밋혜 안저

쌔쏠 쌔쏠 우는 새의

소리 듯기 자미 잇서

　　　　　　　　　　—이원수, 「봄이 오면」[60]

　김재홍은 특이한 경우다. 1924년부터 『신소년』에 투고를 시작하여 1926년까지 26회[61]나 작품과 이름을 올리고 있다. 이 무렵 경남·부산 지역 소년문사로서는 가장 빈번하다. 김형두는 1926년까지 세 차례 이름을 올렸다.[62] 『신소년』은 초기부터 『어린이』와는 뚜렷하게 나뉠 정

60　『신소년』, 1924.4, 47쪽. 그런데 이 작품은 다른 이의 작품을 표절한 것이라 시인이 밝힌 바 있다. 그런 점에서 첫 발표작이라 할 수 없다. 다만 그의 습작기 동향을 일러 주는 한 본보기다.

61　(독자문예) 작문 상 「우리 신소년형님들에게」, 1924.4, 48쪽; (독자문예) 동요 상 〈초생달〉, 1924.5, 56쪽; (독자문단) 동요부 선외가작, 1924.7; 작문 상 「우리의 전정」, 1924.7; (독자문단) 동화 게재, 1924.8, 60쪽; 가작, 1924.8, 60쪽); (독자명부) 1925.1; (독자문예) 동요 「고흔ㅅ곳」, 1925.4, 51쪽; (작문) 선외가작, 1925.4, 56쪽; 선외가작, 1925.7, 60쪽; (독자문단) 「고대하든 감우」, 1925.8, 57쪽; (동요) 「씨누와 올키」, 1925.8, 53쪽; (선외가작) 1925.8, 「왕거미줄」, 55~60쪽; 「족기자랑」(在來), 1925.9, 53~54쪽; (독자문단) 작문 상 「귀성하신 벗들에게」, 1925.9, 55~56쪽; (독자문단) 동요 선외가작, 1925.11, 56쪽; 작문 상 「灯火를 可親할 가을이 왓다」, 1925.11, 56쪽; (독자문단) 동요 선외가작 「동량왓소」, 1925.12, 64쪽; 작문 선외가작 「사랑하는 鍾山형의게」, 1925.12, 68쪽; (독자문단) 동요 「초ㅅ불」, 1926.2, 28쪽; (독자문단) 작문 가작, 1926.2, 68쪽; (담화실) 1926.4; (동요) 선외가작, 1926.6, 30쪽; (소년시) 「은구슬」, 1926.6, 30~31쪽; 「벽국새」, 1926.7, 63쪽; (동요) 「반듸불」, 1926.8, 62쪽.

62　(통신) 1925.8, 52쪽; (독자문단) 작문 선외가작 「보리타작」, 1925.9, 54~55쪽; (2월현상 당선발표) 1926.4, 57쪽. 김형두는 진주농림학교 재학 시인 1927년 4월호에도 입선동요 「비비새」를 실으면서 활동을 거듭했다. 경남 고성 삼산면 출신으로 1919년생이다. 1930년 진주공립농업학교서 광주학생의거로 학교를 퇴학당하고 일본대학에서 수학하였다. 귀국 뒤 오래 신문기자 생활을 거쳤는데, 1947년 9월 부산에서 『수산신문』을 일간 『산업신문』으로 고쳐 냈다. 현 『국제신문』의 전신이다. 1957년에는 『국제신문』 사장에 올랐다. 수필집으로 『내가 본 세계』(국제신문사 출판부, 1959)가 있다.

도로 많은 경남·부산의 소년문사들이 참여했다. 이런 흐름은 1927년을 거치고 1930년에 이르기까지 거듭한다. 합천 정기주[63]는 그사이 새롭게 투고를 시작한 이다.

그러므로 1927년 8월호『신소년』은 당대 경남·부산 지역 어린이문학의 위상을 잘 볼 수 있게 한다. 곧 권환이 앞서고 서덕출·이성홍·정기주·김형두와 같은 뒷날 문인으로 자란 사람뿐 아니라, 무명의 소년문사로 이름을 올리고 있는 이들이 넓게 포진했다. 글의 무게와 관계없이 살피면 모두 69회에 걸친 가운데서 경남·부산 지역 글쓴이의 글이 23회에 이른다.[64] 33%나 차지했다. 이러한 경남·부산 지역문인의 높은 비중은 1928년 5월「배암색기의 무도」로 등단한[65] 이주홍이『신소년』편집을 맡게 된 1929년부터 더욱 높아진다. 이주홍의 편집권과 활약이 두드러지게 커졌다. 1930년 3월호『신소년』은 그 좋은 본보기가 될 만하다. 그는 표지에서부터 모두 여섯 차례나 해당 호에 이름을 올렸다.[66]

---

63 1927년 3월호 입선동요「새보기」가 첫 발표 작품이다.

64 (笑科大學)「전봇대에 웃을 부쳐」, 2학년 진주 강갑출, 28~19쪽;「원통으로」, 2학년 부산 김삼룡, 29쪽; (신시) 권경완,「지도에 업는 아버지」, 33~34쪽; 권경완「웨 어른이 안 되어요」, 35쪽; 권경완,「안 무서워요?」, 36쪽; (동화) 권경완,「카라(襟)」, 40~43쪽; (현상 서한문)「友人에 사진을 与함」, 울산 박영명, 49~50쪽; (소년시) 의령 이영희,「석류꽂」, 59~60쪽; (담화실) 일보교생,「울산 박영명군」, 62~63쪽; (작문) 의령 김장언,「일기문」, 64쪽; 동래 강중규,「喜雨」, 65~66쪽; 울산 서덕줄,「夢中의 甘雨」, 73~74쪽; 합천 이성홍,「어머니 뵈고 십허」, 74~75쪽; (동요) 동래 강중규,「짜는 베」, 65쪽; 합천 정기주,「할미꽃」, 66쪽; 이성홍,「동무생각」, 67쪽; 울산 서덕출,「비」, 68쪽; 고성 김형두,「톡기」, 70쪽; 울산 이인호,「해바래기」, 74쪽; 언양 신동업,「모긔」, 74쪽; (애독자사진) 고성읍 교사리 김형두, 울산읍 학산동 서덕출(19세), 울산시 학산동 박영명(15세).

65 이와 관련된 전후 사정은 아래 글을 참조 바란다. 박태일,「이주홍의 초기 어린이문학과『신소년』」,『현대문학이론연구』18집, 현대문학이론학회, 2002;「이주홍의 등단작 시비에 관하여」,『인문논총』16집, 경남대 인문과학연구소, 2003.

66 (표지) 이주홍「박쥐」; (동요)「봄날」, 1쪽;「풀각시」, 3쪽; (아동극)「팔밧」 '전문발매 부

이후 경남·부산 지역 좌파 어린이문학인의 다수가 기성 자격으로 『신소년』의 주요 필진으로 들어서기 시작한다. 엄홍섭[67]과 정상규의 동화 추천[68]을 시작으로 1930년 2월에는 하동의 김병호가 『신소년』에 작품을 싣기 시작했다. 신문 투고가 잦았던 통영 탁상수도 예외가 아니다.[69] 오래 소년문사로 활동했던 고성 김재홍도 드디어 기성대우로 동요 「겨울 밤비」를 내놓고 있다. 이어 합천 손풍산·마산 이구월·함안 양우정이 잇달아 『신소년』을 다채롭게 메우며 눈부신 활동을 펼쳐 나갔다. 그런 모습을 한 차례 묶어서 보여 준 자리가 1930년 6월호 『신소년』이다. 곳곳에 경남·부산 지역 기성문인과 소년문사가 나란히 자리를 차지했다.[70] 소년문사로 이름이 알려졌던 진주의 손길상·이재표,[71] 남해 박대영[72]도 의젓이 기성 대접을 받고 있다. 하동의 강로향 또한 『신소년』의 주요 필진으로 자리 잡아가고 있었던 무렵이다.[73]

드기한사정으로 약합니다'; (아프리카 동화) 「눈먼호랑이」, 10~11쪽; (소설) 「북행열차」, 1930.6, 29~34쪽.

67 (소년시) 「소년행진곡」, 『신소년』, 1929.7·8, 24쪽.

68 정상규, 「죽인 고양이」, 『신소년』, 1929.7·8, 40쪽.

69 탁상수, 「곤불아」, 1930.7, 12~15쪽; (소년시) 「어머님! 아버지는 웨?」, 1930.8, 4~5쪽; (동요) 「목간집 굴ㅅ둑」, 1930.10·11, 21쪽.

70 (7월호 한권씩을 가집시다!) 마산 채삼규 부산 정모일 의령 송우시 창녕 이기영 부산 이일수 함양 이문금 함안 조운구 울산 하도순 함안 천차수; (유년동요) 엄홍섭, 「녀름밤」 이주홍 화, 1쪽; (동요) 양우정, 「망아지」, 7쪽; (소설) 이주홍, 「잉어와 윤첨지」, 8~13쪽; (수필) 양우정, 「풀밧헤 누어서」, 16~17쪽; (소년시) 이성홍, 「먹방 속의 부자(父子)」, 23~25쪽; (동요) 이구월, 「미워미워 영감보」, 34쪽; (동요 6월)새힘사 손길상, 「떠나는 아희의 노래」, 48쪽; (물리독물) 김병호, 「동물계의 일치(2)」, 36~37쪽; (이과) 이주홍, 「맴이와 금붕어」, 42~43쪽; (독자담화실) 진주 손길상, 「이주홍……」, 53쪽; (사고) 명칭 : 『신소년』덕포지사, 위치 : 사상역전 덕포리 714 구역 사상면, 일원 : 사원-지사장 황성민, 임원-김성덕 이치봉 김석근 서정식 종호 김종호 김상묵 이유홍 외 5인, 54쪽.

71 1930.10·11.

72 1931년 2월부터 동요(44쪽)를 싣고 있다.

그리고 1931년 앞뒤 시기부터는 투고문단을 거친 흔적이 잘 보이지 않는 한 무리의 새로운 경남·부산 지역문인이 나타나기 시작한다. 진주 김성봉과 김해 황대생·김종대, 마산의 강호, 부산 사하 윤차룡이 그들이다.[74] 이들 가운데 김성봉과 강호는 어린이문학에 더 다가서지는 않았지만 주요한 지역문인 가운데 한 사람으로 많은 활동을 벌였다. 이들의 등장과 함께 카프 안쪽의 격화한 세대·이념 대립을 방불하게 하는 불화가 지역 안쪽의 청소년문사 사이에서 감지되기도 한다.[75] 이어서 1920년대 후반부터 1930년대 초반까지 활발하게 매체 활동을 벌였던『신소년』의 주요 필진 김병호·이구월·손풍산·이주홍과 같은 이의 활동이 빠르게 퇴조하고 있다.[76]

이들은 하나같이 1931년에 들어서면서 작품 활동을 줄였다. 보통학교 교사로 일하고 있었던 김병호·이구월 경우는 이른바 조선총독부

---

73 강로향, (동요)「쉬는 기계 돌려라」, 1931.1, 24쪽; (소년소설)「농촌의 황혼」, 1931.1, 31~33쪽.

74 김성봉, (소년소설)「푸른 모자」, 1930.10·11, 24~29쪽; 황대생, (동요)「병드는 농사」, 1931.2, 6쪽; (야학소개)「김해송정소년단야학(金海松亭少年団夜学)」, 47~48쪽; 강호, 「표지 그림」, 1931.3; 김종대, (소년시)「울지 마러라」, 1931.4, 42쪽; 윤차룡, (수필)「그리운 동무」, 1931.5, 8~9쪽.

75 『신소년』 6월호에 실린 박대영의 「노동야학교의 노래」가 실상은 "노동자의 학교가 아닌" "모보습학교를" 거짓으로 그린 것이라 한 신랄한 비판에서 그 징후를 엿볼 수 있다. 남해지사 김철하, (자유논단)「작품과 작가」, 『신소년』, 1932.8, 38~40쪽.

76 그들 활동의 결정판은 '푸로레타리아동요집'『불별』(중앙인서관, 1931.3)의 간행이었다. 모두 여덟 사람의 동요에, 네 명의 삽화, 그리고 세 사람의 곡으로 이루어진 동요집이다. 동요를 지은 여덟 사람 가운데 박세영을 제쳐 둔 일곱 사람이 경남·부산 지역문학인이다. 삽화를 그린 네 명 가운데 정하보를 제쳐 둔 세 사람이 경남·부산 지역문학인이다. 그리고 곡을 붙인 세 사람 가운데 두 사람이 또한 경남·부산 예술인이다. 1930년을 전후한 시기 계급주의 어린이문학에 나타나고 있는 경남·부산 지역문학의 압도적인 역할과 비중을 짐작하게 한다. 『불별』은 이즈음 발굴, 소개가 이루어졌다. 「지역문학 발굴자료『불별』(1931)」, 『지역문학연구』 8호, 경남·부산 지역문학회, 2003.

의 감시감독이 누구보다 직접적으로 압박했을 것이다. 손풍산은 학교를 이미 떠난 뒤였다. 이주홍은 대대적인 카프 1차 검거가 있었던 1931년 10월부터 몸을 피해 고향으로 내려갔던 것으로 보인다.[77] 그리하여 1932년 11월부터 다시 돌아와 죽 정간까지 『신소년』과 함께했다. 이러한 변화를 겪으면서 『신소년』은 서울을 중심으로 활동했던 이주홍과 가까이 엄흥섭의 주도 활동 장소가 되었다. 함안의 이원수만이 틈틈이 지면을 메웠다. 그러나 전반적으로 『신소년』에서 경남·부산 지역 어린이문학의 위상은 줄어드는 형국이다.[78] 그런 속에서 남대우가 『신소년』에서도 화려한 등단 절차를 거침으로써,[79] 장차 매체 환경이 급격히 나빠졌던 1930대 중반 이후에도 활발할 그의 모습을 예시하였다.

살펴본 바와 같이 『신소년』은 경남·부산 어린이문학의 형성과 발전에 결정적인 이바지를 한 매체다. 초기에는 기성문인의 참여가 드물지 않게 이루어졌다. 울산의 의사 양봉근과 같이 특이한 이력의 작가도 선을 보였다. 전반적으로 『신소년』을 중심으로 삼은 초기 기성문인의 활동은 발간주체와 개인 연고에 걸린 것이어서, 지역의 투고문단과는 수

---

77 이제까지 잘 알려지지 않은 사실이다. 그러나 홍구에 따르면 그 무렵 사정을 짐작하게 한다. "그러나 여기서 이처지지 안는(현재 활동을 하지 안는) 분들이 잇다. (…줄임…) 「동심으로부터」라는 글로 한참 물의를 일으키든 신고송 군 동요작가인 이구월 군 신소년 편집으로 한참 재능을 보이든 이주홍 군 동요작가이며 평론가인 김병호 군 이분들은 지금은 조금도 활약을 안하야 준다. 좀 더 성의 잇고 자각 잇는 어린이문학 작가들의 배출을 기둘리며 아동문화에 대하야 좀 더 유의하며 연구하야 주기를 기둘른다." 이 무렵 이주홍은 합천에서 『무산소년』이라는 책을 낼 계획이 있었던 듯하나 나오지는 않은 것으로 보인다. 홍구, 「어린이문학 작가의 프로필」, 『신소년』, 1932.8, 28~29쪽.

78 『신소년』의 전반적인 출판 환경의 악화와 관련이 있는 일이다. 본보기로 1933년의 10월·11월·12월 세 달 동안 『신소년』을 내지 못한 경우도 있다.

79 남대우, 「신소년 3월호 동요를 읽은 뒤의 감상」, 1934.4·5, 26~27쪽; (추천동화) 「염소와 토기」, 49~52쪽; (동요) 「깜박!」, 56쪽.

직·수평 연대가 보이지 않는다. 그러나『신소년』지분사나 소년회 조직의 빈도와 밀도는 매우 높았다. 경남·부산의 거의 모든 지역에 걸쳐 활발한 활동이 감지된다. 1929년에 들어서서 이주홍의『신소년』편집 관여는 그러한 양상에 기름을 끼얹은 형국이다. 그의 문화자본력을 중심으로 경남·부산 지역문학인의 비중은 급속하게 높아졌으며, 그들을 빌려 좌파 매체로서『신소년』의 역량과 특성은 뚜렷해졌다. 새로운 필진의 진입과 새로운 소년문사의 등장도 그로부터 가능한 일이었다.

비록 들쭉날쭉했지만『신소년』의 처음부터 끝까지 경남·부산 지역 어린이문학인의 역할은 매우 컸다.『어린이』와 달리 필진의 출퇴가 잦은 특징도 보인다.『어린이』와 필진 넘나듦이 두드러지나,『신소년』에만 글을 실었던 문인이 더 많았다. 이런 점이『신소년』이 지녔던 지역 연고와 이주홍으로 대표되는 경남·부산 지역 어린이문학인의 문화자본력을 새삼스럽게 보여 주는 일이다.『신소년』이야말로 좌·우에 관계없이 경남·부산 지역 어린이문학의 제도화 매체로서 결정적이고도 다채로운 몫을 다해 주었던 셈이다.

4.『별나라』의 매체 투쟁과 응집력

『별나라』는『어린이』·『신소년』보다 세 해 늦은 1926년 6월에 창간한 아동잡지다. 3월 창간한『아이생활』보다는 석 달 늦게 나왔다.

1935년 1·2월합호까지 나왔으니 햇수로 10년에 걸친다. 창간 당시 편집 동인은 안준식·김도인·양고봉·염근수·최병화·최희명과 같은 이였다. 사장은 안준식이 맡았다. 그런데 『별나라』가 처음부터 '무산소년소녀'를 위한 계급주의 아동 매체로서 됨됨이를 분명히 한 것은 아니다. 『별나라』의 노선이 굳어지게 된 때는 1928년을 앞뒤로 한 시기로 보인다.[80] 박세영·송영·임화가 차례로 편집에 뛰어들고, 장차 엄흥섭이 거기에 가세를 결심할 시기였다.

따라서 논조와 작풍이 격렬해진 『별나라』는 1928년과 1929년 두 해사이에 여섯 번이나 나오지 못하는 수난을 겪기에 이른다.[81] 산술적으로 보면 월간 『별나라』는 1935년 1·2월합호로 정간될 때까지 104권이 나왔어야 했다. 그런데 통권 80호밖에 나오지 않았다. 꾸준하게 이어졌을 출판 안밖의 어려웠을 사정을 짐작하게 한다. 현재까지 그 실물 확인이 가장 어려운 매체로 『별나라』가 남게 된 것도 뜻밖은 아닌 셈이다. 그러한 『별나라』의 수난과 고초는 고스란히 경남·부산 지역 어린이문학인의 것과 나란했다는 점에서 『신소년』과는 또 다른 의의를 찾을 수 있다.

---

80 엄흥섭에 따르면, 『별나라』는 1926년 창간에서 1935년 정간까지 모두 3기로 나누어서 볼 수 있다. 1926년 창간부터 1927년 7월까지 '계몽기', 1927년 8월부터 1932년 6월까지 '목적의식기', 그리고 1932년 7월부터 정간까지가 '투쟁기'다. 목적의식기 앞쪽은 송영이 『별나라』의 편집을 맡았고, 박세영은 1927년 11월부터 편집을 맡았다. 그러면서 『별나라』는 점점 "무산아동의 튼튼한 진영 속으로 들어가게" 되었다. 엄흥섭, 「별나라의 거러온 길―별나라약사」, 『별나라』 해방속간 1호, 1945, 8~10쪽.

81 편집실, 「별나라는 이러케 컷다―별나라 5년 약사」, 『별나라』, 1931.6, 6쪽.

1) 중층적 소년 조직의 열의

『별나라』는 정간이 잦았다. 출판 환경이 다른 매체에 견주어 더욱 어려웠을 것임을 짐작하게 한다. 그러한 수난과 어려움에 반비례하여 『별나라』 독자층은 급격하게 나라 안밖으로 넓혀져 나갔다. 『별나라』 쪽 통계에 따르면 1931년 6월 현재 독자는 267명[82]에 지나지 않았다. 그랬던 것이 1932년 1월호에는 10,371명으로 는다.[83] 카프 소장파와 기득권층 사이의 노선 다툼과 알력이 심했던 시기다. 문학 바깥 정세도 어려웠던 때다. 그런 가운데서 1년 뒤인 1933년 8월에 이르러서는 구독자가 1만 1천 명까지 이르렀다.[84] 이 통계를 그대로 받아들인다면, 2년 2월 남짓한 기간 만에 『별나라』는 구독자가 거의 네 배로 늘어났다는 뜻이다. 대단한 발전과 호응이라 아니 할 수 없다.

지역별로 살피면 1932년 1월 현재 평안도와 함경도 지역의 독자가 압도적이다. 이어서 전남·전북을 아우른 호남 지역이 뒤를 잇고, 경남·부산을 포함한 영남 지역이 그 뒤를 따른다. 도별로 보면 경남·부산이 488명의 독자를 확보한 것으로 드러난다. 따라서 경남·부산 지역이 독자층이나 『별나라』의 보급에 있어 중심 장소는 아니었다.[85] 게

---

82 「별나라는 이러케 컷다―별나라 5년 약사」, 1931. 6, 6쪽. "별나라를 처음부터 지금까지 '짜어놋튼이'는 안준식, 김도인, 최병화, 박세영, 임화, 송영, 염근수, 엄흥섭."

83 (꼼꼼이신문) 「별나라에 나타난 각지방소년계발상황」, 『별나라』, 1932. 1, 42쪽.

84 1933년 8월호 『별나라』 '독자의 물음'에 대한 별나라사 쪽의 답변에 따른다. "서울에만 애독자가 1천 명, 지방에 1만 명이올시다"라 하고 있다. 말하자면 1만 1천 명쯤 된다는 뜻이다. 『별나라』, 1933. 8, 39쪽.

85 『별나라』의 기록에 따르면 경남의 개인 독자 수는 147명, 지분사에 나타난 독자 수는 181명, 서점위탁판매소에 나타난 독자 수는 160명이다. 구독자 총 10,371명을 도별 통계에 따라 적으면 아래와 같다. 경기 2,133명, 함남 1,469명, 함북 1,133명, 평남 611명, 평북

다가 소년회 조직 활동도 『별나라』에서는 그 기미를 쉬 볼 수 없다. 무산소년 문예활동의 뿌리가 깊었던 진주의 새힘사와 남해의 남해소년문예사가 얼굴을 내밀고 있을 따름이다.[86] 그렇다고 해서 『별나라』의 소년 조직 활동이 엷었던 것은 아니었을 것이다. 이 점은 『별나라』의 지분사 설치와 묶어서 생각해 보면 쉽게 알 수 있다.

『별나라』의 경남·부산 지역 지분사는 모두 열네 개가 확인된다.[87] 구독자 수나 소지역의 위상 변화에 따라 지분사가 꾸준히 설립했다 사라졌다 하지만, 열네 곳 지사가 설립된 소지역은 모두 『신소년』의 지분사가 있는 곳이라는 데 눈길을 줄 필요가 있다. 거기다 합천 지역에서 보는 바와 같이 『신소년』 지분사와 『별나라』 지분사의 장이나 기자가 겹치는 경우까지 있다. 말하자면 『별나라』는 『신소년』과 동일한 구성원이거나 비슷한 지역 분포를 가지고 향유층이 이루어졌음을 알 수 있다.[88] 따라서 겉으로 드러난 지분사의 이름만 가지고서 『별나라』를 중심으로 한 소년조직 활동이 열세였다고 말할 수 없다.[89] 『별나라』는 지

661명, 황해 495명, 전남 1,118명, 전북 633명, 경남 488명, 경북 420명, 강원 292명, 만주 292명, 일본 210명, 충남 71명, 충북 5명, 미국 25명, 쿠바 15명, 기타 3백 명이다. (꼼꼼이신문) 「별나라에 나타난 각지방소년계발상황」, 『별나라』, 1932.1, 40~42쪽.

86 새힘사 정상규, 「봄의 찬미」, 1929.2, 60쪽; 남해소년문예사 정윤환, (동요) 「여름밤」, 1930.7.

87 죄 들어 보면 아래와 같다. 괄호 안은 설치 사고나 이동 사고가 난 해와 달이다. 울산지사(1926.7, 병영), 울산지사(1934.4, 목도); 함양분사(1927.4), 함양지사(1934.2); 합천분사(1927.6, 분사장 이성홍), 가회분사(1932.7), 합천지사(1935.2), 삼가지사(1934.4); 고성지사(1927.6); 남해지사(1930.6), 남해 별나라분사(1931.6, 사무원 겸 서면 주재기자 박대영); 의령지사(1930.11); 김해 녹산지사(1932.2·3), 부산 동래지사(1933.8, 지사장 박문하, 칠산동 319-1); 하동지사(1943.2, 기자 남대우 1934.12(사임)).

88 합천의 경우가 대표적이다. 『신소년』(합천·야로·삼가)과 마찬가지로 읍과 삼가(가회·삼가) 지역에 셋이나 지분사를 두고 있다.

89 『별나라』에서도 소극적이긴 했으나 「현상당선자발표」가 있었다. 따라서 그 명단의 지

역 안쪽 향유층의 수에서는 많지 않았지만 열성적인 중층적 활동을 짐작하게 한다.

2) 지역적·이념적 배타성과 연고문학

『별나라』는 출발부터 무산소년 활동을 염두에 두고 마련한 매체는 아니었다. 그럼에도 이른바 기성의 엘리트 어린이문학인이라고 불릴 만한 인물, 곧 색동회 회원의 진입은 닫혀 있다. 경남·부산 지역으로 보자면 손진태·정인섭에다 이은상과 같은 이다. 그들의 이름은 『별나라』에서 한 차례도 찾을 수 없다. 이런 점은 주요한·최남선·김억까지 『별나라』에 글을 올리고 있는 일로 보아 이례적인 경우다. 초기 편집인과 그를 둘러싼 주도 필진이 서울·평안도 출신이라는 지역적 태생의 차이, 세대 차이가 어느 정도 작용한 것으로 보인다. 거기다 『별나라』의 이념 노선이 분명해지면서 다양한 문학인의 진입 장벽은 더욱 두터워졌을 것이다.

이에 견주어 보면 앞선 시기부터 『어린이』, 『신소년』과 같은 여러 매체의 투고문단에서 활발하게 활동하고 있었던 소년문사의 이름은 창간 삼 년 동안 한결같이 빠지지 않는다. 곧 서덕출[90]·이성홍[91]·신고

역적 분포나 응모율을 빌려 『별나라』의 향유층에 대한 소지역적 통계를 이끌어 낼 수 있겠다. 그런데 『별나라』 경우는 조사 결과 경남·부산 지역 응모 당선자가 많지 않다. 창간 당시 1927년 7월에서 1929년 6월까지 3년에 걸친 당선자 명단은 부산·울산·마산·함양·거제·김해에 걸쳐 1~5차례에 지나지 않는다. 다만 그 기간 고성에서 47회나 잦은 당선자를 내고 있는데, 이는 한두 차례의 투고가 급격히 많아져 말미암은 것으로 통계로서는 뜻이 없다.

90 (창작동요) 울산 서여송(徐旅松) 「쎗난별이요」, 1927.6, 78쪽; (독자사진 대모집), 1927.6;

송[92] · 남대우[93] · 정상규[94] · 김형두[95]가 그들이다. 특히 신고송은 여러 투고 활동 끝에 1927년 2월에는 『별나라』에서 동요 추천을 받아 드디어 기성 대접을 받기에 이른다. 이들에 대한 진입 장벽은 높지 않았던 셈이다. 따라서 소년문사와 달리 초기 경남 · 부산 지역 어린이문학 기성문인의 집필 활동을 『별나라』에서 볼 수 없다는 사실은 세대이건 이념이건 『별나라』가 지닌 변별점을 새삼스럽게 짐작하게 한다.

그렇다고 『별나라』가 카프의 공식 기관지였다는 확증은 보이지 않는다. 카프 안쪽에 어린이문학 분과를 명시적으로 밝힌 것도 아니다. 그리고 카프의 변모 과정에서 계급주의 어린이문학은 소장파의 주도권 확보나 세대교체 욕구와 맞물려 있었다. 누구보다 카프 안쪽의 쇄신 욕구와 희망을 숨기지 않았던 계층이 어린이문학 영역 쪽 젊은 문인이었다. 그들의 대종은 1920년대 후반에 투고문단을 빌려 자생적으로 자란 계급문인이었다.[96] 카프 지도부에서 볼 때 어린이문학 쪽의 움직임은 당연히 새로운 내부 종파 문제였던 셈이다.

계급주의 어린이문학인의 활동은 카프 안쪽을 향한 도전과 시대 현실을 향한 도전이라는 두 개의 당면한 적을 향한 매체 투쟁이라는 성격

(5월호 현상발표), 1927.6, 44쪽; (6월호 돌마지 현상 당선 발표), 1927.8.

91 (사고) 별나라 합천분사 분사장, 1927.7.

92 (추천시) 동요 「자장노래」, 1927.8, 37쪽.

93 (전품접수월보), 1927.6, 94~95쪽.

94 (봄의 찬미) 「금방울소래」, 1929.5, 60쪽.

95 (3월현상발표), 1927.5; (독자사진 대모집), 1927.6; 전시품접수월보 1회, 1927.6; (6월호 돌마지 현상 당선 발표), 1927.7.

96 자생적 계급주의 문학인의 성장과 그들에 의한 세대갈등의 문제에 대해서는 경남 지역 계급주의 시를 대상으로 삼은 아래 글에서 이미 짚은 바 있다. 박태일, 「경남 지역 계급주의 시문학 연구」, 『어문학』 80집, 한국어문학회, 2003.

이 짙었다.[97] 경남·부산 지역문학인이 그러한 모습을 구체적으로 안고 뒹굴게 된 때는 엄흥섭이 『별나라』 편집에 깊이 관여하기 시작하던 무렵부터다. 시기를 정확하게 알 수 없다. 엄흥섭이 『별나라』에 처음으로 글을 발표한 때가 1929년 5월이다.[98] 이로 미루어 보아 그 앞뒤 시기였을 것으로 짐작된다. 엄흥섭이 진주 근교의 교사 생활을 접고 서울로 올라온 뒤, 전업작가로서 카프에 들어가 활발하게 작품 활동을 펼치기 시작하던 때다.[99]

따라서 1929년 무렵부터 김병호·이구월·손풍산의 글이 『별나라』를 채우기 시작하는 것은 매우 뜻깊은 변화다. 왜냐하면 그들은 엄흥섭과 같은 경남도립사범학교 출신이거나, 진주 지역을 중심으로 일찌감치 엄흥섭과 호흡을 맞추며 습작활동과 매체 발간 활동을 벌였던 연고 시인이었던 까닭이다.[100] 또한 매체 발간에 열성적이었던 함안 양우정이 거들고 강로향이 뒤에서 밀면서 『별나라』의 글쓴이는 아연 경남·부산 지역 어린이문학인으로 채워지기 시작했다. 엄흥섭을 중

---

97 그러한 움직임이 자연스레 드러난 일이 『음악과시』 발간과 『군기』 사건, 그리고 '푸로레타리아동요집' 『불별』의 간행이다.

98 엄흥섭, 「갈닙배」, 1929.5.

99 엄흥섭의 이 무렵 사정에 대해서는 이희환에 미룬다. 이희환, 「엄흥섭과 인천에서의 문화운동」, 『한국학연구』 12집, 인하대 한국학연구소, 2003, 170~173쪽.

100 그 대표적인 것이 1928년 진주에서 나온 『신시단』이다. 이에 대해서는 강희근이 일찌감치 문헌지를 밝혔다. 이즈음 이희환은 『신시단』과 1927년 인천에서 간행된 월간 순문예지 『습작시대』와 있었을 지역 수평연대의 문제를 암시하는 글을 내놓고 있다. 이밖에 경남도립사범학교 안에 『학우문예』라는 문예지나 『비봉지록』과 같은 교우지가 있어 그들의 습작 활동을 북돋웠다. 이들 사이의 교분 관계와 학연에 대해서는 박태일을 참조 바란다. 강희근, 「신시단 연구」, 『우리 시문학 연구』, 예지각, 1985, 207~223쪽; 이희환, 「엄흥섭과 인천에서의 문화운동」, 『한국학연구』 12집, 인하대 한국학연구소, 2003, 175~177쪽; 박태일, 「경남 지역 계급주의 시문학 연구」, 『어문학』 80집, 한국어문학회, 2003.

심으로 한 그러한 집결과 응집 현상을 가장 잘 볼 수 있는 것이 1930년 7월호 『별나라』의 짜임이다. 기성문인·소년문사 할 것 없이 경남·부산 지역문인이 태반을 차지하고 있다.[101]

경남·부산 지역 신예 문인의 위상은 그 뒤 『별나라』에서 더욱 커져 갔다. 그들의 주요무대로서 『별나라』가 겪었을 출판상의 어려움과 반비례하는 모습이다. 1931년 9월의 사고는 그 결정판과 같다. '전조선소년소녀현상대모집'을 실시하게 되었는데, '선고선생'으로 미리 손풍산·엄흥섭·김병호·이구월·이주홍을 예고하고 있다.[102] 거기에 편집진이었던 박세영·안준식·송영이 '선고선생'을 거들었다. 『별나라』 편집실과 경남·부산 지역 신예 어린이문학인 사이의 굳은 믿음과 결속의 고리를 쉽게 엿볼 수 있는 자리다. 『별나라』의 주요 필진이었던 권환·신고송·양우정·강로향만이 뒤로 이름을 빼고 있을 따름이다.

이러한 정황 아래서 1920년대 중반 이후 투고문단을 꾸준히 거쳤던 진주의 정상규·손길상·이재표가 기성 대접을 받으며 『별나라』를 꾸미고 있다. 한 걸음 뒤에서 고성의 김형두[103]가 따르는 형국이다. 1930년대 『별나라』는 경남·부산 지역문인들로 응집력을 더욱 강화시켜 나가고 있었던 셈이다.

---

101 손풍산, (소설) 「구리쇠명함」(2~4쪽); 양우정, (수필) 「굴 캐는 소녀들」(11~13쪽); 신고송, (신동요대특집), 「바다의 노래」(14쪽); 김병호, 「바다의 아버지」(15쪽); 엄흥섭, 「서울의 거리」(24쪽); 이구월, 「조심하서요」(24쪽); (6월호현상발표) 남해 최종봉, 남해 김중곤; (독자작품) 남해 박대영, 「7월의 바다」(59쪽); (소년문예단체작품 : 동요특집) 남해소년문예사 정윤환, 「여름밤」, 1930.7.

102 『별나라』, 1931.9.

103 김형두는 『별나라』에 1927년부터 1930년대 초반까지 꾸준히 투고문단을 활용하고 있다.

절쑥절쑥 절-ㄹ쑥바리님

엇지해서 한 다리가 업서젓셔요

야들아 웃지 마라 지금은 옛날

돈벌냐고 공장에서 일을 하다가

엔전에 치여서 믄허젓단다!

—김병호, 「절쑥바리」 가운데서[104]

짜치가 짜짜 울움먼 울몬

서울 간 언니가 오나 봐셔

문중방 탁치고 나가 보면은

짜치만 짜짜 날녀셔 가네

—김형두, 「서울 간 언니」 가운데서[105]

　　1930년대 초반 경남·부산 지역을 대표하는 어린이문학가였던 김병호의 것과 그 뒤를 따르고 있었던 김형두의 동요다. 둘 다 삶의 어두운 곳을 드러내고자 한 날카로운 눈길에 당대 현실의 빈부·계급 문제에 대한 암시를 깊숙히 담았다. 이렇듯 계급주의 어린이문학 안쪽에서 경남·부산 지역문인의 곧긴한 응집력과 필진 포진은 이어서 마산의 연극영화인 강호가 기꺼이 삽화로 거들면서[106] 더욱 다양하게 펼쳐지기 시작했다. 그리고 그런 분위기 아래서 새로운 소년문사가 뜻을 같이하

---

104 『별나라』 5권 2호, 1930, 6~7쪽.
105 『별나라』 5권 2호, 1930, 48쪽.
106 강호 그림, 「소년 전령」, 1930.10.

면서 어려운 시기의 『별나라』를 위한 안간힘을 그치지 않았다. 이런 점에서 위로 형 둘을 나라 바깥의 광복항쟁 전선 어디론가 떠나보내고, 누나 박차정 열사마저 중국 모래 먼지 속으로 전송하고 남은 수필가 박문하가 어렵사리 『별나라』 동래지사를 꾸리면서 자신의 첫 발표 작품을 올리고 있는 일[107]은 예사롭지 않다.

수동아 복순아

띠여오너라

지게를 진 체

띠여오너라

우리들의 색기기차

떠나간다

지게꾼의 우리 동무

가덕 실고서

띠띠 칙칙 칙칙 쿡!

다엄의 가는 곳은

대판이라내

-(불명)-

한 쪼각의 싹돈에

팔닌 놈 되여

왼종일을 소와 같이

---

107 "(사고) 동래지사 위치 경남 동래군 칠전동 319-1 구역 동래읍 지사장 박문하, 고문 박봉수" 『별나라』, 1933.8.

일하고 잇는

우리들의 형님들

잇난 곳일세

띠! 칙칙 칙칙 쿡!

× ×

품팔이 간 어머니의

젓을 거리워

배곱하 우는 동생

달내는 동무

모다덜 이리로

모혀 오너라

우리들이 색기긔차

써나간다

띠! 칙칙 칙칙 쿡!

(색기긔차라는 것은 농촌의 어린이들이 색기로 묵거서 그것을 기차라고

하며 타고 작란하는 것이다)

—박문하, 「우리들의 색기긔차」[108]

---

108 동래 박문하, (동요) 「우리들의 색기긔차」, 『별나라』, 1934.4, 46쪽.

어린 나이에 걸맞지 않게 철든 눈길이다. "한 쪼각의 싹돈에 / 팔닌 놈 되여 / 왼종일을" 먼 이국에서 "소와 같이 / 일하고 잇는 / 우리들의 형님들"을 떠올리거나 "품팔이 간 어머니" 대신 "배곱하 우는 동생"을 "달내는 동무"에게 '모다덜' '모혀' '색기긔차'를 타자라 외쳐 대는 목소리에는 나이답지 않은 격렬한 속내가 담겨 있다. 『별나라』는 한국 계급주의 어린이문학의 보고다. 활동과 변화 과정, 인물을 소롯이 담고 있다. 그리고 그 속에서 경남·부산 지역 어린이문학인의 절대적인 비중과 이바지를 볼 수 있다. 이들은 색동회 회원으로 짜인 1920년대 초반 세대와는 절연한 채, 지역 안밖으로 서로 수평적 연대를 강화시키면서 투고문단을 빌려 문학적 자질을 키우다가 20대의 의욕적인 신예 문학인으로서 어린이문학의 앞자리에 나섰다. 권환과 이주홍·신고송이 먼저 서고, 그 뒤를 엄흥섭·김병호·손풍산·이구월·양우정이 잇고 있다. 이어서 강로향과·박대영·손길상·정상규·이재표·남대우가 따른다.

앞의 신고송과 뒤의 몇 사람을 제쳐 두고 보면, 이들은 모두 『별나라』의 중심 글쓴이로서 『신소년』을 제외한 『어린이』나 『아이생활』에는 투고·기고를 하지 않았던 이다. 그만큼 이들의 등장과 활동에는 지역적·이념적 경계가 뚜렷하게 작용하고 있었다. 그리고 거기에는 『신소년』의 이주홍과 마찬가지로 엄흥섭이 큰 작용점이었다. 뒤선 이들은 대부분 1920년대 중반부터 소년회 조직을 빌려 문학적 자질을 키우던 사람으로 1930년대에 접어들면서 죄 기성문인으로 얼굴을 바꾸면서 『별나라』의 필진으로 자라난 이다.

따라서 『별나라』는 지역적·이념적 경계로 말미암아 필진 구성에 있어서 매체 안쪽을 향한 응집력과 매체 바깥을 향한 배타성이 두드러진 특성을 드러낸다. 그런 만큼 주요 필진의 진폭이 넓지 않고, 고정 필자의 활동이 두드러진다. 이것은 계급주의 어린이문학 안쪽의 선명성을 위한 경계 짓기의 결과이기도 하면서, 나라잃은시대 어려운 정세 아래 이들이 겪었을 바깥쪽의 압력과 긴장에 대한 연고문학적 대응의 결과이기도 하다. 이런 점에서 『별나라』는 한국 어린이문학사뿐 아니라, 경남·부산 지역문학인의 조직적이고도 강도 높은 이념과 매체 투쟁에 몸 바친 흔적을 온몸에 아로새기고 있는 뜻있는 장소라 하겠다.

5. 『아이생활』과 종교 경계

『아이생활』은 1926년 3월부터 1944년 4월까지 통권 218호가 나온 나라잃은시대 최장수 월간 어린이잡지다. '조선주일학교연합회'에서 낸 여러 간행물 가운데서 어린이에게 읽힐 목적으로 낸 교육잡지였다. 발행소는 조선주일학교연합회 아이생활사다.[109] 『아이생활』은 기독

---

109 처음 이름은 『아희생활』이었다. 제5권인 1930년부터 『아이생활』로 바꾸었다. 정인과 (鄭仁果)가 오래도록 책임을 맡았다가 나라 사정이 더욱 어려워졌던 1942년 8월부터 한석원으로 바뀌었다. 노고수는 1944년 1월호를 마지막으로 폐간되었다고 적고 있다. 글 쓴이 또한 1944년 1월호까지 확인하는 데 그쳤다. '조선주일학교연합회'는 1922년 11월 1일 서울 성서공회 회의실에서 장로교·감리교 두 교파의 한국 교회 대표와 선교부 대표를 비롯한 10개 단체 대표가 모여 만든 조직이다. 거기서는 교회 교육을 성공적으로 이끌기 위해 여러 출판 사업을 벌였다. 그리하여 1923년 10월부터 『쥬일학교 통신』을,

교계의 지원을 받고 있었음에도, 출판 사정의 어려움은 다른 아동잡지와 크게 다르지 않았던 것으로 보인다. 1934~1935년에 들어서면서 『어린이』·『신소년』·『별나라』가 매체 안팎의 사유로 모두 정간에 이른 시기, 『아이생활』도 큰 어려움을 겪고 있었다.[110]

『아이생활』의 운명은 어두웠으나, 뉴욕부인회와 캐나다선교부에서 원조금을 다시 받아 정간의 위기를 모면하였다.[111] 그렇다고 이른바 조선총독부의 감시마저 벗어날 수는 없었다. 1933년 7월호와 1934년 7월호, 그리고 1936년 8월호와 같이 몇 차례 압수를 당하는 고비가 있었다. 나라잃은시기 막바지인 1942년 8월 부왜인 한석원으로 편집 겸 발행인이 바뀐 뒤부터 편집이 단조로워지고 책의 부피도 얇아지기 시작한다. 또한 본문에 왜어로 된 글의 비중이 차츰 높아졌다. 부왜 어린이 문학 작품도 버젓이 내놓기 시작했다. 『아이생활』은 왜곡된 모습이나마 1944년 4월까지 어렵사리 제 몸을 버텼다.

초기 집필동인은 이광수·이윤재·백낙준·주요한·주요섭·전영택·방인근·유도순·이용도·고장환에다 선교사 반우거(班禹巨)·소

1925년 7월부터 『주일학교 잡지』를 펴냈다. 1928년에는 『주일학교 신보』를 내기도 했다. 1930년에는 『쥬일학교 잡지』를 그만 내고, 본격적인 교육 잡지로 『종교교육』을 내기 시작했다. 『아이생활』은 그런 가운데 어린이에게 읽힐 잡지로 1926년 3월부터 마련한 것이다. 1920년대는 기독교 쪽에서 보면 '교육도서 출판시대 또는 교육잡지 출판시대'라 일컬을 만큼 많은 출판 활동이 이어졌던 시기다. 노고수, 『한국기독교서지연구』, 예술문화사, 1981, 105~106쪽; 윤병춘, 『한국 기독교 신문·잡지 백년사』, 대한기독출판사, 1984, 62~63쪽.

110 1935년 들어 인쇄비가 배로 오르고 광고료 수입이 크게 줄어든 데다 같은 해 10월 2일 예수교서회의 보조금과 주일학교연합회에서 오던 후원금도 끊어진 데 따른 재정난이 가장 컸다.

111 윤춘병, 앞의 책, 166쪽.

안론(蘇女論)[112]이었다. 경남·부산 인사로서는 김해의 이윤재가 유일하게 집필 동인이었는데, 4대 주간을 맡았다.[113] 『아이생활』은 많은 어린이문학가를 배출했다. 박목월·윤석중·윤복진·송창일·강소천·김영일의 성장에 『아이생활』은 결정적인 매체였다.

1) 향유 기반의 열세

『아이생활』은 소년을 상대로 한 기독교 주일학교가 그 터다. 따라서 주일학교가 마련되어 있는 경남·부산 지역 교회 안밖의 어린이들이 주로 『아이생활』의 현실독자였을 것이다. 아무나 접근할 수 있는 매체는 아니었음 직하다. 보기를 들어 『어린이』나 『신소년』에 주요한 소년 투고문사로 활동했던 이성홍·서덕출·신고송과 같은 이는 『아이생활』에 얼굴을 내밀지 않는다.[114] 이 점은 발간 초기 세 해 동안 독자투고와 작품 게재 상황을 살펴보면 쉬 알 수 있는 일이다.

마산은 김성복[115]의 4회와 이원수의 2회를 비롯하여 7인이 모두 12회를 투고하고 있다. 통영은 은봉 7회, 이승원 7회, 이상조 2회를 비롯해 다섯 사람의 18회 투고 결과를 보인다. 진주는 진주기독청년회 박은주 2회, 정상규 2회, 이제표·김형두 1회를 비롯해 모두 여덟 사람의

---

112 이봉희, 『한국 기독교문서 간행사 연구』, 이화여대 출판부, 1987, 52쪽.

113 1930년 2월에서 그해 8월까지 일했다. 그 앞은 전영택이 그 뒤는 주요한이 주간을 맡았다. 「본지창간십주년년감」, 『아이생활』, 1936.3, 부록 14쪽.

114 다만 서덕출의 경우, 한 차례 동요를 실었다. 그러나 투고에 따른 신작 게재가 아니고 '소녀극' 「물긷는 처녀」의 대본 속에 끼어든 것을 따로 본문에 빼어 내 소개하는 수준이다. (요·곡) 서덕출, 「물긷는 처녀」, 『아이생활』, 1934.5, 1쪽.

115 창원 김성복으로 1회 발표하고 있어 마산으로 이주했거나, 통학 학생으로 여겨진다.

11회 투고 결과를 나타낸다. 부산은 이영한 3회를 중심으로 네 사람이 6회 투고를 보인다. 나머지 지역은 의령·산청 단성·함안·창원·밀양·거창이 3회에서 1회에 걸친 투고 경향을 나타낸다. 진주·통영·부산과 같이 일찍부터 근대화의 세례를 받았던 큰 도시의 참여가 높다. 다른 여느 매체보다 정간된 경우가 적었던『아이생활』로서는 독자 투고의 지역 분포가 매우 협소하고, 특정 지역에 비중이 쏠리고 있는 셈이다. 게다가 활동하고 있는 경남·부산 지역 소년문사의 절대수가 적다. 이러한 점은『아이생활』의 주류적 향유층을 이루고 있는 경기·평안도 쪽의 적극적인 투고 활동과 견주어 보면 금방 드러나는 사실이다.

그러나 이러한 투고 경향이『아이생활』향유층의 전반적인 성향이라고 단순화시키는 데에는 무리가 따른다. 그럼에도『아이생활』의 지사 설립 현황과 함께 놓고 살펴보면 경남·부산 지역에서『아이생활』의 유통은 매우 한정적인 장소에서 한정 인원을 상대로 이루어졌을 것임을 짐작하게 한다. 왜냐하면 경남·부산 지역에서『아이생활』지사는 현재 모두 열두 곳만 확인할 수 있기 때문이다.[116]『신소년』지분사가 스물한 곳이나 널리 밀도 높게 확인되는 점과는 뚜렷이 나뉜다.

이미 교회라는 굳건한 터, 종교적 경계가 뚜렷한 마당에 굳이 지사 설립을 서두를 필요가 없었을 것이라는 해명으로는 죄 설명할 수 없는 현상이다.『아이생활』은 출판자본의 됨됨이로 볼 때 태생적으로 상업

---

[116] 진주지국(1932.7), 동래지국(1932.7), 김해지국(1932.8), 함안 군북지국(1932), 사천 삼천포지국(1933.5, 1928년 8월 현재 마산 호신학교의 열여섯 살 학생이었던 고광모가 스물한 살에 지국을 만듦), 하동 고전지국(1933), 하동지국(1935.6), 거창지국(1935.6), 마산지국(1936.12, 이일래 지국장), 부산지국(1933.1, 지국 이동), 통영지국 임원교체(1927.10), 창원 남면지국(1933.3, 지국 폐쇄).

매체와 같은 논리에 내맡길 수 없는 것으로 여겨진다. 기독교 교계라는 안정된 토대와 주일학교 구성원이라는 단단한 수요층을 겨냥하면 될 일인 까닭이다. 그러나 이러한 해명은 1936년 현재『아이생활』지국이 '조선 내'에 250곳에 이른다는 통계에 이르면 설득력을 잃어버린다. 『아이생활』에서 지국 설치와 그 운영은 매우 중핵적인 사항이었다.[117]

따라서 종교 매체였다는 됨됨이로 경남·부산 지역에『아이생활』의 향유 활동이 상대적으로 미약한 사실을 설명할 수는 없다. 그것은 창간 초기부터 1929년 현재까지『아이생활』의 '사우(社友)', 곧 주주의 명단을 살피면 매우 극명하게 드러난다. 주식 수는 아예 문제 삼지 않더라도, 전체 824명의 주주 가운데서 경남·부산 지역 주주는 모두 5명에 지나지 않는다.[118] 또한 도별 독자 통계가 그 점을 더해 준다. 1936년 3월 현재 2만여 명에 이르는 독자 가운데서 경남·부산은 겨우 8백 명 남짓을 넘지 못한다. 경기도가 3천 명을 넘고 평남이 2천 2백 명 정도에 이르는 상황 아래서 경남·부산은 서점판매 부수, 선금독자 부수, 그리고 지국 부수, 어느 곳에서도 앞에 나설 자리가 없이 뒤로 밀려난다.[119]『아이생활』의 종교적 기반조차 지역 안에서는 바탕에서부터 미약했던 셈이다.

게다가 통계에 따르면 경남·부산 지역 안에서『아이생활』의 지사 설치는 크게 보아 1932년 7월 무렵부터 시작하여 1937년 무렵까지 한 정적인 특성이 강하다. 1920년대 중반 이후 1930년대까지, 대사회적·이념적 제약이 상대적으로 컸던『어린이』·『신소년』·『별나라』와 같

---

117 그에 따른 상세한 규약과 특파원 제도에 대해서는「본지창간십주년년감」에 꼼꼼하게 소개하고 있다.「본지창간십주년년감」,『아이생활』, 1936.3, 부록 15~18쪽.
118 「본지창간십주년년감」,『아이생활』, 1936.3, 부록 6~12쪽.
119 「본지창간십주년년감」,『아이생활』, 1936.3, 부록 18쪽.

은 매체가 활발한 지분사 설립을 이루어 나갈 무렵에는 지사 설립이 활발하지 않았다. 그러다가 그들 매체의 안밖 환경이 급격히 어려워져 사활을 건 고통이 따르던 시기부터 『아이생활』의 조직은 도리어 경남·부산 지역에서 기지개를 켜기 시작한 셈이다. 『아이생활』이 지닌 탈사회성까지 조심스럽게 점쳐 보게 하는 사실이다.

2) 진입 장벽과 점적 진퇴의 문제

경남·부산 지역 차원에서 『아이생활』의 필진 참여는 기성문인·투고문인 할 것 없이 미미한 쪽이다. 기성 어린이문학인으로서는 이윤재[120]와 이은상[121]이 연재를 맡아 얼굴을 틈틈이 내밀었을 따름이다. 전문 창작으로서는 정인섭이 '동극'을 한 차례 올려 희소가치를 높였다.[122] 손진태는 이름조차 찾을 수 없다. 최현배·유치진·이극로가 한두 차례 이름을 올리고 있으나, 죄 의례적인 글자리다.[123] 그런데 이

---

120 (한글독본) 「애씀(2)」, 『아이생활』(이하 모두 이 잡지에 실린 글임), 1929.2, 22~25쪽; (한글독본) 「시계」, 1929.3, 29~35쪽; (한글독본) 「서경덕 어른(1)」, 1929.4, 14~17쪽; (한글독본) 「꿀벌」, 1929.7, 23~26쪽; (한글독본) 「경안 정서방」, 1929.8, 23~27쪽; (한글독본) 「김덕령 장군의 날램」, 1929.10, 20~21쪽; (조선지리독본) 「화려강산」, 1934.1, 16쪽; 「새해 특별 부록 한글 마춤법」, 1934.1, 55~60쪽; (조선지리독본) 「조선의 산과 강(2)」, 1934.9, 22~23쪽.

121 (3주년기념을 당하야 조선의 어린이들에게) 「『퉁소』의 교훈」, 『아이생활』(이하 모두 이 잡지에 실린 글임), 1929.3, 24~26쪽; 「조선아동문학(1)」, 1931.8, 10~12쪽; 「조선아동문학(2)」, 1931.9, 49~51쪽; 「조선아동문학(3)」, 1931.10, 34~35쪽; 「조선아동문학(4)」, 1931.12, 44~45쪽; 「조선아동문학(5)」, 1932.2, 38~39쪽; 「조선아동문학(6)」, 1932.5, 12~13쪽; (아버지를 사모하는 딸과 아들의 마음) 「가신 지 십 년 된 오늘」, 1932.5, 27~28쪽; (소년독본 제1과) 「잉어 잡던 늙은이」, 1937.1, 16~17쪽.

122 정인섭, (창작동극) 「맹꽁이」, 『아이생활』, 1937.6, 10~13쪽.

123 유치진, (느끼었든 성경 한 장면) 「아이스케이키와 한박꽃」, 『아이생활』(이하 모두 같은

윤재는『아이생활』의 네 번째 주간으로서 주요 집필동인 가운데 한 사람이고, 이은상은 그의 오랜 제자였다.『아이생활』편집 상층부에 경남·부산 지역문학인의 참여가 매우 한정적일 수밖에 없었음은 당연한 귀결이다. 이렇듯 빈한한 참여 양상은 기성 문인뿐 아니라, 투고문단의 소년문사 경우에도 마찬가지였다.

발간 초기 세 해 동안 다른 매체에 투고 사실이 없이 오로지『아이생활』에서만 문인으로 대접을 받고 있는 이가 통영의 이승원이다.[124] 그는『아이생활』통영 특파원으로 일하면서 다양한 유형의 글쓰기에 얼굴을 내밀고 있다. 그러나 전문 문학가로서 성장한 모습을 그 뒤에 보여 주지 못했다.『어린이』·『신소년』과 같은 매체에 투고를 거듭하여 소년문사로서 활동하고 있는 이들 가운데서『아이생활』에 얼굴을 내민 이는 발간 초기 세 해 동안 이원수·김형두뿐이다. 이들도 한두 차례 투고에 그칠 뿐『아이생활』을 적극 활용하고 있지는 않다.[125] 그 뒤에도 경남·부산 지역 소년문사의 이름은 잘 보이지 않는다. 1929년부

잡지에 실린 글임), 1937.7·8, 18~19쪽; 이극로, (새해부탁), 1939.1, 15쪽; 유치진, (설문특집)「매 해 사진 한 장식을」, 1935.6, 4쪽; 최현배,「운동에 힘쓰고 동무를 사귈 터얘요」, 같은 책, 5쪽.

[124] 「어린 동모들께」,『아이생활』(이하 모두 같은 잡지에 실린 글임), 1928.4, 5~6쪽; (사고)「본사특파원」, 1928.5, 70쪽;「조선시(朝鮮詩)」, 1928.6, 14쪽; (소과대학(笑科大学))「영리한 근재(槿齋)」, 1928.9, 47쪽; (사담)「천고에 두문 삼손의 괴력」, 1928.9, 64~66쪽;「소년전기공학가 이상봉(李相鳳) 군을 소개하면서 부탁일언(付託一言)」, 1928.11, 30~36쪽;「셰계에서 셱쩌는 크리스마스의 략사(畧史)」, 1928.12, 6~11쪽.

[125] 이원수는『어린이』,『신소년』뿐만 아니라,『아이생활』에서도 투고를 그치지 않고 있어 빈도는 높지 않지만 매우 집요한 발표욕을 보여 주었다. 1926년 3월부터 1929년 2월까지 발간 초기 3년 동안 모두 2회에 걸친 투고를 보인다. 진주 김형두는 1회 투고를 보여 준다. 이원수, (어린 가단)『문안』1권 9호, 1926, 39쪽; (자유논단) 마산 이원수, 1927.9, 35쪽; 진주 김형두, (동시)〈옴겨가는 배다리〉, 1927.7, 54쪽.

터 1930년까지 진주의 정상규·이재표·손길상만이 딴 매체의 경우와
다름없이 한 시기 작품 발표를 하고 있다.[126]

『아이생활』은 당대 어린이 문학사회의 혼란과 노선 갈등으로부터
비교적 거리가 있었다. 거기다 기독교 주일학교와 교계라는 남다른 제
도적·재정적 배경이 있었다. 그럼에도 이미 대륙침략의 이른바 병참
기지를 꾀하고 있었던 조선총독부의 책략과 감시 아래서는 발전을 내
다볼 수 없었다. 하지만 『어린이』·『신소년』·『별나라』가 매체 안밖
요인에 따라 자의건 타의건 마침내 정간에 이르게 된 1930년대 중반에
『아이생활』은 다시 몸을 일으켜 최장수 어린이잡지로 자리를 더욱 굳
혔다. 『백두산』·『소년중앙』·『동화』·『소년』과 같은 어린이매체가
새로 발간되기 시작했던 전형기였음에도 위상은 달라짐이 없었다. 주
도 필진 구성에서도 큰 틀은 바뀌지 않았다. 이런 점이 『아이생활』의
장점이자 한계였다. 경남·부산 지역 어린이문학으로 볼 때는 중요한
작가의 출현이나 성장의 밑받침이 되는 결정적 이바지로부터 끝내 거
리가 있었던 셈이다.

다만 몇몇 발표 욕구가 남다른 작가나 기독교 성향에 기울어진 기성
작가가 발표 매체로서 나라잃은시기 끝자리까지 『아이생활』을 간간히
활용하였을 따름이다. 『아이생활』 마산 지사장을 거쳤던 이일래[127]나
김대봉[128]과 같은 시인의 작품 발표가 좋은 본보기다. 맹렬한 창작력

---

126 (독자문예) 진주 새싹사 이재표(李在杓), (당선가요) 「눈사람」, 1929.3, 84~85쪽; 진주
　　정상규(鄭祥奎), 「봄」, 85쪽; 진주 정상규, 「동요일기」, 87쪽; (어린 가단) 진주 손길상, 「지
　　는 꽃」, 1929.9, 33쪽; 진주 새힘사 정상규, 「일허진 배」, 34쪽; (어린 가단) 진주 정상규,
　　「아츰」, 1929.10, 33쪽; (자유논단) 진주 정상규, 「글쓸 동모여 자각하라」, 71쪽.
127 이일래 옮김, 「악보 '크리쓰마쓰의 별」, 『아이생활』, 1937.12, 8쪽.

을 보여 주었던 남대우[129] 또한 가끔 『아이생활』을 이용했다. 그리고 그 막바지 뜻밖에 이원수가 남대우·염주용[130]과 나란히 얼굴을 내밀어 이채를 띤다. 한국 근대 어린이문학인의 많은 수가 시대의 어지러움을 좇아 왜로의 것으로 갈아 치운 자신의 새 이름을 세상에 알리고, 이른바 '소국민문학'으로 우리 어린이문학이 완연히 재편된 자리였다.

달 달 달 달
어머니가 돌리는
재봉소리 들으며

저는 먼저 잡니다.
어머니도 어서
주무세요, 네.

밤중에 잠이 깨면
달 달 달 달
아직두 어머니는 안 주무시고
밤중끼지 쌌바누질 하시는구나

---

128 「남쪽바다」, 1932.4, 51~52쪽; (노래) 「꽃노래」, 1932.7, 40쪽; (동요편) 「못속에는」·「물레방아」·「고향에 보내는 노래」, 1932.8, 16~22쪽.
129 (동요) 「산으로 드을로」, 1939.6, 16~17쪽; (동요) 「이라낄낄 이 소야」, 1940.8, 28~29쪽; (동요) 「불일폭포(仏日瀑布)」, 1943.1, 29쪽; 「쌍계사(双磎寺)」, 30쪽.
130 이원수, (동요) 「어머니」, 1943.9, 17~18쪽; 남대우, 「산울림」, 19쪽; 염주용, (가을수필) 「오동나무 선 골목」, 11~12쪽.

달 달 달 달

"왜 잠 깼니

어서 자거라.

어서 자거라."

재봉 소리와

어머님의

고마우신 그 말씀

잠이 들면 꿈속에도

들리웁니다.

—이원수, 「어머니」 가운데서[131]

  문제작이어서 굳이 올렸다. 어느덧 어머니에 대한 자식의 사랑이라는 보편 윤리와 왜로 제국주의의 태평양침략전쟁기 이른바 '총후(후방)봉공'의 한 덕목으로서 모성의 희생에 대한 강조·찬양이라는 두 자리 사이에 이원수가 위태롭게 놓여 있음을 잘 보여 주는 작품이다.

  이제껏 살펴본 바와 같이 『아희생활』은 앞서 든 『어린이』나 『신소년』, 그리고 『별나라』와 매우 다른 모습을 드러낸다. 첫째, 기성문인이든 소년문사든 경남·부산 지역 어린이문학인의 참여가 드물고 향유의 밑자리가 넓지 못하다. 이 점은 『아이생활』이 경기도·평안도 쪽에 바탕을 둔 기독교계 잡지였다는 특성에 말미암은 바 크다. 상대적으로

---

131 이 작품은 이원수가 「밤중에」로 제목을 고치고 본문을 크게 손질해 1946년 『주간 소학생』에 다시 실었다.

경남·부산 지역에서『아이생활』에 대한 참여와 관심은 대조될 만하다. 그리하여 1920년대 후반부터『신소년』·『별나라』가 경남·부산 지역의 주류 어린이매체며 소년 조직의 배경으로 등장하자『아이생활』의 비중은 더욱 협소해졌다. 다양하고 활발했던 1920년대 경남·부산 지역 투고문단의 소년문사들은 이원수를 비롯한 몇몇을 제외하고는『아이생활』에 이름을 올리지 않았다. 다만 통영의 이승원이나 진주의 정상규·손길상·이재표와 같은 이가 눈에 뜨인다.

1930년대에 들어서 이러한 사정은 더욱 심화되어, 기독교계에 몸을 담았던 이일래나 김대봉과 같은 사람의 작품을 드물게 볼 수 있을 따름이다.『아이생활』의 부진한 참여는 같은 영남권에 속하면서도 기독교계인 계성학교 출신 윤복진·박목월의 활발한 참여가 이어졌던 경북·대구 지역의 모습과는 사뭇 맞서는 지역 특성이다. 계급주의 어린이문학의 주요한 터였던 경남·부산 지역에서『아이생활』은 매체 그 자체의 됨됨이로 말미암은 종교경계뿐 아니라, 지역적·이념적 풍토에 의해 활동이 위축된 모습이다. 지역문학인 안쪽에서도 서로 연결고리가 없이 점적 진퇴를 거듭했을 따름이다. 이런 사정은 1930년대 중반 이후 앞선 주도 매체들이 죄 정간된 뒤에도 나아지지 않아, 경남·부산 지역 어린이문학의 빌흥과 성장에 있어서『아이생활』은 한결같은 한계를 보여 줄 수밖에 없었다.

6. 마무리

　어린이문학을 한국 문학사회의 한 자리로 앉힌 데에는 각급 학교 교육뿐 아니라 신문·잡지와 같은 근대 매체가 필수적이었다. 『어린이』·『신소년』·『별나라』·『아이생활』은 1920~1930년대 우리 근대 어린이문학의 자리를 넓히고 다져 준 대표적인 어린이 전문잡지다. 이 글은 이 네 매체를 대상으로 경남·부산 지역문학 관련 일차 문헌 사항을 따로 갈무리하여 죽보기를 만든 뒤, 그것을 바탕으로 경남·부산 지역 어린이문학의 형성과 전개에 관련한 유의미한 맥락을 찾아보고자 하는 목표 아래 쓰였다. 이를 위해 개별 매체별로 제도화 장치 가운데서 첫째 향유층이나 소년 조직활동, 둘째 작가의 인정기제나 드나듦과 같은 양상에 초점을 두고자 했다.

　위에 든 네 매체 가운데서 가장 앞서 나온 것이 『어린이』다. 『어린이』는 색동회 회원 손진태·정인섭과 같은 기성문인과 투고문단 소년문사의 요란스럽지 않으나 꾸준한 성장을 보여 준다. 둘 사이의 수직·수평적 연대는 드러나지 않지만, 각별히 서덕출·이성홍·신고송·이원수·박석정·소용수와 같은 이들이 고른 분포를 보인 역내 소년회 활동의 도움을 받아 가면서, 열성적인 소년문사에서 장차 경남·부산 지역 어린이문학을 대표하는 중심작가로 커 가는 모습을 『어린이』는 잘 담고 있다. 『어린이』는 좌·우 이념이나 천도교라는 종교의 장벽 없이 기성문인·습작문인에 두루 걸치면서 1920~1930년대 경남·부산 지역 어린이문학의 형성과 정착을 뒷받침한 근간 매체로서 한결같았다.

『신소년』은 경남·부산 지역의 밀도 높은 문화자본력을 잘 활용한 매체다. 발간 초기는 편집진과 걸린 소극적인 개인 연고, 1929년 이주홍이 편집에 관여한 뒤에는 적극적인 지역 연고의 도움을 받으면서 지역문학의 의의를 줄곧 대변한 매체다. 거기다 활발한 투고문단과 역내 모든 소지역에 고루 자리 잡은 지분사 활동은『신소년』에 대한 경남·부산 지역 어린이문학의 무게를 한껏 드높였다. 좌파 문인의 진입과 끊이지 않은 소년문사의 계발 또한 그로부터 가능했다. 따라서 필진의 다양한 드나듦에도『신소년』은 창간 초기부터 끝자리까지 경남·부산 어린이문학인의 성장 과정을 소롯이 담아낸다. 『신소년』이야말로 좌·우에 걸림 없이 경남·부산 지역 어린이문학의 형성과 발전에 결정적인 이바지를 다한 매체였던 셈이다.

『별나라』는 한국 계급주의 어린이문학의 보고다. 특히 편집을 맡았던 엄흥섭을 고리로 삼아 김병호·손풍산·이구월·양우정으로 이어지는 지역문인의 매체 진입과 활발한 활동은『별나라』의 정체성을 결정적으로 다져 준 일이다. 다만 지역적·이념적 경계로 말미암아 매체 안밖으로 응집력과 배타성이 두드러지게 작용한 점이 있다. 소년회 지분사 활동은 전모가 죄 드러나지 않는다. 제대로 알기는 어렵지만『신소년』지분사와 함께 중층적 조직 운영 아래서 이루어졌을 유다른 열의만은 짐작한다. 이런 점에서『별나라』는 계급주의 어린이문학이 나라잃은시대 매체 안밖으로 겪었을 시대의 압력과 긴장에 대한 경남·부산 지역문학인의 조직적이고도 강도 높은 매체 투쟁의 흔적을 온몸에 아로새기고 있는 뜻깊은 장소다.

『아이생활』은 나라잃은시대 가장 오래도록 나온 어린이매체다. 그

러나 기성문인이든 소년문사든 경남·부산 지역 어린이문학인의 참여
는 한결같이 낮았다. 투고문단을 비롯해 향유의 밑자리도 단단하지 못
했다. 경기도·평안도 쪽에 바탕을 둔 기독교 잡지라는 특성에다, 교
계 안쪽 지원도 미약했다. 1920년대 후반부터 『신소년』·『별나라』가
경남·부산 지역 안쪽의 주류 어린이매체며 소년문예 활동의 거점으
로 자리 잡아 나가는 과정 속에서 비중은 더욱 낮아졌다. 게다가 진입
장벽까지 높아 이윤재·이은상과 같은 집필동인이나, 이승원·이일래
와 같은 교계 안쪽 사람의 점적 드나듦만 두드러질 뿐이었다. 경남·
부산 지역 어린이문학 속에서 종교경계뿐 아니라, 지연경계로 말미암
아 한결 위축된 위상을 『아이생활』은 스스로 웅변하고 있는 셈이다.

　앞에서 본 바와 같이 위의 네 매체는 그 나름의 유다른 면모를 보이
면서 경남·부산 지역 어린이문학의 형성과 전개에 일정한 몫을 다했
다. 전반적으로 문학인 안쪽의 세대간 연결은 엷었다. 그러나 투고문
단의 많은 소년문사는 활발하게 지역 안밖 연대를 거듭하면서 제 몫의
어린이문학인으로 자라고 자리 잡아 나가는 꾸준한 모습을 보인다. 다
른 지역에서 찾아보기 힘든 이채로움이다. 매체와 매체 사이 진입 장
벽은 비교적 뚜렷한 쪽이다. 『별나라』와 『아이생활』을 두 끝에 놓고
보면, 『별나라』·『신소년』/『신소년』·『어린이』/『어린이』·『아이생
활』로 펼칠 수 있는 바와 같이, 흡인력과 반발력을 중심으로 가늠해 볼
수 있는 문인의 매체 진출입 양상은 그 자체 경남·부산 지역 어린이
문학의 다양함과 역동성을 웅변하는 일이다.

　그러한 지형 안에 이윤재·정인섭·손진태·김소운·이은상·양
봉근에서부터 권환·이주홍·서덕출·이원수·이성홍·엄흥섭·신

고송·손풍산·김병호·이구월·박석정·강호·탁상수를 거쳐 강로향·김대봉·이일래·남대우·소용수·김성봉·정상규·손길상·이재표·황대생·박대영·윤차룡·김재홍·김종대·이승원에 이르는 지역 어린이문학인이 대상 매체를 드나들면서 자신의 어린이문학 세계 구성을 위해 고심했다. 이미 알려진 이뿐 아니라 새롭게 발굴되거나 조명을 기다리는 이들 또한 어린이문학을 디딤돌로 삼아 어린이문학 바깥으로, 또는 더욱 어린이문학 속으로 나아가면서 우리 근대 겨레문학의 밑자리를 단단하게 다져 준 크작은 보배다.

그리고 이 글을 마련하는 과정에서 망외 소득도 얻는다. 지역 중요 작가의 미발굴 작품 다수와 첫 발표 작품, 등단작 확인, 그리고 뒷날 문학과는 거리를 두었지만 지역 문화예술계 명망가의 습작품 발굴이다. 이극로·최현배·양달석·김형두·김형윤·염주용의 것을 들 수 있겠다. 경남·부산 지역문화의 밑자리를 든든하게 일깨워 주는 흥미거리로 새겨 둘 만하다. 나라잃은시대 서울·지역에서 나온 다채로운 중앙 일간지와 잡지 속의 경남·부산 어린이문학, 일반 문예지나 기타 연속간행물·단행본 속에 담긴 경남·부산 어린이문학, 게다가 왜어로 된 신문과 잡지 속의 것까지 따지려면 앞으로 할 일이 많다. 그 일을 위해 첫 삽을 뜬 형국인데, 어느새 바지게가 그득하다.

나라잃은시대 후기
경남·부산 지역 어린이문학

이원수와 남대우를 중심으로

---

1. 들머리

나라잃은시대 후기[1]는 제국주의 왜로의 식민 책략이 가파르게 극점으로 나아갔던 때다. 이 시기 우리 문학의 실체를 밝히는 데에는 아직까지 어려움이 많다. 그것은 크게 두 가지 문제로부터 비롯한다. 첫째, 문학사회 활동을 엿볼 수 있는 매체·작품과 같은 실증 자료에 대한 망실·은닉·훼손이 심각한 공간이 이 자리다. 발굴 사료가 지닌 됨됨이

---

[1] 1910년에서 1945년에 걸치는 나라잃은시대 35년에 대한 안쪽 시기 나눔은 관점에 따라 여러 길이 가능하다. 여기서는 1938년부터 1945년까지 후기로 잡는다. 이 시기 왜로의 식민 책략은 이른바 '내선일체'론을 중심으로 중국대륙침략과 태평양침략전쟁을 위한 '병참기지'로서 우리에 대한 수탈을 극대화했다. 이른바 '국가총동원법'을 만들어 '국민정신총동원운동'(1938~1940)과 '국민총력운동'(1940~1945)이라는 '전시동원체제'를 법률로 성립시킨 때다. 문학 쪽으로는 부왜문학이나 '이중어 글쓰기'(김윤식)를 핵심 문제 가운데 하나로 품고 있는 시기기도 하다.

에 따라서 언제든지 불거질 새 논란거리가 줄을 서 있는 형국이다. 둘째, 이 시기는 한국 근대문학사에서 볼 때 한글로 된 작품 발표가 어떤 뜻을 지니고 있는 일인가를 당대 문인 한 사람 한 사람에게 새삼스럽고도 고통스럽게 묻고 있는 자리다. 이 물음은 오늘날 그 시기 문학을 다루는 연구자에게 고스란히 옮겨 올 수밖에 없다. 그러다 보니 당대 문학에 대한 해석과 평가에는 뜻밖에 편차가 크다. 그 가운데서 핵심 일거리는 부왜문학이다. 광복을 맞이한 지 벌써 갑년에 이르렀다. 이제는 부왜문학 문제가 한국 근대문학 연구에서 독립한 한 자리로 제도화해야 할 것이다.

이런 속에서 이 시기 경남·부산 지역 어린이문학을 재구성해 내는 일은 쉽지 않다. 1935년 카프 해체 이후 프로 어린이문학의 퇴조는 바로 경남·부산 지역 어린이문학의 퇴조를 뜻한다고 할 정도다.[2] 1920년대 중반부터 문단에 나서기 시작하여, 활발하게 한국 어린이문학의 정착을 도왔던 지역문인은 카프 해체를 앞뒤로 한 시기에 거의 하나같이 문학 궤적을 바꾼다. 권환·이주홍·엄흥섭·신고송·양우정·이구월·김병호·손풍산·강로향과 같은 이가 그들이다.[3] 게다가 이 글에서 다룰 후기에 이르면 활동한 이들은 손에 꼽힐 정도다. 그 가운데서 이원수와 남내우만이 1945년 을유광복 가까이 작품 활동을 잇고 있

---

2 경남·부산 지역 어린이문학의 형성과 카프 사이의 적극적인 관련에 대해서는 한 차례 다룬 바 있다. 박태일, 「나라잃은시대 어린이잡지로 본 경남·부산 지역 어린이문학」, 『한국문학논총』 37집, 한국문학회, 2004.

3 권환은 검거되었고, 손풍산은 초계로 내려가 적색 농조활동을 하면서 잠행을 거듭했다. 이구월과 김병호는 학교로 돌아가 문학 활동을 묻었다. 엄흥섭과 이주홍은 잠시 몸을 피했다 다시 서울로 올라가 전업 문인으로서 문학 안밖 활동을 거듭었다.

어 이채롭고 문제적이다. 이채로움은 물론 그들의 문학 생애에서 다른 지역문학인에 견주어 이 시기 남달리 활발한 활동을 벌인 일로 말미암는다. 문제적인 것은 어쩌면 그들의 문학 성향을 엿볼 수 있는 가장 주요한 고리를 이 시기 활동에서 엿볼 수 있다는 사실에서 말미암는다. 이원수의 부왜문학과 남대우의 폭발적인 발표 역량이 그것이다.

문학 향유 활동의 처음과 끝은 문학제도 내화의 과정이라 해서 부풀림이 아니다. 그 가운데서 매체는 핵심 고리 몫을 한다. 매체 활동의 특이성은 작품 내용에 대한 섣부를 해석보다 더 적확한 문학 이해의 표지가 될 수도 있다. 나라잃은시대 후기는 한글로 된 매체 활동이 썩 줄어들고, 매체 활동 자체가 당대 식민 책략의 영향을 직접적으로 받고 있었던 때다. 작품 발표는 이념 선택과 대응의 공간으로 바로 건너서기까지 한다. 따라서 이 시기로 나아갈수록 매체 활동은 더욱 꼼꼼하게 다루어질 일이다.[4] 이 글은 나라잃은시대 후기 이원수와 남대우를 중심으로 이 둘의 문학 매체 활동에 대한 실증적 해명에 이르고자 하는 목표 아래 쓴다.

---

4 1938년부터 1945년까지 나라잃은시대 후기의 문필활동은 김윤식이 이중어글쓰기라 중립적으로 일컬었던 모습으로 수렴된다. 이 시기는 이른바 제국언어인 '국어'(왜어) 쓰기의 전체화에 더하여, 그 아래 '지방어' 가운데 하나로서 '조선어' 쓰기가 역설적으로 허용되기도 했다. 조선어학회박해폭거를 저지르는 한쪽으로 이른바 '신체제'의 효과적인 생활언어로서 한글이 넓게 누빌 자리가 주어진 것이다. 그 틈새에서 『매일신보』·『만선일보』·『춘추』·『반도의 빛(半島の光)』(선문판)·『아이생활』과 같은 한글 매체와 『일본부인』 '조선판'과 같은 왜어 잡지의 한글본이 활동하였다. 따라서 이 시기 한글로 된 작품 발표 행위는 나라잃은시대 어느 시기보다 식민 체제에 대한 대응이념 문제와 이어져 있다. 이원수와 남대우야말로 이 문제에 깊숙이 가닿아 있는 경남·부산 지역 어린이문학인이다. 이들의 매체 활동뿐 아니라, 작품 속살에 대한 깊이 있는 풀이가 이루어져야 하는 까닭이 여기에 있다. 그러나 이 일은 글의 목표에서 벗어난다. 다음 기회로 미룬다. 아래 글에서 이중어글쓰기에 대해 도움 받을 수 있다. 김윤식, 『일제 말기 한국 작가의 일본어 글쓰기론』, 서울대 출판부, 2003; 배개화, 「1930년대 말 '조선' 문인의 '조선어'를 바라보는 두 가지 관점」, 『우리말글』 33집, 우리말글학회, 2005.

이 일을 위해 먼저 이 시기 작가의 작품 발표 목록을 확정한다. 그 과정에서 이제까지 알려지지 않았던 작품 발굴과 새로운 문학적 사실이 밝혀질 것이다. 두 사람의 다른 모습이야말로 나라잃은시대 후기 경남·부산 지역 어린이문학의 자리를 고스란히 암시해 줄 것으로 믿는다.

2. 이원수와 문학적 명성의 그늘

1) 기록 오류와 작품의 누락

동원 이원수만큼 한국 근대 어린이문학계에서 사랑받고 상찬을 받아 온 작가는 드물다. '한국 어린이문학의 거두', '삶과 글을 통해 이 땅의 어린이들에게 희망을 준 거울', '민족 어린이문학의 대가'라는 찬사가 그를 꾸며 온 말이다. 게다가 1년에 걸쳤다고 알려져 온 투옥 경험으로 말미암아 '뚜렷한 저항정신을 가진 항일투사'로까지 올라선 그의 삶과 문학은 아무도 넘볼 수 없을 듯 싶다. 다른 의심이 끼어들 틈이 없다. 그리고 그 세월은 이원수 작사, 홍난파 작곡의 노래 「고향의 봄」이 우리 사회에 대를 물리며 만들어 낸 오랜 추억·사랑과 마찬가지로 깊다. 한 작가에 대한 명성이 누구에 의해, 어떠한 길로 생산·재생산되었는가라는 물음을 깊이 있게 따져 들 새도 없었다. 이런 가운데서 이원수가 쓴 부왜 작품을 알린 글[5]은 작가 이원수에 대한 호오에 관계없이 많은 이를 당혹스럽게 했을 것이다.

그런데 좀 더 깊이 있게 이원수 문학에 다가설라치면 뜻밖에 이원수만큼 덜 알려졌거나, 잘못 알려져 온 명망가도 드물다고 해야 할 정도다. 당혹감은 이제 고스란히 연구자의 몫으로 안겨 든다. 이원수가 누리고 있는 높은 명성과는 거꾸로 그의 지난 삶과 문학에 대해 낮은 이해 수준과 자료가 엉성한 데서 오는 당혹감이다. 일이 이렇게 된 데에는 누구보다 어린이문학 연구자가 1차 책임을 떠맡을 일이다. 그런데 의도 유무를 확언하기는 힘드나 작가 이원수가 떠맡아야 할 자리가 결코 가볍지 않아 보인다. 나라잃은시대 후기 이원수의 부왜 작품 활동이 그런 판단을 뒷받침한다.

이원수는 1924년 『신소년』에 「봄이 오면」을 처음으로 선뵌[6] 뒤 1945년까지 모두 125편 남짓한 작품을 발표했다. 이 가운데서 동시(동요)는 광복 뒤 동시집 『종달새』를 내면서 한 차례 가려뽑아 갈무리했다. 그들은 다음 시집인 『빨간 열매』[7]에 거의 그대로 되실렸다. 『종달새』에는 동시 33편을 담았다. 그러면서 작품 끝에 부차텍스트로서 실린 지면은

---

5 이원수의 부왜 작품에 대해서는 박태일의 「경남 지역문학과 부왜활동」('2002 경상대 인문학과학연구소 쟁점토론회')에서 처음 다루었다. 그 뒤 박태일의 「이원수의 부왜문학 연구」(『배달말』 32집, 배달말학회, 2003)에서 따로 떼어 살폈다. 이 두 글은 『경남·부산 지역문학 연구 1』(청동거울, 2004)에 되실렸다. 그리고 이 글들에 대한 학계의 첫 반응이 김화선의 「이원수 문학의 양가성」(『친일문학의 내적 논리』, 역락, 2003)이다.

6 박태일, 「나라잃은시대 어린이매체로 본 경남·부산 지역 어린이문학」, 『한국문학논총』 37집, 한국문학회, 2004.

7 이원수의 동시 작품은 『종달새』(새동무사, 1947)를 거쳐 『빨간 열매』(아인각, 1964)와 『너를 부른다』(창작과비평사, 1979), 그리고 『고향의 봄—동요·동시』(이원수어린이문학전집 1)(웅진출판, 1993(본문에서는 『전집 1』이라 적음)), 『이 아름다운 산하에』(이원수어린이문학전집 26)(웅진출판, 1984(본문에서는 『전집 26』이라 적음))에 부분 수정을 거치면서 되실렸다.

뺀 채, 실린 년월 또는 해를 밝혔다. 「가시는 누나」 한 편만 예외다.[8] 그런데 나머지 32편의 게재년월 기록에 대한 사실 여부를 알아본 결과, 바르게 적힌 것을 눈으로 확인할 수 있었던 작품은 「염소」 한 편뿐이다.[9] 너무 뜻밖의 결과다. 이제 『종달새』에 실린 작품을 게재 사실 확인이 가능했던 것과 그렇지 못했던 것, 그리고 을유광복에 앞선 것과 뒤선 것으로 나누어 연대순으로 다시 펼쳐 보인다. 게재 연월 기록에 대한 그 뒤 변천과 수정·보완 사항, 그리고 원본 확인 상황은 옆에서 보였다.

〈표 1〉 『종달새』 작품 문헌지

	『종달새』	『빨간 열매』	『전집 1』	원본 확인
1	「헌 모자」(1929.10)	『동아일보』(1929)	『어린이』(1929)	『조선일보』(1930.2.20)
2	「잘 가거라」(1929.7)		『어린이』(1930)	『어린이』(1930.9)
3	「찔레꽃」(1930.5)	『어린이계』(1930)	『신소년』(1930)	『신소년』(1930.10) 수록
4	「눈 오는 밤에」(1931.12)		『어린이』(1931)	『신소년』(1934.2)[10]
5	「부엉이」(1935.10)	『조선일보』(1935)	『조선일보』(1935)	『조선일보』(1939), 수정 게재
6	「새봄맞이」(1936.1)		『소학생』(1947)	『소학생』(1947.3)
7	「보오야 넨네요」(1938.8)	『소년』(1938)	『소년』(1938)	『소년』 수록(1938.10)
8	「밤눈」(1938.11)		『종달새』(1936)[11]	「눈 오는 밤」, 『조선일보』(1940.1.28)
9	「앉은뱅이꽃」(1939.12)		『종달새』(1939)	『조선일보』(1940.3.31)

8 연구사가 지닌 『종달새』는 책 앞쪽이 몇 장 떨어져 나간 파본이다. 따라서 앞에 실렸던 세 편, 곧 「종달새」와 「종달새 노래하면」, 그리고 「자장 노래」 경우는 게재 연월 표시를 확인할 수 없었다. 그러나 그 뒤 나온 동시집 『빨간 열매』의 '작품 연대 기타'에 실린 기록으로 그 게재 내용을 거꾸로 확인할 수 있다.

9 원본에 '1940.1'로 적혔다. 이 작품은 『조선일보』 1940년 1월 20일 치에 실려 있는 것이니, 기록된 사실이 옳다. 그리고 이원수 스스로 자신의 작품집에다 여느 사람들의 것과 달리, 부정확한 사실이 있을 것임을 알리는 표지를 두고 있다. "부정확한 점을 발견하신 분은 정정을 위해 알려주시면 감사하겠습니다.(이원수)" 이원수, 「작품 연대 기타」, 『빨간 열매』, 아인각, 1964, 150쪽.

10	「염소」(1940.1)	발표지 미상(1940)	『종달새』(1940)	『종달새』(1940)
11	『종달새』(1940)	발표지 미상(1940)	『종달새』(1940)	『반도의광』(1942.6)
12	「자장 노래」(1942)	발표지 미상(1942)	『소년』(1942)[12]	『소년』수록(1940.7)
13	「달밤」(1946.9)	『소학생』(1949)	『소학생』(1947)	『소학생』(1947.10)
14	「기차」(1928.5)		『어린이』(1928)	미확인
15	「설날」(1930.1)		『어린이』(1930)	미확인
16	「정월 대보름」(1930.2)		『어린이』(1930)	미확인
17	「이삿길」(1932.2)	『신소년』(?)(1932)	『신소년?』(1932)	미확인
18	「포푸라」(1932.10)		『어린이』(1932)	미확인
19	「첫 나드리」(1938.4)		『어린이』(1938)	기록자 잘못으로 미확인[13]
20	「보구 싶던 바다」(1939.7)		『종달새』(1939)	미확인
21	「양말 사러 가는 길」(1939.11)	『조선일보』(1939)	『조선일보』(1939)	『조선일보』미수록, 미확인
22	「빨강 열매」(1940.1)	발표지 미상(1940)	『종달새』(1940)	미확인
23	「가없은 별」(1941.11)	발표지 미상(1941)	『종달새』(1941)	미확인
24	「군밤」(1942.11)		『종달새』(1942)	미확인
25	「꽃불」(1942.6)	『새동무』(1942)	『새동무』(1942)	『새동무』미입수로 미확인[14]
26	「종달새 노래하면」(1943)	「종달새 노래하면」(1943)	『종달새』(1943)	미확인
27	「개나리 꽃」(1945.3)	발표지 미상(1945)	『종달새』(1945)	미확인
28	「버들피리」(1946.3)		『종달새』(1946)	미확인
29	「첫눈」(1946.9)		『종달새』(1946)	미확인
30	「병원에서」(1946.9)	『새동무』(1946)	『새동무』(1946)	미확인
31	「저녁」(1946.9)	『새동무』(1946)	『새동무』(1946)	미확인
32	「가을밤」(1946.10)		『어린이』(1948)	미확인
33	「가시는 누나」	『별나라?』(1929)	『별나라?』(1929)	미확인

10 「눈오는 저녁」을 고쳐 실었다.

11 『종달새』에서는 1938.11로 되어 있으나, 『전집 1』에서는 1936으로 고쳤다. 『종달새』 수록 사실을 밝혔을 경우 『전집 1』원문에는 "편집자주 : 시집 『종달새』에 수록되었음"이라 적고 있으나, 여기서는 줄여서 『종달새』로만 적는다.

12 『소년』은 1937년 4월 창간호로 시작하여, 1940년 12월치로 폐간된 매체다. 1942년에는 『소년』 발행 사실이 없다.

표에서 보는 바와 같이 실린 연월을 확인할 수 없는 작품은 20편에 이른다. 그 까닭은 해당 작품이 실린 매체를 손수 찾아 눈으로 확인할 수 없었던 데 있다. 이 가운데서 뒷날 나온 『전집 1』에서 실린 곳을 찾아 밝힌 것이 5편이다. 「양말 사러 가는 길」(『조선일보』, 1939.11) · 「첫 나드리」(『어린이』, 1938.4) · 「포푸라」(『어린이』, 1932.10) · 「설날」(『어린이』, 1930.1) · 「기차」(『어린이』, 1928.5)가 그것이다. 그러나 이들도 확인 결과 「양말 사러 가는 길」 · 「첫 나드리」 · 「기차」 세 편은 잘못 밝힌 것이다.[15] 다시 미확인으로 남게 된 셈이다. 연구자가 손수 작품 확인을 할 수 없었던 「설날」 · 「포푸라」 두 편은 『전집 1』 엮은이가 적은 지면과 연월이 옳다고 보아 그대로 따를 수밖에 없다 한다면 미확인 작품은 18편이다. 이 18편의 게재 연월에 대한 정확도는 앞으로 문헌 발굴 여부에 따라서 제대로 확인할 수 있는 기회가 있을 것이다. 그리고 그럴 때 『종달새』의 애초 기록에 잘못이 있을 경우의 수는 더욱 늘어날 것이 불 보듯 뻔하다.

이렇듯 미확인 상태로 있는 작품 수가 많은 사실은 우리 어린이문학

13　『어린이』는 1934년 7월치까지 통권 122호를 냈고, 광복기 1948년 5월치로 복간하여 1949년 12월치까지 15권을 다시 냈다. 1938년도에는 『어린이』가 폐간되었을 때로 낸 사실이 없다.

14　그러나 1942년에는 『새동무』라는 매체가 없었던 것으로 보여 기록자 잘못으로 말미암은 미확인 상태다. 『새동무』는 1920년에 한석원의 손으로 한 차례, 광복기에 김원룡의 손으로 한 차례, 모두 두 차례 나온 어린이잡지다.

15　현재 확인 결과 「양말 사러 가는 길」은 1939년도 조선일보에 실린 적이 없다. 『빨간 열매』를 엮으면서 이원수가 손수 고쳐 둔 것을 『전집 1』 엮은이가 그대로 따랐을 가능성이 가장 크다. 그리고 「첫 나드리」가 실렸다고 적고 있는 1938년도에는 『어린이』가 정간되었던 때다. 따라서 연대 자체가 거짓이다. 그리고 「기차」는 1928년 5월에 『어린이』에 실렸다고 적혀 있다. 그러나 해당 지면을 살펴본 결과 작품 게재 사실을 확인할 수 없다. 따라서 이 작품들은 죄 미확인이 되는 셈이다. 「포푸라」, 「설날」의 경우는 1932년과 1930년 『어린이』 게재로 밝히고 있다. 연구자가 손수 확인할 수 없었던 호수가 1932년도에는 7호, 1930년은 1호가 있는 까닭에 현재로써는 『전집 1』 수정 사실을 그대로 따른다.

연구에 있어 고질인 자료 부실 상태로 말미암은 일로 마냥 몰아붙이고 말 수도 있다. 그런데 앞에서 본 바와 같이 『전집 1』에서 수정 게재하고 있는 속살조차 5편 가운데서 다시 3편이나 잘못을 확인할 수 있었다는 사실은 그 일의 원인을 단순히 자료 입수 여부 탓으로만 돌릴 수 없게 만든다. 또한 그것은 다시 한 번 자료 미확인으로 돌려놓은 작품 18편도 상당수가 잘못 기재되었을 개연성이 크다는 점을 일깨워 준다. 게다가 실린 사실을 확인할 수 있었던 13편의 경우도 1편을 제외하고는 12편이 죄다 실린 연월에 잘못이 있음은 보는 바와 같다. 거듭하거니와 『종달새』에 실린 33편 가운데서 작품 끝에 실린 연월을 밝히지 않은 「가시는 누나」 1편을 제쳐 두고, 나머지 32편 가운데서 「염소」 1편을 제외한 나머지 31편의 확인이 어렵거나, 잘못 기록되어 있다.

이원수 생존 시 냈던 동시집 『빨간 열매』에서는 『종달새』보다 더 많은 작품이 실리고, 기록 또한 수정·보완한 상태로 올라 있다. 『종달새』에 실린 작품도 가려뽑아 실었다. 『빨간 열매』에 실린 작품을 대상으로 1950년 6월 앞까지 발표한 것으로 적혀 있는 작품 24편에 대한 원본 확인 결과를 표로 보이면 다음 쪽과 같다.

표에서 보는 바와 같이 24편 가운데서 원본을 확인할 수 없는 것은 8편이다.[16] 확인할 수 있는 16편 가운데서 기록이 올바른 것은 7편[17]이다. 기록이 잘못된 것은 9편[18]에 이른다. 많은 작품이 『종달새』에서 본

---

16 「어디만큼 오시나」·「공작」·「봄시내」·「너를 부른다」·「저녁」·「누가 공부 잘하나」·「부르는 소리」·「등불」이 그것이다.

17 「고향의 봄」·「아카시아꽃」·「자전거」·「오끼나와의 어린이들」·「송화 날리는 날」·「토마토」·「산길」이다.

18 「나무 간 언니」·「고향 바다」·「전봇대」·「밤시내」·「빨래」·「돌다리」·「밤중에」·

	『빨간 열매』	『전집 1』	원본 확인	비고
1	「고향의 봄」, 『어린이』(1925)	『어린이』(1926)	『어린이』(1925.4)	전집 연도 틀림
2	「전봇대」, 『조선일보』(1935)	상동	『조선일보』(1940.2.25)	
3	「나무 간 언니」, 『조선일보』(1936)	상동	『소년』(1940.10)	
4	「자전거」, 『소년』(1937)	상동	『소년』(1935)	원제 「오빠의 자전거」
5	「아카시아꽃」, 『소년』(1937)	상동	『소년』(1937.10)	원제 「아카시아」
6	「고향 바다」, 『소년』(1937)	『소년』(1939)	『소년』(1939.4)[22]	『전집 1』 연도 정정
7	「밤 시내」, 『조선일보』(1937)	『소년』(1948)	『조선일보』(1940.6.9)[23]	재발표
8	「빨래」, 『주간 소학생』(1938)	『주간 소학생』(1946)	『半島の光』(1942.6)	재발표
9	「오끼나와의 어린이들」, 『주간 소학생』(1946)	상동	『주간 소학생』 창간호 (1946)	
10	「돌다리」, 『소학생』(1946)	상동	『조선일보』(1940.4.28)[24]	재발표
11	「밤중에」, 『소학생』(1946)	『아동문화』(1948)	『아이생활』(1943)	원제 「어머니」 개고 재발표
12	「송화 날리는 날」, 『아동문학』(1947.?)	상동	『아동문학』 3호(1947.7)	
13	「토마토」, 『아동문화』(1948)	상동	『아동문화』 1집(1948)	원제 「도마도」
14	「산길」, 『소학생』(1949)	상동	『소학생』 70호(1949)	
15	「진달래」, 『진달래』(1950)	『소학생』(1949)	『소학생』 66호(1949.4)	
16	「저녁」, 『소학생』(1947)	『소학생』(1948)	『소학생』(1948.9)	
17	「어디만큼 오시나」, 『소년』(1936)	상동	미확인	
18	「공작」, 『신시대』(1936)	상동	미확인	
19	「봄 시내」, 『소년』(1938?)	『새동무』(1946)	미확인	
20	「너를 부른다」, 『어린이신문』(1946)	상동	미확인	
21	「부르는 소리」, 『어린이신문』(1946)	상동	미확인	
22	「누가 공부 잘하나」, 『음악 공부』(1948)	상동	미확인	
23	「삘기」, 『소년세계』(1948)	상동	미확인	『소년세계』는 1952년에 창간
24	「들불」, 『어린이나라』(1949)	상동	미확인	

「저녁」·「진달래」가 그들이다.

바와 마찬가지로 발표 매체명이나 발표 연대에서 잘못을 저지르고 있다. 그리고 수록시 24편 가운데서 뒷날 『전집 1』에서 수정을 한 것은 8편[19]이다. 그 속에서 잘못을 바로잡은 것이 7편,[20] 『전집 1』에서 오히려 잘못을 저지른 것이 1편[21]이다. 바로잡기 위한 노력을 『전집 1』 엮은이는 많이 기울인 셈이다.

『빨간 열매』의 기록을 엮은이가 그대로 따른 작품은 16편이다. 그 가운데서 원본 확인을 할 수 없는 「어디만큼 오시나」·「공작」·「너를 부른다」·「누가 공부 잘하나」·「삘기」·「부르는 소리」·「들불」 7편을 제외하면 9편[25]은 원본 확인이 가능한 작품이다. 그 가운데서 다시 확인 결과 『빨간 열매』 기록이 올바른 것은 6편[26]이다. 나머지 3편[27]은

19　「고향의 봄」·「고향 바다」·「밤 시내」·「빨래」·「봄 시내」·「저녁」·「밤중에」·「진달래」다.

20　「고향 바다」·「밤 시내」·「봄 시내」·「저녁」·「빨래」·「밤중에」·「진달래」다. 이 가운데서 「밤 시내」·「밤중에」·「빨래」 세 편은 1940년도와 1943년도 발표 작품의 재발표임을 알 수 없었던 까닭에 광복기 게재지만 옳게 밝혔다. 그리고 「밤중에」가 실렸다고 적은 『아동문화』(1948) 1집의 「밤중에」는 이원수가 자신의 평론 「동시의 경향」 속에서 인용한 것이다. 「밤중에」의 재발표는 『주간 소학생』(1946) 17호에서 먼저 이루어졌다. 「봄 시내」가 실렸다고 기록한 『새동무』(1946)는 손에 넣을 수 없어 『전집 1』의 기록이 옳은 것으로 넘겨 둔다.

21　「고향의 봄」의 발표 연도를 1926년으로 적었다. 실수로 보인다.

22　햇수만 틀린다.

23　수정되었다.

24　원제는 「돌다리 노차」다. 1946년 3월 『주간 소학생』 창간호에 실을 때 「돌다리」로 고쳤다. 『빨간 열매』에서도 『돌다리』였으나, 『전집 1』에 이르러 「징검다리」로 다시 바뀌었다.

25　「나무 간 언니」·「아카시아꽃」·「자전거」·「전봇대」·「오끼나와의 어린이들」·「돌다리」·「송화 날리는 날」·「토마토」·「산길」.

26　「아까시아 꽃」·「자전거」·「오끼나와의 어린이들」·「송화 날리는 날」·「토마토」·「산길」.

27　「나무 간 언니」·「전봇대」·「돌다리」다. 「돌다리」는 1946년 『소학생』 발표 사실은 올바르나, 그것이 1940년 『조선일보』의 재발표인 것을 확인하지 않았던 탓에 『소학생』 발표만 적고 있어 잘못을 저질렀다.

잘못 적힌 사실을 확인할 수 있다. 그리고 이 잘못은 고스란히 『전집 1』 엮은이들이 『빨간 열매』의 연대 기록을 그대로 믿고 따랐기 때문에 나타난 것이다.

을유광복 이전 작품 가운데서 『빨간 열매』에 이원수가 처음 찾아 수록한 작품은 「고향의 봄」에서 「봄 시내」까지 11편과 「돌다리」・「밤중에」 2편을 더해 모두 13편이다. 그 가운데서 원본 확인이 되지 않는 3편을 제외한 10편[28] 가운데서 『빨간 열매』의 기록이 올바른 것은 「고향의 봄」・「아카시아 꽃」・「자전거」 3편뿐이다. 나머지 7편은 기록이 잘못된 것이다. 그리고 그것은 주로 1939년에서 1942년 사이에 발표했던 작품임에 눈길을 줄 필요가 있다. 『종달새』와 마찬가지로 『빨간 열매』에서도 게재 연월이나 실린 곳에 있어서, 기록 잘못은 한결같다.[29]

이제 이 글에서 범위로 삼고 있는 나라잃은시대 후기인 1938년부터 1945년까지 이원수가 쓴 작품을 확정 지을 차례다. 모두 43편 정도로 갈무리할 수 있다.[30] 이 시기 이원수의 작품을 가장 많이 갈무리하고 있는 『전집 1』과 그 죽보기 기록, 그리고 연구자가 찾아낸 작품을 모두

---

28 「어디만큼 오시나」・「공작」・「봄 시내」는 원본 확인이 되지 않는다. 나머지 「고향의 봄」・「어디만큼 오시나」・「아카시아꽃」・「자전거」・「고향바다」・「전봇대」・「밤 시내」・「빨래」・「돌다리」・「밤중에」는 확인했다.

29 『빨간 열매』를 엮으면서 이원수는 작품 게재지와 연도를 밝히고 있다. 『종달새』의 잘 못을 바로잡겠다는 의도도 엿보인다. 따라서 같은 작품도 수정을 거치곤 했다. 그럼에도 나라잃은시대 후기 작품들에 대한 정정은 이루어지지 않고, 혼란을 거듭하고 있다. 『주간 소학생』이 1938년에 나온 매체로 엉뚱하게 적히기도 했다. 그 까닭을 "적지 않은 변동"과 "6・25의 손아귀" 탓으로 돌리고 있지만, 의도적인 착란이 아니라면 매우 불성실한 기록이라고 볼 수밖에 없다. 이원수, 「동시집을 내면서」, 『빨간 열매』, 아인각, 1964, 144~145쪽.

30 『아이생활』 1943년 9월호에 「고향의 봄」이 재수록되었으나, 이것은 통계에서 뺐다.

모은 것이다. 이 가운데서 이원수 생전에 나왔던 『종달새』・『빨간 열매』・『너를 부른다』[31]・『전집 1』에 기록은 있으나 원본을 확인할 수 없는 13편[32]은 제외한다. 모두 30편이 남는다. 이 속에서 이원수 작품을 집대성한 가장 가까운 시기의 것인 『전집 1』에 미수록된 작품은 모두 12편이다. 미수록으로 남아 있었던 부왜 작품이 5편, 이 글에서 발굴한 작품이 7편이다. 이 시기에 이미 발표했으나 그 사실을 광복기나 그 뒤에 알리지 않아 광복기 작품으로 잘못 받아들여지고 있었던 재발표작 7편은 『전집 1』에는 실려 있으나, 죽보기에는 처음으로 오른다. 죽보기로만 본다면 나라잃은시대 후기에 이원수가 쓴 작품 30편 가운데서 19편이 이제까지 빠져 있었던 셈이다. 63.3%에 해당하는 작품이다. 그 30편 죽보기는 뒤에 올린 '붙임 1'로 확인할 수 있다.

그런데 그 30편 가운데서 동시 「야옹이」・「공」・「밤」・「기차」・「언니 주머니」・「저녁노을」・「봄바람」 7편은 이제까지 이원수 저작집 어디에도 실리지 않았던 미발굴 작품이다.[33] 그리고 7편은 광복기

---

31 『너를 부른다』(창작과비평사, 1979)는 이원수가 영면하기 두 해 앞서 나온 동시집이다. 1945년 이전 작품으로는 「이삿길」・「꽃피는 4월 밤에」・「그림자」・「낙엽」 네 편을 추가로 올리고 있다. 나머지는 『종달새』와 『빨간 열매』를 그대로 옮겼다. 추가 네 편 가운데서 「꽃피는 4월 밤에」와 「이삿길」은 원본 확인을 할 수 없다. 『전집 1』은 이들을 모으고, 새 작품을 더해 모두 159편에 이르는 작품을 싣고 있다.

32 「아침 노래」・「첫나들이」・「보구 싶던 바다」・「양말 사러 가는 길」・「빨간 열매」・「가엾은 별」・「꽃 피는 4월 밤에」・「꽃불」・「자장 노래」・「군밤」・「종달새 노래하면」・「웃음」・「개나리꽃」이다. 이 가운데서 「꽃 피는 4월 밤에」 한 편은 『너를 그린다』부터 더해졌고, 나머지는 『전집 1』에서 새로 올린 작품이다.

33 이들의 됨됨이나 시사적 의의에 대한 해명은 실증적 파악에 초점을 둔 이 글의 목표에서 벗어나는 일이다. 다음 기회에 다루어질 것이다. 다만 이들이 부왜적 성격과는 거리를 둔 작품으로, 이원수 동시 가운데서도 미학적 완성도가 높은 수작들이라는 점만을 짚어 놓고자 한다.

에 재발표한 것이다. 기존 이원수 관련 문헌에서는 놓쳤던 사실들이다. 원본 확인에 따르면 이원수가 생시에 냈던 작품집 『종달새』·『빨간 열매』·『너를 부른다』에서 이 시기 작품 수록 사실이 올바르게 기록된 것은 고작 「염소」 한 편뿐이다.[34] 그리 길지도 않은 7년 남짓한 짧은 기간, 곧 1938년에서 1945년 사이에 쓰인 작품 30편 가운데 「염소」 한 편을 제쳐 둔 29편이 게재 연월이건 매체명이건 그 정보 제공에 잘못을 범하고 있다. 30편 가운데서 12편은 아예 미수록된 작품이라는 참담한 사실은 무엇을 뜻하는가. 게다가 이 시기 작품 활동은 알려져 온 정보와 달리 나라잃은시대 이원수의 활동 가운데서 두 번째로 왕성했던 때였다는 사실도 눈여겨볼 일이다. 가장 꼼꼼한 이원수 관련 해적이에서조차도 아주 성글게 지나쳤던 자리다.[35]

이제껏 본 바와 같이 『종달새』·『빨간 열매』에 실린 작품 게재 연월이나 매체명 정보, 작품 누락과 같은 여러 잘못이 있음을 살폈다. 이러한 일로 말미암아 나타나게 될 현상은 나라잃은시대 후기로 가면서 이원수의 문학 활동이 뜸해지고 소극적이 되어 간다는 느낌이다. 왜로 제국주의에 의한 민족 수탈이 극에 이르렀던 억압기, 이원수 또한 시대의

---

34 6편이 이원수 사후 낸 『전집 1』에서 새로 기워졌다. 「설날」·「밤」·「애기와 바람」·「자장노래」·「나무 간 언니」·「니 닦는 노래」가 그것이다. 이 가운데서 그 기록에 잘못이 없는 작품은 「설날」·「자장노래」 둘에 지나지 않는다. 이것도 가까운 유족의 자료 제공에 크게 따른 결과로 보인다.

35 첫 작품을 발표한 1924년부터 1945년까지 연도순으로 원본을 확인할 수 있었던 작품을 중심으로 살펴보면 한 해에 가장 많은 작품을 발표한 해는 1930년 23편이다. 그 다음 1940년이 12편, 1926년이 10편, 1929년이 9편이었다. 나머지 해들은 한 해 2~5편 정도 발표가 이어졌다. 상대적으로 활발했던 1940년도의 모습은 쉬 알 수 있다. 『전집 20』의 죽보기(433쪽)에서 "1940년 30세 동시 「종달새」·「빨간 열매」 등을 발표하다." 짧게 적혀 있는 자리다.

위축과 마찬가지로 고난스런 문학 활동을 했을 것이라는 암시가 그것이다. 그러나 실상은 그렇지 않다는 사실이 이미 뚜렷하게 드러났다. 나라잃은시대 후기 이원수는 이제까지 알려졌던 것보다 매우 활발한 문학 활동을 했던 것이다.

그런데 이원수의 기억이나 개인 스크랩 또는 가까운 이의 자료 제공에 기대 펴냈을 작가 생전의 작품집에서는 이들 작품의 발표 연대나 게재지, 또는 작품 자체의 실재에 대한 정보가 매우 불명확하고 잘못된 상태로 알려져 있었다. 따라서 일이 이렇게 된 책임은 고스란히 이원수가 져야 할지 모른다. 이 시기 새로운 발굴 작품 7편을 더하고, 30편에 이르는 왕성한 작품 죽보기 가운데서 29편에 대한 기록의 잘못을 바로잡았다. 어느 작가에게서나 조금씩은 엿볼 수 있는 이 시기 문학 활동에 대한 의도적 망각이나 착종 상태를 이원수에게서는 상대적으로 심하게 느낌은 어쩔 수 없는 일이다. 이것은 아마 이 시기 정보의 첫 제공자였던 이원수에게 오래도록 이 시기 기억에 대한 착종과 억압이 깊이 존재했다는 점을 미루어 반증하는 일이 아닐까. 따라서 문제는 정보 기재 잘못이나 작품 누락에서 더 나아가 아직까지 알려지지 않았던 재발표 사실의 은폐 문제로 한발 더 건너선다.

2) 재발표와 기억 훼손

원본 확인을 거친 매체 활동을 잣대로 삼아 나라잃은시대 후기 30편에 이르는 이원수의 작품 활동에 대한 죽보기를 앞에서 마련했다. 그런데 그 속에서 새로운 발굴 작품 못지않게 눈길을 끄는 점이 있다. 잠시 살폈

〈표 3〉 재발표 작품 죽보기

	이름	첫 발표 매체	재발표 매체	변경 내용
1	「전기째」	『소년 조선일보』 (1940.2.25)	『소학생』 (1948. 12월치)	소폭 수정
2	「애기와 바람」	『소년 조선일보』 (1940.3.17)	『주간 소학생』 32호 (1946.11)	소폭 수정
3	「돌다리 노차」	『소년 조선일보』 (1940.4.28)	『주간 소학생』 6호 (1946.3)	「돌다리」로 제목 변경, 무수정
4	「밤시내」	『소년 조선일보』 (1940.6.9)	『소년』 창간호 (1948)	소폭 수정
5	「니 닦는 노래」	『매일신보』 (1941.10.26)	『주간 소학생』 7호 (1946.3)	중폭 수정
6	「빨래」	『반도의광』 55호 (1942.6.1)	『주간 소학생』 5호 (1946.3)	무수정
7	「어머니」	『아이생활』 9월호 (1943.9)	『주간 소학생』(1946)	소폭 수정

던 바와 같이 광복기에 처음 발표한 작품으로 믿어 왔던 것 가운데서 적지 않은 수가 이미 나라잃은시대 후기에 발표를 거친 작품이라는 사실이다. 이원수는 광복기에 동화 갈래에 눈을 돌리기도 했으나, 광복 앞 시기부터 주류를 이루었던 동시 창작과 발표를 게을리 하지 않았다. 원본 확인이 가능한 작품 수만 40편을 넘는다.[36] 그 가운데 7편이 재발표[37] 형식

---

36 기록에만 따르면 그 수는 55편에 이른다.

37 재수록이라 하지 않고 재발표라는 일컬음을 쓰는 까닭은 아래와 같다. 첫째, 이들 작품을 실은 광복기 매체는 모두 기발표 작품을 재수록하는 관행을 지니지 않았다. 둘째, 거기다 앞서 발표한 작품에 대한 전면적인 개고를 거친 뒤 새 작품처럼 발표하는 경우도 아니다, 셋째, 이들 작품의 재수록에 대한 어떠한 지표도 이원수는 생전에 남겨 놓지 않고 있을 뿐 아니라, 앞선 시기에 발표했던 작품에 대한 그의 의도적인 망각과 은폐를 의심할 만큼 앞선 발표 사실과는 절연한 태도를 엿볼 수 있다. 넷째, 이 시기 말고 따로 이원수가 작품을 재수록하는 경우는 현재로써는 찾을 수 없다. 다섯째, 비슷한 시기에 작품의 오류를 바로잡아 다른 곳에 거듭 싣는 중복수록도 아니다. 따라서 이러한 여러 태도의 뜻을 마땅하게 살리기 위해 재발표라는 용어를 이끌어 쓴다.

을 띠고 있는 것이다. 재발표 내용을 묶어 보이면 위의 표와 같다.

동시집에 빠진 미발굴작 7편과 같은 7편을 이원수는 광복기에 재발표를 하고 있다. 이들을 합치면 1938년~1945년 사이에 발표한 동시 27편 가운데서 52%가 이제까지 알려지지 않았던 셈이다. 재발표작만 따지면 26%가 된다. 그리고 그들은 죄다 1940년에서 1943년 사이에 발표한 작품이다. 왜로에 의한 이른바 '국민총동원'과 '국민총력'이 저질러진 시기에 쓰였다. 민족문학의 고난스러운 억압기였으나 이원수 개인에게는 씻기 힘든 부끄러움을 안겨 주었을 부왜 작품 창작과 발표 사실이 가로놓여 있는 때다. 그러니 아무리 혼란한 광복기였다 하더라도 쉬 잊을 수 있거나 쉬 잊혀질 수 없을 가까운 과거요, 작품 활동의 실체였을 터이다. 그럼에도 이원수는 어떤 뜻에서인지 그 시기 발표 사실을 잊은 듯 재발표 형식을 빌리고 있다. 게다가 그 과정에서 작품의 외적 맥락을 손질하려는 의도가 엿보이는 재발표작도 있다.

① 사악 삭 닦는다
웃니 아랫니
삭삭 닦는다
압니 어금니.

니 잘 닦는 아이는
하얀 니 이쁜 니
우슬째 반작 반작
보기 조와요.

써억 썩 닥는다
햇님도 니 닥는다
산 우에서 벙글 벙글
우스면서 닥는다.

니 잘 닥는 햇님은
빗나는 하얀 니
왼 세상 번적 번적
밝기도 해요.

—「니 닥는 노래」38

② 싸악 싹 닦는다.
웃ㅅ이, 아래ㅅ이.
싸악 싹 닦는다.
앞ㅅ이, 어금ㅅ이.

이 잘 닦는 아이는
하얀ㅅ이, 이쁜ㅅ이,
웃을 때 빤작빤작
보기 좋아요.

—「이 닦는 노래」39

---

38 『매일신보』, 1941. 10. 26.
39 『주간 소학생』 7호, 조선아동문화협회, 1946. 3. 25.

내적 문맥만 따지면 작품 ①은 어린이에게 구강 보건을 권하는 단순한 시다. 이를 잘 닦아 건강한 모습을 지녀야 할 것이라는 당위성을 '해'가 "왼 세상 번적 번적" 밝게 만드는 이치는 이 잘 닦기로 말미암은 것인양 노래했다. 매우 적극적으로 이 닦는 일의 보람과 효과를 드러내고 있는 셈이다. 그런데 이 작품이 놓인 시대의 외적 문맥을 함께 살피면 이러한 손쉬운 풀이에만 머물기 어렵다. 이른바 '전시동원체제' 아래 앞으로 '성전'에 나아가 건강한 '황민'으로서 목숨 바쳐 싸우게 될 이들이 '총후' '소국민', 곧 어린이다. 그들이 지켜야 할 '신생활도'이자 '후생보국'의 한 내용을 착실한 이 닦기는 품어 안고 있다.[40] '소국민'의 건강한 몸과 체력이 다름 아닌 '총후보국'인 까닭이다. 그런데 재발표작 ②에 오면 ①에서 보이던 적극적인 이 닦기 권장 의도가 많이 줄어든다. 셋째 토막과 넷째 토막을 아예 줄임으로써 이 잘 닦는 아이의 모습이 아름답게 담기는 쪽으로 표현 가치가 줄어들었다. 이러한 축소 재발표에서 알게 모르게 이원수의 자기 검열이 이루어진 것은 아닐까.

기록으로서도 이원수 스스로 나라잃은시대 후기에 썼던 작품의 재발표에 대하여 의도적인 망각의 뜻을 분명히 하고 있음을 볼 수 있다. 그리고 그것은 연구자들에게 의심없이 거듭 받아들여졌다.

①동시「너를 부른다」를 비롯하여,「송화 날리는 날」,「토마토」,「부르는 소리」,「밤중에」등은 해방 후의 어려운 생활 속에서 자라는 아이들의 모습에서 생겨난 시들이다.[41]

---

40 오억,『생활 진로』, 생활과학사, 1945.
41 이원수,「나의 동시와 나의 생활」,『너를 부른다』, 창작과비평사, 2003(개정판), 231쪽.

②이 시기(광복기 – 글쓴이)에 쓰어진 동시 「개나리꽃」(1945) (…줄임…) 「밤중에」, 「토마토」, 「성묘」, 「바람에게」(1948), 「들불」(1949)과 같은 작품들을 살피면 이것들이 앞선 시기의 시적 성취를 넘어서는 리얼리즘의 대표 작품임을 금세 알 수 있다. (…줄임…) 이원수 문학의 중핵이랄까, 가장 민감한 대목은 바로 해방기에 압축되어 있는 것이다.[42]

①에서 이원수 스스로 1943년작 「밤중에」를 "해방 후의 어려운 생활 속에서 자라는 아이들의 모습에서 생겨난 시"라 분명하게 적고 있다. 이러한 착종은 ②의 연구자에게 그대로 이어져 「밤중에」는 "리얼리즘의 대표 작품"으로, "이원수 문학의 중핵"기인 '해방기'를 대표하는 작품 가운데 하나라는 사실에 의심할 바가 없다.[43] 이원수의 마음 밑바닥에서는 이러한 후대의 혼란 사태를 짐작하고 있었을까. 그런데 「밤중에」는 그리 호락호락한 작품이 아니다. 왜냐하면 앞서 본 「이 닦는 노래」와 마찬가지로 모든 어머니들의 '총후' '근로보국'을 부추기는 내용에서 자유롭지 못한 까닭이다.

달 달 달 달

어머니가 돌리는

재봉소리 들으며

---

42 원종찬, 「이원수 판타지동화와 민족현실 – 『숲속나라』를 중심으로」, 『아동문학과 비평 정신』, 창작과비평사, 2000, 118~119쪽.

43 이런 오정보는 거듭 오늘날까지 재생산되고 있다. 김종헌도 「돌다리」·「애기와 바람」 같은 재발표작을 의심없이 광복기 대표작으로 다루고 있다. 김종헌, 「해방기 이원수 동시 연구」, 『우리말글』 25집, 우리말글학회, 2002.

저는 먼저 잡니다

"어머니도 어서

주무세요, 네."

밤중에 잠이 깨면

달 달 달 달

아직두 어머니는 안 주무시고

밤중까지

싰바누질 하시는구나

달 달 달 달

"왜 잠 깻니

어서

자거라.

어서 자거라."

재봉 소리와

어머님의

고마우신 그 말씀

잠이 들면

꿈속에도

들리웁니다.

달 달 달 달

"왜 잠 깼니

어서 자거라

어서 자거라."

―「어머니」⁴⁴

「밤중에」의 첫 발표 모습이다. 이 작품을 두고 "리얼리즘의 대표작품" 가운데 하나로 불리울 만큼 '리얼'한 울림이 살아난다면 그것이 나아갔을 자리가 어디인가는 뚜렷하다. 왜로 제국주의 '성전'에 몸바쳐 앞으로 '군신(軍神)'이 될 '지원병'의 어머니'로서 '총후보국'에 우뚝 서야 할 여성의 모습이 생생하게 담겨 있는 까닭이다. 이렇듯 「니 닦는 아이」나 「어머니」와 같은 작품의 재발표는 전혀 다른 외적 문맥 아래서 그것이 재탄생할 수 있는 계기를 마련해 준 셈이다.

그런데 이러한 이원수의 재발표 행위에는 몇 가지 풀어야 할 문제가 있다. 첫째, 재발표가 이원수 자의로 이루어진 것이 아닐 가능성이다. 이때 그 일을 권하거나 양해 사항으로 내락을 했을 사람이 있다면 그것은 재발표가 가장 많이 이루어지고 있는 『주간 소학생』과 『소학생』의 책임 편집자 윤석중일 것이다.⁴⁵ 윤석중이 이원수의 문헌 작품에 대한

---

44 『아이생활』 9월호, 아이생활사, 1943, 17~18쪽. 「밤중에」의 발표 때 제목은 「어머니」다. 이름을 「밤중에」로 바꾸고 본문을 소폭 수정해 『주간 소학생』 17호(1946.6)에 다시 실었다. 달달달 돌아가는 / 미싱 소리 들으며, / 저는 먼저 잡니다. / 책 덮어 놓고 // "어머니도 어서 / 주무세요, 네" // 밤ㅅ중에 잠이 깨면 / 달달달 그 소리, / 어머니는 혼자서 / 밤이 늦도록 / 잠 안자고 삯바누질 / 하고 계서요. / 돌리시던 미싱을 / 멈추시고 / "왜 잠 깼니? / 어서 자거라, 응" // 재봉틀 소리와 / 어머님의 / 정다우신 말소리 / 생각하면서, / 잠자면 꿈 속에도 / 들려옵니다. // "왜 잠 깼니? / 어서 자거라, 응"

아쉬움에서 재수록했을 수도 있다. 그러나 나라잃은시기 거의 마지막까지 이원수와 함께 활발하게 작품 활동을 하며 윤석중과도 가까웠던 박목월·윤복진과 같은 이의 작품 재발표는 『주간 소학생』이나 『소학생』에서 이루어지지 않았다. 다른 잡지에서도 재발표 형식을 띠는 보기가 없었다. 그러니 굳이 이원수 작품만 윤석중의 손 밖에 있었던 잡지에까지 재발표 형식을 갖추곤 했던 일을 설명하기는 어렵다. 따라서 나라잃은시대 후기 이원수 동시의 광복기 재수록은 윤석중에게 양해를 얻었건 얻지 않았건 관계없이 이원수의 자의에 따라서, 충분한 작가적 자의식을 거친 행위라는 점이 분명해졌다. 재발표 시 작품 제목을 바꾸거나 원문에 대한 수정이 많이 이루어진 작품도 있는 점, 게다가 윤석중의 편집권과 관계없는 매체에까지도 짧지 않은 세 해에 걸쳐 재발표가 이루어진 점들이 그 점을 보증한다. 이원수의 광복기 재발표는 무엇보다 본인 의사에 따른 것임이 확실한 셈이다.

---

45 윤석중은 『반도의 빛(半島の光)』55호(1942.6.1)에서 '봄노래集'이라는 표제 아래 이원수의 작품이 실렸던 같은 지면에 남대우와 함께 작품을 실었던 적이 있다. 남대우는 「어부바」·「우는 애」·「우리 아가」·「주먹쌀기」·「새벽」·「아기 우슴」의 6편을 실었고 이원수는 「쌀래」·「종달새」·「봄바람」, 세 편을 실었다. 윤석중은 「배꼽」을 실었다. '1941년 9월 10일 서울을 쩌나며'라는 부차텍스트가 붙어 있는 작품이다. 따라서 이원수의 광복기 재발표작 「빨래」의 경우는 윤석중의 눈에 이미 들었던 작품일 가능성이 있다. 그런데도 윤석중은 광복 뒤 그 작품을 자신이 이끌었던 『주간 소학생』에다 실었다. 윤석중의 묵인이 있었거나 내락을 받아 이루어진 일이라면 왜 재발표를 윤석중은 허락했을까. 윤석중은 이원수가 부왜 농민시 「보리밭혜서」를 화려하게 표제시로 발표했던 1943년 5월호 『반도의 빛(半島の光)』에서는 '가정가요집'이라는 표제 아래 다섯 편의 작품을 싣기도 했다. 그 무렵 이원수의 부왜시 발표 사실을 어린이문학인으로서 잘 알 수 있었을 자리에 윤석중이 놓인다. 그런데 비록 자신의 작품이 실렸으나, 윤석중은 자신의 작품이 『반도의 빛(半島の光)』에 실릴 그 무렵 섬나라에 유학 차 머물고 있었다. 편집을 맡았던 『소년 조선일보』에서 손을 놓고 건너간 동경이었다. 그러니 이원수가 광복기 자신이 이끌었던 매체 『주간 소학생』이나 『소학생』에 지난 재발표 작품들을 내놓았을 때, 1940년~1943년 사이에 이미 게재된 작품이라는 사실을 몰랐을 수도 있다.

둘째, 재발표에 대한 뜻을 이원수 스스로 크게 두지 않았을 수 있을 것이라는 짐작이다. 광복 혼란기에 잠시 발표욕에 사로잡혀 일어난 작가 이원수의 우발적인 일일 수도 있다. 그러나 이 경우 재발표된 작품이 하필 집중적으로 이원수 문학의 가장 부끄러운 자리일 수 있는 1940년과 1943년 사이 작품에 쏠려 있는 점을 설명할 수는 없다. 일찍이 써둔 작품이었으나 검열에 걸려 잘렸거나, 훼손이 너무 심해진 작품의 경우라면 광복기 재발표가 자유로운 첫 발표 기회가 될 수 있었을 것이다. 실제 이원수는 검열로 말미암은 몇 편의 삭제와 미수록 기록을 보인다.[46] 그러나 그러한 작품을 광복기에 발표하고 있는 경우는 보이지 않는다.[47] 게다가 광복기 『종달새』를 낼 때 이 시기 작품을 애써 싣지도 않았을 뿐 아니라, 특히 자신의 부왜 작품이 실린 『반도의 빛(半島の光)』이라는 매체명은 그의 문학 생애 어떤 기록에서도 드러나지 않는다. 조선금융조합 직원으로 생업을 꾸렸던 나라잃은시대 후기 이원수에게 아주 낯익었을 조선금융조합 기관지 『반도의 빛』이라는 이름이나 기억, 그리고 그에 실렸던 작품들에 대한 뚜렷한 홀대, 망각은 오랜 자기 억압과 긴장의 결과라고 볼 수밖에 없다.

셋째, 광복기에 재발표한 7편 가운데서 4편이나 되는 작품이 『소년조선일보』에 실렸다는 사실에 무게를 줄 필요가 있다. 『소년 조선일

46　『신소년』·『어린이』·『별나라』에서 이원수 작품의 검열에 따른 삭제 사고나 미수록 사실을 밝힌 경우가 보인다. 이 경우 삭제 작품의 제목을 밝히고 있어, 그 뒤 발표 여부를 알게 한다.

47　1947년 『새동무』 10집에 실은 「가시는 누나」는 『빨간 열매』의 기록이 맞다면 1929년도 『별나라』 소재 작품이다. 따라서 1920년대 작품이 광복기 공간에 재수록 또는 재발표되는 경우가 될 수 있다. 그러나 『빨간 열매』에 실린 기록 자체를 믿기 어렵다.

보』는 모지인 『조선일보』에서 끼워 내던 4쪽의 부록 별쇄판이었다. 그러니 거기에 실린 작품은 널리 세상에 알려지지 않고 어린이 회로에서만 유통되는 작품이라 볼 수 있다. 그 의의를 낮게 잡아 거기 게재 사실은 묻어 버려도 된다고 생각했을 수 있다는 뜻이다. 아니면 『소년 조선일보』에 실린 작품을 간직하고 있지 못했고, 수록 사실을 잊어버린 탓에 재발표했을 수도 있다. 그러나 이런 경우에도 시간적으로 최초 작품이 실린 1940년대와 재발표된 광복 공간은 멀게는 8년밖에 떨어지지 않는 거리다. 의도적으로 게재 사실을 잊고 싶었거나 게재 자체를 묻어버리고 싶은 심리적 충동을 갖지 않았다면 재발표를 할 리가 없는 셈이다. 게다가 재발표는 『소년 조선일보』에 머물지 않고 『아이생활』·『반도의 빛(半島の光)』·『매일신보』에 실린 작품에 걸친다. 말하자면 나라잃은시대 후기 대표적인 한글 문학 매체가 거의 걸린다. 1940년대 이원수가 부왜 작품을 발표했던 시기, 또는 발표할 수밖에 없었을 시기의 작품 활동에 대한 의도적인 은닉 욕망이 컸던 까닭에 재발표라는 기형적 행위가 일어났음은 의심할 나위가 없다.[48]

저녁놀이 곱-다

비단보다 곱-다

---

48 아마 광복기 부쩍 소년소설이나 동화 쪽에 관심을 더욱 기울이기 시작했던 이원수의 모습이나, 일찌감치 그리고 널리 알려졌던 이원수라는 이름에서 나아가 동원(冬原)이라는 호를 빌린 새로운 문필 행위가 일어난 데에도 어렴풋하지만 생각을 가져 보아야겠다. 동원, 곧 겨울 들판이라는 다소 엉뚱해 보이는 이원수의 호에는 아마 자신의 부왜 작품으로 말미암았을 아픈 자책의 겨울을 견뎌 내야 한다는 뜻이 담긴 것은 아닐까. 끝내 숨길 수 있다면 좋았을 일을 간직한 채, 새롭게 거듭나고 싶었을 복잡한 마음자리를 짐작하게 하는 이름이다.

밤—아, 오지 마

이쁜 놀이 죽는다.

—이원수, 「저녁노을」⁴⁹

이 글로 알려지게 된 작품 가운데 하나다. 비록 김영일의 단시풍을 닮고는 있지만, 나라잃은시대 후기 민족 수탈의 폭압 아래서도 글쓰기를 버릴 수 없었을 이의 미학적 고심을 느끼게 하는 작품이다. 그러나 이원수는 이런 작품 곁에 「지원병을 보내며」・「낙하산」과 같은 부왜 동시를 아울러 남기면서 다른 부왜 어린이문학인들과 길을 같이할 수밖에 없었다.

앞에서 나라잃은시대 후기 이원수의 문학 활동은 광복기에 이르러 과거에 대한 의도적인 기억 상실과 누락, 그리고 기억 혼란에 더해 광복기 재발표라는 기형적인 매체 발표 활동으로 물들어 있음을 살폈다. 그러나 그 밑자리를 적확하게 밝혀 내기란 쉽지 않다. 그럼에도 결과적으로 자신의 가장 욕된 문학이 함께 놓인 이 자리는 개인 이원수의 기억이나 문학사 속에서나 거의 지워져 왔다. 이 일은 단순히 연구자들의 부주의나 잘못으로 몰아붙일 수 있는 일은 아니다. 이원수 개인 안쪽의 의도거니 강한 심리적 관리에 의해 떠밀려 일어난 것인 까닭이다. 광복기 공간에 서서 볼 때 지나간 가까운 시기의 불편하고도 부끄러웠을 시간과 작품들에 대한 정보 혼란과 누락, 특별히 이원수에게 수치심을 안겨 주었을 그 시기 작품에 대한 적극적인 광복기 재발표라는 두 매체 활

---

49 『소년 조선일보』, 1940.6.30.

동에서 이원수가 지녔던 과거 절연의, 곤혹스럽고도 남다른 자의식을 고스란히 읽을 수 있다.

일찌감치 「고향의 봄」으로 마련된 명성의 소비와 재구성에만 관심을 가지고 살아도 작가로서 행복했을 이원수다. 기회가 주어진다면 '작품' 발표를 마다할 일은 아니다. 어느 누구보다 문필가로서 남다른 자의식과 생존 방식을 배웠을 이원수다. 다만 나라말글이 사라져 가고 민족에 대한 억압이 극에 이르렀던 나라잃은시대 끝자락까지 나아간 문필 활동이 부왜문학으로 마무리되고 있다는 데에 그의 문학이 갖고 있는 근본적인 개량성, 현실 순응과 기회주의를 엿볼 수 있다. 그리고 그 길은 경남·부산 지역 다른 어린이문학인들이 겪었던 길과는 사뭇 거리가 있다.

김병호·이구월·손풍산과 같은 이들은 부왜 작품을 써서라도 지켜야 할 동시인으로서 명성이나 문학적 헌신이 없었던 것일까. 오히려 이념으로 화려했으나 왜로의 제도적 핍박에 고스란히 내몰렸던 1920~30년대 카프 어린이문학의 흔적을 덮는 일만으로도 나라잃은시대 후기 내내 한 몸 버티기 어려웠을 그들이다. 광복 된 새로운 세상 앞에서 이원수가 지닌 고심은 그들과 달리 자신의 부끄러운 문학적 과오에 대한 관리가 한몫했을 것이다. 마산·함안 지역에 오래 머물고 있으면서도 지명도 높은 문학 활동을 하는 데 어려움이 크지 않았을 그가 마침내 지역을 버리고 부리나케 서울로 올라가게 된 것도 이 대목에서 예사롭지 않게 여겨진다.

거기다 오래도록 겉돌기만 했던 좌파 어린이문학 조직에 확실히 몸을 담은 점, 그리고 동화와 같은 산문에도 적극 나아가 문학적 쇄신을 꾀하기 시작했던 점도 예외는 아니다. 그리고 그것은 이동원이라는 이름으로 새로운 갱신을 꾀하고자 했던 데로 수렴한다. 광복기가 문인 이원수 개인에게 문제적 공간이 된 것은 스스로 마련한 요인이 더 커 보이는 까닭이다. 아마 이원수에게 광복한 새 세상은 다른 많은 문학인과 마찬가지로 갖은 혼란과 역사의 착종으로 말미암은 시대의 추위가 극심한 시기였겠다. 그러나 더 아래 마음바닥의 추위를 그는 잊을 수 없었을 것이다. 그 뒤 오랜 그의 문학이 지닌, 그나마 건질 만한 아름다움이 있다면 그것은 그 두 추위 사이에 서서 그것과 싸우면서 삶의 더위를 좇으려 한 자리에서 찾을 수 있을 듯싶다.

3. 남대우와 지역작가의 자긍심

1) 필명의 확장과 지역 정체성

1913년 경남 하동에서 나서 하동에서 열렬히 문학 활동을 하다 역사의 희생자로서 숨을 거둔[50] 이가 남대우다. 그는 이제까지 어린이문학

---

50 남대우는 광복 뒤 하동문화협회를 맡아 열정적으로 일하다, 1948년 10월 19일 이른바 '여순반란사건', 곧 술자여순인민봉기(戊子麗順人民蜂起)의 진압 과정에 10월 28일 하동에서 처형당한 것으로 지역에 알려져 있다. 그러나 글쓴이의 조사에 따르면 부산에 머물며 기자 생활을 하다, 1950년 전쟁 직전 국민보도연맹학살폭거로 말미암아 영면한 것으로 보인다. 이에 대해서는 더 조사가 필요하다. 국민보도연맹학살폭거로 고초를 겪은 경남·부산 지역문학인은 남대우 말고도 권환·이주홍·손풍산·이구월·김병호와

계에서 거의 알려져 있지 않았던 작가다. 유족 손으로 엮어 낸 유고집 『우리동무』(정윤, 1992)가 나온 뒤 문학의 대강이 알려졌다. 그러다 보니 아직까지 변변한 작가론조차 마련되지 못했다. 김수복[51]이 거의 유일하다. 경남·부산 지역문학인으로서 그의 면모도 글쓴이[52]에 이르러서 다루어지기 시작했다. 그런데 그는 나라잃은시대 1927년 무렵부터 투고문단에 이름이 올리다 1930년부터 활발한 작품 발표를 시작했다. 1934년 등단 형식을 거쳐 1945년 을유광복에 이르는 시기까지만 두고 보더라도 170편을 넘는 작품을 발표했다. 광복의 기쁨이 나라 곳곳에서 떨치던 1945년과 1946년 누구보다 먼저 그 감격을 담뿍 담은 동시집 두 권을 나란히 세상에 내놓은 열정적인 시인이었다. 그리하여 동시집을 포함해 모두 90편에 이르는 작품을 폭발적으로 광복기에 내놓았다. 경남·부산 지역은 물론 나라 안에서도 나라잃은시대와 광복기를 거치는 동안 가장 많은 작품 활동을 한 어린이문학인으로 꼽힐 만한 이다. 이 글의 대상이 되는 나라잃은시대 후기만 하더라도 그는 91편이나 되는 작품을 내보인다. 그리고 이 수는 확인 여부에 따라 더 늘어날 것이 틀림없다.[53] '남대우 작품 죽보기'로 글 끝에 붙인 표 속의 작품이 그들이다.

같은 이들이 있다. 이 밖에 김정한·정진업도 든다. 앞의 사람들은 카프 문단인사이나, 뒤의 두 사람은 광복기 뒤늦게 좌파에 몸담았던 이들이다. 박태일, 「경남 계급주의 시문학 연구」, 『경남·부산 지역문학 연구 1』, 청동거울, 2004, 48쪽.

51 김수복, 「남대우론 – 곤궁한 삶의 인식과 새 시대의 감격」, 『한국어린이문학작가작품론』, 집문당, 1997.
52 박태일, 「경남 계급주의 시문학 연구」, 『경남·부산 지역문학 연구 1』, 청동거울, 2004; 박태일, 「나라잃은시대 어린이잡지로 본 경남·부산 지역 어린이문학」, 『한국문학논총』 37집, 한국문학회, 2004.
53 남대우는 자신의 발표 작품을 묶음철로 간수했다. 그러면서 손수 실린 곳과 때를 적어 두었다. 그에 따라 유고집 『우리동무』가 묶여 나왔다. 유고집에 작품은 실려 있으나, 실

동시·동화·소년시·소년소설·유행가에 이르기까지 다양한 갈래 창작이다. 발표 매체 또한 다채롭다. 나라잃은시대 후기 한글로 된 주요 매체는 죄 발표 지면으로 활용하고자 한 셈이다. 가깝게는 진주 지역매체인『남선공론』·『영남춘추』는 물론 압록강 너머 북방에서 나온『만선일보』·『가톨릭소년』까지 걸친다. 『동아일보』도 빠지지 않았다. 나라잃은시대 가장 늦도록 나왔던 아동지『아이생활』에서도 남대우는 빠지지 않는다. 하동에서『동아일보』지국과『만선일보』주재 기자까지 맡은 데다, 서점까지 운영했던 터였다. 누구보다 매체에 대한 접근이 자연스러웠으리라. 작품 투고에 대한 정보에서도 남다른 이점이 있었을 것이다.

남대우는 왜로의 강권으로 말미암아 암울했던 시기에 특별한 종교계 지원이나 학연·지연과 같은 연결망이 없는데에도 남달리 활달한 작품 활동을 할 수 있었다. 이 점은 지역에 있으면서도 지역에 머물지 않는 매체 향유의 이점을 살리면서, 또는 살리기 위해 문학 매체 가까이에 뜻을 두면서 지역문화인으로 자라나고자 한 의욕을 보인 데서 찾을 수 있을 것이다. 이와 아울러 지역 안밖 문인과 적극적인 문단 교유를 피하지 않은 흔적도 곳곳에서 눈에 뜨인다.[54] 1920년대 후반 습작기 투고문단에서부터 하동에 뿌리를 내린 채 꾸준히 닦아 온 그의 문재(文才)는 1930년

린 원본을 확인할 수 없는 것도 적지 않다. 그들 가운데서 기록의 개연성이 높은 것은 그대로 따랐다. 유고집에 실린 목록만을 따르면 작품수는 훨씬 더 늘어난다.

54 앞서고 뒤선 여러 지역문인과 적극적인 교유를 했던 흔적은 적지 않게 남아 있다. 김대봉·조연현과 같은 경남 지역『맥』동인과 찍었던 사진이나, 앞선 어린이문학인 김병호를 만나기 위해 김해로 찾은 뒤 남긴 작품이 그런 점을 잘 보여 준다. 한정호,『포백 김대봉 전집』, 세종출판사, 2005.

대와 1940년대 더욱 힘을 받아 왕성하게 꽃필 수 있었던 것이다.

흥미로운 사실은 작품 발표에 있어 쓴 필명[55]이 유달리 많다는 점이다. 보통 작가 경우 많으면 서너 개에 그칠 필명이 1938년에서 1944년에 걸치는 짧은 7년 동안에만도 12개나 보인다.[56] 나라잃은시대 후기 남대우는 바깥의 정세 악화, 발표 매체 축소와 같은 문학사회의 변동 앞에서 고심이 깊었음을 알게 한다. 그리고 그 고심은 무엇보다 하나의 작가적 정체성으로서 자신의 열정을 펼 수 없을 바깥 세상에 열정적인 글쓰기로 대거리하려는 모습으로 읽힌다. 이미 기성으로 인정받은 바 있는 젊고 재능 충만한 한 작가의 폭발적인 작품 발표와 다양한 필명 선호는 자신에게 닥쳐온 문학사회의 위기와 거꾸로 맞서려는 의지를 담고 있는 셈이다.

그리고 이 일은 그가 쓰고 있는 필명의 됨됨이를 두루 살피면 더욱 환하게 짐작할 수 있는 일이다. 남대우(南大祐) · 남서우(南曙宇) · 남상호(南相昊) · 남성(南星) · 남산초인(南山樵人) · 남양초(南洋草) · 김영우

---

55 아호 · 별호 · 예명 · 필명 · 차명까지 모두 묶어 필명으로 일컫는다. 남대우의 경우 그
    것을 꼼꼼하게 나누어야 할 정보를 남기지 않은 쪽이다.
56 남대우는 본명으로 거의 대부분의 작품 활동을 했다. 그러나 마흔에도 이르지 못한 나
    이로 이승을 뜰 때까지 스무 해 남짓한 문학 생애 동안 모두 20개에 이르는 필명을 골라
    썼다. 네 개를 한자리에서 한꺼번에 보여 주는 희귀한 경우도 있다. 남대우 · 하동 남서
    우 · 하동 남산초인 · 지리산인에 걸치는 이름으로 민요와 유행가를 발표하고 있는 1936
    년『영남춘추』8월치가 그것이다. 그리고 1936년『시대상』8월치에서는 동시 네 편을
    남산 · 남우 · 남서우라는 세 이름으로 내놓고 있다. 그러한 필명 사용은 카프가 해체된
    1935년에서 1940년까지 집중하는 경향이 있다. 이른바 조선총독부의 지식 청년이나 사
    상 활동에 대한 검열과 탄압이 강고하게 뿌리내리고 있었던 시기다. 그러다 그것이 더
    욱 제도화한 1940년을 넘어서면서 남대우 · 남서우를 중심으로 줄어든다. 1945년 광복
    뒤부터 영면할 때까지 기간에는 남대우라는 본명으로 한결같았다. 작가적 정체성을 하
    나로 굳힌 모습인 셈이다.

(金永釪)・유용현(劉龍炫)・신맹덕(申盟德)・신맹원(申孟元)・종달새・김정임(金貞姬)에 이르는 12개가 그것이다. 이들은 크게 다섯 무리로 나누어 볼 수 있다. 첫째, 시인 자신의 혈족과 관련한 이름이다. 김정임・김영우・유용현이 그것이다. 김정임은 남대우의 아내다. 김영우는 남대우의 처남이며, 남대우 활동 무렵 하동읍에서 함께 머물렀던 소학교 학생이다. 유용현은 남대우 시인의 외가 외사촌이다. 발표 당시 소학교 학생이었다. 모두 시인과 멀게 가깝게 하동에 터 붙여 살고 있었던 이다. 둘째, 하동과 관련한 지역 이름이다. 여기에는 남산초인・남양초가 있다. 남산은 하동읍에 있는 산이다. 남대우가 즐겨 오내리던 곳이다. 그러니 남산초인은 남산과 이어진 이름이다.[57] 남대우 스스로 지역 문화의 중심에서 일하고 있는 자신에 대한 긍지를 지역 안밖으로 한껏 들낸 이름이다. 셋째, 자신의 본명인 남대우에 뿌리를 둔 이름이다. 남서우・남성이 그것이다. 넷째, 예명에 가까운 이름이다. 종달새가 그것인데 주로 유행가 작사자로 나설 때 붙인 이름이다. 다섯째, 불명인 것도 있다. 신맹원・신맹덕・남상호가 그것이다. 그런데 이것도 남대우가 보이는 명명 버릇으로 보면 하동에서 가까이 지냈던 지인일 것이 틀림없다.

남내우가 끌어 쓴 필명의 큰 뼈내는 가까운 진인척이나 지인, 지역명임을 알 수 있다. 그들은 무엇보다 시인과 사회적・문화적・정서적 동질성으로 묶여 있는 구성 요소다. 가족 상상력을 포함하는 지역 상상력에 뿌리를 둔 셈이다. 개별 시인 남대우가 아니라, 하동시인 남대우로

---

57 이 시기에는 쓰임이 보이지 않지만, 다른 필명인 '섬강반인(蟾江畔人)', '지리산인(智異山人)'도 마찬가지로 하동을 대표하는 지역명을 끌어 쓴 경우다.

작가적 정체성을 묽게 만듦으로써[58] 지역 바깥에서 얻을 수 있는 이점은 단기적으로 발표 기회의 점증이라는 가능성뿐이다. 그러나 이 점도 일정한 수준 이상의 작품성이 전제가 되어야 가능한 일이다. 지역 안쪽으로는 지역 대표성이다. 지역사회의 인정이 무엇보다 전제가 된다. 그러나 이 둘은 지역 바깥으로는 하동의 지역 정체성을 널리 알리고, 지역 안쪽으로 지역사회 구성원들에게 문화 의욕을 부추기는 몫을 떠맡는 일이라는 근본 역할에는 달라짐이 없다.

뚜렷한 한 이름으로 문학사회 안쪽의 작가적 명성을 키우고자 하는 근대적 명성 확산의 길을 멈추고, 남대우는 안밖의 어려운 정세나 환경 아래서 지역적 정체성을 빌린 작품 발표 행위를 거듭했다. 그것이 나라 잃은시대 후기 가장 많은 작품 발표와 가장 많은 필명 사용이라는 특징적인 모습으로 온축된다. 게다가 그가 발표했던 매체나 갈래 영역 또한 그가 지역사회에서 떠맡았을 문화·사회적 위상과 마찬가지로 다양하다. 물론 이 일은 썰물 빠지듯 줄어들었던 매체 환경 아래서 작품의 수월성을 거듭 지켜 내기 위한 창조적 긴장을 놓지 않았기 때문에 가능한 일일 것이다. 그러면서도 이원수와 달리 구체적인 부왜문학에서 자유롭다. 단순한 작가적 명성이나 발표욕에 몸을 내맡기지 않았던 남대우의 고심 어린 노력을 짐작할 수 있는 대목이다.

을유광복이 되자 누구보다 먼저 그것도 지역 하동에서 하동문화협회를 이끌면서 당당하게 두 권의 동시집 『우리동무』를 잇달아 낸 이가

---

58 남대우는 1930년대 격렬했던 계급주의 아동문예지인 『신소년』과 카프 아동기관지 격이었던 『별나라』에서 작가로서 공식 이름을 얻는다. 카프문학의 억압과 해체 과정을 거친 다음 시기, 그에게서 나타나는 바 남대우의 필명을 빌린 복수작가 현상은 문학적 방향 모색의 한 측면을 지닌다.

남대우다. 그것도 지난날에 써 두었던 작품을 엮어 내는 일이 중심이었던 다른 작가의 경우와 달리 신작으로만 이루어진 작품집이다. 창작 날짜를 또박또박 기록하여 작품성으로서보다 기록성에 더 초점을 두었다. 결과적으로 그의 두 동시집은 광복 뒤 두어 달 동안 일어났던 하동의 지역지로 모자람이 없는 모습이다. 시인이 겪었을 다양한 가족 경험, 지역사회의 일과 그에 따른 감흥을 꼼꼼하게 동시라는 갈래에 담아낼 수 있었던 열정은 그만큼 이채롭다. 게다가 그로 말미암아 복원한 지역 현실은 그만큼 값지다. 나라잃은시대 여느 유명 문학인과 달리 각별한 문화자본도 문학 권력도 갖지 못한 채, 지역시인으로서 닦아 온 자긍심과 열정이 자연스레 마련한 일이다. 명망가 이원수의 광복기 재발표라는 퇴행적인 명성 복제 형식과는 다른 길에 필명 확장과 광복기 신작 동시집 출간으로 이어지는 남대우 시인의 창조적 열정과 지역적 자긍심이 있다.

2) 중복발표의 열정

필명 확장 현상과 더불어 남대우의 매체 활동에서 짚어 두어야 할 다른 한 가지 특이성은 중복발표 현상이다. 이것은 다른 시대 상황 아래서 지나간 시대의 작품 발표 사실 자체를 무화시키고자 했던 이원수의 재발표와 다르다. 비슷한 시기에 다른 매체에 동종의 작품을 올리는 모습을 일컫기 위한 말이다. 남대우의 경우 이 일은 이 글에서 범위로 삼고 있는 나라잃은시대 후기에 앞선 때부터 한 차례 본보기를 찾을 수 있다.

① 삐요삐요 병아리

노랑노랑 병아리

올망졸망 사이조흔 여러 형제가

이리 기웃 저리 기웃 기웃거리며

엄마엄마 따라서 놀러 갑니다

삐요삐요 병아리

복실복실 병아리

올망졸망 의조흔 여러 형제들

이리 대동 저리 댓동 댓동거리며

삐요삐요 노래하며 놀러 갑니다

—「병아리」[59]

② 쎄요 쎄요 병아리

노랑 노랑 병아리

올망졸망 사이조흔 여러 형제가

이리 기웃 저리 기웃 기웃거리며

엄마엄마 딸아서 놀러 갑니다

---

59 하동 서우학인, 「병아리」, 『동아일보』, 1936.5.10.

삐요 삐요 병아리

노랑 노랑 병아리

올망졸망 의조혼 여러 형제들

이리 댓둥 저리 댓둥 댓둥거리며

삐요 삐요 노래하며 놀러 갑니다

—「병아리」[60]

　같은 해, 한 달도 채 되지 않은 비슷한 시기에 두 작품이 나란히 실렸다. 두 작품 사이에 달라진 점이 거의 없다. ①의 둘째 토막 둘째 줄 '복실복실'이 '노랑 노랑'으로 바뀌었을 따름이다. 훨씬 시맛을 살렸다. '새'이나 'ㄸ'과 같은 겹닿소리 쓰임은 두 매체의 표기 방침에 따른 일일 것이니 문제 삼을 바가 없겠다. 따라서 두 작품은 같은 작품을 한 군데만 손질한 다음 아울러 두 매체에 보낸 셈이다. 이 무렵 그는 이미 추천이라는 형식을 거친 뒤였다. 그럼에도 작가적 자의식은 엷다. 그리고 작품「병아리」는 세 해 뒤 외사촌의 이름을 빌려 다시 한 번 모습을 드러낸다.[61] 이렇듯 흔하지 않은 중복발표는 나라잃은시대 후기에「병아리」를 비롯하여 모두 네 차례 이루어졌다.

60　하동 남우, 「병아리」, 『매일신보』, 1936.6.28.

61　"삐용삐용 병아리 어린 병아리 / 동무하구 놀러 나왔다 / 길 잃었대요 // 노랑노랑 병아리 어린 병아리 / 엄마랑 동무 찾어다니다가 / 집도 일코 헤맸답니다." 유용현, 「병아리」, 『동아일보』, 1939.6.18. 하동읍내소공교 3 남. ①과 ②가 본이 되어 마련된 작품임에는 분명하다. 다만 남대우의 작품이 분명한가에 대해서는 다른 생각이 있을 수 있다. 작품 수준이 앞의 둘에 견주어 나아진 점이 없다. 오히려 앞의 두 작품을 흉내낸 분위기다. 그러나 남대우가 손수 철한 작품철에서 이 작품을 자신의 작품들과 한자리에 놓고 있어 다른 작품으로 볼 터무니가 약하다. 유용현은 남대우의 어린 외사촌으로, 필명 확장에서 드러나는 방식대로 친인척 이름을 끌어 쓴 경우다.

	갈래	이름	제목	매체	날짜	비고
1	동요	남대우	「단풍잎」	『동아일보』	1939.11.5[62]	『동아일보』, 1935.12.15
2	동요	남대우	「은구슬 금구슬」	『동아일보』	1938.5.15	
3	동요	유용현(劉龍炫)	「병아리」	『동아일보』	1939.6.18	하동읍내공소교 3 남
4	동요	남대우	「은구슬·금구슬」	『동아일보』	1939.10.8[63]	『동아일보』, 1938.5.15. 중폭 개고
5	동요	남서우	「자장가」	『남선공론』	194.10.3	4장으로 된 작품
6	동요	남대우	「자장가」	『매일신보』	1941.10.19	2장으로 축소 수정

이 네 유형은 다시 둘로 나누어 볼 수 있다. 첫째, 지난 시기에 발표
했던 작품을 손질해 비슷한 중앙 매체에다 올리는 경우다. 「병아리」·
「단풍잎」·「은구슬·금구슬」이 이에 든다.

① 빨가코 노라케

물든 단풍닢

쌀쌀한 겨울을

눈앞에 두고

엄마 품 그리운 품

떠나기 실허

바람결에 발발발발

울며 떱니다

빨가코 노라코

---

62 1935.12.15. 『동아일보』 남서우 「단풍잎」의 수정 개고 재발표.
63 1938년 작에 대한 대폭 개고 뒤 재발표.

고운 단풍닢

심술쟁이 겨울을

눈앞에 두고

엄마 품 따스한 품

참아 못 떠나

바람결에 하늘하늘

몸부림쳐요

―「단풍닢」[64]

② 1

빨가코 노라케 물든 단풍잎

쌀쌀한 겨울을 눈앞에 두고

엄마 품 따스한 품 떠나기 실허

바람결에 파르르 울며 떱니다

2

노라코 빨가코 고운 단풍잎

심술쟁이 겨울을 눈앞에 두고

엄마 품 정다운 품 참아 못 떠나

바람결에 발발발 몸부림쳐요

―「단풍잎」[65]

---

64 남서우(南曙宇), 「단풍닢」, 『동아일보』, 1935.12.15. 같은 지면에 하동 신맹원(申孟元)으로 「내 시계」를 발표하고 있다.

①과 ② 사이에는 시의 호흡에서 달라짐이 있다. 두 작품 모두 뒤가 무거운 3음보를 기저 율격으로 지니고 있는 정형시 꼴이다. 거기다 ①은 음보 분단을 빌려 호흡을 늘어뜨렸다. 그러나 네 해 뒤 발표한 ②에서는 3음보 정형 율격을 되찾아 놓았다. 짜임새가 단단하게 틀 잡히고, 시상이 모이는 효과를 얻었다. 「은구슬·금구슬」은 낱말 수준의 수정이 많아 「단풍잎」보다 달라짐이 많다. 그러나 죄 바람직한 쪽으로 보인다. 앞선 작품을 중복발표하는 경우, 시인 스스로 나은 방향으로 퇴고를 거듭한 결과를 보여 준다.

둘째, 지역 매체에 발표했던 작품을 손질해 서울 매체에 다시 올리는 경우다. 「자장가」가 이 경우다.

① 1
아가야 자장자장 어서 자거라
은하수 별애기도 조름 조누나
코-코- 잠수레 살며시 타고
아름다운 별나라에 놀러 나가자

2
아가야 자장자장 잘도 자거라
우리 애기 자는 곳에 평화가 온다
한 잠 자고 두 잠 자고 어서 자라서

65　남대우(南大祐), 「단풍잎」, 『동아일보』, 1939.11.5.

세상에 어둔 곳을 네가 빗내지

3
아가야 자장자장, 어서 자거라
꽃밭에 나븨들도 조름 조누나
무지개 꿈수레 살며시 타고
향기로운 꽃동산에 놀러 나가자

4
아가야 자장자장 잘도 자거라
우리 애기 자는 곳에 장미꽃 핀다
한 잠 자고 두 잠 자고 어서 자라서
세상에 제일 큰일 네가 하야서

—「자장가」[66]

② 아가야 자장자장 어서 자거라
은하수 별애기도 조름 조누나
코-코- 잠수레 살며시 타고
아름다운 별나라에 놀러 나가자

◦

아가야 자장자장, 어서 자거라

---

66 남서우, 「자장가」, 『남선공론』, 남선공론사, 1941.3.

꽃바테 나븨들도 조름 조누나

무지개 꿈수레 살며시 타고

향기로운 꽃동산에 놀러 나가자

—「자장가」[67]

①에서 ②로 고치는 과정에서 연작 형태 ①의 둘째 토막과 넷째 토막
이 줄어들었다. 첫째·셋째 토막으로 내용을 줄이고, 시줄을 보다 가지
런하게 가꾸었다. 짜임새가 단단해졌다. 자기 절제를 거친 흔적이다.
고향 가까운 진주 지역 매체에 한 차례 발표한 작품을 다시 손질해 서울
매체에 올린 경우다. 쉬임없이 문학 속에서 문학과 더불어 생각하고 다
듬으며 문학을 살고자 했던 사람이 보여 줄 수 있는 한 모습이다.

이러한 중복발표가 작가적 명성이라는 쪽에서 하동시인 남대우에게
안겨 준 이점은 크지 않았을 것이다. 이미 남대우라는 이름이 익은 지
역 바깥 문학사회에서는 남대우임을 어렵지 않게 알아차릴 '하동 남서
우'니 '남우'니 하는 필명은 본명과 큰 차이가 없다. 그럼에도 주체할 수
없을 작품열은 그에게 많은 양의 다매체 발표와 복수 갈래 발표, 나아
가 중복발표도 마다하지 않는 작품 투고를 거듭 밀어붙이게 한 셈이다.
기성문인으로 당선이나 추천 형식을 몇 차례 거친 문학인으로서 보일
수 있는 낯익은 모습이 아니다. 그러나 이 일은 지역 바깥으로 특별한
연줄망이나 문화권력을 갖고 있지 못했던 한 재능 있는 지역작가가 문
학적 인정 제도 안에서 끊임없이 자신을 갈고 부추길 수 있는 최선의 길

---

67 남대우, 「자장가」, 『매일신보』, 1941.10.19.

일 수 있다는 데에 뜻이 있다. 중요한 일은 열심히 쓰는 것이다. 시대와 본인이 받아들일 만한 매체를 빌려 발표를 거듭하는 열정이다. 그것이 중복발표라는 모습에 간추려져 있는 셈이다. 이 일은 물론 그들 매체 편집진의 문학적 감식력이라는 제도적 시선을 이겨낼 만한 작품의 수월성을 지녔기에 가능한 일이기도 했다.

남대우는 나라잃은시대 후기 누구보다 열렬한 발표 의욕과 지역적 자긍심을 지켜 온 경남·부산 지역문학인이다. 글 쓰는 일 자체가 위태로웠던 시대였으나 그는 그런 시대 막바지까지 작가로서 성실했다. 그러한 자긍심과 성실성이 광복을 맞이하자 아무도 흉내내지 못할 두 권의 동시집을 지역에서 펼쳐 낼 수 있게 이끌었다. 지나간 시기 문학 활동에 대한 기억 억압과 퇴행적 문단 활동이라는 혼란상을 만들 수밖에 없었던 광복기 이원수와 나뉘는 남대우의 당당함이 거기에 있다.[68] 잘 다듬어진 기존 아동시의 상투적 문화형에 대한 추체험에만 기대거나, 미학적 완성도를 앞세우면서 허리 아래는 부왜문학에 담글 수밖에 없었던 작가들과 벗어난 자리에 폭발적인 작품 발표와 필명 확장으로 뒷받침되는 남대우의 특이성이 있다.

남대우는 하동의 시인이고 광복 이후 뛰어난 활동이 예상되었던 한국의 어린이문학인이다. 그럼에도 그는 사람 나이 마흔을 넘기지도 못한 채, 어지러운 역사의 골짜기에다 문학적 재능을 묻을 수밖에 없었

---

[68] 남대우 어린이문학에 대한 꼼꼼한 내용 분석은 시급하게 이루어져야 할 일이다. 잊혀졌던 경남·부산 지역 어린이문학인 남대우는 나라잃은시대 후기 그 누구도 담아내지 못했던 싱싱하고 생생한 실감·실정에 뿌리를 둔 농촌 어린이문학을 열어 나간 사람이다. 이른바 '내선일체'를 향한 제도적 억압과 식민지 '소국민'의 덕성 함양이라는 전체주의 문화 폭력 아래서 발표 역량을 누그러뜨리지 않고 지역시를 이끌었다.

다. 역사가 그를 죽였다는 점에서 시인으로서 그의 비극이 너무 크다. 문학사가 그를 잊었다는 점에서 개인 남대우의 불행은 너무 깊다. 어쩌면 남대우야말로 이제까지 쓰인 한국 근대 어린이문학사의 잘못으로 말미암아 지역작가에게 되돌려 주어야 할 큰 빚이 있다면, 그것을 맨처음 받아야 할 사람인지 모른다.

4. 마무리

나라잃은시대 후기도 다시 막바지로 나아가고 있었던 1943년 9월치 『아이생활』은 경남·부산 지역 어린이문학사에서 볼 때 기억해 두어야 할 만한 자리다. 세 사람이 동시 신작을 싣고 있는데 그 가운데 둘이 경남·부산 지역문인인 까닭이다. 이미 5편에 이르는 부왜 작품을 내놓은 바 있는 이원수와 하동에서 폭발적인 작품 활동을 하고 있었던 남대우다.[69] 이원수 작품 「어머니」는 이른바 '성전' 곧 태평양침략전쟁에 나가 힘껏 싸우거나 그 뒤를 도와주는 일에 모든 '국민'이 '황국신민'으로서 '총력'을 다할 책무 앞에 놓여 있었던 이 시기, 모든 어머니의 '근로보국'을 부추기는 뜻에서 멀지 않은 작품이다. 남대우가 쓴 「산울림」은 인적 드문 산골에서 하릴없이 메아리와 '거 누구냐'며 막막한 자문자답

---

[69] 나머지 한 사람은 이 무렵 대표적인 부왜 어린이문학인 가운데 한 사람이었던 김영일이다.

을 거듭하고 있는 화자의 모습을 담고 있는 농촌 서정시다. 이 두 시인의 사뭇 다른 두 모습만큼 그 무렵 경남·부산 지역 어린이문학이 놓여 있는 자리를 고스란히 보여 주는 문학 풍경은 없을 것이다. 그리고 더 많은 문학인들은 문필 활동을 접고 이 두 자리에서는 잘 드러나지 않는 문학적 익명공간에 묻혀 있었다.

이 글은 나라잃은시대 후기 작가는 글을 써서 살아가는 사람이라는 명제를 가장 분명히 보여 주고 있는 이 두 사람의 매체 활동에 대한 실증적 해명에 이르고자 한 것이다. 이원수에게서 드러나는 특이성은 크게 둘로 줄일 수 있다. 첫째, 이 시기 문학에 대한 기억 혼란과 착란이 뜻밖에 심하다는 점이다. 각별히 이 시기와 가까이 맞닿아 있는 광복기 동시집 발간과 매체 활동에서 이 점을 엿볼 수 있다. 1947년 『종달새』에 실려 있는 33편의 작품 가운데서 31편이 그 게재 연월 기록에서 잘못을 저지르고 있다. 이 일은 1964년에 낸 『빨간 열매』에서도 마찬가지였다. 여러 요인으로 말미암아 앞 시기 작품 보존의 미비와 망실은 여느 작가에게나 자연스레 일어날 수 있는 일이다. 그러나 부왜 작가 이원수 경우에는 복잡하고도 긴장된 자의식의 결과로 보인다. 둘째, 이 시기 발표 작품들을 광복기에 재발표하고 그것을 첫 발표로 기정 사실화하려는 듯한 유별난 태도를 볼 수 있다. 단순히 작품 발표에 쫓긴 나머지, 또는 남다른 발표욕으로 말미암은 우발적인 결과라고 보기 힘든 기형적인 매체 활동이다. 광복 이후 이원수의 문학은 이러한 두 문제가 보여 주는 작가적 긴장과 억압, 혼란 위에 놓여 있다. 그리고 오늘날 이원수 담론의 파행성을 불러일으킨 가장 큰 요인은 그에 맞닿아 있는 셈이다.

남대우는 이 시기 여느 사람과는 다른 면모를 각별하게 보여 준 작가다. 매체 활동의 특이성은 크게 둘로 줄여 볼 수 있다. 첫째, 매체 축소와 발표 환경이 어려웠던 이 시기에 12개나 되는 필명을 끌어다 쓰면서 문학에 대한 열정과 자긍심을 지역 안밖 매체를 빌려 들내고 있다. 지연적 상상력에 뿌리를 두고 마련된 이러한 필명 확장 현상은 단일한 이름을 한결같이 보여 줌으로써 문학사회 안밖의 명성을 극대화하고 이름의 명목 가치를 최대화하려는 근대문학 일반의 작가적 정체성 확립 방향과는 벗어난 길이다. 작품 창작에 대한 열정과 지역적 정체성에 대한 믿음이 뒷받침한 일이겠다. 둘째, 본보기가 많지는 않지만 비슷한 시기에 동종의 작품을 다른 매체에 내놓는 중복발표 현상도 보인다. 이 일은 창작적 긴장을 늦추지 않으면서 문학에 대한 남다른 열정을 지역 안밖에서 확인 받고자 했던 남대우다운 방법이다. 이러한 두 특이성을 바탕으로 남대우는 특별한 문화자본이나 문단 권력을 갖지 못한 소지역 하동의 지역문인이었음에도 광복 초기 신작 동시집 두 권을 세상에 화려하게 내놓으면서 지역 생활사까지 재구성해 내는 기동성을 보일 수 있었다. 그럼에도 나라잃은시대 후기 가장 많은 작품을 발표했고, 광복기를 지나며 누구보다 뜻있는 활동이 기대되었던 작가 남대우는 거대 역사의 횡포로 지역에서 살해당하고 국가문학사에서 잊혀지기에 이르렀다.

이 글로 말미암아 나라잃은시대 후기 경남·부산 지역 어린이문학인으로서 이채롭고 문제적인 두 사람, 이원수와 남대우의 이 시기 작품 활동에 대한 죽보기를 처음으로 마련하였다. 이원수가 30편이고, 남대우가 91편이다. 이원수의 30편 가운데서 29편이 이제껏 실린 연월이나 매체 정보에서 잘못을 범하고 있었다. 새로 발굴한 작품이 7편, 곧 「야옹이」·「공」·「밤」·「기차」·「언니 주머니」·「저녁노을」·「봄바람」이다. 광복기 재발표작 또한 7편이었다. 남대우의 작품은 앞으로 조사 결과에 따라 더 늘어날 것이 확실하다. 이제 이 두 시기 두 문학인에 대한 연구의 디딤돌이 비로소 놓였다 하겠다. 이원수의 경우, 기존의 명성과 담론을 잠시 내려놓고 새롭게 살펴야 할 자리가 뜻밖에 너무 넓다는 사실이 다시 알려진 셈이다. 남대우의 경우, 이제껏 내버려 두었던 그에 대한 연구다운 연구를 이끌어 내어 마땅한 자리로 올려놓아야 할 일이 무겁고도 시급하게 놓여 있음을 강조한 셈이다. 그리고 어느 쪽부터 시작하든 광복 이후 경남·부산 지역 어린이문학의 정착과 전개 과정에 대한 흐름을 제대로 잡아 나가기 위해서 그 일이 필수적일 것임에는 틀림없다.

〈붙임 2〉 이원수 작품 죽보기(1938~1945)

	갈래	제목	매체	연월일	비고
1	동시	「보-야, 넨네요」	『소년』 10월치	1938.10	『종달새』 수록. 1938.8. 월 오류
2	동시	「설날」	『소년』 1월치	1939.1	『전집 1』 수록
3	동시	「고향바다」	『소년』 4월치	1939.4.1	『빨간 열매』 수록. 1937. 연대 오류
4	동시	「부헝이」	『소년 조선일보』	1939.12.17	『종달새』 수록. 1935.10. 연대 오류
5	동시	「밤눈」	『소년』 1월치	1940.1	『전집 1』에 「밤」으로 수록. 연대 오류
6	동시	「야웅이」	『소년 조선일보』	1939.1	발굴작
7	동시	「염소」	『소년 조선일보』	1940.1.21	『종달새』 수록. 1940.1.
8	동시	「눈 오는 밤」	『소년 조선일보』	1940.1.28	『종달새』 수록. 1938.11. 「밤눈」[70]
9	동시	「전기째」	『소년 조선일보』	1940.2.25	『빨간 열매』 수록. 1935. 연대 오류. 재발표작
10	동시	「애기와 바람」	『소년 조선일보』	1940.3.17	『전집 1』 수록. 1946년 재발표작
11	동시	「안즌뱅이꽃」	『소년 조선일보』	1940.3.31	『종달새』 수록. 1939.12. 연대 오류.
12	동시	「돌다리 노차」	『소년 조선일보』	1940.4.28	『전집』 「징검다리」 1946년 재발표작.
13	동시	「공」	『소년 조선일보』	1940.5.25	발굴작
14	동시	「밤시내」	『소년 조선일보』	1940.6.9	『빨간 열매』 1937. 연대 오류. 록, 1948년 재발표작
15	동시	「저녁노을」	『소년 조선일보』	1940.6.30	발굴작
16	동시	「자장노래」	『소년』 7월호	1940.7.1	『전집 1』 수록
17	동시	「기차」	『소년 조선일보』	1940.7.28	발굴작[71]
18	동시	「나무 간 언니」	『소년』 10월치	1940.10.1	『전집 1』 수록. 『조선일보』로 게재지 오류
19	동시	「언니 주머니」	『매일신보』	1941.10.19	발굴작

20	동시	「니 닦는 노래」	『매일신보』	1941.10.26	『전집 1』수록[72] 1946년 재발표작
21	동시	「밤」	『매일신보』	1941.11.2	발굴작
22	동시	「빨래」	『半島の光』55호	1942.6.1	재발표작[73]
23	동시	「종달새」	『半島の光』55호	1942.6.1	『종달새』 1940년 미상. 연대 오류
24	동시	「봄바람」	『半島の光』55호	1942.6.1	발굴작
25	소년시	「낙하산」	『半島の光』57호	1942.8.1	부왜시, 『전집 1』미수록
26	소년시	「志願兵을 보내며」	『半島の光』57호	1942.8.1	부왜시, 『전집 1』미수록
27	동시	「어머니」	『아이생활』9월호	1943	「밤중에」1946년. 재발표작
28	농민시	「보리밧헤서 ─ 젊은 農夫의 노래」	『半島の光』66호	1943.5.1	부왜시, 『전집 1』미수록
29	수필	「고도감회」	『半島の光』11월치	1943.11.1	부왜수필, 『전집 1』미수록
30	수필	「농촌아동과 아동문화」	『半島の光』1월치	1943.1	부왜수필, 『전집 1』, 미수록

---

70 「밤눈」으로 개명해 『종달새』에 실은 작품이다. 그러면서 게재 연대는 1938.11로 잘못 올렸다. 『종달새』에 실린 「눈 오는 밤에」(1931.12)는 『신소년』 1934년 2월치에 「눈오는 저녁」이라는 제목으로 실린 작품이다. 『전집 1』에서는 「눈 오는 밤에」라는 제목을 그대로 쓰고 1931년도 『어린이』 게재 작품으로 적고 있다. 1931년도 『어린이』에서 「눈 오는 밤에」를 확인할 수 없다. 『전집 1』의 잘못일 것이다.

71 『조선아동문학집』에서 재수록한 것일 가능성이 있다. 『전집 1』에 1928년 『어린이』 게재로 적혀 있는 「기차」와 다른 작품이다.

72 『전집 1』에 처음으로 『주간 소학생』 1946년 작품으로 올려진 작품이다.

73 『빨간 열매』에서는 1938년 『주간 소학생』으로 수록했고, 『전집 1』에서는 1946년 『주간 소학생』으로 바로잡았다. 그러나 『전집 1』 엮은이는 1942년 발표작의 재수록임을 알지 못했다.

〈붙임 3〉 남대우 작품 죽보기(1938~1945)

	갈래	이름	제목	매체	연월일	비고
1	소년시	남대우	「옥아」	『가톨릭소년』 3월치	1938.3	
2	동시	남산초인	「바람」	『가톨릭소년』 4월치	1938.4	
3	동시	남성 (南星)	「별노래」	『가톨릭소년』 4월치	1938.4	
4	동시	남서우	「맹근쟁이」	『가톨릭소년』 5월치	1938.5	
5	동시	남대우	「은구슬 금구슬(1)」	『동아일보』	1938.5.15	
6	동시	남산초인	「농부의 탄식」	『가톨릭소년』 7월치	1938.7	
7	동시	남서우	「우리비」	『가톨릭소년』 8월치	1938.8	
8	동시	남산초인	「뜀뛰기」	『가톨릭소년』 8월치	1938.8	
9	동시	신맹원 (申孟元)	「서러운 꿈」	『동아일보』	1938.11.20	
10	동시	신맹덕 (申孟德)	「챔새색기」	『소년 조선일보』	1938.11.20	하동읍내 공립심상소학교
11	동시	신맹덕	「허수아비」	「허수아비」	1938.12.04	하동읍내 공심소
12	동시	신맹덕	「콩나물」	『소년 조선일보』	1938.12.18	하동읍내 공립소
13	동시	신맹덕	「내 동생」	『동아일보』	1939.1.29	
14	유행가	남양초 (南洋草)	〈남양초(南洋草)〉	『영남춘추』	1939.1	미확인
15	유행가	종달새	〈무정합니다〉	『영남춘추』	1939.1	미확인
16	유행가	남양초	〈가신 님아 님아〉	『영남춘추』	1939.1	미확인
17	편지글	남서우	「할머님 전상서!」	『영남춘추』	1939.1	미확인
18	유행가	남양초	〈송춘곡〉	『매일신문』	1939.1	유행가입선 제2석
19	유행가	종달새	〈籠中鳥(총중조)〉	미상	1939.1	미확인
20	유행가	종달새	〈회상곡〉	미상	1939.2	미확인
21	동시	김영우 (金永釪)	「어린 병정」	미상	1939.3.5	미확인
22	동시	김영우	「보실비」	『동아일보』	1939.4.9	하동읍내 공소교 3(남)
23	동시	남대우	「은구실·금구실」	『아이생활』 5월치	1939.5	김성도 곡보 재수록
24	동시	유용현 (劉龍炫)	「병아리」	『동아일보』	1939.6.18	하동읍내공소교 3남(3)

25	동시	남대우	「산으로 드을로」	『아이생활』 6월치	1939.6	
26	동시	남대우	「하늘도 빙-빙・쌍도 빙-빙」	『남선공론』 6월치	1939.6	
27	동시	종달새	「개나리꽃초롱」	『영남춘추』	1939.9.6	미확인
28	동시	남대우	「니나니・나나나」	『영남춘추』	1939.7	미확인
29	동화	남대우	「손과 발의 자랑」	『동아일보』	1939.8.2	
30	동시	남상호 (南相昊)	「비새」	『동아일보』	1939.9.24	하동공소교 6남
31	동화	남대우	「써나간 개똥이」	『만선일보』	1939.10.15	미확인
32	동시	남대우	「은구슬・금구슬」	『동아일보』	1939.10.8	1938년작의 중복발표
33	동시	남대우	「단풍잎」	『동아일보』	1939.11.5	1935년작의 중복발표
34	동시	남서우	「엄마 무덤 가는 길」	『만선일보』	1939.12.17	
35	동시	김영우	「갈가마구」	『매일신문』	1940.1.6	
36	동시	김영우	「벼개애기」	『만선일보』	1940.1.14	신춘문예 입선
37	산문	김영우	「하모니카」	『만선일보』	1940.1.14	입선작문
38	동시	남대우	「애기바람」	『동아일보』	1940.2.11	
39	동시	남대우	「비야 비야 오너라」	『동아일보』	1940.6.30	박태현 보
40	동시	남대우	「보리타작」	『동아일보』	1940.7.7	
41	동시	남대우	「물 푸는 아버지」	『동아일보』	1940.7.28	농촌동요
42	동시	남서우	「우리엄마」	『동아일보』	1940.8.4	
43	동시	남서우	「이라낄낄 이 소야」	『아이생활』 8월치	1940.8	
44	동화	남대우	「거짓말(1)」	『만선일보』	1940.1	미확인
45	동화	남대우	「거짓말(2)」	『만선일보』	1940.10.13	미확인
46	동시	남대우	「풋나물」	『소년』 12월치	1940.12.1	
47	동시	김영우	「음매음매 우리소」	『만선일보』	1941.1.8	당선동요 1석. 미확인
48	동시	남대우	「새해마중」	『만선일보』	1941.1.1	미확인
49	동시	남대우	「엄마 등은 북이라」	『만선일보』	1941.2.23	
50	동시	남대우	「아가가 혼자 깨어」	『만선일보』	1941.2.28	미확인
51	동시	남서우	「엄마노래」	『남선공론』 3월치	1941.3	미확인
52	동시	남서우	「자장가」	『남선공론』 3월치	1941.3	미확인
53	소녀소설	남대우	「남을 위하는 마음(상)」	『만선일보』	1941.3.2	미확인
54	소녀소설	남대우	「남을 위하는 마음(하)」	『만선일보』	1941.3.3	미확인

55	동시	남대우	「자장노래」	『만선일보』	1941.3.15	미확인
56	동시	남대우	「반사-이」	『매일신보』	1941.3.31	
57	동시	남대우	「니나니 나니나」[74]	『만선일보』	1941.5.17	미확인
58	동시	남대우	「고흔 솟나라」	『만선일보』	1941.6.7	미확인
59	동시	남대우	「첫돌마지」	『매일신문』	1941.8.4	
60	동시	남대우	「싹가」	『매일신문』	1941.8.11	
61	동시	남서우	「우리 아기 인사」	『만선일보』	1941.8.26	
62	소년소설	남대우	「참외(상)」	『매일신문』	1941.9.8	농촌소년소설
63	소년소설	남대우	「참외(하)」	『매일신문』	1941.9.8	농촌소년소설
64	동시	남대우	「우리애기」	『만선일보』	1941.9.30	미확인
65	소년시	남대우	「감」	『매일신보』	1941.10.5	소년시첩[75] 계절과 농촌
66	소년시	남대우	「밤」	『매일신보』	1941.10.5	소년시첩 계절과 농촌
67	소년시	남대우	「박」	『매일신보』	1941.10.5	소년시첩 계절과 농촌
68	소년시	남대우	「새보는 노래」	『매일신보』	1941.10.5	소년시첩 계절과 농촌
69	소년시	남대우	「달 밝은 밤」	『매일신보』	1941.10.5	소년시첩 계절과 농촌
70	동시	남대우	「달, 달, 보름달」	『매일신보』	1941.10.12	
71	동시	남대우	「자장가」	『매일신보』	1941.10.19	194103작의 중복발표
72	동시	남대우	「절간」	『만선일보』	1941.11.18	미확인
73	소년소설	남대우	「다정한 동무들(상)」	『매일신문』	1941.11.16	농촌소년소설
74	동시	남대우	「자장자장」	『매일신문』	1941.11.23	
75	동시	김정임	「음매음매 우리 소」	『매일신문』	1941.1.8	하동공소교 4 당선동요 1석
76	동시	남대우	「잠자는 애기」	『半島の光』 3월치	1942.3	동요알범 3편
77	동시	남대우	「하나, 둘, 셋」	『半島の光』 3월치	1942.3	동요알범 3편
78	동시	남대우	「놀러 가재요」	『半島の光』 3월치	1942.3	동요알범 3편
79	동시	남대우	「어부바」	『半島の光』 6월치	1942.6	동심화원 5편
80	동시	남대우	「우리 아가」	『半島の光』 6월치	1942.6	동심화원 5편
81	동시	남대우	「주먹쌀기」	『半島の光』 6월치	1942.6	동심화원 5편
82	동시	남대우	「새벽」	『半島の光』 6월치	1942.6	동심화원 5편

83	동시	남대우	「아기 우슴」	『半島の光』6월치	1942.6	동심화원 5편
84	동시	남서우	「불일폭포(佛日瀑布)」	『아이생활』1월치	1943.1	
85	동시	남대우	「쌍계사(雙磎寺)」	『아이생활』1월치	1943.1	
86	동시	남대우	「산울림」	『아이생활』9월치	1943.9	
87	동시	남대우	「진달래」	『만선일보』	1944.4.28	연작 동요 「봄노래(1)」 미확인
88	동시	남대우	「할미꽃」	『만선일보』	1944.4.28	연작 동요 「봄노래(2)」 미확인
89	동시	남대우	「안은뱅이」	『만선일보』	1944.4.28	연작 동요 「봄노래(3)」 미확인
90	동시	남대우	「민들레꽃」	『만선일보』	1944.4.28	연작 동요 「봄노래(4)」 미확인
91	동시	남대우	「개나리」	『만선일보』	1944.4.28	연작 동요 「봄노래(5)」 미확인

---

74 1939년작과 다른 작품.
75 연작시로 보아 각기 독립된 작품으로 처리.

나라잃은시대 후기 이원수의 어린이문학

1. 들머리

한국 근대 어린이문학 연구는 그리 짧지 않은 전통을 쌓아 왔다. 그럼에도 아직까지 마땅한 궤도에 들어섰다고 보기 힘들다. 그 까닭은 여러 곳에 있다. 중요한 한 가지는 문단 현장에서 만들어진 명성이나 고정관념에 대한 헤아림이 꾸준하게 이루어지지 않았다는 점이다.[1] 그러다 보니 충분한 학술 검증이나 사회 동의를 거치지 않은 통념이 적지 않게 자리잡게 되었다. 물론 이 문제는 섣불리 해결될 일은 아니다. 왜냐

---

[1] 다른 점도 두 가지 더 들 수 있다. 첫째, 근대 어린이문학의 줄거리를 넓고 깊게 바라볼 수 있게 이끌 실증 자료의 발굴·보존·공개가 제대로 이루어지지 않았다. 다루기에 따라서는 파급력이 매우 클 문헌과 정보가 한결같이 묻힌 채 잊혀져 있다. 둘째, 문학사회를 바라보는 연구자의 눈길이 좁다. 어린이문학이 지닌 고유한 경계를 강조하고 강화하다 보니 다채로운 실상을 읽어 내는 눈길을 갖추지 못했다. 작가의 갈래 넘나듦이나 가장자리 작가에 대해 눈길이 미칠 틱이 없다. 이러한 문제는 서로 맞물려 들면서 새 연구 풍토를 마련하는 데 걸림돌이 된다.

하면 그것은 어린이문학계가 지닌 역량이나 독자사회의 취향과도 맞물려 있기 때문이다.

남다른 사랑을 받아 온 어린이문학가 이원수에 대한 이해 또한 이러한 문제에 걸쳐 있다. 광복기에 현실주의 어린이문학을 내세우면서 좌파 문단 가까이서 목청을 드높였던 이원수다. 그는 1950년대 전쟁을 앞뒤로 한 시기, 적지 않은 좌파 문인들이 월북하거나 잊혀져 간 문단 재편성 과정을 거치면서 요행히 살아남았다. 그리고 1970년대를 넘어 서면서 마침내 어린이문학의 대가로 탈바꿈하기 시작했다. 게다가 오랜 분단 체제로 말미암아 월북·월남·재북 작가에 대한 상대적인 무관심 속에서 이원수는 민족 어린이문학의 표상으로 올라서기에 이른 것이다.

오늘날 이원수나 그의 어린이문학은 누구도 이의를 달지 못할 신화로까지 나아간 느낌이다. 그리고 그것은 크게 두 가지 고정관념에 도움을 받고 있는 듯싶다. 첫째, 이원수는 1935년 왜로 제국주의[2]에 의해 체

---

2 이 글에서는 통념으로 알려진 것과 다르게 쓰는 역사 용어가 있다. 보기를 들어 '일본 제국주의'에 견주어 '왜로 제국주의', '식민지시대'가 아니라 '나라잃은시대'와 같은 것이다. 이들에 대한 기본 인식틀은 려증동에 바탕을 둔다. 그러면서 글쓴이 나름의 마땅한 길을 찾아 다듬었다. 려증동이 제시한 역사용어에 대한 몇 가지 전제는 아래와 같다. 첫째, 역사용어는 보편을 지향하는 과학용어와 달리 만국공통어가 아니다. 역사적 사건에는 손해 보는 쪽과 이익 보는 쪽이 나뉘고 그 이해관계에 따라 그것이 다르게 붙여지게 된다. 우리를 식민지로 삼았던 제국주의자 모국에서 볼 때에는 그들의 침략 야욕과 실상을 숨기기 위해 보다 완화된 용어인 '한일합방'을 쓰게 되고, 이에 맞서 우리 선인들은 그들에게 나라를 빼앗긴 치욕을 잊지 말고 다시는 그런 일을 거듭하지 않아야겠다는 뜻에서 '경술국치'라 쓰게 되는 이치다. 둘째, 근대 산업화 사회의 시간 구획과 계량적 사고에 터를 둔 용어 명명보다 오랜 세월 우리 전통으로 이어져 왔던바, 간지에 따르되 사건의 앞뒤가 밝혀지는 길로 용어를 만드는 방법이 바람직하다. 역사적 사건의 시발과 종점이 뚜렷하게 날짜에 따라 나뉠 수 없는 이치에서 말미암는다. 따라서 '3·1절'이라는 말보다 '기미만세의거'라는 말이 보다 마땅한 용어다. 셋째, 역사 용어는 그 말을 쓴 이들이 역사관이나 관점 변화에 따라 거듭 달라진다. 고정 불변하는 것이 아니다. 이즈음 우리 사회에서 파시즘 용어라 하여 '국민학교'가 '초등학교'로 바뀐 것이나, '을사보호조약이 '을사늑

포·투옥 당한 항쟁 작가로 출옥 뒤 자신을 올곧게 지키며 시대의 어려움을 이겨냈다. 그의 고난상에 초점을 맞춘 줄거리다. 둘째, 이원수는 민족 현실과 늘 하나가 되려 했던 현실주의 어린이문학가, 정의로운 문학인이라는 생각이다.[3] 1960년 경자시민혁명을 글감으로 다루고, 분단 극복의 의도까지 작품 안에 담아낸 점을 곧잘 그 터무니로 제출한다.[4] 널리 알려진 「고향의 봄」에 대한 일반 사회의 사랑과 추억은 이 점

약으로 바뀌고 있는 사실은 좋은 본보기다. 무엇보다 삶의 가치를 문제 삼는 인문학에서는 어느 영역보다 상대적으로 학문적 방법론으로서 용어학이 지니는 무게가 무겁다. 중요한 것은 일반적이니 객관적이니 하는 말로 관습적 편의성을 따르기보다 자신이 쓰고 있는 역사 용어가 담아내고 있는 이념적 일관성과 합리성이 문제다. '일본'보다 '왜로(倭虜)'라 쓰는 것은 침략과 지배, 그리고 수탈을 반성하지 않는 타자에 대한 마땅한 대접인 셈이고, '식민지시대'라 쓰지 않고 '나라잃은시대'라 쓰는 것이 피해를 본 동일자 쪽이 주체가 되는 마땅한 일컬음이다. 적어도 제국주의 피식민지 경험을 다루는 자리에서 '일본'이니 '식민지시대'라는 중성적인 말은 그것을 저지른 쪽의 잘못을 숨기고, 피해를 입은 쪽이 그 사실을 잊어버리게 만드는 잘못된 일컬음이기 십상이다. 우리 국어국문학계에서 용어학의 문제를 실천적으로 고심했던 사람은 1970년대 윤성근에서부터 려증동, 김수업, 조동일로 이어진다. 이 글은 통념과 달리 쓰고 있는 역사 용어 하나하나에 대한 꼼꼼한 터무니를 다 밝힐 자리가 아니니만큼 줄이거니와, 다만 국어국문학 기술에서 용어학의 중요성과 그 바른 쓰임새를 따지고 든 아래 두 책을 본보기로 들어 둔다. 려증동, 『한국역사용어』, 시사문화사, 1986; 김수업, 『배달말꽃』, 지식산업사, 2002.

3 "그리하여 (이원수의 문학은—글쓴이 기움) 거짓과 아부와 불의에 충만했던 세상에서 민족의 한 사람으로서의 자기를 최소한도로 확보하게 할 수 있었던 거의 유일한 어린이문학의 길이 아니었던가 생각되는 것이다." 이오덕, 「시정신과 유희정신」, 『시정신과 유희정신』, 창작과비평사, 1977, 194쪽.

4 "외세의 간섭을 반대하고 자주적인 근대 독립국가 건설의 염원을 담은 장편 판타지 『숲속 나라』(1949), 6·25전쟁체험과 분단의 비극을 다룬 「꼬마 옥이」(1953), 「호수 속의 오두막집」(1949), 4·19혁명정신의 계승과 5·16군사쿠데타 정권에 대한 저항을 다룬 「땅속의 귀」(1960), 「어느 마산 소녀의 이야기」(1960), 「토끼 대통령」(1963), 전태일 노동열사의 분신사건을 재빠르게 수용한 「불새의 춤」(1970) 등에서 보듯이, 그의 동화와 소년소설 들은 동심의 표현이면서도 분단시대 리얼리즘 어린이문학의 특성을 드러내고 있다. 그의 수많은 어린이문학 평론들은 바로 리얼리즘 어린이문학의 정신을 일관되게 옹호하는 데 바쳐진 것이다. // 이원수의 어린이문학은 수난의 민족현실에 아로새겨진 서민 어린이 삶의 역사이다." 원종찬, 「이원수와 마산의 소년운동」, 『아동문학과 비평정신』,

을 든든하게 뒷받침해 주는 상수였다.

그러나 그의 체포와 투옥의 정황에 대해서는 깊은 조사가 이루어져
야 한다. 산술적으로만 보더라도 경남·부산 지역 다른 어린이문학인,
곧 신고송·강호·박석정과 같은 이가 겪었던 고난스러웠을 투옥 경
험과 견주어 볼 때 내용이나 강도, 기간에서 뚜렷하게 못 미친다.[5] 게다
가 출옥 뒤인 나라잃은시대 후기 이원수는 문학 생애 어느 시기에 못지
않게 활발한 활동을 벌였다. 그 가운데는 부왜 작품 다섯 편까지 있다.
이런 사실에 대한 의도적 / 비의도적 기억 훼손과 은폐 현상까지 나타
난다.[6] 이 점만으로도 이원수 어린이문학에 대해 잘못된 고정관념이나
부풀려진 자리는 뚜렷해진 셈이다.

이 글은 이원수 어린이문학을 두고 글쓴이가 쓰는 세 번째 것이다.[7]

창작과비평사, 2001, 337쪽.

5 이원수는 '독서회' 일로 검거된 뒤 1935년 4월부터 1936년 1월까지 열 달의 피검(집행유
예 5년)을 당했다. 1930년대 초기에는 온 나라 지역 곳곳에서 본보기가 흔한 학생 또는
지식 청년에 대한 왜로의 탄압 방식 가운데 하나였다. 일의 경중으로 말미암아 단순 비
교가 힘들지만, 햇수와 방식만 따져도 신고송이 세 차례에 걸쳐 세 해 남짓, 박석정은 두
차례에 걸쳐 세 해 여섯 달, 강호가 두 차례, 일곱 해에 걸친 투옥·실형의 고초를 겪었다
는 점을 떠올릴 필요가 있다.

6 "중일전쟁에서 미·영 격멸을 외치고 나선 일본이 한창 기세를 올리고 있었지만 실력
없는 악만 가지고 국민을 도탄에 몰아넣었을 뿐 아니라 식민지인 조선에서 온갖 물자를
거둬 가고 인력을 쓸어 가서 우리들 모두가 가히 거지꼴의 생활을 하게 되었을 때다. 우
리말을 쓰지 말고 일본말을 쓰게 했고, 창씨 제도를 만들어 한민족의 성까지 일본 사람
성처럼 고치게 한 압정 아래서의 나는, 동시인이란 이름도 모르고 사무원으로만 엎드려
있었다." 「군가를 부르는 아이들에게」, 『솔바람도 그날 그 소리』(이원수 어린이문학 전
집 27(이하 『전집』으로 표기)), 웅진출판사, 1983, 130쪽. 이 글에서 보는 바와 같이 그는
"압정 밑에서" "온갖 물자를 거둬 가고 인력을 쓸어 가는" 행위를 거들었던 '조선금융조
합연합회' 사무원으로서, '압정' 아래서도 남달리 '우리말로' 많은 작품 발표를 할 수 있었
던 얼마 되지 않은 시혜를 입었던 사람이다.

7 박태일, 「이원수의 부왜문학 연구」, 『경남·부산지역문학 연구 1』, 청동거울, 2004; 「나
라잃은시대 후기 경남·부산 지역 어린이문학─이원수와 남대우를 중심으로」, 『한국

중심 목표는 두 번째 글에서 살피지 않았던 나라잃은시대 후기 이원수 어린이문학의 됨됨이에 대한 풀이다. 이 일을 빌려 그의 부왜 활동이 놓여 있는 밑자리를 읽어 낼 수 있을 것이다. 그것이 어두운 시대에 살아남기 위한 개인의 어쩔 수 없는 굴절이었던가, 그렇지 않으면 이원수 문학 안에 부왜문학으로 나아갈 개연성과 자발성이 있었던 것인가. 만약 뒤쪽에 더 가깝다면 오늘날 그가 누리고 있는 높은 명성의 느슨하고도 허황한 뿌리는 확연하게 드러나게 되는 셈이다.

논의는 세 매듭으로 이끌고자 한다. 첫째, 나라잃은시대 후기 이원수 문학에 나타나는 계기적 흐름과 그 뜻을 살핀다. 둘째, 이 시기 한 차례 발표했던 작품을 광복기에 재발표 형태로 내놓은 뒤, 그것을 평생 광복기 작품으로 밀고 나갔던 이원수의 작가적 전략이 어떤 것이었는가를 짚는다. 셋째, 이원수 사후까지 미발굴 상태로 남아 있었던 이 시기 작품의 됨됨이를 따져 그 일이 지닌 속뜻을 찾는다. 이 과정에서 작가 이원수의 명성을 중심으로 알게 모르게 이루어졌을 기억 관리의 논리를[8] 살필 수 있을 것이다.

문학논총』 40집, 한국문학회, 2005, 237~279쪽.

8 문학사회학에서 볼 때 작가란 개인 재능에 따라 타고 난다기보다 문학제도 안에서 만들어지는 존재다. 문화 생산, 유통 제도 안의 역할 수행자인 셈이다. 따라서 작가의 개성이나 명성이란 '거시 역사적 과정 안에서 그 역할을 수행하고자 하는 미시 전력의 상호작용'에서 마련된다. 문학사회 집단의 구속 안에서 작가가 이룬 전략적 선택의 결과인 셈이다. 예술가 일반을 다룬 글이지만 아래 글에서 작가의 사회적 생산에 대한 이해를 넓힐 수 있다. 현택수, 「문학예술의 사회적 생산」, 현택수 외, 『문화와 권력』, 나남출판, 1998, 19~72쪽; 졸버그, 현택수 옮김, 『예술사회학』, 나남출판, 2000, 163~165쪽.

2. 나라잃은시대 후기 이원수 문학의 네 층위

제국주의 왜로가 중국침략전쟁, 이른바 '중일전쟁'에 뒤이어 태평양 침략전쟁, 이른바 '대동아전쟁'으로 나아간 때가 나라잃은시대 후기다. 이 시기 저들은 침략전쟁 승리를 위해 이른바 '본토' '내지'의 '총후보국' 뿐 아니라 식민지 우리를 병참기지로 만들어 '국민정신총력'에다 '국민 총력'까지 꾀했다. 이른바 '신체제'[9]라 일컬었던 이 무렵 우리 문학은 뚜 렷하게 부왜의 길로 들어서거나, 적어도 조선총독부의 획책에 걸림이 되지 않는다는 판단이 선 경우에만 발표, 유포될 수 있었다. 그러므로 이 시기 문학은 처음부터 부왜의 자장에 놓고 따져보지 않을 수 없는 원 죄에 가까이 닿아 있는 셈이다.

이원수 또한 알려져 온 바와 달리 이 시기 많은 작품을 발표했다. 글 쓴이가 발표 사실을 찾아 굳힐 수 있었던 것만 하더라도 서른 편에 이른 다. 이 가운데 이원수 동시를 가장 많이 모아 놓고 있는 『전집 1』에 실 리지 않은 작품이 열두 편이다. 부왜 작품 다섯 편을 비롯한 나머지 미 발굴 작품 일곱 편은 글쓴이가 찾아냈다. 그런데 서른 편 가운데서 이 시기에 이미 발표했으나 광복기에 재발표하고 그것을 바로잡시 않아 이원수의 광복기 작품으로 잘못 알려져 왔던 것이 일곱 편이다.[10]

---

9 나라잃은시대 후기는 이른바 '국민정신총동원운동'(1938~1940)과 '국민총력운동'(1940~ 1945)으로 나아가면서 '내선일체'를 명분으로 우리 민족 말살과 전쟁 동원, 수탈을 꾀했 던 시기를 일컫는다. 그 구체적인 내용에 대해서는 아래 두 글을 참조 바란다. 최유리, 『일제 말기 식민지 지배정책연구』, 국학자료원, 1997, 65~178쪽.
10 기록된 것에만 따른다면 이 시기 이원수가 발표한 작품은 마흔세 편으로 잡힌다. 그 가

이제껏 통념은 나라잃은시대 후기로 가면서 이원수의 문학 활동이 뜸해지고 소극적이 되어 간다는 것이다. 제국주의에 의한 민족 수탈이 극에 이르렀던 억압기, 이원수 또한 시대의 고난과 함께 문학 활동을 위축당했을 것이라는 암시가 자연스럽게 이어져 있었다. 그러나 실상은 그렇지 않다. 현재 확인되는 서른 편만으로도 이원수는 나라잃은시대 후기 손가락에 꼽힐 만큼 왕성한 활동을 했다.[11] 1935년 투옥과 출옥에 이어 민족 어린이문학가로서 이원수의 명성 생산에 중요한 상수 가운데 하나였던 점이 잘못임이 밝혀진 셈이다. 그리고 그러한 잘못은 이원수의 직접 진술에 의해 이제껏 더욱 강화되어 왔다. 스스로 "동시인이라는 이름도 모르고 사무원으로만 엎드려 있었다"[12]고 말한 시기, 그는 유능한 '동시인'으로서 누구 못지않은 활발한 활동과 의욕을 보였다.

그런데 이 시기 이원수 문학은 작품이 담아내고 있는 현실에 초점을 두고 볼 때 모두 네 층위에 걸치고 있다. 생활 동시, 부왜 작품, 유희 동시 그리고 미학 동시가 그것이다. 숫자로 보자면 서른 편 가운데서 생

운데서 순수 확인할 수 있었던 것만 모두 서른 편이다. 그 죽보기는 박태일, 「나라잃은시대 후기 경남·부산 지역 어린이문학-이원수와 남대우를 중심으로」(『한국문학논총』 40집, 한국문학회, 2005, 241~243쪽)를 참조 바란다. 『전집 20』에 실린 '이원수 연보'에는 1938년과 1945년 사이에 열한 편을 발표한 것으로 적고 있다.

11 이 시기는 알려져 온 바와 달리 나라잃은시대 이원수의 작품 활동 가운데서 두 번째로 왕성했던 때다. 원본을 확인할 수 있는 작품을 중심으로 살펴보면, 첫 작품을 발표한 1924년부터 1945년 을유광복까지 한 해에 가장 많은 작품을 발표한 때는 스물세 편을 발표한 1930년이다. 그리고 1940년이 열두 편, 1926년이 열 편, 1929년이 아홉 편으로 뒤를 잇는다. 나머지 해는 한 해 둘에서 다섯 편 정도 발표를 했다. 상대적으로 활발했던 1940년도의 모습을 쉬 짐작할 수 있다. 『전집 20』의 이원수 죽보기에서 "1940년 30세 동시 「종달새」, 「빨간 열매」 등을 발표하다"라고 짧게 적고 지나친 자리다. 박태일, 「나라잃은시대 후기 경남·부산 지역 어린이문학-이원수와 남대우를 중심으로」, 『한국문학논총』 40집, 한국문학회, 2005, 243~244쪽.

12 각주 6)에 옮긴 이원수의 수필 참조.

활 동시가 여덟 편, 부왜 작품이 다섯 편, 유희 동시가 열다섯 편, 그리고 미학 동시가 두 편이다.[13]

생활 동시란 나날살이를 묘사하거나 재현하고자 하는 의도가 전경화한 작품이다. 이원수의 문학이 흔히 가난한 아이의 현실에 초점을 둔다고 할 때는 바로 이러한 생활 동시의 자리를 일컫는 것이다. 부왜 작품은 제국주의자의 이른바 '신체제' 현실에 복무하고자 한 작품이다. 일상 현실 위에 있는 사회 제도적 현실[14]에 놓이는 작품이다. 유희 동시는 기존 어린이문학 사회의 문학제도와 그 전통 안에서 마련된 낯익은 양식적 상상력에 기댄 작품이다. 흔히 '짝짜꿍 동요'라 비판받곤 하는 것으로 어린이의 앳되고 순수한 동심에 대한 추체험을 바탕으로 삼는다.[15] 그 위에 미학 동시가 놓인다. 동요적 유희를 벗어나 시로서 나

---

13 이름만 들면 아래와 같다. ① 생활 동시 : 「보-야, 넨네요」・「설날」・「전기째」・「애기와 바람」・「돌다리 노차」・「나무 간 언니」・「니 닥는 노래」・「어머니」. ② 부왜 작품 : 「지원병을 보내며」・「낙하산」・「보리밧헤서-젊은 농부의 노래」・「농촌아동과 아동문화」・「고도감회」. ③ 유희 동시 : 「고향바다」・「부헝이」・「야웅이」・「밤눈」・「염소」・「눈 오는 밤」・「안즌뱅이꼿」・「공」・「밤시내」・「자장노래」・「기차」・「언니 주머니」・「빨래」・「종달새」・「봄바람」. ④ 미학 동시 : 「저녁노을」・「밤」.

14 '일상 현실'과 '사회 제도적 현실'이란 하버머스의 체계와 생활세계라는 2단계 사회 개념에서 끌어온 말이다. 하버머스는 마르크스의 상부 / 하부라는 도식적, 건축학적 모델을 넘어서기 위해 체계 / 생활세계라는 2단계 사회 개념을 마련하여 그 둘의 상호작용을 빌려 바람직한 사회통합 과정을 밝히고자 했다. 체계란 국가, 권력이나 제도, 교육과 같은 추상 이데올로기이다. 생활세계란 일상적 삶의 영역을 말하는 것으로, 의사소통행위자들이 서로 만나는 선험적 장소다. 세계 안쪽 삶이란 체계세계와 생활세계의 두 측면이 얽힌 상호주관적이고도 역동적인 체험 현실이다. 박태일, 「한국 근대시의 공간체험」, 『한국 근대시의 공간과 장소』, 소명출판, 1999, 14~15쪽.

15 어린이문학사가 마련해 온 관습적 상상력에 갇혀 있는, 낯익은 듯한 동시가 그것이다. 나라잃은시대 후기 동시의 중심은 1920년대 후반부터 계급문학인에 의해 비판받았던 이른바 동심천사주의 작품이다. 노랫말을 지향하는 오락적 동시가 그것이다. 전래 동요에서 근대 동요로, 다시 그것이 동시로 진화하는 과정에서 맑고 착하기만 한 동심에 바탕을 두고자 한 유형이다. 그 무렵 넓게 독자사회가 기대하고 있고, 창작 집단에게도 널

아갈 바 보다 자유로운 미학적 성취도에 눈길이 가 있는 경우다.[16] 층위로 볼 때 현실 층위의 생활 동시를 첫 자리로 부왜 작품과 유희 동시, 그리고 미학 동시가 위로 올라선다. 위로 오를수록 구체적인 현실 재현력은 떨어지지만 시적 자율성은 더 높아지게 되는 셈이다.

① 저녁이면 성뚝에 애기 업고 나와서
　　 "보-야 넨네요" "보-야 넨네요"
　　 잔등에 업은 애기 칭얼칭얼 우냄이
　　 해 질 녘엔 여기 와서 "보-야 넨네요"

　　 귀남아
　　 귀남아

　　 너이 집은
　　 어디냐
　　 저 산 넘어 말이냐
　　 엄마 아빠 다 있니

　　 나무나무 늘어선

리 참조틀이 된 동시인 셈이다.

[16] 현실 모사나 재현과 같은 구체 현실에 눈길을 주기보다는 시적 형상의 완성도나 완결성에 초점을 두고 쓰인 것이다. 당대 문학 층위로 볼 때 가장 위쪽에 놓인다. 말하자면 그 무렵 유희 동시가 지니는 아동문학사회의 주류 위에서 시인의 개성이나 미적 세련성을 극대화하여 독창성을 보여 주려는 작품이 이 범위에 든다.

서산머리는

샛빨간 샛빨간 저녁놀빛

귀남아 네 눈에도 저녁놀빛

　　주 ◇ 보-야, 넨네요 = 아가야 자장자장 / ◇ 우냄이 = 울보

　　　　　　　　　　　　　　　　-「보-야, 넨네요」¹⁷

② 오늘부터 나도 열 살

나이 하나 더 먹고,

오늘부터 너도 열 살

나이 하나 더 먹고.

모두 모두 키 대 보자

누가 많이 컸나.

눈 밭에 뛰어 보자

누가 힘이 세졌나.

울보도 골샌님도 하하하

이 집에도 저 집에도 하하하.

새해니까 그렇지

설이니까 그렇지.

17　『소년』, 조선일보사, 1938.10, 40~41쪽.

오늘부턴 우리 모두

서로 좋게 지내고,

오늘부턴 우리 모두

착한 아이 된다나.

―「설날」¹⁸

①과 ②는 생활 동시에 넣을 만한 작품이다. 둘 다 나날살이 현실 층
위를 겨냥했다. 그런데 둘은 바탕에서부터 다르다. ①은 겉보기로 가
난한 아이의 나날살이를 다루었다. 그러니 어린이 현실을 향한 속 깊은
눈길이 드러난 작품으로 읽히곤 한다. 그런데 이 작품은 속속들이 현실
삶을 드러냈다고 보기 힘들다. 시인이 지닌 범상한 연민의 눈길이 두드
러질 뿐이다. 게다가 왜인 집에서 아이보개하는 '귀남이'로 대표되는
가난한 어린이 현실보다 오히려 뒤 토막 "서산머리는 / 샛빨간 샛빨간
저녁놀빛 / 귀남아 네 눈에도 저녁놀빛"이라는 자리에 작품의 눈이 가
있는지 모른다. 말하자면 현실 묘사나 구체적인 인식보다 시적 완성이
라는 미학적 의장에 무게가 더 놓인 작품이라는 뜻이다.

실제 이원수의 이 무렵 생활 동시에 담긴 바는 흔히 믿어 온 것과 같
이 농민이나 노동자 계층의 가난한 아이가 겪었음 직한 구체 현실이 아
니다. 이 일은 생활 동시가 지닌 정조를 살피면 금방 알 수 있는 일이
다.¹⁹ 그것은 가난한 현실이나 고통 받은 어린이에 대해 "슬퍼하고 괴

---

18 『소년』, 조선일보사, 1939. 1, 10~11쪽.

19 이원수 작품 모두를 두고 다룰 필요가 있지만, 한눈에 살펴도 그의 동시에 담긴 '가난'이
란 뚜렷하게 자각된 방법적 현실이라기보다 개인의 버릇된 감상성(sentimentality)에 가
깝다는 느낌을 준다. 생활 동시에 넣을 수 있을 이 시기 작품 「전기째」나 「나무 간 언니」

로워하는 것"보다 거꾸로 그와 무관한 낙천적이고 긍정적인 이미지와 내용, 곧 "즐겁고 유쾌한 시"로 한결같다.[20] 위에 옮긴 ②는 이원수의 생활 동시가 지니고 있는 그런 점을 잘 보여 준다. 설날을 맞이하여 "오늘부턴 우리 모두 / 서로 좋게 지내고, / 오늘부턴 우리 모두 / 착한 아이 된다나"라는 진술이 지니고 있는 반시대적, 비현실적 낙천성은 쉽게 짐작할 수 있다. 이 시기 생활 동시라 일컬을 수 있을 작품 여덟 편 가운데서 여섯 편[21]이 시대 현실에서 멀찍이 떨어진 밝은 희망을 다루었다. 이원수 동시에 대해 일컬어졌던 가난한 현실에 대한 관심이라는 고정 관념이 얼마나 잘못된 일인가는 자명하다.

생활 동시 위에 놓이는 것이 부왜 작품이다. 소년시 두 편, 농민시 한

와 같은 작품에 드러나는 어린이 현실이란 기껏 "날마다 기대려도 아니오시는 / 울 아버지"나 "이 치운 날도 / 언니는 지게 지고 나무 가셨다. / 호- 호- 손 불면서 나무 가셨다." 와 같은 시줄에 대한 과잉 해석으로 말미암은 바가 크다. 이원수 동시에 나타나는 현실 인식과 감상성의 관계는 깊이 있게 다루어질 필요가 있다.

20 이런 점에서 아래와 같은 이원수의 진술 또한 거짓이다. "이 산(경남 함안 여항산- 글쓴이)을 넘어 다니며, 나는 농촌 아이들의 노래를 생각했었다. 나는 그런 농촌 아동들을 위해 즐겁고 유쾌한 시를 써서 그들을 기쁘게 해 줄 마음을 먹지 못했다. 그들과 같이 슬퍼하고 괴로워하는 것이 그들을 위해 바른 길이라 생각했던 것이다. / 1936년에 발표한 「보오야, 넨네요」는 역시 슬픈 시였다. / (…줄임…) / 친구들과 문학 서클를 만들었다가 경찰에 피검되어 1년 동안 옥살이를 하면서 나의 동시의 세계는 이런 길로 굳어져 갔고, 해방 이후에 쓰기 시작한 소년 소설과 동화 역시 서민 아동의 세계만이 그 중심이 되었다." 이원수, 「나의 문학 나의 청춘」, 『이동과 문학』(『전집 30』), 웅진출판사, 1993(3쇄), 253~254쪽.

21 이 시기 이원수 동시에서 생활 동시라 일컬을 수 있는 작품은 「밤눈」·「보-야, 넨네요」·「설날」·「전기새」·「애기와 바람」·「돌다리 노차」·「나무 간 언니」·「니 닥는 노래」·「어머니」다. 이 가운데서 피식민지 현실에서 고통받는 어린이 모습과 끈을 대고 있는 작품이라 볼 만한 것은 「보-야, 넨네요」·「나무 간 언니」 두 편뿐이다. 나머지는 피식민지 민족 현실과 무관하게 낙천적인 유희 동시나 미학 동시에 끈을 대고 있다. 게다가 나머지 일곱 편 가운데 「돌다리 노차」·「니 닥는 노래」·「어머니」는 교묘하게 노골적인 부왜 작품들과 이어져 있다. 이 점은 3장에서 다루어질 것이다.

편, 그리고 수필 두 편이 그것이다. 나라잃은시대 후기 피식민지 조선인의 삶과 나날을 뒤덮고 있었던 정치적, 제도적 현실 곧 '신체제'에 대한 동조를 보여 주는 이들이 이원수에게서는 그 됨됨이가 열정적이고 뜻이 분명하다. 어떠한 머뭇거림이나 도덕적 멈칫거림도 보이지 않는다. 이런 쪽에서 이원수 부왜 작품이 지니고 있는 자발성과 적극성은 그들 가운데서도 앞자리에 놓을 만하다.

③ 나라를 위하야 목숨 내놋코
전장으로 가시려는 형님들이여
부대부대 큰 공을 세워 주시오.
우리도 자라서, 어서 자라서
소원의 군인이 되겠습니다.
굿센 일본 병정이 되겠습니다.

　　　　　　　　　　　　　ㅡ「지원병(志願兵)을 보내며」 가운데서[22]

④ 성전(聖戰)의 내 나라에 목숨 비록 못 밧첫서도
우리 힘 나라를 배불리 못할 거냐,
모든 노력(努力) 왼갓 궁리(窮理)로
올 일 년(一年) 이 따에 풍년(豊年)을 이뤄 노코
지난해의 그 한(恨)을 풀고야 말리라.

22 『반도의 빛(半島の光)』(선문판), 조선금융연합조합회, 1942.8, 37쪽.

(…줄임…)

모다 나와 밭골을 매고 또 매자

올해야 말로 결전(決戰)의 해!

승리(勝利)를 위해 피흘리는 일선(一線)의 장병(將兵)을 생각하며

생산(生産)의 전사(戰士)들, 우리도 익여내자

올해야말로 풍년(豊作)과 승리(勝利)의 즐거운 해 되리라.

　　　　　　　－「보리밧헤서－젊은 농부(農夫)의 노래」 가운데서[23]

③과 ④ 두 편이 담고 있는 생각이나 화자의 목소리는 곡진하기 이를 데 없다. 서울에서 멀리 떨어진 시골 경남 함안 지역에 살고 있었던, 그리 들나지도 않을 젊은이 이원수[24]는 자신의 표현대로 조용히 '엎드려' 있었으면 될 터였다. 그런데 그렇지 않았다. 온 나라 안에 나돌 서울 매체에 힘껏 부끄러운 작품을 남기고 있다. 남다른 발표 욕구에다 버릇처럼 허명을 좇은 결과가 아니었다면 그의 부왜 작품은 민족 현실에 대한 전망 부재나 몰현실성을 증명할 따름이다.

이러한 부왜 작품 바로 위에 놓인 것이 유희 동시다.

　　⑤ 종달새

　　종달새

23　『반도의 빛(半島の光)』(선문판), 조선금융조합연합회, 1943.5, 1쪽.

24　서울에 머물면서 언론이나 매체 활동에서 이저런 사회적 연결망에 얽혀 있었을 다른 이들과 달리 그는 누구보다 상대적으로 중심 문단사회에서 비켜설 수 있는 입장이었다.

밭에도 내려오너라

파란 보리 자라서

숨박곡질 조켓다

너도 숨고 종종종

나도 숨고 종종종-

―「종달새」가운데서[25]

⑥ 뒷산 부헝이

부헝 부헝 운다

동무 동무 업다고

부헝 부헝 운다

깜 깜 밤중에

울면 누가 가―나

엄마새 아가새

모두 코- 잠자지.

―「부헝이」가운데서[26]

⑤는 종달새의 '숨박꼭질'하는 듯한 몸짓을 중심으로 글자 수와 숨길을 맞추어 가락을 이루었다. 되풀이하는 낱말과 말마디, 그리고 종달새 동무들을 향해 어린이들이 지녔음 직한 맑은 동심을 강조했다. 함께 올

---

25 『반도의 빛(半島の光)』(선문판), 조선금융조합연합회, 1942.6, 28쪽.
26 『소년 조선일보』, 1939.12.17.

린 ⑥ 또한 밤새인 "뒷산 부헝이"가 왜 이 밤에 깨서 울고 있는가라는 어린이다운 호기심을 틀로 그에 대한 답을 마련하는 수수께끼 형식으로 짰다. 동무도 없이 혼자 깨어 울고 있는 '부헝이'에 대한 깜찍한 생각을 3음보 가락을 바탕으로 삼은 반복법을 빌려 노랫말로도 마땅하게 만든 유희 동시다.

이러한 유희 동시는 당대 어린이문학 관행을 벗어나는 참신하고도 새로운 울림을 갖기 힘들다. 따라서 어딘가에서 본 듯한, 누군가가 앞서 말했을 법한 낯익은 통념이나 상상력에 호소하는 특징을 지닌다. 나라잃은시대 후기 이원수 어린이문학에 핵심적이고도 가장 많은 작품이 바로 이들이다.[27] 흔히 알려져 온 바와 같이 가난한 민족 현실에 대한 한결같은 관심이라는 평가나 시인 자신의 진술, 곧 '서민 아동의 세계'와는 거리가 있는 유형화한 틀 안에 그의 동시가 놓여 있는 셈이다. 이러한 유희 동시는 그 무렵 여느 동시의 주류였다. 이원수는 이미 쓰인 바 있는 문학사 위에 다시 덧칠을 하는 이러한 유희 동시 창작을 빌려 자신의 바깥 환경으로부터 오는 긴장을 줄이면서 문학제도 안에서 편히 활동할 수 있었다.

이러한 양식화한 유희 동시 위에 놓을 수 있는 작품이 미학 동시다. 이원수 동시에서는 눌이 보인다.

⑦ 저녁놀이 곱-다

비단보다 곱-다

---

27 전체 서른 편 가운데 유희 동시에 넣을 수 있는 작품은 따놓은 두 작품을 포함해서 모두 열다섯 편에 이른다. 각주 13) 참조.

밤-아, 오지 마

이쁜 놀이 죽는다.

—「저녁노을」[28]

⑧ 밤이 어데서 오나

밤이 어데서 오나

나무 밋혜서도 밤이 나오고

담벼락 밋혜서도 밤이 나오고

내 모자 안에서도 밤이 나오고

—「밤」 가운데서[29]

　따놓은 작품 ⑦, ⑧은 전형적인 미학 동시다. 이원수 작품으로도 드
문 본보기를 이룬다. 이 시기 30대 젊은 시인 이원수의 문학적 고심을
엿볼 수 있는 작품이다. 이른바 동심이라 유추될 수 있을 세계를 그리
기보다는 시인의 창조적 상상력에 더 기울어진 바다. 작품 ⑦은 김영일
이 주장했던 자유시형의 단형 동시에 영향받은 작품이다. 동심과는 거
리를 두고 이원수 동시의 주조 가운데 하나인 감상성이 '저녁노을'을 만
나 옹글었다. ⑧은 얼핏 유희 동시로 보인다. 밤은 어디서 와서 이렇듯
세상을 덮어 버리는가라는 물음에 대한 답으로 마련한 작품이다. 그러
나 진술의 중심은 유희적 동심을 드러내는 데서 한 발 더 올라선 자리에

28　『소년 조선일보』, 1940.6.30.
29　『매일신보』, 1941.11.2.

있다. 그만큼 작품의 개별성이 높다.

앞에서 살핀 바와 같이 나라잃은시대 후기 이원수 문학은 생활 동시에서부터 부왜 작품, 유희 동시를 거쳐 미학 동시 층위에까지 걸쳐 있다. 그 작품들은 서로 넘나들기도 하면서 이원수 문학의 밑그림을 이룬다. 이원수가 여러 차례 자신의 문학 회고에서 진술한 것이나 그에 대한 후대의 평가와 달리, 이 시기 이원수 어린이문학은 가난하고 헐벗은 민족 현실에 대한 관심을 들낸 구체적인 작품을 지니지 않고 있다. 오히려 몰현실적으로 양식화한 유희 동시가 작품 수에서 가장 많다. 미학 동시도 거든다. 생활 동시라 하더라도 긍정적이고 낙관적인 현실 인식이 중심이다. 거기다 제국주의 수탈 현실에 대해 적극적인 동조를 보여준 부왜 작품이 있을 따름이다.

나라잃은시대 후기 여덟 해 동안 이원수에게서 나타나는 이러한 네 유형의 작품 서른 편에서 뚜렷한 통시적 변화는 찾을 수 없다. 그러나 환한 사실은 이른바 '신체제' 민족 피수탈 현실이 더욱 기승을 부린 말기로 넘어가면서 그의 작품 또한 거기에 발맞추어 부왜로 나아가는 궤적을 볼 수 있다는 점이다. 아울러 이원수는 동시에 머물지 않고 소년시·성인시·수필로까지 갈래를 넓혀 가면서 문학 활동에 적극성을 더한다. 이 점이야말로 나라잃은시대 이원수 문학의 비현실성뿐 아니라 반민족적 자발성까지 엿보게 한다.

이원수 스스로 '암흑기'[30]로 표현하고 있는 시기가 나라잃은시대 후

---

30 "1938년의 초등학교에서의 조선어 과목의 폐지와 1939년의 어용문화단체 '조선문인협회' 결성 등에서 볼 수 있는 조선인의 황국 신민화 정책은 아동문학에 큰 영향을 미치게 했다. 그것은 아동들에게 우리 문학의 접근을 막았고 지하 운동이나 다름없는 것으로 만들어 버렸다. / 아동 잡지의 연이은 폐간, 일본어 상용 운동, 전쟁 선동, 찬양의 풍조에

기다. 아마 광복이 몇 해만 더 늦게 이루어졌다면 이원수는 피식민지 한국 어린이문학계에서 가장 뛰어나면서도 문학적 영향력이 큰 부왜 작가로 자랄 수 있었을지 모른다. 이런 점에서 1945년 을유광복은 왜로 제국주의자에게는 두고두고 패전을 떠올리게 하는 치욕스런 날이겠지만, 작가 이원수에게는 민족에 대한 죄를 더 저지르지 않도록 도와준 큰 은혜를 베푼 날이다. 그리고 그 죄는 아래 줄글에서 드러나는 바와 같이, 자신을 향해 오랜 세월 저지른 거짓과도 나란하다.

> 그때(함안 금융조합에서 일할 때－글쓴이) 나의 동시는 즐거움을 노래하기보다는 농촌 어린이들의 괴로움과 슬픔을 노래하고 있었다.
>
> 현실 사회를 보는 눈을 밝게 해야 한다는 것은 내 소년 시절부터의 생각이었다. 겉만 보고 속을 모르는 눈으로는 세상일을 바로 인식할 수 없으며, 그런 눈과 정신으로 옳은 문학 작품을 쓸 수 없다는 생각은 일생을 두고 변하지 않았다.
>
> 더구나 겉으로 보아도 옳지 않은 것을 안 본 체하고 덮어 두며, 옳지 않은 것은 없는 듯이 어린이들을 그리고 노래하는 문학은 건전하지 못한 오락에 불과하다고 생각했다.
>
> 이러한 나의 생각과 맞서서 행복을 구가하는 사람들이 있고, 그런 이들은 항상 권세와 가까이하여 편할 수 있다는 현실을 보며, 그러한 문학의 태도를 비양심적인 것으로 확신하기까지 나의 문학 수업은 외고집처럼 한 길

억눌려, 이 시기의 문학 활동은 일간 신문의 한 귀퉁이에 동시를 발표하는 것으로 가냘픈 명맥을 이어 온 셈이다. / 발표 지면이 없는 대신 작품집으로 이 암흑기를 조금씩이나마 밝혀 준 작가들이 있었으며 기억할 만한 것을 들면". 이원수, 「아동문학의 결산」, 『동시 동화 작법』(『전집 29』), 웅진출판사, 1993(3쇄), 236~237쪽.

로만 걸어온 것 같다.

　(…줄임…)

　그래서 나는 내 자신의 생활을 진실하고 선량한 것으로 하려는 생각이
굳었다.

　생각하면 내가 작품을 쓰기 때문에 내 자신의 생활도 깨끗하고 거짓 없
는 것일 수 있었는지 모른다.[31]

　나라잃은시대 이원수 문학은 안타깝게도 위에서 스스로 적은 바와
날카롭게 맞선다. 그는 "농촌 어린이들의 괴로움과 슬픔을 노래"하지
않고 '즐거움을' 노래했다. 왜로 제국주의 억압 기구와 권력 '가까이'서
그들을 위해 복무하거나, 그들에게 "옳지 않은 것은 없는 듯이 어린이
들을 그리고 노래"했다. 이원수 자신이야말로 "겉만 보고 속을 모르는
눈으로 세상일"을 보면서, '옳지' 않고 "건전하지 못한" 문학을 했음에도
'비양심적'으로, "깨끗하고 거짓 없는" '생활'을 했다고 오랜 세월 스스
로 강조하고 과장했던 셈이다.

31　이원수, 「나의 수업기」, 『솔바람도 그날 그 소리』(『전집 27』), 웅진출판사, 1983(3쇄),
　　251~252쪽.

3. '생활 동시'와 광복기 재발표의 논리

광복기 공간은 작가 이원수에게 나라잃은시대 후기 못지않은 무게를 지닌 자리다. 그에게 몇 가지 큰 변화가 이루어졌다. 첫째, 그의 삶터가 고향 마산에서 서울로 바뀌었다. 둘째, 이제까지 지역문인으로 있었던 그가 중앙 문학사회 안쪽에 들어설 수 있었다. 게다가 문학 매체 발간과 출판업에 직접 끼어듦으로써 어린이문학의 중심 가까이 머물 수 있을 바탕을 얻었다. 셋째, 나라잃은시대 말기에 이미 조짐이 있었던바 갈래 확대 현상이 두드러졌다. 동시보다 동화와 산문, 비평에 무게가 실리기 시작한다.[32] 넷째, 앞선 1930년대와 달리 좌파 계급문단과 일정하게 이어진 활동을 시작했다.

이렇게 본다면 「고향의 봄」을 쓴 소년, 청년 시인 이원수에서 민족 현실에 대한 관심을 남달리 지닌 중견 어린이문학가로서 뚜렷하게 자리를 굳히게 된 계기는 바로 광복기에 있었다. 우리가 알게 모르게 따르고 있는 이원수에 대한 명성의 한 중요한 뿌리다. 그리고 이 일에는 작가바깥에서 주어진 명성뿐 아니라, 스스로 키워 낸 작가상 또한 없잖다. 작가는 스스로 독자사회로부터 기대된 바를 확대 재생산하기 위해 애쓴다. 이원수는 그 점에서 볼 때 다른 이와 나뉘는 독특함이 있다. 스스로 암흑기라 말했던 나라잃은시대 후기에 내놓았던 작품을 무슨 까닭

---

[32] 광복기 이원수 어린이문학의 중심은 앞선 시기와 마찬가지로 동시였다. 다만 1947년과 1948년 평론을 한 편씩 발표하고, 짧은 단문이 있을 따름이다. 1949년 5월 동화 「노마의 망원경속」에 이어 6월에 장편동화 「즐거운 숲속 나라 얘기」를 『어린이나라』에 발표하면서 동화작가로 선뵈기 시작했다.

〈표 5〉 재발표 작품 죽보기

이름	첫 발표 매체	재발표 매체	손질 내용	됨됨이
「빨래」	『半島の光』(1942.6)	주간 소학생(1946.3)	무수정	유희 동시
「니 닦는 노래」	『매일신보』(1941. 10.26)	주간 소학생(1946.3)	대폭 수정	생활 동시
「돌다리 노차」	『소년 조선일보』(1940.4.28)	주간 소학생(1946.3)	「돌다리」로 제목 바꿈. 무수정	생활 동시
「어머니」	『아이생활』(1943.9)	주간 소학생(1946.6)	「밤중에」로 바꿈. 소폭 수정	생활 동시
「애기와 바람」	『소년 조선일보』(1940.3.17)	주간 소학생(1946.11)	소폭 수정	생활 동시
「밤시내」	『소년 조선일보』(1940.6.9)	소년(1948.7)	중폭 수정	유희 동시
「전기째」	『소년 조선일보』(1940.2.25)	소학생(1948.12)	소폭 수정	생활 동시

인지 몇 해 지나지도 않아 첫 발표인 양 다시 광복기에 내놓은 것이다.

이 일은 단순히 원고 청탁에 쫓겼거나 새 작품을 마련하지 못한 땜질이었을 수 있다. 아니면 지난 시기 발표했던 작품에 크게 손질할 만한 잘못이 있어 바로잡아 다시 내놓은 것일 수 있다. 그런데 이원수 경우는 그런 쪽과는 거리가 있다. 일회적인 일로 그치지도 않았다. 광복기 동안 일정한 경향을 띠고 이어졌다. 다시 말해 그의 재발표 현상은 자신의 명성 생산과 확대를 위해 의도된 선택의 결과로 말미암은 것이라는 뜻이다.

재발표한 나라잃은시대 후기 이원수의 동시는 위에 그려 보인 일곱 편이다. 손질한 내용도 작품에 큰 영향을 미치지 않는 정도에 그친다. 중심을 이루는 것은 생활 동시라 일컬을 수 있는 유형이다. 창작 의도에서부터 구체적인 현실주의 작품으로 읽힐 수 있을 가능성이 높은 작품이었던 셈이다.

① 전기째 전기째
바람 부는 들에 나란이 서서

손에 손 맛잡고
어디까지 이엇나

산 넘고 들 건너
어디까지 이엇나
눈 오는 함경도는 아버지 가신 곳
게까지도 이엇나!

전기째는 먼 데 말도 전해 준대지
귀 대고 千里 밖게 말두 한대지

전기째 전기째
날마다 기대려도 아니 오시는
울 아버지 소씩 좀 전해 주려마.

—「전기째」[33]

② 바람 불면 빨래들이 춤을 춘다
어머니 파랑치마 찰랑찰랑
조끄만 내 치마도 팔랑팔랑

빨래줄 놉히 놉히 매달려서
무섭지도 안나 봐. 내 앞치마

33 『소년 조선일보』, 1940. 2. 25.

바람 불면 빨래들이 춤을 춘다

빨래 짜라 꽃닢파리 팔랑팔랑

꽃닙 짜라 노랑나븨 팔랑팔랑

모두 가치 춤춘다 팔랑팔랑

—「빨래」[34]

①은 멀리 "함경도"에 가 계신 아버지를 그리는 마음을 담은 생활 동시로 볼 수 있다. 그러나 "날마다 기대려도 아니 오시는" "울 아버지"에 대한 아이의 절박한 심정이나 아이의 구체적인 환경을 담고 있지는 않다. 오히려 "천리 박게 말두" 하고 그 "먼 데 말도 전해" 준다고 믿어지는 '전기째'에게 "아버지 소식 좀 전해" 달라고 재치 있게 말하는 아이의 오락적인 목소리에 초점이 가 있다.[35] 다시 말해 생활 동시와 유희 동시 사이에 걸친 작품으로 읽힐 가능성이 크다는 뜻이다. ②는 이와 달리 유희 동시다. '팔랑팔랑' 매달려 있는 빨래와 함께 '꽃닢파리'와 '노랑나븨'까지도 "모두 가치" 춤춘다는 생각은 다소 작위적이다. "놉히 놉히

---

34 『반도의 빛(半島の光)』(선문판), 조선금융조합연합회, 1942.6, 28쪽.

35 나라잃은시대 후기 이른바 '국민총력운동'의 목표인 '내선일체'를 꾀하기 위한 중점이 '생활간소화', '건강생활', 그리고 '국방훈련'이었다. 특히 건강생활에 따른 실시요점은 위생사상의 철저, 영양식 보급에다 심신단련이 핵심이다. 三田芳夫 엮음, 『朝鮮に於ける国民総力運動史』, 国民総力運動聯盟, 1945, 55쪽. 이 무렵 어린이문학과 아동담론에 나타나는 국가 전체주의의 국민 편입 담론의 양상을 김화진은 넷으로 나누어 보았다. 이른바 대동아공영권 전쟁동원론의 선전도구로 쓰는 어린이문학과 아동담론, '총후미담'을 통한 전시체제의 일상화, 건강한 몸의 중요성, 전쟁의 일상화를 통한 전쟁의 놀이화가 그것이다. 김화선, 「일제 말 전시기의 아동문학 및 아동담론 연구」, 『친일문학의 내적 논리』, 역락, 2003, 194~207쪽. 국가의 미래 자산인 어린이, 곧 '소국민'의 강건한 몸과 마음, 불패의 믿음에 뿌리를 둔 낙천적, 긍정적 생활 태도는 '신생활'의 기본 덕목이었다.

매달려서 / 무섭지도 안나 봐"라고 내뱉는 어린이의 깜찍한 깨달음에서 그 점이 더한다. 그런데 이 작품은 보기에 따라서는 바람에 팔랑거리는 빨래를 빌려 낙천적이고 건강한 어린이의 나날살이를 담고자 한 생활 동시 쪽에 놓을 수도 있다. 말하자면 나라잃은시대 후기 이원수의 작품 가운데는 읽기에 따라서 그 기대 영역이 넓은 작품이 많다.

문제는 이들 작품 읽기에 작품 바깥 쪽 문맥을 끌어다 놓고 보면 그 울림이 단순하지 않다는 점이다. ①의 경우 생활 동시와 유희 동시 사이에 걸친 작품으로 읽히지만, 만약 이 작품이 가난하고 고통 받는 우리 아이의 현실 삶을 직접 그린 생활 동시였다면 나라잃은시대 후기에 발표되기 힘들었을 것이다. 겹겹이 검열을 거쳐야 했던 시기에 이 작품의 발표가 용인될 수 있었던 까닭은 유희적 요소 덕분이었음 직하다. 그런데 이 작품을 광복기 민족 현실이라는 문맥 위에 놓고 본다면 어려운 아이의 가족 현실을, 그것도 뚜렷하게 묘사하고 있는 현실주의 생활 동시로 읽히기 십상이다.

②의 경우 작품 안쪽 문맥으로 볼 때는 나라잃은시대 후기건 광복기건 앙증스럽게 빨래가 걸린 모습을 노래한 유희 동시로 읽힌다. 그러나 작품 바깥 문맥을 끌어다 놓고 볼 때는 생활 동시에도 걸칠 자리가 있다. 광복기에는 그것이 진취적이고 긍정적인 어린이 동심과 맞물릴 수 있겠지만 나라잃은시대 후기에는 전혀 다른 뜻을 얻을 수 있다. 이른바 '신체제'의 '신생활' 덕목으로 요구당했던 긍정적, 진취적 환경 묘사와 맞닿은 작품으로 보이는 까닭이다.

이원수가 광복기에 재발표한 작품은 외적 문맥을 끌어다 놓고 본다면 작품 주제나 의의에서 전혀 다르게 이해될 수 있는 여지가 있음을 살핀 셈이다. 그리고 다른 시인에게서 보기를 찾을 수 없을 정도로 많은 일곱 편에 이르는 재발표 작품이 거의 생활 동시 쪽이거나 그에 가까이 놓을 수 있는 작품이라는 점에 눈길이 꽂힌다. 스스로 자신의 문학적 명성에 걸맞은 작품을 발표하려 하거나, 뜻하는 명성을 증폭시킬 수 있는 쪽으로 작품을 발표할 가능성이 높다면 이원수에게서 그 길은 생활 동시 쪽일 것이 분명하다. 목청을 높이고 있는 광복기 이원수의 아래 목소리에서 그 속내를 짐작할 수 있다.

여기에는 작가의 적극적인 노력의 부족과, 작가의 현실파악 부정확에 의한 그릇된 아동관으로 말미암아 작품제작 태도가 비현실적인 점 등에도 원인하고 있다.

이렇듯 부진하는 아동시나마 그것이 타당한 방향으로 발전하고 있어야 할 것임에도 불구하고 그렇지 못한 것이 지금의 현상이다.

그러면 오늘날 조선이 요구하는 동시의 방향은 어떤 것인가?

그건 무엇보다도 민주적인 내용이라야 할 것이다.(여기 민주적이라 함은 무슨 정치사상을 내용으로 하라는 건 물론 아니다.) 아동의 세계를 현실적으로 이해하고 그들 역시 사회인의 일분자라는 것을 아는 데서 그들의 생활감성이 현실과 끊을 수 없는 관련을 가지고 있다는 것을 확인한다면 어찌 아동이라고 해서 사회의 모든 사정과 동떨어진 사고와 감정에서 살 수 있으며 더구나 인민대중이 도탄에서 헤매고 있는데 아동만이 안락할 수 있으며 또 풍월을 노래하고만 있을 것인가?

(…줄임…)

현실도피적인 사이비 동시에서 탈각(脫却)할 역작을 내기에 동시인이 노력할 것은 물론 시단(詩壇)의 협력이 있어 주기를 갈망하는 바 또한 크다.

(…줄임…)

우리는 아동들과 더불어 이상의 추구와 고난과의 백절불굴의 투쟁을 배우고 단련해 가는 정신으로 현실을 노래하고 생활을 시화(詩化)해서 순진무구라고까지 불리우는 아동의 세계를 영구히 참되게 빛나게 할 어렵고도 성스런 사명을 띠우고 있음을 자각해야 할 것이다.[36]

광복기 이원수의 동시관을 고스란히 보여 준다. 이 글에서 그가 강조한 점은 분명하다. "현실도피적인 사이비 동시"에서 벗어나기 위해 "아동의 세계를 현실적으로 이해하고 그들 역시 사회인의 일분자라는" 깨달음을 가질 필요가 있다. 그리고 그 위에서 "현실을 노래하고 생활을 시화"하여 참된 "아동의 세계"를 담아내야 한다. 오락 유희에 빠진 비현실적인 동시가 아니라 아동의 현실이 잘 옹근 현실주의 작품이 그것이다. 그가 민족 현실과 나란히 걸어왔다든지, 가난한 어린이의 생활을 담았다느니 하는 외부 평가나 자술한 문학관과 맞물린 생각이다.

광복기 이원수의 재발표 작품은 자신을 그러한 현실주의 시인으로 만들게 하는 데 도움이 되는 생활 동시 쪽이다. 현실주의 어린이문학인으로 명성을 강화할 수 있는 쪽에 도움이 되는 작품들만 의도적으로 가려뽑아 재발표 형식을 취한 것이다. 문제는 첫 발표 시기인 나라잃은시대 후기와 재발표 시기인 광복기 사이에 가로놓인 외적 문맥의 차이가 작품 해석에 엄청난 거리를 예고한다는 점이다. 특히 그 점에서 살필

---

36 이원수, 「동시의 경향」, 『아동문화』, 동지사아동원, 1948, 94~98쪽.

작품이 아래 셋이다.

③ 사악 삭 닥는다

웃니 아랫니

삭삭 닥는다

압니 어금니.

니 잘 닥는 아이는

하얀 니 이쁜 니

우슬 때 반작 반작

보기 조와요.

써억썩 닥는다

햇님도 니 닥는다

산 우에서 벙글 벙글

우스면서 닥는다.

니 잘 닥는 햇님은

빗나는 하얀 니

왼 세상 번적 번적

밝기도 해요.

—「니 닥는 노래」[37]

④ 싸악 싹 닦는다.

웃ㅅ이 아랫ㅅ이,

싸악 싹 닦는다.

앞ㅅ이 어금ㅅ이.

이 잘 닦는 아이는

하얀ㅅ이, 이쁜ㅅ이,

우슬 때 빤작빤작

보기 좋와요.

－「이 닦는 노래」[38]

어린이의 이 닦기를 다룬 생활 동시가 「니 닦는 노래」다. ③은 나라
잃은시대 후기에 처음 발표했던 꼴이다. ④는 광복기에 재발표한 꼴이
다. 뒤 두 토막은 줄인 채 내놓았다. 그런데 이 작품을 처음 발표한 이른
바 '신체제' 아래서 보자면 뜻이 단순하지 않다. 왜냐하면 이 작품이야
말로 앞으로 이른바 '천황'을 위해 기꺼이 목숨을 바칠 '군신(軍神)'으로
자랄 '소국민'인 우리 어린이 훈육에 강조되었던 건강한 '신생활' 지침[39]
을 홍보하는 작품일 수 있기 때문이다. 식민 체제에 대한 긍정적 지향

---

37   『매일신보』, 1941. 10. 26.

38   『주간 소학생』 7호, 조선아동문화협회, 1946. 3, 5쪽.

39   이른바 '총후'(후방)의 국민은 몸을 강건하게 지녀 '황민'으로서 국가를 위한 '후생보국'
     을 다해야 한다. 따라서 강건한 몸과 마음은 그 뿌리다. 특히 이 닦기의 중요성은 남다르
     다. "이가 건강해야 왼 몸둥이가 건강할 수 있다." 장문경, 『가정보건독본』, 성문당서점,
     1943, 228~229쪽.

성이 물씬 묻어나는 시다. 게다가 이른바 조선총독부 기관지 『매일신보』에 실렸다는 점도 함께 떠올릴 필요가 있다.

그러나 이 시를 ④ 꼴로 광복기 공간에서 처음 발표한 작품인 듯 읽을 경우는 사정이 크게 달라진다. 새로운 광복 현실 아래서 건강하고 진취적인 아동관, 아동상을 제시한 작품일 수 있는 까닭이다.⁴⁰ 이원수는 비록 드러난 부왜 동시라고 하기는 어려우나, 넓은 뜻으로 이른바 '신체제' 수탈 체제에 동조하는 부왜적인 작품을 광복기 새 환경 아래서 건강한 아동상을 제시하는 모습으로 작품 바꿔치기 또는 이념 세탁을 꾀한 셈이다. 이 점은 처음 발표했던 ③에서 볼 때 유희 요소로 보이는 ─ 그러나 그 점 때문에 어린이의 이 닦기가 지니는 긍정적 측면을 더욱 재치 있게 강조한 뜻을 지닌다 ─ 뒤 두 토막을 줄인 데서도 엿볼 수 있다. 광복기 공간에서 볼 때 뒤의 두 토막을 줄인 ④로 읽는 것이 아이의 현실 감각을 더욱 돋보이게 만든다. 이원수가 의도했던 현실주의 쪽으로 손질이 이루어졌다.

⑤ 비는 개엿건만 물이 불어서

건너가는 이마다 옷 적시는 시내물,

---

40 김종헌은 광복기 이원수의 어린이문학을 파악하는 자리에서 그 특성으로 "해방정국의 이념의 혼란과 가난 속에서도 어른의 눈이 아닌 용기를 잃지 않고 꿋꿋하게 현실에 적응해 가는 아동의 모습을 담아내고 있다"고 썼다. 이런 맥락에서 이 글에서 다루지 않았지만 광복기 재발표 작품 가운데 하나인 「애기와 바람」은 암울한 현실을 아동들에게 그대로 보여 주었고, 이를 극복하고자 하는 의지와 이겨내는 아동의 모습을 나타냄으로써 아동을 객관적으로 인식"하고 있는 작품으로 읽고 있다. 이 맥락을 고스란히 나라 잃은 시대 후기 이른바 '성전'의 '신체제' 현실 아래로 옮겨다 놓고 본다면 「애기와 바람」의 뜻이 바로잡힐 것이다. 김종헌, 「해방기 동시의 담론 연구」, 대구대 박사논문, 2005, 149~150 · 170쪽.

영차, 영차 돌을 모하서

팔짝, 팔짝 딋고 가게 돌다리 노차.

일하넌 귀남이도 울지 안코 건느고

꼬부랑 할머니도 발 안 떼고 건느고

밤이면 깡충깡충 산토끼도 건느게

돌다리 노차 노차 꼬마 돌다리.

─「돌다리 노차」[41]

⑥ 달 달 달 달

어머니가 돌리는

재봉소리 들으며

저는 먼저 잡니다.

어머니도 어서

주무세요, 네.

밤중에 잠이 깨면

달 달 달 달

아직두 어머니는 안 주무시고

밤중까지 쌌바누질 하시는구나

---

41 『소년 조선일보』, 1940.4.28. 이 작품을 광복기에 재발표하면서 몇 군데 손질을 했다. 첫
토막 첫 줄 '개엿건만'을 '개엿지만'으로, '불어서' 다음에 쉼표를 더했다. 그리고 둘째 줄
"영차, 영차"를 '영차영차'로, 넷째 줄 "팔짝, 팔짝"을 '팔짝팔짝'으로 바꾸었다. 둘째 토막에
서는 첫 줄과 둘째 줄 끝에 쉼표를 더 넣었다. 셋째 줄 끝자리 '건느게'는 '건느네'로 고쳤다.

달 달 달 달

"왜 잠 깻니

어서 자거라.

어서 자거라."

재봉 소리와

어머님의

고마우신 그 말씀

잠이 들면 꿈속에도

들리웁니다.

달 달 달 달

"왜 잠 깻니

어서 자거라

어서 자거라"

—「어머니」[42]

42　『아이생활』, 아이생활사, 1943.9, 17~18쪽. 이 작품은 「밤중에」로 제목을 고치고 본문을 손질해 1946년 『주간 소학생』에 다시 실었다. 지면 배치에 따른 시 형태의 변개가 있어 정확한 모습을 재구하기는 힘들지만, 고쳐진 것을 보이면 아래와 같다.
달달달 돌아가는 / 미싱 소리 들으며, / 저는 먼저 잡니다. / 책 덮어 놓고 // "어머니도 어서 / 주무세요, 네" // 밤ㅅ중에 잠이 깨면 / 달달달 그 소리, / 어머니는 혼자서 / 밤이 늦도록 / 잠 안자고 삯바누질 / 하고 계셔요. / 돌리시던 미싱을 / 멈추시고 / "왜 잠 깼니? / 어서 자거라, 응" // 재봉틀 소리와 / 어머님의 / 정다우신 말소리 / 생각하면서, / 잠자면 꿈 속에도 / 들려웁니다. // "왜 잠 깼니? / 어서 자거라, 응"

⑤와 ⑥ 둘 다 생활 동시다. 이들 또한 광복기 재발표 형식을 빌림으로써 작품의 뜻과 의의가 크게 달라진 작품이다. ⑤는 나라잃은시대 후기나 광복기나 다 생활 동시로 읽힌다. 그러나 작품 바깥 문맥을 가져다 놓고 보면 뜻은 크게 다르다. 광복기에서 보자면 이 시는 새로운 나라 건설이나 사회 재건을 위한 단결과 협동을 노래한 작품이다. 어린이 주체의 긍정적 역량을 강조하는 시일 수 있다. 그러나 이 작품이 처음 발표된 나라잃은시대 후기에는 사정이 거꾸로다. 이른바 '신체제' 아래서 이 작품은 '소국민'인 어린이의 협동과 '총후' '학도근로보국'을 부추기고 치켜세우는 작품인 까닭이다.[43] 내놓은 부왜 동시는 아니지만 식민 체제에 동조하는 뜻이 뚜렷한 부왜적인 작품이다.

⑥ 또한 다를 바 없다. 광복기 재발표 상태 작품과 나라잃은시대 후기 첫 발표 작품 사이 거리는 뚜렷하다. 광복기에는 이원수 스스로 한 말처럼[44] "인민의 대다수가 빈한"한 우리 현실에서 그 "빈한의 생활상"

43　이른바 신체제 '생활 진로' 가운데 하나로 '협동성'은 중요한 덕목으로 강조되었다. 한정된 인적, 물적 자원을 효과적으로 활용하여 이른바 '가정총동원', '국가총동원'에 효과적으로 이바지하기 위한 일이다. 오억, 『생활 진로』, 신생활사, 1945, 280쪽.

44　이원수는 「동시의 경향」에서 자신의 동시 「밤중에」를 광복기 당시 문교부에서 초등학교 교과서에 올리면서 '샀바느질'을 '바느질'로 고쳐 올린 일에 대하여 비난했다. 그 자리를 들면 아래와 같다. "인민의 대다수가 빈한함에도 불구하고 빈한의 생활상이 나타난 작품은 기피되고 있는 일례로서도 이것을 알 수 있다. / 이런 일이 있다. 필자 졸작 중에 / (…줄임…) / 이 동시가 문교부 발행의 국어교본(4의 2)에 실리면서 제2연의 '어머니는 혼자서 밤이 깊도록 / 잠 안자고 샀바느질 하고 계셔요.//'가 '샀바느질'의 '샀'이 삭제되고 그냥 '바느질'로 무단 변경되어 있다. / 이것은 무엇을 의미하는가? / 이는 대중생활 부인(否認)의 태도요, 안일한 생활만이 시의 내용이 될 수 있다는 그릇된 인식이 아니면 일종의 기만이다. / 샀바느질과 그냥 바느질과의 차이로 이 조그만 시에 얼마나 판이한 느낌을 주는가? 샀바느질을 하는 게 아동에게 알릴 수 없을 만한 비참사도 아니며 정말 비참한 것은 샀바느질할 재봉틀조차 없는 빈한한 가정에 더욱 많을 것이다. / 꿈 많고 순박한 아동의 눈에도 인민의 아들딸들의 당면하는 그 생활은 현실이라는 엄연한 사실에서 그 색광을 통해서 비춰는 것이다. / 현실도피적인 사이비 동시에서 탈각(脫却)

을 나타낸 작품임에 틀림없다. 게다가 이원수가 목청을 높여 짚은 대로 '삸바느질'을 의도적이든 비의도적이든 '바느질'로 고쳐 실은 문교부의 태도는 비난받아 마땅하다. 그리고 목소리가 높은 만큼 광복기 이원수 자신의, 민족의 가난한 현실과 서민들을 향한 사랑과 관심이 더욱 두드러지게 보이는 것은 사실이다. 그런데 첫 발표 시기 안에서 보자면 이 작품은 "왜로 제국주의의 태평양침략전쟁기 이른바 '총후'(後方) '봉공'의 한 덕목으로서 모성의 희생에 대한 강조·찬양"을 꾀한 자리에 당당히 놓인다.[45] 어머니에 대한 자식의 사랑이라는 보편 윤리에 초점이 있지 않다. 이른바 피식민지 수탈 체제 아래서 우리 민족 어머니와 아이들이 겪은 빈궁상을 다룬 작품 또한 아니다. 나라잃은시대 후기 이원수에게 '삸바느질'과 '바느질' 사이 차이는 단순히 입에 익은 낱말 선택에 따른 차이에 지나지 않았을 가능성이 크다.[46]

앞에서 살핀 바와 같이 나라잃은시대 후기 이원수 동시 가운데 광복기에 이르러 다시 내놓은 작품은 단순한 수정 발표와는 거리가 있다. 그 두 시기 상황이 지닌 차이는 묻어 버리고 현실 층위에 관심을 둔 현

할 역작을 내기에 동시인이 노력할 것은 물론 시단(詩壇)의 협력이 있어 주기를 갈망하는 바 또한 크다." 이원수, 「동시의 경향」, 『아동문화』, 동지사아동원, 1948, 94~98쪽.

45 박태일, 「나라잃은시대 후기 경남·부산 지역 어린이문학-이원수와 남대우를 중심으로」, 『한국문학논총』 40집, 한국문학회, 2005, 253쪽.

46 양보해서 보자면 '삸'은 그 무렵 이원수에게 '가난함'을 뜻하는 것이라기보다는 '어려움'이라는 뜻을 품은 접두어였을 듯싶다. 가난하게 살고 있는 '우리 민족'의 어머니가 아니라 '총후'의 어려움을 견디며 애쓰시는 '일본 제국'의 어머니가 그것이다. 그러나 광복공간에서 새롭게 현실주의자로서 명성을 생산, 관리하고자 했던 그로서는 '삸'의 위치가 새로 뚜렷하게 자각되고 보이기 시작했을 것이다. 뒤늦게 비평문 「동시의 경향」에서 '삸'을 삭제한 문교부의 일처리에 이원수가 크게 흥분하고 있는 까닭이다. 사실 문체론 쪽에서 본다면 이원수 문학은 꼼꼼하게 낱말을 고르고 말길을 다듬는 일급작가의 솜씨에는 못 미친다.

실주의자로서 이원수 자신의 명성 확산에 도움이 될 만한 생활 동시[47]를 중심으로 가려 발표했다. 꼼꼼하게 의도된 일은 아니었다 하더라도 방기된 의도는 충분히 드러난 셈이다. 어두운 시대 끝자리를 부끄럽게 걸어온 이원수에게 광복기에 중요했던 점은 새롭게 자신의 명성을 굳혀 나가는 일이었을 것이다.[48] 왜로 제국주의 수탈 체제의 이른바 '황민화'를 향한 '신생활' 현실이나 '총후' '근로보국'의 삶, 또는 제국주의자가 요구했던 긍정적인 '소국민'의 모습을 담은 작품은 그의 부왜 작품과는 달리 언제까지고 꽁꽁 묻어 버려야 할 정도는 아니었다. 새 계기가 마련된다면 거듭나도 될 작품이다. 광복기 "서민 아동의 세계"를 중심에 둔[49] 현실주의 문학을 내세운 이원수로는 그 작품에 선뜻 손이 가지 않

---

47 재발표 작품 일곱 편 가운데서 「밤 시내」 한 편만 유희 동시에 든다. 이 작품은 밤 시내의 앙증스러움을 맑고 긍정적으로 표현하고 있다. "우리 가서 놀 때는 / 말업든 시내물, 조꼬만 시내물, / 꽃닢파리 실꼬 / 돌돌돌 숨어 가든 / 동네 압 시내물. // 밤 기퍼 우리 모두 잠들고 나면 / 목소리 노피 노피 노래 부르네. // 키장다리 포푸라는 / 니파리 찰랑 찰랑 장단 마치고, / 새까만 하눌엔 / 별들이 가득 나와 안자서, / 귀를 종긋 종긋─ / 시내물이 부르는 노래 듯는다" ─「밤 시내」,(『소년 조선일보』, 1940.6.9). 본문에서 다루지 않았지만, 「애기와 바람」 또한 생활 동시로서 나라잃은시대 신체제 아래서 아이들의 건강한 삶이라는 요구와 맞물려 있다. 그리고 광복기에도 아이들이 주체가 된 진취적인 생활 동시로 읽힐 가능성이 크다. 작품 외적 문맥에 따라 작품 의미 해석에 큰 차이가 생기는 것이다. "찬 바람이 제아무리 만히 불어도 / 애기는 꼭, 박게 나가 놀─지. // 「감기 들라 가지 마라」 할머니가 부뜰면 / 고개를 잘래 잘래 도래질하고 / "오냐, 아냐, 감기 업쩌" // 문 열고 내다보면 바람마지 밧길에 / 아, 우리 애기는 뛰어 댄기네. // 떼지어 몰려가는 겨울바람 속으로 / 저기 우리 애기는 뛰어댄기네". ─「애기와 바람」,(『소년 조선일보』, 1940.3.17). 「전기째」 한 편만 빼놓고 재발표 작품 모두가 긍정적이고 낙천적이다. 흔히 이원수 동시에서 떠올리는 바 가난한 서민 아동의 현실과는 크게 갈라진다.

48 광복기 이원수 어린이문학에 대한 전모는 아직까지 죄 밝히기 힘들다. 다가설 수 있는 수록 매체에 한계가 있는 까닭이다. 이런 점을 감안하고 살피면 현재까지 1945년 을유광복에서 1950년 5월까지 발표를 확인할 수 있는 동시는 모두 서른한 편이다. 재발표된 작품 일곱 편이 지니는 무게는 22.3%가 된다. 그러나 이원수가 동화로 나아가기 앞서, 마지막 재발표 동시인 「전깃대」가 실린 1948년 12월까지만 세어 보면 발표 동시는 22편으로 준다. 재발표 작품이 지닌 무게는 31.8%로 훌쩍 커진다.

을 수 없었을 것이다.

문제는 이러한 재발표 사정은 깡그리 묻힌 채 이제까지 그의 현실주의자로서 지닌 바 명성 증폭에는 광복기 작품으로 둔갑해 있었던 그 작품들이 덜어 낼 수 없을 무게로 작용한 터무니였다는 점이다. 이원수한 개인을 두고서라면 나라잃은시대 후기의 반민족 현실과 광복기 민족 현실 사이 엄청난 차이를 아무렇지도 않게 지울 수 있었던 차가운 몰현실주의자라고 그를 비난해 버리면 될 일이다. 그러나 이런 사정은 전혀 모른 채 그를 대표적인 현실주의 어린이문학가, 민족문학가라는 통념을 키우는 데 기꺼이 나섰던 담론 주체나 이원수를 향한 대중의 문학적 추억이 겪을 심각한 좌절은 보상 받기 힘들다.

4. 미발굴 '유희 동시'로 본 기억 관리

나라잃은시대 후기 이원수가 발표한 작품이 모두 서른 편이라는 점은 이미 2장에서 밝혔다. 그 가운데서 동시는 부왜 소년시 두 편을 포함해 모두 스물일곱 편이다. 이원수가 생전에 냈던 어린이문학 작품집 가운데서 동시를 싣고 있는 책은 모두 다섯 권이다.[50] 이 가운데서 작품의

---

49 이원수, 「나의 문학 나의 청춘」, 『아동과 문학』(『전집 30』), 웅진출판사, 1993(3쇄), 253~254쪽.

50 『종달새』·『빨간 열매』·『이원수작품집』(한국아동문학전집 5)·『이원수아동문학독본』·『너를 부른다』가 그것이다.

발표 연대나 간행처를 밝히고 있는 책은 『종달새』가 처음이다. 그리고 여기에 실린 작품과 발표 연대 고증은 그 뒤 다른 작품집의 시기 편성에 그대로 반영되었다. 그런데 『종달새』에는 나라잃은시대 후기 작품이 일곱 편 실렸다.[51] 이 가운데서 「염소」 한 편만 발표 연대가 바로 적혔을 뿐, 나머지 여섯 편은 모두 발표 연대나 매체 사항에서 잘못을 저질렀다.[52] 게다가 광복기에 재발표한 나라잃은시대 후기 작품 일곱 편은 고스란히 광복기의 생활 동시나 현실주의 작품으로 둔갑해 그 뒤 작품집에 실리면서 이원수의 명성 확대에 쓰였던 점은 앞 장에서 살핀 바다.

남아 있는 열세 편 가운데서 1964년에 낸 두 번째 동시집 『빨간 열매』에서 찾아 실은 것은 「나무 간 언니」 한 편이다. 그것도 1940년 발표 작품을 광복기 작품으로 잘못 잡아 실었다. 그리고 이러한 작품 수록 상황은 1979년에 낸 '이원수 동시전집' 『너를 부른다』에도 고스란히 이어졌다. 나라잃은시대 후기 작품 가운데서 열두 편은 이원수가 임종할 때까지 미발굴 상태로 있었던 셈이다. 그러다 이원수 사후 1984년 『전집』을 내면서 세 편을 새로 찾아 실었다. 미발굴 상태로 남아 있던 아홉 편 가운데서 두 편의 부왜 동시는 부왜 수필 두 편, 농민시 한 편과 함께 글쓴이가 찾아내 학계에 알렸다.[53] 남아 있는 미발굴 동시가 모두 일곱

---

51 「부엉이」·「보오야 넨네요」·「밤눈」·「앉은뱅이 꽃」·「염소」·「종달새」·「자장 노래」가 그것이다.

52 나라잃은시대 작품 일곱 편에만 기록 잘못이 있는 것이 아니다. 실제로 『종달새』에 실린 작품 서른두 편 가운데서 발표 매체를 얻어 볼 수 있는 것을 중심으로 살필 때도, 「염소」 한 편만 기록이 올바를 따름이다. 박태일, 「나라잃은시대 후기 경남·부산 지역 어린이문학―이원수와 남대우를 중심으로」, 『한국문학논총』 40집, 한국문학회, 2005, 241~244쪽.

53 박태일, 「이원수의 부왜문학 연구」, 『경남·부산 지역문학 연구 1』, 청동거울, 2004, 165~201쪽.

편이었다. 그리고 그들의 존재와 문헌 사항은 글쓴이가 한 차례 밝혔다.[54] 다시 말해 나라잃은시대 후기 이원수 동시 가운데서 그의 사후까지 세상에 알려지지 않은 작품은 『전집 1』에서 발굴한 세 편, 부왜 동시 두 편, 그리고 미발굴작 일곱 편이었던 셈이다. 이제까지 우리가 알게 모르게 받아들이고 있는 이원수 어린이문학에 대한 평가는 이렇듯 작품에 대한 기억 훼손이나 망각 위에서 이루어진 것이었다. 이들 미발굴 작품의 됨됨이에 따라서는 이원수 어린이문학에 대한 평가가 달라질 가능성은 늘 있어 왔던 셈이다. 두 편의 부왜 동시가 그 점을 웅변하고 있다. 먼저 『전집 1』에 찾아 실은 동시 세 편의 됨됨이를 살펴보자.

①눈 위에 아침 해
밝기도 하다.
새해니까 그렇지
설이니까 그렇지.

(…줄임…)

울보도 골샌님도 하하하
이 집에도 저 집에도 하하하.
새해니까 그렇지
설이니까 그렇지.

---

54 박태일, 「나라잃은시대 후기 경남·부산 지역 어린이문학─이원수와 남대우를 중심으로」, 『한국문학논총』 40집, 한국문학회, 2005, 247쪽.

오늘부턴 우리 모두

서로 좋게 지내고,

오늘부턴 우리 모두

착한 아이 된다나.

—「설날」[55] 가운데서

② 자장 우리 애기 어서 자거라

잠 잘 자면 오신다네 둥그런 달님

우리 애기 잠자는 벼개머리에

달나라 꿈을 가득 실꼬 온다네

자장 우리 애기

어서 자거라.

—「자장노래」[56] 가운데서

③ 전등 내놓고 눈 보자

송이 송이 쏟아지는 눈, 눈, 눈,

발가숭이 나뭇가지 솜옷입고

밤눈이 좋아라고 춤 추네

차디찬 눈옷입고 춤 추네

—「밤눈」 가운데서

---

55 『소년』, 조선일보사, 1939.1, 10~11쪽.
56 『소년』, 조선일보사, 1940.7, 44~45쪽.

①은 유희 동시다. 설날을 맞이한 어린이의 마음을 그렸다. 나라잃은시대 후기의 어린이 상황과는 어울리지 않는 낙천적인 현실 인식이다. 그 무렵 어려웠을 어린이들을 위한 당위론적 바람을 담았다고 강변할 수 있을 것이다. 그런데 이원수가 거듭 강조한 서민의식, 현실 감각이라는 쪽에서 보면 턱없이 오락 요소가 두드러진다.[57] 자장노래 꼴로된 ②도 ①과 다르지 않은 유희 동시. 아이들 잠자리의 실정이 담기지 않고, 널리 굳어진 자장노래의 틀만 되풀이하고 있다. 눈 오는 밤을 그린 ③ 또한 마찬가지로 유희 동시다. "발가숭이 나뭇가지"가 "솜옷 입고" "좋아라고 춤"춘다는 오락적, 관념적 낙천성은 이원수 작품이 지니고 있는 명성에서 한참 떨어져 있다. 나라잃은시대 후기 이원수 작품이 가난한 아동의 현실과 맞닿아 있으려 했다는 본인의 진술[58]이나, 문학 사회의 통념과는 날카롭게 맞서는 자리에 이들 작품이 놓여 있는 셈이다. 그리고 이러한 사정은 글쓴이가 찾아낸 일곱 편을 살피면 더한다.

④ 살랑 살랑 봄바람이

불어옵니다

남쪽 들판 어린 보리

---

57 이 작품을 두고 김화선은 "일제가 장차 국가의 주인이 될 아동의 내면을 철저하게 교육시키면서 '명랑하고 쾌활한' 아동을 요구했던 시대적 맥락과 닿아 있다"고 보았다. "단순히 현실의 맥락이 거세된 낭만적 동심을 가진 아동을 그린 것이 아니라 일제가 요구한 아동상에 어울리는 동심을 형상화하고 있다." 김화선, 「이원수 문학의 양가성」, 『친일문학의 내적 논리』, 역락, 2003, 221쪽.

58 "그때(함안금융조합에서 일할 때―글쓴이) 나의 동시는 즐거움을 노래하기보다는 농촌 어린이들의 괴로움과 슬픔을 노래하고 있었다." 이원수, 「나의 수업기」, 『솔바람도 그날 그 소리』(『전집』 27), 웅진출판사, 1983(3쇄), 251쪽.

머리 만지며.

봄바람엔 제비들도

안겨 오고요

나무꾼의 봄노래도

타고 옵니다.

복사꽃 핀 건너 말엔

닭이 쪼기요-.

버들숲엔 피리소리

흔들닙니다.

병든 애도 봄바람엔

머리 날리며

햇빛 바른 잔디에서

웃고 놉니다.

—「봄바람」[59]

⑤ 기차가 온다 온다

연기를 품-고

모두 나와 보자고

소리치며 운-다

칙칙 쿡쿡

59 『반도의 빛(半島の光)』(선문판), 조선금융조합연합회, 1942.6, 28~29쪽.

칙칙 쿠쿠

파-란 철뚝으로

우루루루 딱딱딱

기차는 빠르다

번개가치 빠르다.

애기 손님 내다보고

손을 손을 친-친

기차 타고 가는 애는

어데까지 가-나

칙칙 쿠쿠

칙칙 쿠쿠

아빠 가신 서울로

잘 가거라 기차야

올 때는 아버지도

태 가지고 오너라

—「기차」[60]

④는 유희 동시다. '봄바람'에 대한 유형화된 상상력을 볼 수 있다. "남쪽 들판 어린 보리"와 '제비', "나무숩의 봄노래"와 '복사꽃', '버들숲'

---

60 『소년 조선일보』, 1940.7.28.

으로 이어진 시상은 범상하고도 신선함을 잃었다. 마무리 쪽에 "병든 애"를 끌어들인 점이 눈에 뜨인다. 그러나 이 점도 '봄바람'이 지니고 있음 직한 긍정적 치유력을 보여 주기 위한 데 초점이 두어진 자리다. 어린이의 삶이나 환경에 중심이 주어지지 않았다. 이원수 동시에서 흔히 나타나는 바, 결핍된 삶의 분위기를 드러내는 버릇이 되풀이했을 따름이다. 피식민지 민족 현실과는 멀리 떨어져 제국주의의 이른바 '신체제' 안에서 낙천적 인식을 즐기고 있는 작품인 셈이다.[61]

옮긴 시 ⑤ 「기차」 또한 유희 동시다. "칙칙 쿡쿡 / 칙칙 쿡쿡" '번개가치' 빠른 '기차'의 모습을 깜직한 아이의 목소리로 그려 담았다. 뒤 두 단락에 생활 동시로서 아이의 실정이 끼어들 조짐이 있었지만, 시의 초점이 '기차'에 있었던 까닭에 "올 때는 아버지도 / 태 가지고 오너라"는 아이의 재치 있는 건넴말로 마무리하였을 따름이다. '신체제' 시기 비현실적인 오락성을 넓히고 있는 시다. 대상이 '기차'로 바뀌었을 뿐 긍정적이고 낙천적인 분위기는 앞서 본 ④와 달라진 바가 없다. ④와 마찬가지로 암울했을 어린이들에 대한 사랑과 공감을 지닌 작가라는 이름 앞에 놓기 어려울 작품이다.

⑥ 이뿐이,

이뿐이,

---

61 봄바람에 대한 이러한 시상은 다시 부왜 농민시, 「보리밧헤서 – 젊은 농부의 노래」에서 비슷하게 되풀이한다. "바람이 분다 / 옷 속엘 들어도 보드럽기만한, / 이른 봄 삼월(三月)에 남풍(南風)이 불어온다. // 남풍(南風)은 불어온다 / 산과 들을 건나 보리밧흐로 보리밧흐로, / 봄 실은 그 바람은 내 품에도 안겨 든다." 『반도의 빛(半島の光)』(선문판), 조선금융조합연합회, 1943.5, 1쪽.

엄마 말 잘 듯고

자는 애긴 이뿐이.

미움보

미움보

심술 피고 잠 안 자면

미움보-지.

야-웅 야웅아.

심술 피는 애기 물러게 왓니.

울 애긴 코- 잔다,

야웅아 가거라

어이 멀리 가거라.

―「야웅이」[62]

⑦ 공-아

이뿐 공아

잔디바틀 뛰고, 다름질하며

인제 나는 자-ㄴ다.

---

62 『소년 조선일보』, 1939.1.14.

공-아

내 품에 안긴 공아

이불 포옥 덥고

자장 자장 해 주께

너두 자거라

가치 자야 꿈에도

너구 나구 놀-지.

—「공」63

⑧ 자는 언니 주머니를 뒤저라

알밤이 한 개 나왓네

자는 언니 주머니를 뒤저라

쌔서간 내 짝지가 나왓네

텅 빈 주머니엔 뭘 너두랴?

욕심쟁이 언니 얼굴 그려 넛지

—「언니 주머니」64

위에 옮긴 세 편은 유희 동시면서도 어느 정도 나날살이 감각이 묻어

---

63 『소년 조선일보』, 1940.5.26.

64 『매일신보』, 1941.10.19.

나는 작품이다. ⑥은 자장노래 꼴이다. 아이가 잠을 잘 자게 "야옹아 가
거라 / 어이 멀리 가거라"라 한 입말투에서 오락적 감각이 더한다. 낙천
적인 분위기는 한결같다. ⑦도 전형적인 유희 동시다. 그러면서 이른
바 '신체제' '소국민' 훈육의 하나였던 '교련'이나 '체조'의 단련 학습을
위한 필수 도구였을 공을 다루어, 은근히 '신체제'와 친연성이 드러나고
있다.[65] 그렇지 않더라도 공이라는 운동 도구를 이용한 현실 긍정적 분
위기가 뜬금없다. ⑧도 낙관적인 유희 동시로 한결같다. 아이들의 나
날살이 감각이 드러나긴 하지만 생활 동시로 잡기는 어렵다. 아이가 보
여 주고 있는 재치와 작위적인 유희성을 뛰어넘기 어려운 까닭이다. 나
라잃은시대 후기에 쓰인 이러한 작품이 널리 알려진다면 이원수 어린
이문학의 명성에서 볼 때 누가 될 것은 뻔한 일이다.

　유희 동시 자리 위에 놓여 있는 작품이 미학 동시다. 여기에는 이미 1
장에서 잠깐 살핀 바 있는 「저녁노을」과 「밤」, 두 편이 든다. 공교롭게
도 현실 시각이 끊기는 저녁이나 밤을 배경으로 삼고 있다는 공통점이
있는 둘 가운데서 「밤」을 아래에 죄 옮긴다.

　　밤이 어데서 오나
　　밤이 어데서 오나

65　왜로 제국주의의 이른바 '신체제' 국가 전체주의 통제에 복종하여 '후생보국'을 위한 실
　　천 요목 가운데 하나가 '경기의 대중화'였다. 그것은 '국민(소국민)'의 체위 향상을 꾀해
　　궁극적으로 제국 국민의 직분을 다하기 위한 길이다. 체위 향상을 꾀하기 위해 여러 경
　　기를 확충하고, 전쟁기 시설과 물자 부족 아래서도 경기의 새로운 진로를 개척하기 위하
　　여 노력할 것이 강조되었다. 윤승한, 『신생활의 상식보고』, 남창서관, 1944, 180~181쪽;
　　오억, 『생활 진로』, 생활과학사, 1945, 221~222쪽.

나무 밋헤서도 밤이 나오고

담벼락 밋헤서도 밤이 나오고

내 모자 안에서도 밤이 나오고

조고만 밤들이 물숙물숙 자라선

왼 동네를 싸—마케 덥허 버리네.

순아

가서 자라

보—얀 네 얼골도

밤이 와서 덥는다.

—「밤」⁶⁶

　미학 동시와 유희 동시에 맞물린 자리가 넓은 미학 동시다. 비록 어린이 말할이의 입을 빌린 목소리지만, 어른 시점자가 지닌 개연적인 동심 표현이 중심이 된 작품이다. 현상적 청자로 드러나 있는 '순'에게 "순아 / 가서 자라 / 보—얀 네 얼골도" "와서 덥는다"라 한 데서 그 점이 잘 드러난다. 어른 시점자의 미학적 성취도에 초점이 놓인 작품인 셈이다. 부왜 매체 『매일신보』에 실린 이 작품은 나라잃은시대 후기 이원수가 그 '신체제' 현실 속으로 내놓고 몸을 던지기 앞서 올라가 보았던 미학적 허공이 잘 드러나는 시다. 그리고 이들에 뒤이어 그의 부왜 작품들

66　『매일신보』, 1941. 11. 2.

이름	매체	연도	됨됨이
「야옹이」	『소년 조선일보』	1939	나날살이 감각이 밴 자장노래 꼴. 유희 동시
「공」	『소년 조선일보』	1940	이른바 신체제의 신생활 감각이 배어나는 유희 동시
「저녁노을」	『소년 조선일보』	1940	김영일류의 자유시형 단형 동시와 맞물린 미학 동시
「기차」	『소년 조선일보』	1940	나날살이 감각이 배어 있는 유희 동시
「언니 주머니」	『매일신보』	1941	나날살이 감각이 배어 있는 유희 동시
「밤」	『매일신보』	1941	유희 동시 감각이 드러나는 미학 동시
「봄바람」	『半島の光』	1942	전형적인 유희 동시

이 나오기 시작한다.

앞에서 살핀 바 나라잃은시대 후기 이원수 작품 가운데서 새로 찾아
낸 동시의 됨됨이를 표로 살펴 보면 위와 같다.

그림에서 알 수 있듯이 이들의 됨됨이는 이원수가 말하고 있는 아래
와 같은 발언과는 뚜렷하게 맞선다.

우리나라 아동문학 작품들 가운데에도 그러한 가짜 아동문학은 없지 않
았습니다. 그러한 작품들은 우선 동심이 없으면서도 있는 것처럼 보이기
위하여, 작품의 소재나 내용의 묘사에서 어린이의 재롱이나 앳된 점을 잘
그립니다.

그래서 그러한 재롱스런 장면을 보고 동심의 문학인 줄 알게 합니다. 그러
나 아동문학의 동심은 그러한 기술이나 치장에서 나타나는 것이 아니고, 어
디까지나 하나의 인생관과 관련되어 있는 것입니다. 그것은 요새와 같은 어
지러운 세상에서는, 실로 심각한 인생관에 속합니다. 어찌 재롱스런 아이들
의 모습이나 그려서, 그것으로 동심을 바탕한 문학이라 할 수 있겠습니까.[67]

---

67 이원수, 「내 생활과 문학」, 『이 아름다운 산하에』(『전집 26』), 웅진출판사, 1993(3쇄),

이원수 자신의 말을 그대로 따른다면 이들은 "가짜 아동문학"이거나 그에 가까운 작품임에 틀림없다. 왜냐하면 적어도 "동심이 없으면서도 있는 것처럼" 꾸미지는 않았다 하더라도 "작품의 소재나 내용의 묘사에서 어린이의 재롱이나 앳된 점"을 줄기차게 그리고자 한 유희 동시가 중심인 때문이다. 그렇지 않으면 "동심의 문학"을 내세우면서도 뛰어난 시적 '기술'을 드러내고자 한 미학 동시인 까닭이다. 행복하고도 낙관적인 분위기로 한결같다. 이원수는 이러한 유희적 동시들을 이른바 왜로 제국주의의 '국민총력운동'이 저질러지고 있었던 시기, 곧 그때같이 "어지러운 세상"에 내놓고 있다.

따라서 스스로 의도했든 그렇지 않았든 이들이 은폐되어 온 점은 예사롭지 않은 뜻을 지닌다. 광복기에 재발표한 일곱 편과 달리 이 작품들은 광복기에 재발표조차 않았다. 게다가 그 뒤에도 실재가 알려지지 않았다. 이들은 이원수가 나아가고자 했던 민족적, 서민적 현실주의자라는 명성 생산이나 관리에 전혀 도움이 되지 않을 작품이다. 게다가 이들 한가운데 빼어나게 '신체제' 현실을 지향한 작품이라 할 그의 부왜 문학이 놓여 있다. 이원수가 끝까지 알려지지 않았으면 했을 그들을 둘러싸고 있는 이 자장이야말로 이원수 문학에서 철저하게 망각의 칼날 아래 묻혀 있었다.[68] 그리고 이 망각의 맞은쪽 높은 곳에 「고향의 봄」 작가라는 국민적 지명도와 민족주의자·현실주의자 이원수라는 기억의 보존과 강화, 그에 따른 명성 재생산이 거듭되었던 셈이다.

312~313쪽.

68 이러한 의도적 망각 현상은 이원수보다 더한 부왜 어린이문학가라 할 수 있을 김영일이 "자신의 첫 발표 작품 곧 입선작품은 잘 기억이 되지 않는다고 말하고 있는" 기억실조 현상과도 묶어서 살필 수 있겠다. 유경환, 『한국현대동시론』, 배영사, 1979, 186쪽.

5. 마무리

작가는 문학사회의 인증제도 안에서 개성과 명성을 키우고 그것을 되살아가는 존재다. 이런 점에서 이원수는 매우 행복했다. 15세 어린 나이에 발표했던 실제적인 첫 작품 「고향의 봄」이 그 이듬해 노래로 불리면서 널리 세상에 이름을 알리게 된 그다. 그 뒤 이원수에게는 「고향의 봄」 작가라는 명성이 늘 따라다녔다. 그 「고향의 봄」이 추억이 되고, 다시 그것이 대를 물린 세월도 한참이다. 따라서 이원수라는 이름은 우리 근대문학 독자사회의 오랜 집단 경험과 맞물렸다. 이 일만으로도 이원수의 명성에 대한 의의 제기나 변화는 손쉽지 않을 전망이다.

이 책은 소위 나의 동시 전반에 걸쳐 초기에서부터 근년에 이르기까지의 작품 중에서 대충 모은 것으로 빠진 것이 적지 않지만 그래도 나의 동시의 전모를 보여 줄 수 있게 되었다. 그래서 나의 동시전집이라 이름 붙여도 무방하리라 믿는다.[69]

'동시전집'을 내면서 이원수가 쓴 후기 첫 단락이다. "작품 중에서 대충 모은 것"으로 "빠진 것이 적지" 않다는 진술과 "나의 동시의 전모를 보여 줄 수" 있는 "나의 동시전집이라 이름 붙여 무방하리라"는 두 진술 사이에는 뚜렷한 모순이 있다. '대충'과 '전집'이라는 말 사이에 가로놓

---

69 이원수, 「나의 동시와 생활」, 『너를 부른다』, 창작과비평사, 1984(4판), 209쪽.

인 이러한 모순이 아무렇지 않게 받아들여지고 있는 곳에 오늘날 이원수에 대한 명성이나 이원수 연구가 지닌 허술함이 있다. 이 글에서 글쓴이는 이제까지 제대로 알려지지 않았던 나라잃은시대 후기 이원수 어린이문학의 됨됨이를 따져 보고자 했다. 이 일로 이원수 문학에 대한 새로운 이해가 깊어지기를 바랐다.

제국주의 왜로의 수탈 체제가 극에 치달았던 나라잃은시대 후기, 이원수는 흔히 알려져 온 바와 달리 서른 편이나 되는 많은 작품을 발표하며 자신의 문학 생애에서도 보기 드물게 왕성한 작품 활동을 벌였다. 그들은 생활 동시·부왜 작품·유희 동시·미학 동시라는 네 층위에 걸친다. 그리고 그 중심은 가난한 서민 어린이의 현실을 다루었다는 이원수 본인 진술과 달리 낙천적인 생활 동시나 오락적인 유희 동시다. 거기다 나라잃은시대 후기에서도 끝자락으로 가면서 이른바 '내선일체'·'황민화'를 꾀한 '신체제'에 대한 적극적인 동조를 숨기지 않은 부왜 작품을 발표해 스스로 선 자리를 분명히 했다. 이원수 문학이 지닌 몰현실성뿐 아니라 자발적 반민족성까지 보여 준 셈이다.

그리고 이 시기 작품 가운데서 제국주의 '신체제' '신생활' 지침에 맞닿아 있거나 그 안의 긍정적인 '소국민(아이)' 모습을 담은 생활 동시들을 가려뽑아 이원수는 광복기 새로운 민족 현실 앞에 재발표 형식으로 내놓고 있다. 광복기에 그것은 오히려 건강하고 진취적인 민족 아동상으로 바뀔 수 있었다. 이원수는 광복기 새 문학 환경 아래서 "서민 아동의 세계"를 지향한[70] 현실주의 어린이문학인으로 새롭게 자신의 명성

---

70 이원수, 「나의 문학 나의 청춘」, 『아동과 문학』(『전집 30』), 웅진출판사, 1993(3쇄), 253~254쪽.

을 생산하고 강화할 수 있는 전략을 펼쳤다. 거기에 도움이 될 작품만 가려뽑아 재발표 형식을 취한 것이다. 작품 외적 문맥은 무시한 채 작품 바꿔치기 또는 이념 세탁을 꾀한 셈이다. 문제는 이러한 재발표 사정은 깡그리 묻힌 채 이제까지 현실주의자·민족주의자라는 명성 증폭에 그 일이 덜어낼 수 없이 단단한 터무니로 작용해 왔다는 우스꽝스러운 사실이다.

거기다 나라잃은시대 후기 동시 가운데서 이원수 생전에 끝까지 알려지지 않았던 작품 열두 편은 모두 유희 동시나 미학 동시다. 재발표 전략으로 가려뽑힌 작품과 달리 이 미발굴 동시는 거꾸로 서민적, 민족적 현실주의자라는 이원수 자신의 개성이나 명성을 키우는 데 전혀 도움이 되지 않을 쪽에 놓인다. 게다가 그 한가운데는 부끄러운 부왜 작품까지 버티고 있다. 의도했건 의도하지 않았건 이원수가 끝까지 세상에 알려지지 않았으면 했을 이 작품을 둘러싸고 있는 자장이야말로 공교롭게도 이원수 문학에서 철저하게 잊혀 있었다. 오랜 세월 이 작품들에 대한 은닉이나 기억 은폐가 자연스러울 수 있음을 짐작하게 하는 대목이다. 그리고 이러한 망각 맞은쪽 높은 곳에 「고향의 봄」 작가라는 너른 지명도와 민족주의자·현실주의자 이원수라는 기억의 보존과 강화, 그에 따른 꾸준한 명성 재생산이 놓인 셈이다.

이러한 기억 관리력이야말로 이원수 어린이문학의 통념을 굳히는 중요 추진력이었다. 학계의 많은 이원수 연구 또한 그에 터를 두고 있었다. 개인 이원수는 시골에 살았던 조선금융조합 직원이었다. 붓을 꺾거나 다른 활동을 빌려 부왜의 길로 들지 않을 수 있었다. 그럼에도 그는 나라잃은시대 막바지로 나아가면서 부왜문학인으로서 "민족의 수치"[71]가 될 일에 강도를 더했다. 이 일이 이원수가 지녔던 현실 인식의 한계나 나약한 사람됨만을 보여 주는 증거일까. 실상 이원수가 생전에 자신의 좌우명으로 가장 많이 되풀이한 바가 오점 없이 깨끗한 삶이었다[72]는 사실이 새삼스럽다.

그런데 작가 이원수 한 개인은 그렇다 쳐도, 그를 민족 어린이문학의 드높은 대가로 끌어올려 놓고 그 어떠한 성찰도 진실 구명도 마다 않았던 어린이 문학사회가 책임질 부분은 없는 것일까.

이원수 선생의 수필은 소박하고 선량한 어린이의 마음을 끝까지 고집하면서 모든 불의와 부정에 타협하기를 거부한 사람이, 다만 마음 속에 간직

71 "나는 우리의 자존심을 가져 달라고 애원하고 싶어진다. 자존심이 아예 없다면 없더라도, 민족의 수치로 보이는 일만은 삼가 줬으면 하는 것이다." 이원수, 「의상(衣裳)적 표현」, 『솔바람도 그날 그 소리』(『전집』 27), 웅진출판사, 1993(3쇄), 156쪽.

72 ① "그래서 나는 이런 짧은 시를 적어 놓고 싶어지는 것이다. // 풀잎 끝에 맑은 아침 이슬방울 / 영롱하게 빛남은 곧 그의 행복이리. / 사라진 뒤에 추한 흔적 남기지 않는 / 아, 나도 한 개 아침 이슬이고저." 이원수, 「가장 아름다운 것」, 『솔바람도 그날 그 소리』(『전집 27』), 웅진출판사, 1983(3쇄), 183쪽. ② "이슬방울이라도 좋다. 그 이슬방울이 깨끗하고 맑은 이슬이어서 영롱한 빛을 발하는 것이 곧 행복 아니겠는가? / 아침 햇볕에 찬란히 빛나다가 사라질지라도 이슬방울로 있는 동안 오색 영롱하게 빛나기 위해 탁한 물방울이 아니기를 바란다. 더러운 오수(汚水)가 아니기를 바란다. 그 이슬이 오탁(汚濁)한 물이어서 햇볕에 마르고 난 뒤에 어리어 있던 풀잎에 더러운 오점(汚点)을 남기지 않기를 바란다. / 이 잎에 남은 더러운 흔적은, 그 어느 아무개 이슬의 자국이라고 뒷사람들이 말하지 않게 되기를 바란다." 이원수, 「내가 좋아하는 말―끝까지 맑은 이슬방울로」, 『솔바람도 그날 그 소리』(『전집 27』), 웅진출판사, 1983(3쇄), 157~158쪽. ③ "아침 이슬같이 맑게 살아 사라져도 추한 흔적 없기를…… / 아침에 풀잎 끝에 맺힌 이슬방울은 햇볕을 받아 보석보다도 더 영롱하게 반짝인다. / 그 혼탁한 물방울이 아닌 맑은 이슬같이 살 수 있으면, 그보다도 더 깨끗할 수가 있을까. 그렇게 살아서, 아침 이슬이 사라져도 더러운 자국을 남기지 않듯이, 사람도 아무 누추한 흔적이나 더러운 뒷소리를 갖지 않는 것이 얼마나 좋은 것일까. / 이것이 나의 소망이요, 또 그날그날의 삶의 지표가 되어야 한다고 생각하고 있다." 이원수, 「나의 좌우명―아침 이슬같이 맑게, 추한 흔적 없기를」, 『솔바람도 그날 그 소리』(『전집 27』), 웅진출판사, 1983(3쇄), 193~194쪽.

한 이 땅과 동족을 사랑하는 뜨거운 불씨를 우리들의 가슴마다 안겨 주는 글이다.[73]

이원수 수필을 대상으로 삼은 글이며, 전문 연구자의 글도 아니다. 그러나 "이원수 선생의 수필은"이라는 말마디를 "이원수 선생의 어린이문학은"이라 고쳐 읽으면 오늘날 이원수 담론의 틀거리를 보여 주는 데 모자람 없을 모습을 갖추었다. 모름지기 일이 그러한가? 이러한 허깨비 같은 수사와 얼빠진 상찬으로 겹칠해서 이원수의 삶과 문학을 저 위쪽, 보통 독자가 손닿지 않을 자리에 마냥 올려 놓고 말 것인가. 이에 대한 철저한 반성과 방향 전환이야말로 이원수뿐 아니라, 우리 근대 어린이문학을 제대로 사랑하기 위한 묵직한 걸음마가 될 것이다.

---

73 이오덕, 「인간애의 서정과 윤리」, 『솔바람도 그날 그 소리』(『전집 27』), 웅진출판, 1983(3쇄), 370쪽.

참고문헌

1. 1차 문헌

『어린이』・『별나라』・『신소년』・『아이생활』・『동화』・『소년세계』・『새벗』・『소년』・『시대상』・『소년중앙』・『우리들』・『가정의 벗(家庭の友)』・『반도의 빛(半島の光)』(鮮文版)・『금융조합』・『만선일보』・『조선일보』・『동아일보』・『매일신보』・『중외일보』・『조선중앙일보』・『소년 조선일보』・『재만조선인통신』・『여성』・『삼천리』・『인문평론』・『춘추』・『국민문학』・『아동문학』・『어린이신문』・『어린이나라』・『새동무』・『진달래』・『파랑새』・『주간 소학생』・『소학생』・『죽순』・『신시대』・『낭만파』・『날개』・『신문학』・『중성(衆聲)』・『문예신문』・『아동문화』・『문예』・『신문학』

「지역문학 발굴자료『불별』(1931)」, 『지역문학연구』 8집, 경남・부산 지역문학회, 2003.
『1956년 대한연감』, 대한연감사, 1956.
『20세기 중국조선족문학사료전집』 제6집, 연변인민출판사, 2002.
『교우회지』 4호, 진주공립고등보통학교교우회, 1933.
『군기(群旗)』 7월호, 군기사, 1931.
『날개』, 조선청년문학가협회경남지부, 1946.
『대한민국 행정간부전모』, 대한공론사, 1960.
『동창회원 명부』, 진주교육대학동창회, 1967.
『만선일보』(마이크로필름), 서울이미지연구소, 1988.
『만선일보』(영인본), 아세아문화사, 1988.
『만주시인집』, 제일협화구락부문화부, 1942.
『명부』, 동래공립고등보통학교, 1933.
『민우(民友)』 2호, 민우사, 1946.
『배재동창회원명부』, 배재동창회, 1941.
『부산문학』 5집, 한국문인협회 부산지부, 1973.
『불별』, 중앙인서관, 1931.

『비봉(飛鳳)』 9호, 진주공립중학교, 1939,

『비봉지연(飛鳳之緣)』 1집, 경상남도도립사범학교교우회, 1925.

『안의중학교 구직원이력서철』, 안의중학교, 1952.

『음악과 시』 창간호, 음악과시사, 1930.

『조선아동문학집』, 조선일보사 출판부, 1938.

『졸업생명부』, 마산공립상업학교 동창회, 1940.

『졸업생명부』, 진주공립중학교동창회, 1942.

『진주공립중학교동창회명부』, 진주중학교동창회, 1949.

『학우문예(學友文藝)』 5집, 경상남도도립사범학교학우문예회, 1926.

『학우회지』 창간호, 진주프린트사, 1947.

『한국시잡지집성』, 태학사, 1981,

『향토와 인물』 1집, 향사편찬회, 1953.

『허민과 여럿』(한국현대시문학대계 23), 지식산업사, 1986.

『허민육필시선(許民肉筆詩選)』, 문학사상사, 1975.

『횃불』, 우리문학사, 1945.

『회원명부』, 조선교육회, 1933.

『회지』, 진주공립고등보통학교교우회, 1936.

『회지』 1호, 진주사범학교동창회, 1953.

계훈모 엮음, 『한국언론연표』 1, 관훈클럽영신연구기금, 1979.

_____ 엮음, 『한국언론연표』 2, 관훈클럽영신연구기금, 1987.

김경현, 『일제강점기 인명록』 1, 민족문제연구소, 2005.

김광제 엮음, 『문예구락부』, 마산문예구락부, 1913.

김달진, 『올빼미의 노래』, 시인사, 1983.

김용호 엮음, 『1947년판 예술연감』, 예술신문사, 1947.

김정숙 엮음, 『조선문학작품선집』 16, 교육도서출판사, 1982.

김조규 엮음, 『재만조선시인집』, 예문당, 1942.

김해군, 『향토와 인물』, 국제신보출판부, 1962.

김형두, 『내가 본 세계』, 국제신문사출판국, 1959.

남대우, 『우리동무』 제1집, 유인본, 1945.

_____, 『우리동무』 제2집, 하동문화협회, 1946.

_____, 『우리동무』, 정윤, 1992.

단국대 출판부 엮음, 『빼앗긴 책』, 단국대 출판부, 1981.

동래공립고등보통학교교우회, 『교우회지』 7집, 동래공립보통학교, 1929.

류희정 엮음, 『1920년대시선』 3, 문예출판사, 1992.

_____ 엮음, 『1920년대 어린이문학집』 1, 문학예술종합출판사, 1993.

마산공립상업학교교우회, 『회지』 4호, 마산공립상업학교, 1929.

마산문화연감편찬위원회 엮음, 『1956 마산문화연감』, 마산문화협의회, 1956.

_____ 엮음, 『1957 마산문화연감』, 마산문화협의회, 1957.

문병찬 엮음, 『조선소년소녀동요집』, 대산서림, 1926.

박삼성, 『통영지지(統營地誌)』, 통영공립수산중학교, 1949.

박철석 엮음, 『새 발굴 청마 유치환의 시와 산문』, 열음사, 1997.

박태일, 『가려뽑은 경남·부산의 시 ① 두류산에서 낙동강에서』, 경남대 출판부, 1997.

_____ 엮음, 『김상훈 시 전집』, 세종출판사, 2003.

_____ 엮음, 『정진업 시전집』 1(시), 세종출판사, 2006.

성 봉 엮음, 『한국현대문인요람』, 유인본, 미상.

신명균·맹주천, 『공든 탑』, 신소년사, 1928.

신영철 엮음, 『만주조선문예선』, 조선문예사, 1941.

_____ 엮음, 『반도사화와 낙토만주』, 만선학예사, 1942.

심의린, 『감상재료(鑑賞材料) 소년작문』, 이문당, 1928.

유치진, 『동랑 유치진 전집』 9, 서울예대 출판부, 1993.

유치환, 『생명의 서』, 행문사, 1947.

_____, 『청마시집』, 문성사, 1954.

_____, 『생명의 서』, 영웅출판사(재판), 1955.

_____, 『구름에 그린다』, 신흥출판사, 1959.

_____, 『나는 고독하지 않다』, 평화사, 1963.

이원수, 『종달새』, 새동무사, 1947.

_____, 『빨간 열매』, 아인각, 1964.

_____, 『너를 부른다』, 창작과비평사, 1991.

_____, 『이원수아동문학전집』(1~30), 웅진출판, 1993.

이주홍, 『격랑을 타고』, 삼성출판사, 1976.

이주홍문학상운영위원회 엮음, 『이주홍의 문학과 인생』, 세한, 2001.

이홍규, 『남해군향토지』, 남해공립국민학교, 1948.

임 화 엮음, 『현대조선시인선집』, 학예사, 1939.

장석주 엮음, 『문예휘고』, 문예구락부, 1916.

정태병 엮음, 『조선동요전집』 1, 신성문화사, 1946.

조연현, 『내가 살아온 한국문단』, 어문각, 1977.

주남극, 「청마시비 앞에서」, 『실향민』, 도서출판 석탑, 1981.

최인욱, 「초승달 같은 사람」, 『현대문학』 1월치, 현대문학사, 1963.

한정호 엮음, 『정진업 전집』 2(창작 · 산문), 세종출판사, 2006.

황석우 엮음, 『청년시인백인집』, 조선시단사, 1929.

김소운 옮김, 『朝鮮詩集(中期)』, 홍풍관, 1943.

김정명 엮음, 『朝鮮獨立運動』 4 · 5(공산주의운동 편), 원서방, 1967.

大垣丈夫 엮음, 『朝鮮紳士大同譜』, 조선신사대동보발행사무소, 1913.

大村益夫 · 이상범, 『『滿鮮日報』文學關係記事索引:(1939. 12~1942. 10)』, 早稻田大學 語學 敎育硏究所, 1995.

牧山耕藏 엮음, 『朝鮮紳士名鑑』, (주)일본전보통신사경성지국, 1911.

연감편찬계 엮음, 『1933년판 朝鮮年鑑』, 경성일보사 · 매일신보사, 1933.

『1940년 朝鮮人名錄』, 경성일보사, 1939.

『1945년 朝鮮年鑑』, 경성일보사, 1944.

2. 논문 · 기사

「내 아버지는 일본시를 쓰라는 경찰협박에 못 이겨 만주로 갔다」, 『한산신문』, 한산신문사, 2004. 6. 26.

「유치환 친일행적 밝혀져야」, 『경남도민일보』, 2004. 9. 22.

「청마 '만주협화회' 근무기록 발견」, 『경남도민일보』, 2004. 9. 15.

「청마 친일행위 미당과 닮았다」, 『Weekly 경남』, 경남도민일보사, 2004. 9. 4.

「청마의 친일 의혹, 윤이상이 지하에서 통곡할 일」, 『한산신문』, 한산신문사, 2004. 6. 26.

「유치환」, http://hanlover.new21.org/yuchihwan.htm.

강신호, 「반공주의의 규율화 '국어' 교과서」, 『민족문학사연구』 28집, 민족문학사학회, 2005.

강혜경, 「1930년대 후반 삼천포 · 왜관에서의 인민전선전술의 수용에 대한 연구」, 숙명여대 석사논문, 1992.

강희근, 「신시단 연구」, 『우리 시문학 연구』, 예지각, 1985.

공재동, 「이원수 동시 연구」, 동아대 석사논문, 1990.

구명옥, 「광복 전후 김정한의 희곡과 연극운동」, 『지역문학연구』 9호, 경남 · 부산지역문학 회, 2004.

권복연, 「근대 아동문학 형성과정 연구」, 연세대 석사논문, 1999.

김관웅, 「류치환의 「수(首)」 속의 "비적"의 머리는 누구의 것인가?」, http://yanbian.moyiza.c

om/466378. (2013.5.10)

김동춘, 「1920년대 학생운동과 맑스주의」, 『역사비평』 6호, 역사문제연구소, 1989.

김명화, 「친일희곡의 극작술 연구」, 『국제어문』 32집, 국제어문학회, 2004.

김복순, 「유치환론 - 재평가작업을 위한 시론」, 단국대 석사논문, 1975.

김봉우, 「친일파의 범주와 형태」, 『친일파 청산과 민족정기』, 광복회, 1999.

김봉희, 「신고송의 희곡 〈선구자들〉 연구」, 『지역문학연구』 7호, 경남 지역문학회, 2001.

김상옥, 「문화운동 - 충무·삼천포 지방」, 『경상남도지』 중, 경상남도지편찬위원회, 1963.

김상옥, 「겨울 들판에서 부르는 희망의 노래」, 『숲에서 어린이에게 길을 묻다』, 창작과비평사, 2002.

김송죽, 「류치환은 어떤 사람인가?」, http://www.zoglo.net/blog/jinsongzhu. (2013.3.27)

김수복, 「남대우론 - 곤궁한 삶의 인식과 새 시대의 감격」, 『한국아동문학작가작품론』, 집문당, 1997.

김성규, 「이원수의 동시에 나타난 공간구조 연구」, 교원대 석사논문, 1995.

김   승, 「1920년대 경남 지역 청년단체의 조직과 활동」, 『지역과 역사』 2호, 부산경남역사연구소, 1996.

김윤식, 「허무의지와 수사학」, 박철희 엮음, 『유치환』, 서강대 출판부, 1999.

김인덕, 「신간회 동경지회와 재일조선인운동」, 『한국근현대사연구』 7집, 한울, 1997.

김종헌, 「해방기 동시의 담론 연구」, 대구대 박사논문, 2004.

김재승, 「묻힌 노래 하보 장응두의 「진혼가」」, 『詩界』, 창간호, 2007.

김재용, 「유치환의 친일 행적들」, 『한겨레』, 한겨레신문사, 2004.8.7.

_____, 「일제 말 김정한의 문학과 친일 문제」, 『제7회 요산문학제 문학심포지엄』, 2004.

김종헌, 「해방기 이원수 동시 연구」, 『우리말글』 25집, 우리말글학회, 2002.

김중섭, 「일제하 3.1운동과 지역사회 운동의 발전 - 진주지역을 중심으로」, 『한국사회학』 30집, 한국사회학회, 1996.

김지은, 「한국 근대 현실주의 동시 연구」, 경남대 석사논문, 2000.

_____, 「이주홍의 시 연구」, 『지역문학연구』 7호, 경남 지역문학회, 2001.

김형국, 「신간회 창립 전후 사회주의자들의 민족협동전선론」, 『한국근현대사연구』 7집, 한국근현대사학회, 1997.

김화선, 「이원수 문학의 양가성」, 『친일문학의 내적 논리』, 역락, 2003.

_____, 「일제 말 전시기의 아동문학 및 아동담론 연구」, 『친일문학의 내적 논리』, 역락, 2003.

문덕수, 「유치환론」, 『니힐리즘을 넘어서』, 시문학사, 2003.

박경수, 「일제강점기 일간지를 중심으로 본 경남·부산 지역 어린이문학」, 『한국문학논총』 37집, 한국문학회, 2004.

박경식, 「태평양전쟁기 한국인 강제연행」, 최원규 엮음, 『일제 말기 파시즘과 한국사회』, 청

　　아출판사, 1988.

박동규, 「이원수 동시 연구」, 계명대 석사논문, 2001.

박민영, 「만주국 시기 일제의 연변지역 한인 지배정책과 실상」, 채영국 외, 『연변 조선족 사회의 과거와 현재』, 고구려연구재단, 2006.

박성식, 「1930년대 경남 학생운동」, 『진주지방의 제문제』, 태화출판사, 1991.

박철규, 「해방 직후 부산지역의 사회운동」, 『항도부산』 12집, 부산광역시사편찬위원회, 1995.

박철석, 「유치환 평전」, 『유치환』, 문학세계사, 1999.

박태일, 「지역문학 연구의 방향」, 『지역문학연구』 2호, 경남지역문학회, 1998.

_____, 「근대 통영 지역 시문학의 전통」, 『통영·거제 지역 연구』, 경남대 경남문제연구원, 1999.

_____, 「경남 지역문학과 부왜활동」, 『한국문학논총』 30호, 한국문학회, 2002.

_____, 「지역시의 발견과 연구-경남·부산 지역의 경험을 중심으로」, 『한국시학연구』 6집, 한국시학회, 2002.

_____, 「경남 지역 계급주의 시문학 연구」, 『어문학』 80집, 한국어문학회, 2003.

_____, 「이원수의 부왜문학 연구」, 『배달말』 32집, 배달말학회, 2003.

_____, 「나라잃은시기 아동잡지로 본 경남·부산 지역 어린이문학」, 『한국문학론총』 37집, 한국문학회, 2004.

_____, 「인문학과 지역문학의 발견」, 『현대문학이론연구』 21집, 현대문학이론학회, 2004.

_____, 「경남지역 부왜문학 연구의 과제」, 『인문논총』 19집, 경남대 인문과학연구소, 2005.

_____, 「나라잃은시대 후기 경남·부산 지역 어린이문학-이원수와 남대우를 중심으로」, 『한국문학론총』 40집, 한국문학회, 2005.

_____, 「지역문학 연구와 경북·대구 지역」, 『현대문학이론연구』 24집, 현대문학이론학회, 2005.

_____, 「지역문학 연구의 환경과 과제」, 『현대문학의 연구』 27집, 한국문학연구학회, 2005.

_____, 「나라잃은시대 후기 이원수의 어린이문학」, 『어문론총』 47집, 한국문학언어학회, 2007.

_____, 「청마 유치환의 북방시 연구-통영 출향과 만주국, 그리고 부왜시문」, 『어문학』 98집, 한국어문학회, 2007.

_____, 「합천 지역시의 흐름」, 『합천 예술문화 연구』 1집, 향파이주홍선생기념사업회, 2007.

서중석, 「일제시대 사회주의자들의 민족관과 계급관」, 『한국민족주의론』 III, 창작과비평사, 1985.

서여명, 「청마 유치환 만주시편 연구」, 인하대 석사논문, 2006.

손영부, 「풍산 손중행 연구」, 『재부작고시인연구』, 아성출판사, 1988.

송 영, 「신흥예술이 싹터 나올 때」, 『문학창조』 창간호, 별나라사, 1934.

_____, 「프로예술운동소사(1)」, 『예술운동』 창간호, 조선예술연맹, 1945.

송연옥, 「1920년대 조선여성운동과 그 사상 – 근우회를 중심으로」, 『1930년대 민족해방운동』, 거름, 1984.

송창우, 「경남 지역 문예지 연구」, 경남대 석사논문, 1995.

신고송, 「죽은 동지에게 보내는 조사」, 『예술운동』 창간호, 조선예술연맹, 1945.

신동한, 「향파 이주홍론」, 『재부작가론 · 작품집』, 한국문인협회부산지부, 1974.

엄흥섭, 「별나라의 거러온 길 – 별나라약사」, 『별나라』 해방속간 1호, 별나라사, 1945.

염무웅, 「요산작품의 문학사적 의의」, 『제7회 요산문학제 문학심포지엄』, 2004.

오양호, 「청마 시와 북만공간」, 『한국문학과 간도』, 문예출판사, 1988.

_____, 「1940년대 만주이민문학 연구」, 『현대문학의 연구』 34집, 한국문학연구학회, 2008.

오탁번, 「청마 유치환론」, 박철희 엮음, 『유치환』, 서강대 출판부, 1999.

원종찬, 「어린이문학과 비평정신」, 창작과비평사, 2001.

유경환, 「한국 소년신문의 사회적 기능에 관한 연구」, 연세대 박사논문, 1989.

유춘섭, 「하보 장응두론」, 『시조학논총』 2집, 한국시조학회, 1986.

이명재, 「망명문학의 확인과 재평가」, 『식민지시대의 한국문학』, 중앙대 출판부, 1991.

이명화, 「민족말살기 일제의 황민화정책과 민족주의자들의 변절과 협력의 논리」, 『친일파란 무엇인가』, 아세아문화사, 1999.

이미경, 「유치환과 아나키즘 – 특히 『소제부』, 『생리』지 소재의 시를 중심으로」, 『한국학보』 26권 4호, 일지사, 2000.

이상경, 「'야만'적 저항과 '문명'적 협력」, 『재일본 및 재만주 친일문학의 논리』, 역락, 2004.

이순욱, 「습작기 요산 김정한의 시 연구」, 『지역문학 연구』 9호, 경남 · 부산 지역문학회, 2004.

_____, 「카프의 매체투쟁과 프롤레타리아 동요집 『불별』」, 『한국문학논총』 37집, 한국문학회, 2004.

이오덕, 「시정신과 유희정신」, 『시정신과 유희정신』, 창작과비평사, 1977.

_____, 「이원수 선생의 일제 말기 친일시 어떻게 볼 것인가」, 『창원 – 영원한 고향의 봄』, 창원문인협회, 2002.

이영상, 「부산 · 경남지방의 항일민족운동연구 – 1920~1930년대의 항일학생운동을 중심으로」, 대구대 석사논문, 1997.

이재철, 「한국 현대동시약사 소고」, 『학술논총』 2집, 단국대학교, 1977.

_____, 「이원수론」, 『한국아동문학작가론』, 개문사, 1983.

_____, 「아동잡지 『어린이』 연구」, 『신인간』 4월호, 신인간사, 1986.

이정식, 「『어린이』지에 나타난 아동문학 양상 연구」, 전남대 석사논문, 1993.

이주홍, 「문학」, 『경상남도지』 중권, 경상남도지편찬위원회, 1963.

_____, 「부산 문단의 20년」, 『부산문예』 2집, 예총부산지부, 1965.

_____, 「부산문학사략」, 『부산문학』 6집, 한국문인협회 부산지부, 1973.

이해문, 「중견시인론」, 『시인춘추』 2집, 시인춘추사, 1938.

이현주, 「'서울파'의 민족통일전선운동과 신간회(1921~1927)」, 『한국근현대사연구』 7집, 한국근현대사학회, 1997.

이희환, 「엄흥섭과 인천에서의 문화운동」, 『한국학연구』 12집, 인하대 한국학연구소, 2003.

임성모, 「만주국협화회의 총력전체제 구상 연구-'국민운동' 노선의 모색과 그 성격」, 연세대 박사논문, 1997.

임윤덕, 「조선족시가문학개관」, 임범송·권철 엮음, 『조선족문학연구』, 흑룡강조선민족출판사, 1989.

장덕순, 「일제암흑기의 문학사(완)-1940년에서 1945년까지의 비양식의 국문학」, 『세대』 12월호, 세대사, 1963.

장석흥, 「해방 후 연변지역 한인의 귀환과 현지 정착」, 채영국 외, 『연변 조선족 사회의 과거와 현재』, 고구려문화재단, 2006.

전갑생, 「유치환 시 「수(首)」와 '비적'(1)·(2)·(3)」, 『경남도민일보』, 2004.10.1~18.

_____, 「유치환 「수」의 '비적'은 항일군 확실」, 『경남도민일보』, 2007.9.5.

정과리, 「①「수」·②「전야」·③「북두성」·④「대동아전쟁과 문필가의 각오」」(유치환 탄생 100주년, 가시지 않은 친일시 논란 작품을 논한다), 『경남도민일보』, 2008.8.11~9.8.

정대호, 「청마 시에 나타난 아나키즘의 수용」, 『문학과 언어』 19집, 문학과언어학회, 1997.

_____, 「청마의 만주 시기 시에 나타난 절망의 이유 고찰」, 『작가의식과 현실』, 도서출판 사람, 1997.

정상희, 「풍산 손중행의 길」, 『지역문학연구』 7호, 경남지역문학회, 2001.

정진석, 「만주의 한국어 언론사 연구-만주일보(1919)에서 만선일보(1945)까지」, 『신문연구』 47호, 관훈클럽, 1989.

정진영, 「영남지역 지방사 연구의 현황과 과제」, 『지방사와 지방문화』 1, 학연문화사, 1999.

채 훈, 「재만작가 김창걸의 「붓을 꺾으며」에 대하여」, 『재만한국문학연구』, 깊은샘, 1990.

청마유치환 친일의혹 진상규명대책위원회, 「성명서」, 『한산신문』, 한산신문사, 2004.7.24.

최삼룡, 「해방 전 중국조선족문학에서 친일파」, 『20세기 중국조선족문학사료전집』 제6집, 연변인민출판사, 2002.

최윤경, 「1920년대 경남지방의 야학활동」, 동아대 석사논문, 1996.

최 일, 「만주체험과 류치환의 시세계」, 『장백산』 1호, 장백산잡지사, 1998.

최정규, 「진의장 시장에게 보내는 글」, 『통영신문』, 통영신문사, 2006.12.8.

최해군, 「풍산 손중행의 시적 배경」, 『부산문학』 5집, 한국문인협회 부산지부, 1973.

한정호, 「광복기 아동지와 경남·부산 지역 아동문학」, 『한국문학논총』 37집, 한국문학회, 2004.

_____, 「광복기 경남·부산 지역의 아동문학 연구」, 『한국문학논총』 40집, 한국문학회, 2005.

허만하, 「안의에서 대로에 나타난 청마」, 『청마풍경』, 솔, 2002.

현택수, 「문학예술의 사회적 생산」, 현택수 외, 『문화와 권력』, 나남출판, 1998.

오오무라 마스오, 「'코프조선협의회'와 『우리동무』」, 『윤동주와 한국문학』, 소명출판, 2001.

중촌수, 「이원수 동화·소년소설 연구」, 인하대 석사논문, 1993.

3. 단행본

『이원수―그 영원한 민족정신의 혼불―'고향의봄 도서관' 개관 기념 문학세미나 발표문집』, 고향의봄 기념사업추진위원회, 2002.

『통영시지』 상·하, 통영시사편찬위원회, 1999.

강만길·성대경 엮음, 『한국사회주의운동인명사전』, 창작과비평사, 1996.

고승제, 『한국이민사연구』, 장문각, 1973.

권영민, 『한국 계급문학 운동사』, 문예출판사, 1998.

권춘철 엮음, 『21세기로 배진하는 중국조선족 발전방략연구』, 로녕민족출판사, 1997.

김 영, 『근대 만주 벼농사 발달과 이주 조선인』, 국학자료원, 2004.

김경일 외, 『동아시아의 민족이산과 도시』, 역사비평사, 2004.

김규방 외, 『연변경제사』, 연변인민출판사, 1990.

김동진, 『만주의 독립』, 덕흥서림, 1935.

김상덕, 『어머니 독본』, 남창서관, 1944.

김성봉, 『화랑전기』, 진주사범학교, 1946.

김영진 엮음, 『반민자대공판기(反民者大公判記)』, 대건출판사, 1949.

김용순, 『이원수 시 연구』, 성신여대 교육대학원, 1988.

김우식, 『마적(馬賊)』, 청구활판소, 1926.

김윤식, 『일제 말기 한국 작가의 일본어 글쓰기론』, 서울대 출판부, 2003.

김장선, 『위만주국시기 조선인문학과 중국인문학의 비교연구』, 역락, 2004.

김정의, 『한국소년운동사』, 민족문화사, 1992.

_____, 『한국의 소년운동』, 혜안, 1999.

김학렬, 『조선프로레타리아문학운동 연구』, 김일성종합대학출판사, 1996.

노고수, 『한국기독교서지연구』, 예술문화사, 1981.

대중총서편집부 엮음, 『사회주의개론』, 중앙인서관, 1931.

류덕희·고성휘, 『한국동요발달사』, 한성음악출판사, 1996.

류연산, 『일송정 푸른 솔에 선구자는 없었다-재만 조선인 친일 행적 보고서』, 아이필드, 2004.

무정부주의운동사편찬위원회, 『한국아나키즘운동사』, 형설출판사, 1983.

문덕수, 『청마 유치환 평전』, 시문학사, 2004.

문정창, 『朝鮮農村團體史』, 일본평론사, 1942.

민족정경문화연구소 엮음, 『친일파군상(親日派群像)』, 삼성문화사, 1949.

박태일, 『한국 근대시의 공간과 장소』, 소명출판, 1999.

＿＿＿, 『경남·부산 지역문학연구 1』, 청동거울, 2004.

＿＿＿, 『한국 지역문학의 논리』, 청동거울, 2004.

반민족문제연구소 엮음, 『친일, 그 과거와 현재』, 아세아문화사, 1994.

부산학생항일의거기념논집편찬위원회 엮음, 『부산학생항일의거의 재조명』, 동래고등학교 동창회, 1992.

서범석, 『우정 양우정의 시문학』, 보고사, 1999.

서연호, 『식민지시대의 친일극 연구』, 태학사, 1997.

서인균, 『조선 사회·민족운동의 회고』, 시조사, 1945.

성 봉 엮음, 『한국현대문인요람』, 유인본, 1954.

성대경 엮음, 『한국현대사와 사회주의』, 역사비평사, 2001.

소재영 외, 『연변지역 조선족 문학 연구』, 숭실대 출판부, 1992.

손춘일, 『"만주국"의 재만한인에 대한 토지정책 연구』, 백산자료원, 1999.

신동한, 『문단천일야화』, 순수, 2005.

신주백, 『만주지역 한인의 민족운동사(1920~1945)』, 아세아문화사, 1999.

안경식, 『소파 방정환의 아동교육 운동과 사상』, 학지사, 1994.

역사문제연구소 엮음, 『민족해방운동사』, 역사비평사, 1990.

＿＿＿＿＿＿ 엮음, 『카프 문학운동 연구』, 역사비평사, 1989.

＿＿＿＿＿＿ 엮음, 『한국 근현대 지역운동사』 Ⅰ(영남편), 여강, 1993.

영신출판사 편집부 엮음, 『민족정기(民族精氣)의 심판(審判)』, 영신출판사, 1949.

오 억, 『생활 진로』, 생활과학사, 1945.

오세영, 『유치환』, 건국대 출판부, 2000.

오양호, 『일제강점기 만주조선인문학 연구』, 문예출판사, 1996.

오태호, 『연변일보50년사』, 연변인민출판사, 1998.

유경환,『한국현대동시론』, 배영사, 1979.

윤병춘,『한국 기독교 신문 · 잡지 백년사』, 대한기독출판사, 1984.

윤석중,『어린이와 한평생』1 · 2, 웅진출판주식회사, 1988.

_____,『우리나라 소년운동의 발자취』, 웅진출판주식회사, 1988.

윤승한,『신생활의 상식독본』, 남창서관, 1944.

윤희탁,『일제하「만주국」연구』, 일조각, 1996.

이각종,『시국독본(時局讀本)』, 신민사, 1937.

이강훈,『마적과 왜적(倭賊)』, 인문연구소, 1990.

이경란,『일제하 금융조합 연구』, 혜안, 2002.

이만렬,『한국기독교문화운동사』, 대한기독교출판사, 1989.

이봉희,『한국 기독교문서 간행사 연구』, 이화여대 출판부, 1987.

이상금,『해방 전 한국의 유치원』, 양서원, 1995.

이재복,『물오리 이원수 선생 이야기』, 지식산업사, 2002.

이재철,『아동문학개론』, 문운당, 1967.

_____,『한국현대아동문학사』, 일지사, 1978.

_____,『한국아동문학연구』, 개문사, 1983.

_____,『세계아동문학사전』, 계몽사, 1989.

이재화,『한국근현대민족해방운동사』, 백산서당, 1988.

이주홍,『격랑을 타고』, 삼성출판사, 1976.

이주홍어린이문학상운영위원회 엮음,『이주홍 문학 연구』1 · 2, 대산, 2000.

이화여대 한국어문학연구소 엮음,『한국작가전기연구』하, 동화출판공사, 1980.

이훈구,『만주와 조선인』, 숭실전문학교 경제학연구실, 1932.

임종국,『친일문학론』, 평화출판사, 1966.

_____,『실록 친일파』, 돌베개, 1991.

임혜봉,『친일불교론』상 · 하, 민족사, 1993.

장문경,『가정건강독본』, 성문당서점, 1943.

장지량,『만몽급열하지(滿蒙及熱河誌)』, 한성도서주식회사, 1929.

정세현,『항일학생민족운동사연구』, 일지사, 1975.

정인섭,『색동회 어린이 운동사』, 학원사, 1975.

정진석,『언론과 한국 현대사』, 커뮤니케이션북스, 2001.

_____,『역사와 언론인』, 커뮤니케이션북스, 2001.

조규익,『해방 전 만주지역의 우리 시인들과 시문학』, 국학자료원, 1996.

조선일보80년사사편찬실,『조선일보80년사』상, 조선일보사, 2000.

조성일 · 권철 엮음,『중국조선족문학사』, 연변인민출판사, 1990.

조웅대,『진주연극사』, 한국연극협회 진주지부, 2002.

지수걸,『일제하 농민조합운동연구』, 역사비평사, 1993.

채홍석,『농촌갱생의 기점』, 계흥사, 1935.

천도교청년회 중앙본부,『천도교청년회팔십년사』, 글나무, 2000.

최상철,『중국조선족언론사』, 경남대 출판부, 1996.

최유리,『일제 말기 식민지 지배정책 연구』, 국학자료원, 1997.

최정규,『만주고락지(滿洲苦樂誌)』, 조선기독교창문사, 1927.

친일인명사전편찬위원회,『일제협력단체사전』, 민족문제연구소, 2004.

하동읍승격50주년기념행사추진위원회 엮음,『하동읍 50년사』, 도서출판 해광, 1989.

한국역사연구회 1930년대 연구반,『일제하 사회주의운동사』, 한길사, 1991.

한글학회부산지회,『한글학회 부산지회 30돌』, 간행위원회, 1995.

한석정,『만주국 건국의 재해석』, 동아대 출판부, 1999.

황공률,『조선근대애국문화운동사』, 과학백과사전종합출판사, 1990.

마리아 니콜라예바, 김서정 옮김,『용의 아이들』, 문학과지성사, 2002.

스칼라피노・이정식, 한홍구 옮김,『한국 공산주의 운동사』1~3, 돌베개, 1987.

졸버그, 현택수 옮김,『예술사회학』, 나남출판, 2000.

『慶尙南道勢槪觀』, 경상남도, 1937.

『動く滿洲言論界全貌』, 新聞解放滿鮮總支社, 1936.

『滿蒙新興大觀』, 동명사, 1932.

『滿洲開拓民講演集』, 朝鮮移住協會, 1941.

『北滿事情』, 하얼빈홍신소, 1940.

『受驗壯丁並に父兄の心得』, 경성육군병사부, 1944.

『情報宣戰』, 조선총독부, 1940.

『朝鮮滿洲旅行案內』, 삼성당, 미상.

『最新 滿洲地誌』下篇, 朝鮮及滿洲社出版部, 1918.

高宮太平 엮음,『臣道實踐』, 경성일보사, 1944.

宮田節子,『朝鮮民衆「皇民化」政策』, 未來社, 1997.

宮孝一,『朝鮮徵用問答』, 매일신보사, 1944.

金谷榮雄,『黎明の朝鮮』, 東亞義會, 1924.

德富正敬,『滿洲建國讀本』, 日本電報通信社, 1940.

渡邊龍策,『馬賊社會誌』, 秀英書房, 1981.

幕內滿雄,『滿洲國警察外史』, 三一書房, 1996.

滿洲移民史研究會 엮음,『日本帝國主義下の滿洲移民』, 龍溪書舍, 1982.

滿洲帝國協和會 中央本部調査部,『國內に於ける鮮系國民實態』, 滿洲國協和會, 1943.

福德生命保險株式會社 엮음,『滿鮮事情』, 福德生命保險株式會社, 1936.

福田淸人 외,『兒童文學槪論』, 牧書店, 1963.

_____ 외・山主敏子 編,『日本兒童文藝史』, 삼성당, 1983.

山根讜,『金融組合槪論』, 조선금융조합연합회, 1935

山室信一,『キメラ：滿洲國の肖像』, 中央公論社, 1995.

森谷克己,『東洋的 生活圈』, 육생사홍도각, 1942.

三田芳夫 엮음,『朝鮮に於ける國民總力運動史』, 國民總力運動聯盟, 1945.

上笙一郞,『兒童文學槪論』, 동경당출판, 1978.

小野久太郞,『朝鮮と滿洲國』, 朝鮮經濟日報社, 1932.

松村武雄,『童謠及童話の硏究』, 대판매일신문사, 1923.

松下正壽,「大東亞建設の基本精神」,『大東亞の建設』, 매일신문사, 1944.

野口 隆 엮음,『移民과と文化變容－韓國陝川地域の事例硏究』, 일본학술진흥회, 1976.

梁村奇智城,『國民精神總動員運動ご心田開發』, 조선연구사, 1939.

아동문학자협회,『兒童文學入門』, 목서점, 1957.

鈴木謙二,『日本の朝鮮統治』, 학술출판회, 2006.

육문사 엮음,『小國民常識讀本』, 육문사, 1943.

일본국제관광부 만주지부,『1941년 滿支旅行年鑑』, 통문관, 1941.

長野朗,『滿洲讀本』, 建設社, 1936.

荻野昌弘 엮음,『文化遺産の社會學』, 신요사, 2002.

田原茂,『滿洲와 朝鮮人』, 滿洲朝鮮人親愛議會本部, 1923.

朝鮮及滿洲社 엮음,『朝鮮及滿洲案內』, 朝鮮及滿洲社, 1935.

조선상공회의소 엮음,『戰時産業經營講話』, 조선공론사, 1944.

조선총독부경무국 엮음,『고등경찰 용어사전』, 조선총독부, 1935.

_____,『最近にる朝鮮治安狀況』, 조선총독부, 1936.

조선총독부정보과 엮음,『復刻板 新レき朝鮮』, 風濤社, 1982.

佐藤武夫,『滿洲農業再編成の硏究』, 生活社, 1942.

中根隆行,『〈朝鮮〉表象の文化誌』, 新曜社, 2004.

仲村修,『韓國・朝鮮 兒童文學 評論集』, 明石書店, 1997.

芝田硏三,『滿洲讀本』, 南滿洲鐵道株式會社, 1936.

天野良和,『1942년판 滿洲開拓年鑑』, 滿洲國通信社, 1942.

川村湊,『文學からゐ見滿洲』, 吉川弘文館, 1998.

太村省三,『馬賊の眞相』, 國境企業調査會, 1930.

河村淸,『滿洲國現住民族』, 滿洲事情案內所, 1938.
下村海南,『朝鮮・滿洲・支那』, 第一書房, 1939.

초출일람

1부

「경남 지역 부왜문학 연구의 과제」, 『인문논총』 19집, 경남대 인문과학연구소, 2005.

2부

「유치환의 만주국 체류시 연구-통영 출향과 만주국, 그리고 부왜시문」(「청마 유치환의 북
　　　방시 연구-통영 출향과 만주국, 그리고 부왜시문」), 『어문학』 98집, 한국어문학회,
　　　2007.
「유치환, 역사적 허위와 문학적 과장 위에 떠 있는 이름」, 『경남도민일보』, 2008.9.8.
「유치완 부왜문학 논의의 실질을 위하여」(미발표)
「『만선일보』와 경남·부산 지역문학」, 『현대문학의 연구』 36집, 한국문학연구학회, 2008.

3부

「나라잃은시대 어린이잡지로 본 경남·부산 지역 어린이문학」, 『한국문학논총』 37집, 한국
　　　문학회, 2004.
「나라잃은시대 후기 경남·부산 지역 어린이문학-이원수와 남대우를 중심으로」, 『한국문
　　　학논총』 40집, 한국문학회, 2005.
「나라잃은시대 후기 이원수의 어린이문학」, 『어문론총』 47집, 한국문학언어학회, 2007.

찾아보기